LA VILLE ORPHELINE

Diplômée de littérature anglaise de l'université d'Oxford, Victoria Hislop vit entre l'Angleterre et la Grèce, et parle français couramment. Best-seller international, vendu à plus de cinq millions d'exemplaires à travers le monde, son premier roman, *L'Île des oubliés*, a conquis 400 000 lecteurs en France, où il a été couronné par le Prix des lecteurs du Livre de Poche en 2013. La success story se poursuit avec ses nouveaux ouvrages publiés en France, *Le Fil des souvenirs* et *Une dernière danse. La Ville orpheline* n'a pas quitté la liste des meilleures ventes depuis sa parution en Angleterre.

Paru dans Le Livre de Poche :

LE FIL DES SOUVENIRS
L'ÎLE DES OUBLIÉS
UNE DERNIÈRE DANSE

VICTORIA HISLOP

La Ville orpheline

TRADUIT DE L'ANGLAIS PAR ALICE DELARBRE

LES ESCALES

Titre original :

THE SUNRISE

ISBN : 978-2-253-19442-2 – 1re publication LGF

Pour Emily
λαμπερή όσο κι ένα διαμάντι

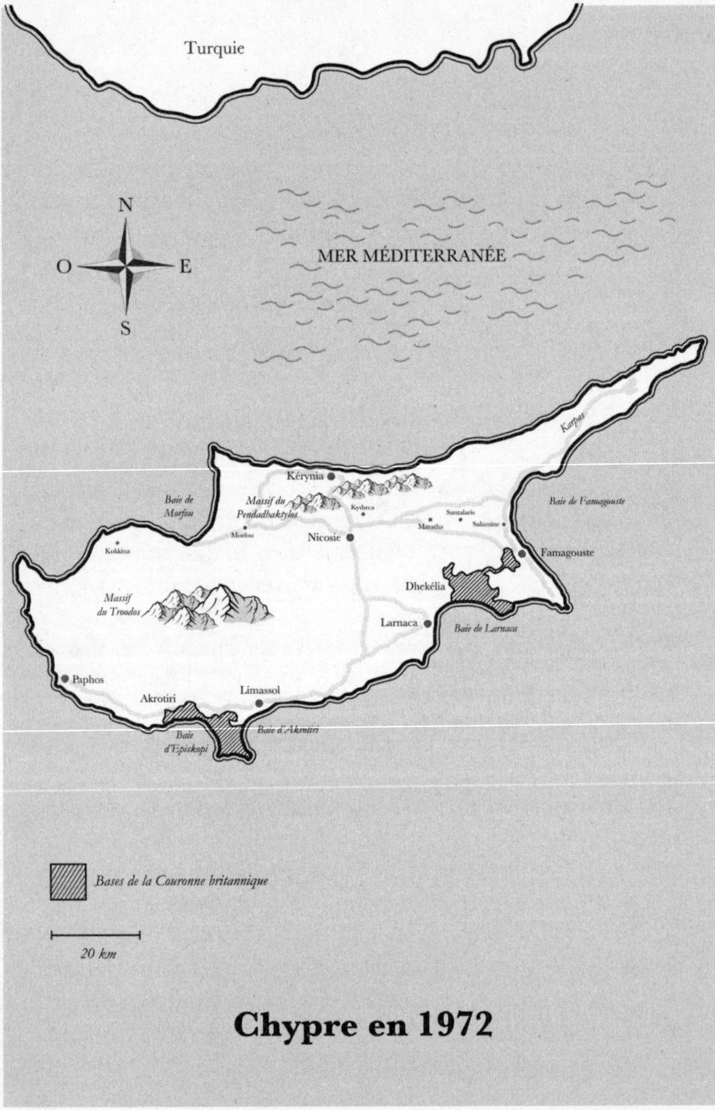

Chypre en 1972

Avant le début de cette histoire...

1878 Le gouvernement britannique négocie une alliance avec la Turquie et obtient le droit d'administrer Chypre, qui reste dans le giron de l'Empire ottoman.

1914 La Grande-Bretagne annexe l'île dès que l'Empire ottoman apporte son soutien à l'Allemagne lors de la Première Guerre mondiale.

1925 Chypre devient une colonie britannique.

1955 L'EOKA (Organisation nationale des combattants chypriotes), sous le commandement du colonel Georges Grivas, s'attaque aux Britanniques. Elle aspire à l'*Enôsis*, soit l'union avec la Grèce.

1959 La Grande-Bretagne, la Grèce, la Turquie, ainsi que les communautés grecque et turque de l'île concluent les accords de Londres pour résoudre le problème chypriote. L'archevêque Makarios est élu président.

1960 Chypre devient une république indépendante, mais le traité de garantie donne à la Grande-Bretagne, la Grèce et la Turquie le droit d'intervenir. La Couronne britannique conserve deux bases militaires.

1963 Le président Makarios propose treize amendements à la Constitution chypriote et des combats éclatent entre les communautés grecque et turque sur place. La capitale Nicosie est divisée et la ligne de partage surveillée par les troupes britanniques. Les Chypriotes turcs se retirent du Parlement.

1964 De nouveaux incidents marquent un sérieux regain des violences intercommunautaires. Les Nations unies envoient des hommes pour maintenir la paix. Les Chypriotes turcs se regroupent dans des enclaves.

1967 D'autres accrochages violents ont lieu entre les deux groupes. Avec le putsch des colonels à Athènes, les tensions entre le président Makarios et le régime grec croissent.

1971 Georges Grivas rejoint secrètement Chypre depuis la Grèce et crée l'EOKA B, dont l'objectif demeure l'*Enôsis*.

Famagouste était, à une époque, une ville en plein essor de quarante mille âmes. En 1974, sa population entière prit la fuite lors de l'invasion de Chypre par la Turquie. Depuis quarante ans, Varosha, la cité nouvelle, demeure vide derrière les barbelés érigés par l'armée turque. C'est une ville fantôme.

1

Famagouste, 15 août 1972

Famagouste était d'or. La plage, les corps des vacanciers et les existences de ceux qui s'y étaient établis, tout était doré par la chaleur et la bonne fortune.

L'union du sable fin, pâle, et de la mer turquoise créait la plus parfaite des baies du Bassin méditerranéen, et l'on venait du monde entier jouir de ses températures douces, goûter le plaisir voluptueux des eaux calmes qui venaient gentiment vous caresser. On y avait un avant-goût du paradis.

L'ancienne cité fortifiée, avec ses solides murailles médiévales, se dressait au nord de la station balnéaire, et les touristes s'inscrivaient à des visites guidées pour s'instruire sur ses origines, admirer les plafonds voûtés, les détails sculptés et les contreforts de la magnifique bâtisse qui avait autrefois été la cathédrale de Saint-Nicolas et qui accueillait dorénavant une mosquée. Ils découvraient les vestiges de son histoire ancienne, remontant au quatorzième siècle, écoutaient les récits des Croisades, de la prospère dynastie des Lusignan, de l'arrivée des Ottomans.

Toutes ces informations, dispensées par un guide bien intentionné dans la touffeur de midi, étaient bien vite oubliées dès le retour à l'hôtel, où un plongeon dans la piscine lavait les visiteurs de la transpiration et de la poussière de l'Histoire.

Les vacanciers appréciaient surtout les progrès du vingtième siècle et, après leur excursion dans le passé, ils retrouvaient avec bonheur le confort moderne, ses murs droits, ses immenses fenêtres offrant une vue imprenable sur le paysage spectaculaire.

Les meurtrières de l'ancienne citadelle permettaient d'apercevoir l'ennemi mais ne laissaient presque pas entrer la lumière. Si la forteresse médiévale avait été conçue pour repousser les envahisseurs, la ville nouvelle, elle, avait pour objectif d'attirer les voyageurs. Son architecture, ouverte, était tournée vers les bleus éclatants du ciel et de la mer, pas repliée sur elle-même. La Famagouste des années soixante-dix était engageante, légère et accueillante. L'image de l'intrus qu'il fallait chasser datait d'un autre temps.

C'était l'une des plus belles stations balnéaires au monde, si orientée vers le plaisir que son élaboration s'était attachée au bien-être de l'estivant. Les immenses bâtiments qui embrassaient la côte comprenaient essentiellement des hôtels, érigés au-dessus de cafés élégants ou de boutiques de luxe. Modernes et sophistiqués, ils rappelaient les établissements de Monaco et de Cannes. Leur existence avait pour seul but la détente et le contentement d'une nouvelle jet-set prête à se laisser charmer par les appâts de l'île. Le jour, les touristes se satisfaisaient amplement de la mer et du sable. Au coucher du soleil il y avait des centaines d'endroits où manger, boire et se divertir.

En plus d'attirer les vacanciers, Famagouste possédait le port le plus profond, et le plus important, de Chypre. Les caisses d'agrumes expédiées par bateau, chaque année, permettaient aux habitants de pays très lointains de goûter aux saveurs incroyables de l'île.

Entre mai et septembre, la plupart des jours se ressemblaient, sauf quand les températures faisaient un bond considérable, le soleil paraissant alors presque cruel. Le ciel était toujours sans nuages, les journées longues, la chaleur sèche et la mer rafraîchissante bien que douce. Sur la longue étendue de sable fin, les vacanciers hâlés s'allongeaient sur les chaises longues et sirotaient leurs boissons glacées sous des parasols colorés, tandis que les plus actifs jouaient là où ils avaient pied ou frimaient sur des skis nautiques, slalomant avec agilité dans le sillage d'un bateau.

Famagouste prospérait. Résidents, travailleurs et visiteurs connaissaient tous un bonheur presque infini.

La rangée d'hôtels ultramodernes, pour la plupart hauts d'une douzaine d'étages, s'étirait tout le long du front de mer. À la pointe sud s'en trouvait un plus récent. Avec ses quinze niveaux, il dépassait tous les autres et était deux fois plus large. Sa construction venait de s'achever et il n'avait pas encore d'enseigne à son nom.

Depuis la plage, il paraissait aussi minimaliste que les autres, se fondant dans le collier d'hôtels ornant l'échancrure de la côte. Lorsqu'on l'abordait par la route, en revanche, il offrait un spectacle grandiose avec son imposant portail et ses hautes grilles.

Par cette chaude journée d'été, il était bondé. Il n'était pas rempli de vacanciers en tenue décontractée mais de travailleurs en bleu ou salopette. Il s'agissait d'ouvriers, de maîtres d'œuvre et d'artisans qui apportaient la touche finale à ce projet soigneusement planifié. Même si, de l'extérieur, l'établissement semblait répondre aux standards en vigueur, son intérieur était très différent de celui de ses rivaux.

Une impression de « magnificence », voilà ce à quoi ses propriétaires aspiraient, et ils considéraient le hall comme l'un des espaces les plus importants de l'hôtel. Il devait susciter le coup de foudre immédiat. Si les clients ne tombaient pas instantanément sous le charme, c'était un échec. Il n'y avait pas de seconde chance.

Le hall devait d'abord frapper par sa taille. Les hommes penseraient à un terrain de football. Les femmes à un magnifique lac. L'un et l'autre remarqueraient l'éclat surnaturel du marbre au sol et auraient le sentiment de faire une expérience impossible, celle de marcher sur l'eau.

Cet endroit était né de l'imagination de Savvas Papacosta. Âgé de trente-trois ans, il en paraissait davantage avec les mèches grises qui parsemaient ses cheveux noirs et crépus. Trapu, il était rasé de près et portait, aujourd'hui comme tous les autres jours, un costume gris (la climatisation – la plus performante du marché – gardait tout le monde au frais) et une chemise blanc cassé.

Tous les employés de la réception étaient des hommes, à une exception près. La femme à la chevelure d'ébène, vêtue d'une robe fourreau ivoire immaculée, était l'épouse de Papacosta. Elle était là pour superviser l'accrochage des tentures dans le vestibule et la salle de bal. Au cours des mois précédents, elle avait présidé à la sélection des tissus d'ameublement pour les cinq cents chambres. Aphroditi affectionnait ce rôle et avait un don pour le tenir. La conception d'un univers pour chaque pièce, les légères variations de style selon les étages, ce travail de décoration s'apparentait au choix d'une tenue et des accessoires assortis.

Grâce au goût d'Aphroditi Papacosta, l'hôtel serait, une fois les travaux terminés, un lieu splendide. Et sans elle, il n'aurait jamais existé. Les fonds avaient été fournis par son père. Trifonas Markides possédait de nombreux immeubles d'habitation à Famagouste ainsi qu'une compagnie maritime qui se chargeait des quantités considérables de fruits, et d'autres biens d'export, qui quittaient le port.

Il avait rencontré Savvas Papacosta à l'occasion d'une réunion de l'association de commerçants et artisans locaux. Markides avait aussitôt identifié l'appétit du jeune homme, en qui il avait reconnu celui qu'il était autrefois. Il lui avait fallu du temps pour convaincre son épouse que l'homme qui tenait un petit hôtel situé dans la partie la moins chic de la plage avait un avenir prometteur.

— Elle a vingt et un ans, argua-t-il, nous devons commencer à penser à son mariage.

Artemis considérait Savvas comme indigne de sa fille, belle et bien éduquée. Elle le trouvait même un peu « rustre ». Ce n'était pas le fait que les parents du jeune homme soient des paysans mais plutôt que leurs terres soient petites. Trifonas, lui, voyait en ce potentiel beau-fils un investissement financier. Ils avaient à maintes reprises discuté ensemble du projet de Savvas : l'édification d'un second hôtel.

— *Agapi mou*, il a de l'ambition à revendre, disait Trifonas pour rassurer Artemis. C'est ce qui compte. Je sais qu'il ira loin, un feu brûle dans son regard. Je peux parler affaires avec lui. D'homme à homme.

La première fois que Trifonas Markides convia Savvas Papacosta à un dîner à Nicosie, Aphroditi devina les intentions de son père. Il n'y avait pas eu de *coup de foudre**[1], même si n'ayant pas fréquenté beaucoup de jeunes hommes, elle ignorait quels sentiments elle était censée éprouver. Ce que personne ne souligna en revanche, c'était la ressemblance frappante entre Savvas et le fils défunt des Markides, l'unique frère d'Aphroditi. Le jeune Papacosta aurait pu s'en rendre compte s'il s'était intéressé à la photographie qui occupait la place d'honneur au mur. Dimitris avait été aussi musculeux, il avait les mêmes cheveux bouclés, la même large bouche. Ils auraient eu le même âge.

Dimitris Markides avait vingt-cinq ans lors des accrochages entre Chypriotes grecs et turcs à Nicosie, début 1964. Il avait été tué à moins de deux kilomètres du foyer familial, et sa mère restait convaincue qu'il se trouvait au mauvais endroit au mauvais moment, pris par hasard entre deux feux.

---

1. Tous les mots en italique suivis d'un astérisque sont en français dans le texte. *(Toutes les notes sont de la traductrice.)*

L'« innocence » de Dimitris rendait sa disparition d'autant plus tragique aux yeux d'Artemis Markides. Son père et sa sœur savaient, eux, qu'il ne s'agissait pas d'un simple coup du sort. Aphroditi et Dimitris partageaient tout. Elle l'avait couvert quand il sortait en douce, elle avait menti pour le protéger et avait même caché un pistolet dans sa chambre, certaine que personne ne viendrait y chercher une arme.

Les enfants Markides avaient joui d'une enfance privilégiée à Nicosie, ponctuée d'étés idylliques à Famagouste. Leur père, qui avait la main heureuse en matière d'investissements, avait déjà placé l'essentiel de sa fortune dans le boom immobilier de la station balnéaire.

Avec la mort de Dimitris, tout changea. Artemis Markides ne parvenait pas, elle s'y refusait même, à se consoler. Une nuit émotionnelle et physique tomba sur leurs existences à tous trois, qui ne se dissipa jamais. Trifonas Markides se noyait dans le travail. Aphroditi, elle, passait l'essentiel de son temps prisonnière de l'atmosphère étouffante d'une maison silencieuse où les volets restaient souvent fermés à longueur de journée. Elle aspirait à s'échapper, et seul le mariage lui en offrirait la possibilité, si bien que lorsqu'elle rencontra Savvas elle comprit qu'elle tenait sa chance.

En dépit de l'absence de sentiments, elle savait que sa vie serait plus simple si elle épousait un homme qui avait reçu l'approbation de son père. Elle sentait aussi qu'elle pourrait jouer un rôle dans les projets hôteliers du jeune homme, et cela la séduisait.

Dix-huit mois après sa première rencontre avec Savvas, ses parents organisaient le mariage le plus somptueux que Chypre ait vu en dix ans. La messe fut célébrée par le président, Sa Sainteté l'archevêque Makarios, et la noce compta plus de mille invités (qui burent autant de bouteilles de champagne français). Quant à la dot de la mariée, les bijoux qu'elle contenait étaient à eux seuls estimés à plus de quinze mille livres. Le jour J, Trifonas Markides offrit à sa fille une rareté, un collier de diamants bleus.

Quelques semaines plus tard, Artemis Markides fit sentir à son mari qu'elle souhaitait déménager en Angleterre. Il avait beau continuer à tirer profit de l'expansion florissante de Famagouste, ses affaires à prospérer, elle ne supportait plus de vivre à Chypre. Cinq années s'étaient écoulées depuis la mort de Dimitris, pourtant les souvenirs de ce jour terrible demeuraient vivaces.

— Nous devons prendre un nouveau départ ailleurs, répétait-elle avec insistance. Quoi qu'on fasse, où qu'on vive, cet endroit ne sera plus jamais pareil pour nous.

En dépit de ses réserves, réelles, Trifonas Markides accepta. Il savait que l'avenir de leur fille était assuré, à présent qu'elle était mariée. Et il garderait de toute façon un pied sur son île natale.

Savvas n'avait pas déçu les attentes de son beau-père. Il lui avait prouvé qu'il était capable de transformer un simple terrain en espèces sonnantes et trébuchantes. Il avait passé son enfance à regarder ses parents peiner dans les champs, produisant tout juste de quoi subvenir à leurs besoins. À quatorze ans, il avait aidé son père à agrandir la maison, lui ajoutant une pièce. Il avait apprécié le travail en soi, mais plus important encore il s'était rendu compte qu'on pouvait faire autre chose avec la terre que gratter sa surface afin d'y semer quelques graines. Il avait du mépris pour ce processus cyclique répété à l'infini. Rien ne pouvait être plus futile à ses yeux.

Lorsqu'il avait découvert le tout premier hôtel de plus de dix étages à Famagouste, il avait par un rapide calcul mental déterminé quel profit supplémentaire on pourrait tirer de chaque hectare de terre si l'on y construisait, en hauteur, au lieu de creuser pour y planter des graines ou des arbres requérant des soins constants et éreintants. La seule difficulté avait été de trouver les moyens financiers de mettre son projet à exécution. Après avoir décroché plusieurs petits boulots, travaillé nuit et jour et obtenu un prêt auprès d'un banquier capable de reconnaître les ambitieux quand il croisait leur route, Savvas avait fini par réunir assez pour acquérir une petite parcelle, sur laquelle il fit construire son premier hôtel, le Paradise Beach. Depuis, il avait vu la station balnéaire de Famagouste croître, et avec elle ses propres objectifs.

Trifonas Markides était l'un des principaux investisseurs de son nouveau projet hôtelier et ils avaient réglé ensemble les différents aspects financiers. Savvas visait à créer une chaîne qui deviendrait une marque internationale au nom aussi identifiable que « Hilton ».

Aujourd'hui, la première étape de cette aventure était sur le point de se concrétiser. L'édification de l'hôtel le plus grand et le plus luxueux de Famagouste était terminée. Le Sunrise était presque prêt à ouvrir.

Savvas Papacosta n'avait pas une minute à lui, assailli par un flot constant de demandes pour qu'il vérifie, et valide, ce qui avait été fait. Il savait que le tableau final se composerait d'un millier de détails et il s'intéressait de près au moindre d'entre eux.

Les lustres étaient hissés au plafond, et leurs pendeloques projetaient un kaléidoscope de couleurs, de motifs, qui dansaient sur les murs et se réfléchissaient sur le sol de marbre. Pas entièrement satisfait du résultat, Savvas décida de rallonger toutes les chaînes de deux maillons. Le rayon du kaléidoscope parut multiplié par deux.

Au centre du vaste hall trônait dans un bassin un trio de dauphins dorés. Ceux-ci, grandeur nature, semblaient jaillir de l'eau, leurs yeux de cristal croisant ceux des spectateurs. Deux hommes étaient en train de régler le jet qui coulait de leur bec.

— Je pense que je mettrais un peu plus de pression, remarqua Savvas.

Une demi-douzaine d'artisans méticuleux recouvraient de feuilles d'or les détails néoclassiques du plafond. À les voir œuvrer, on aurait cru qu'ils disposaient de tout le temps du monde. Comme pour leur rappeler que ce n'était pas le cas, cinq horloges furent fixées, côte à côte, sur le mur derrière le comptoir en acajou de la réception, long d'une trentaine de mètres, qui occupait tout un pan du vestibule. Dans l'heure suivante, des plaques aux noms des principaux centres financiers du monde permettraient de les identifier, et les aiguilles seraient réglées avec une grande précision.

Des piliers décoratifs, dont l'espacement évoquait l'architecture de l'ancienne agora de Salamine, une ville voisine, étaient ornés de délicates veines imitant le marbre. Perchés sur un échafaudage, trois peintres travaillaient à un *trompe-l'œil** représentant plusieurs scènes classiques. Aphrodite, la déesse de l'île, était l'une des figures centrales. On la voyait sortir de la mer.

Dans les couloirs des étages supérieurs, vibrionnant autant que des abeilles dans une ruche, des femmes de chambre, par paires, faisaient des lits king size avec des draps frais et neufs, glissaient des oreillers en plume bien dodus dans leurs taies.

— Ma famille tout entière pourrait tenir dans cette pièce, nota l'une d'elles.

— La salle de bains à elle seule est plus grande que ma maison, ajouta sa collègue avec un soupçon de désapprobation.

Elles rirent ensemble, plus perplexes qu'envieuses. Les clients qui descendaient dans un hôtel pareil devaient venir d'une autre planète. Aux yeux des deux femmes, pour exiger une baignoire de marbre et un lit assez large pour contenir cinq personnes, il fallait être particulier. La jalousie ne les effleurait pas une seule seconde.

Les plombiers qui apportaient la touche finale aux pièces d'eau et les électriciens qui se hâtaient de poser les dernières ampoules partageaient ce sentiment. Beaucoup vivaient entassés dans des maisonnettes, contenant trois générations ou davantage. Ils pouvaient presque sentir le souffle des autres quand ils dormaient, ils attendaient patiemment leur tour pour utiliser les toilettes extérieures, et aux premiers signes de faiblesse de l'éclairage électrique, rudimentaire, ils allaient se coucher. D'instinct ils savaient que faste n'était pas synonyme de bonheur.

Au sous-sol, près de la future piscine intérieure dont le carrelage, posé avec un grand soin, n'était pas encore terminé – elle ne servirait pas avant novembre –, deux femmes vêtues de la même blouse en nylon blanc s'affairaient dans une pièce tapissée de miroirs et illuminée de mille feux. L'une d'elles fredonnait.

Elles préparaient le salon de coiffure pour l'inauguration de l'hôtel, et venaient de terminer l'inventaire des livraisons des jours passés. Casques dernier cri, bigoudis de toutes les tailles possibles et imaginables, produits pour colorations et pour permanentes, tout était en ordre. Épingles et pinces, ciseaux et tondeuses, brosses et peignes étaient rangés dans des tiroirs ou exposés sur de petits chariots. La coiffure requérait un matériel relativement simple. Tout dépendait du talent de la coiffeuse, Emine Özkan et Savina Skouros le savaient aussi bien l'une que l'autre.

À présent qu'elles étaient satisfaites du rangement du salon, immaculé et étincelant, prêt à ouvrir, elles astiquèrent encore le comptoir, essuyèrent les six lavabos, firent briller les miroirs et la robinetterie pour la cinquième fois au moins. L'une d'elles se chargea de vérifier la disposition des flacons de shampooing et des bombes de laque de sorte que le nom de la marque, qui faisait leur fierté, se répète le long d'une ligne parfaite : *WellaWellaWellaWellaWella.*

On attendait une demande importante de la part des clientes féminines, qui voudraient dompter leur chevelure après l'avoir exposée toute une journée au soleil et au sable. Les deux coiffeuses avaient confiance : d'ici quelques mois tous les fauteuils du salon seraient occupés.

— J'ai du mal à y croire...

— Moi aussi.

— On a tellement de chance...

Emine Özkan coupait les cheveux d'Aphroditi Papacosta depuis qu'elle était adolescente. Jusqu'à récemment, Savina et elle travaillaient dans un petit salon de coiffure du quartier commerçant de Famagouste. Chaque jour, Emine venait en bus de Maratha, un village à une quinzaine de kilomètres de là. Avec l'expansion, et le succès, de la station balnéaire, son mari y avait aussi décroché un emploi ; ils avaient déraciné leur famille pour s'installer dans les faubourgs de la ville moderne, la préférant à l'ancienne cité fortifiée, occupée en majorité par des Chypriotes turcs.

La famille d'Emine avait déménagé pour la troisième fois en l'espace de quelques années. Près de dix ans plus tôt, elle avait fui son village attaqué par des Chypriotes grecs, et sa maison avait été brûlée. Suite à cet événement tragique, elle avait vécu un temps dans une enclave protégée par des troupes des Nations unies, avant de s'établir à Maratha.

Famagouste n'était pas non plus la ville natale de Savina. Elle avait grandi à Nicosie, mais la vague de violence entre les deux communautés, neuf ans plus tôt, lui avait aussi laissé de profondes cicatrices. Une telle peur, une telle suspicion s'étaient développées entre Grecs et Turcs que des troupes des Nations unies avaient été envoyées pour le maintien de la paix, et une démarcation, appelée la ligne verte, avait été instaurée pour séparer la ville en deux. La création de cette frontière avait changé, en mal, l'existence de sa famille.

— L'idée de vivre ainsi séparés était intolérable, avait-elle expliqué à Emine un jour qu'elles partageaient leurs souvenirs du passé. Nous ne pouvions plus voir certains de nos bons amis. Tu n'imagines pas à quel point c'était terrible... En même temps, les Grecs et les Turcs s'entretuaient..., je suppose qu'il n'y avait pas le choix.

— C'était différent à Maratha... Nous nous entendions plutôt bien avec les Grecs. Malgré tout, nous sommes beaucoup plus heureux ici. Et je refuse de déménager encore !

— La situation est meilleure pour nous aussi, avait convenu Savina, même si ma famille me manque terriblement...

La majorité des Chypriotes grecs vivaient en harmonie avec les Chypriotes turcs et ne s'inquiétaient plus des formations paramilitaires. Ironie du sort, les dissensions et les violences opposaient dorénavant les Grecs entre eux. Une minorité aspirait à l'*Enôsis*, l'union de Chypre avec la Grèce, et comptait l'obtenir par la force ou l'intimidation. Cette réalité était cachée aux touristes et la plupart des habitants du coin cherchaient aussi à oublier l'existence de cette menace.

Les deux femmes se tenaient devant un miroir. Semblables de silhouette – petites et trapues –, elles arboraient toutes deux la coupe garçonne à la mode. Leurs regards se croisèrent et elles échangèrent un sourire. Emine était l'aînée de plus de dix ans, pourtant la similitude entre les deux femmes demeurait frappante.

Ce jour-là, à la veille de l'inauguration de l'hôtel, leur conversation coulait comme toujours avec autant de facilité qu'une rivière au printemps. Elles passaient six jours sur sept ensemble et leurs bavardages ne cessaient jamais.

— L'aînée de ma plus jeune sœur arrive la semaine prochaine pour une petite semaine, annonça Emine. Elle va consacrer son temps à monter et descendre les rues pour admirer les vitrines des magasins. Je l'ai déjà vue faire. Puis elle se plantera devant ses préférées et passera des heures à étudier leur contenu.

Emine imita sa nièce – à elles quatre, ses sœurs lui en avaient déjà donné quinze –, subjuguée par la devanture d'une boutique invisible.

— C'est celle qui se marie ?

— Oui, Mualla. Elle a une bonne raison de faire des emplettes, maintenant.

— Elle va trouver son bonheur, ici.

Famagouste comptait pléthore de grands magasins spécialisés qui exposaient leurs modèles vaporeux en satin et dentelle. La nièce d'Emine aurait besoin de plusieurs jours pour les voir.

— Elle compte tout acheter ici. Chaussures, robe, bas... Tout !

— Je peux lui indiquer l'endroit où j'ai déniché ma robe, proposa Savina.

Les deux femmes continuaient à faire reluire le salon tout en parlant. Elles n'aimaient pas rester les bras croisés, même un instant.

— Elle veut aussi des choses pour son intérieur. Les jeunes sont tellement plus exigeants que nous à leur âge.

Emine Özkan condamnait les ambitions de sa nièce.

— Quelques nappes en dentelle, des taies d'oreillers brodées... Ça ne suffit plus aujourd'hui, Emine. Le confort moderne, voilà à quoi elles aspirent.

Depuis qu'elle vivait dans cette ville en pleine croissance, où l'industrie légère prospérait aux côtés du tourisme, Savina s'était découvert un goût pour les gadgets en plastique, et ils côtoyaient les ustensiles plus traditionnels dans sa cuisine.

— À ton avis, quelle coiffure Mme Papacosta voudra pour l'inauguration, demain ? La même que pour son mariage ?

Aphroditi serait la première cliente du nouveau salon.

— À quelle heure doit-elle venir ?

— Seize heures.

Il y eut un silence de quelques secondes.

— Elle a été généreuse avec nous, non ?

— Oui, répondit Savina. Elle nous a fait un très beau cadeau.

— Ce ne sera pas vraiment pareil, malgré tout..., soupira Emine.

Les deux coiffeuses regretteraient l'atmosphère de la rue Euripides. Leur ancien salon était un lieu de rencontre et d'échange, un havre pour celles qui venaient y partager leurs secrets intimes, une sorte d'équivalent féminin du *kafenion*. Les clientes en bigoudis s'attardaient des heures durant, certaines que leurs confidences ne franchiraient pas les murs du salon. Pour beaucoup, c'était la sortie hebdomadaire.

— Nous ne retrouverons pas nos habituées, mais j'ai toujours rêvé d'un endroit à moi.

— Et les dames que nous coifferons seront différentes. Peut-être plus...

— Plus proches de celles-ci ? demanda Emine en montrant les photographies en noir et blanc, encadrées, qui avaient été accrochées plus tôt dans la journée.

Des modèles ultrachics avec des coiffures de mariées.

— Je m'attends à ce que nous ayons pas mal de mariages, en effet.

Elles avaient fait tout ce qui était en leur pouvoir pour le moment. Le lendemain elles inscriraient les premiers rendez-vous. Savina serra le bras de sa collègue avec un sourire.

— Allons-y maintenant. Demain sera un jour important pour nous tous.

Elles suspendirent leurs blouses blanches et quittèrent l'hôtel par une porte de service.

Le tourisme faisait vivre des milliers de restaurants, de bars et de boutiques en plus des hôtels. De nombreuses familles avaient été attirées à Famagouste par les opportunités professionnelles qu'elle offrait, ainsi que par sa beauté langoureuse, à laquelle elles étaient aussi sensibles que les étrangers.

Des habitants du cru, surtout des garçons, partageaient la plage et la mer avec les clients de l'hôtel.

Et la rencontre de ces deux mondes aboutissait souvent à des adieux larmoyants à l'aéroport et des promesses d'amour éternel.

Par cet après-midi d'été typique, un petit garçon, de trois ans peut-être, jouait au pied du Sunrise. Il était seul et ne prêtait pas attention un seul instant à la foule alentour, faisant couler le sable d'une main à l'autre, creusant des trous profonds pour trouver l'endroit où celui-ci était frais.

Sans relâche, il regardait glisser les grains entre ses petits doigts. Il tamisait et filtrait jusqu'à ce que seuls les plus petits restent, aussi fluides que de l'eau. Il levait alors les mains et laissait ceux-ci retomber sur la plage. C'était une opération dont il ne se lassait pas.

Pendant une heure entière cet après-midi-là, il avait observé le groupe de garçons plus grands, aux membres interminables, qui jouaient au polo dans l'eau. Il guettait avec impatience le jour où il aurait l'âge de se joindre à eux. Pour l'instant, il devait se contenter de rester assis en attendant son frère, l'un des participants.

Hüseyin avait un boulot pour l'été : il installait les chaises longues le matin et les rangeait à la fin de la journée. Lorsqu'il avait terminé, il se précipitait dans l'eau pour prendre part au match en cours. Depuis qu'un entraîneur lui avait dit qu'il était un athlète prometteur, il était déchiré entre deux rêves : le volley et le water-polo, professionnels bien sûr. Et s'il parvenait à combiner les deux ?

— On doit te faire redescendre sur terre ! le taquinait sa mère.

— Pourquoi ? rétorquait son père. Regarde-le ! Avec ses jambes musclées, il a autant de chances de réussir que n'importe qui.

Mehmet se releva et agita la main dès qu'il aperçut Hüseyin, qui remontait la plage à grandes enjambées. D'un naturel distrait, celui-ci avait oublié à deux ou trois occasions qu'il était responsable de son petit frère et avait entamé le chemin du retour sans lui. Mehmet ne courait aucun danger, sinon que, comme tout enfant de trois ans, il n'avait aucun sens de l'orientation et aurait sans doute pris la mauvaise direction. Dans le village où ses parents avaient vu le jour de nombreuses années plus tôt, un enfant, même jeune, ne se perdait jamais. Famagouste était un tout autre monde.

Mehmet s'entendait souvent dire par sa mère qu'il était un petit miracle, pourtant le surnom que Hüseyin lui avait forgé, « petit casse-pieds », lui semblait refléter davantage la réalité. C'était parfois ce qu'il ressentait quand ses deux grands frères étaient dans les parages.

— Viens, Mehmet, il est temps de rentrer, lui dit le jeune homme en lui décochant une tape sur l'oreille.

Une main prise par un ballon, l'autre par celle de son petit frère, Hüseyin se dirigea vers la route. Dès qu'ils furent sur la surface bitumée, il se mit à faire rebondir le ballon. Le mouvement incessant les hypnotisait tous deux. Il arrivait que celui-ci réussisse à accomplir tout le trajet, d'une quinzaine de minutes, sans interrompre une seule fois le rythme.

Ils étaient si absorbés par le ballon qu'ils n'entendirent pas leurs prénoms.

— Hüseyin ! Mehmet ! Hüseyin !

Leur mère, déjà à une centaine de mètres de l'entrée de service du Sunrise, forçait l'allure pour les rattraper.

— Bonsoir, mes chéris, dit-elle en soulevant Mehmet dans ses bras.

Il détestait qu'on le prenne ainsi dans la rue et se démena de toutes ses forces. Il n'était plus un bébé. Elle l'embrassa sur la joue avant de le reposer.

— Maman ?

À quelques pas de là se dressait un panneau publicitaire : un garçon au large sourire et aux joues rebondies tenait un verre de limonade particulièrement pétillante. Mehmet admirait cette illustration chaque jour et ne perdait pas espoir de voir son rêve se réaliser.

Emine Özkan savait ce qu'il allait lui demander.

— Pourquoi voudrais-tu d'une boisson qui a été mise en bouteille quand tu peux en avoir une toute fraîche ? Ça ne rime à rien !

Dès qu'ils seraient rentrés, Mehmet aurait droit à un liquide pâle, sucré avec générosité et pourtant encore si acide qu'il s'en mordrait les joues. Un liquide aussi dépourvu de bulles que du lait. Un jour, après une partie de water-polo dans laquelle il aurait brillé, il irait au kiosque et s'offrirait une bouteille. La capsule se soulèverait avec un *pschit* retentissant et du gaz s'échapperait.

Un jour, songea Mehmet. Un jour.

Hüseyin et lui chérissaient leurs rêves.

2

À 18 h 15 précises, au milieu de l'effervescence ambiante, Savvas Papacosta regarda d'instinct sa montre. Il était temps de rejoindre son autre établissement. Aphroditi et lui organisaient un cocktail pour les clients du Paradise Beach.

Avant leur départ, Aphroditi alla se rafraîchir dans les toilettes de l'hôtel quasiment terminé. Elle jeta un coup d'œil aux murs marbrés et aux coquilles en pierre qui contenaient les savonnettes, puis remarqua avec fierté que les serviettes à monogramme étaient déjà en place. Elle se remit du rouge à lèvres, d'un corail assorti aux bijoux qu'elle avait sélectionnés pour l'occasion, et passa une brosse dans sa longue chevelure épaisse. Savvas devait déjà l'attendre dans la voiture, à l'entrée.

Quelques personnes interrompirent leur tâche pour lui adresser un signe de tête tandis qu'elle traversait la réception. Elle leur répondit d'un sourire. Une centaine d'entre elles au moins travailleraient jusqu'à minuit, tant tous s'étaient fixé le même impératif : respecter les délais, pour ainsi dire impossibles.

Les hôtels donnaient presque tous sur la plage afin que les clients puissent poser le pied directement dans le sable. Alors qu'ils longeaient l'avenue Kennedy, Aphroditi et Savvas eurent des visions fugitives de la mer, à travers les espaces étroits entre les bâtiments.

— Quelle nuit parfaite ! dit Aphroditi.

— Elle ne pourrait pas être plus belle, approuva Savvas. Et pourtant demain elle le sera encore plus.

— Crois-tu que tout sera fini à temps ?

— Il le faut. Chacun sait ce qu'il a à faire, je n'ai aucun doute là-dessus.

— Les fleurs seront livrées à 8 heures.

— Ma chérie, tu as travaillé si dur !

— Je suis un peu fatiguée, reconnut Aphroditi.

— En tout cas, tu es très belle, la rassura son mari en lui tapotant le genou avant de rétrograder. Et c'est ce qui compte.

Ils s'arrêtèrent devant le Paradise Beach. Avec ses cinq étages de rien du tout, il était modeste en comparaison de leur nouvelle entreprise, et peut-être un peu défraîchi. Pour y accéder, on devait traverser un parking puis remonter une petite allée pavée. Des palmiers flanquaient les portes de l'entrée principale. D'autres, des faux cette fois, leur répondaient à l'intérieur. Ils incarnaient le comble de la modernité lors de leur installation, cinq années plus tôt, mais le temps avait passé.

— *Kalispera*, Giannis.

Savvas s'était arrêté à la réception pour saluer le responsable.

— Tout va bien aujourd'hui ? lui demanda-t-il.

— On a été occupés, Kyrie Papacosta. Très occupés même.

C'était la réponse que Savvas aimait entendre. Bien qu'investi dans le Sunrise, il tenait à ce que les clients du Paradise Beach soient satisfaits. Organiser des réceptions régulières était un moyen de s'assurer leur fidélité. La fête de ce soir répondait cependant à un objectif plus précis.

Ce matin-là, une invitation gravée avait été glissée sous chaque porte.

Kyrios et Kyria Papacosta
ont le plaisir de vous inviter
à un cocktail à partir de 18 h 30.

Dirigeant leurs pas vers la terrasse, Savvas et Aphroditi découvrirent que plusieurs dizaines de personnes y étaient déjà rassemblées, toutes tournées vers la mer. Il était impossible de ne pas être hypnotisé par la vue. Dans la lumière crépusculaire de cette douce soirée, alors que le ciel s'était teinté de rose, le soleil chauffait encore la peau. Les corps agiles des garçons s'attardant sur la plage pour une dernière partie de volley étaient sculptés par les ombres. Il paraissait tout à fait crédible qu'Aphrodite, la déesse de l'amour, ait vu le jour sur cette île. C'était un endroit où tomber amoureux de la vie.

Le couple, qui circulait parmi la foule, semblait respecter une chorégraphie rythmée, interrogeant les clients sur le déroulement de leur journée, écoutant avec patience les descriptions de baignades merveilleuses, d'eaux translucides, voire d'excursions dans la cité médiévale. S'ils connaissaient ces récits par cœur, ils avaient la politesse de pousser des ha comme s'ils les entendaient pour la première fois.

Dans un coin de la terrasse, un jeune pianiste français faisait courir ses doigts pâles, sans le moindre accroc, passant d'un air de jazz connu à un autre. Le brouhaha des discussions et le cliquetis des glaçons dans les verres noyaient sa musique, ainsi que partout ailleurs. Tous les soirs, il entreprenait un voyage qui lui faisait parcourir l'enfilade d'hôtels – il jouait une heure dans chaque établissement. À 5 heures du matin, il refermait le couvercle du Steinway, dans le bar du Savoy, le dernier de ses engagements pour la nuit. Il se couchait ensuite et dormait jusque tard dans l'après-midi, pour être de retour au Paradise Beach à 18 h 15.

Savvas avait beau être plus petit et plus trapu que la plupart des Européens du Nord composant sa clientèle, son costume était mieux coupé que celui de n'importe lequel d'entre eux. De même, les vêtements de son épouse étaient les plus chics. Aussi élégantes fussent leurs clientes, originaires de Londres, Paris, voire des États-Unis, aucune de celles-ci n'avait la distinction d'Aphroditi. Elle cultivait un style à la Jackie Onassis, bien que cette dernière fût son aînée de plus de dix ans. Aphroditi avait toujours adoré les tenues de Jackie ; depuis son mariage avec Aristotélis Onassis, l'Américaine apparaissait encore plus souvent dans les magazines. Des années durant, la Grecque s'était jetée sur tout ce qui touchait à son icône – dès l'époque où celle-ci remeublait la Maison-Blanche et organisait des cocktails pour les dignitaires étrangers, jusqu'à celle plus récente, où les clichés la montraient sur des îles proches de Chypre. Aphroditi affectionnait le style de Jackie : des vêtements féminins, à la coupe irréprochable.

Si son allure générale ne présentait pas le moindre défaut, c'était surtout par ses bijoux qu'Aphroditi se distinguait. La plupart des femmes achetaient un collier ou un bracelet pour accompagner leurs tenues. Aphroditi, elle, faisait faire des robes qui servaient d'écrin à ses joyaux. En général, ceux-ci adoptaient une forme chypriote classique, même s'ils possédaient parfois une touche de modernité. Lorsque les gens rencontraient Aphroditi et qu'elle leur rappelait Jackie Onassis, ils en venaient à se demander si les cadeaux d'Aristotélis valaient ceux de Savvas Papacosta.

Plusieurs serveurs allaient et venaient avec des plateaux chargés de verres. Le jeune homme qui avait organisé l'événement se tenait derrière le bar, dans un costume sombre. Markos Georgiou avait débuté comme plongeur dans la cuisine et il avait vite monté les échelons, affecté au service à table, puis à la préparation des cocktails. Il était ambitieux, charmant avec les clients et il avait compris que Savvas se cherchait un bras droit. En quelques années, il avait su se rendre indispensable.

C'était en compagnie de Markos que les buveurs solitaires sirotaient un whisky au milieu de la nuit – il connaissait la marque préférée de chacun et sortait la bonne bouteille sans avoir à poser de question. Tout aussi important, il n'oubliait jamais le nom d'une femme, ses goûts en matière de boisson, la flattant en lui servant un gin tonic avec un zeste de citron plutôt qu'une tranche.

Son sourire ravissait autant les hommes que les femmes. Quand on apercevait l'éclat de ses dents blanches ou de ses yeux verts, on était touché, fugacement, par son charisme.

Markos, toujours au diapason avec son patron, guettait son signal, un discret mouvement de tête. Il contourna le bar et la foule compacte de clients pour aller parler tout bas au pianiste.

Le jeune musicien conclut avec adresse son morceau, et ce pendant le tintement joyeux d'un mélangeur à cocktail contre un verre, qui fit taire le brouhaha des conversations conviviales.

— Mesdames et messieurs, commença Savvas, perché sur un tabouret bas pour être visible de tous. J'ai l'immense plaisir de vous annoncer que demain soir aura lieu l'inauguration de notre nouvel hôtel, le Sunrise. Cet événement particulier marque le début d'une nouvelle ère pour nous et la réalisation d'un vieux rêve : ouvrir à Famagouste un établissement qui concurrencera les meilleurs au monde.

Markos était de retour derrière le bar. S'il prêtait une oreille attentive au discours de Savvas Papacosta, il ne lâchait pas des yeux une seule seconde Aphroditi, qui fixait son mari avec admiration. Elle joignit les mains au moment opportun. La cascade d'applaudissements chaleureux, de quelques instants, fut suivie d'un silence religieux qui permit à Savvas de poursuivre :

— L'emplacement de notre nouvel établissement est unique dans cette station balnéaire. Il est tourné vers l'est, et dès le lever du soleil nos hôtes jouiront du meilleur confort de l'île, ainsi que d'une offre de loisirs inégalée. L'un des principaux atouts du Sunrise sera sa boîte de nuit, le *Clair de lune**. Vous êtes tous chaleureusement invités à nous retrouver demain soir, à la même heure, pour boire un cocktail et découvrir une partie des installations du Sunrise. Un car partira d'ici à 18 h 20 et vous ramènera à 20 h 30, sauf si vous souhaitez saisir l'occasion pour rentrer à pied par la plage, ce qui ne vous prendra guère plus de dix minutes. Je vous laisse profiter de votre soirée et espère vous voir tous demain.

Les clients se massèrent autour de Savvas et Aphroditi pour leur poser des questions, auxquelles les élégants hôteliers répondirent avec un sourire. Ils escomptaient, bien sûr, que certains des habitués deviendraient des fidèles du Sunrise. Ils ne précisaient pas, en revanche, que tous n'auraient pas les moyens d'y loger. Seuls les plus riches pourraient s'offrir une chambre en plein été.

Au bout d'une dizaine de minutes, Aphroditi se tourna vers Markos pour le convoquer d'un geste impérieux, dépourvu de féminité. Il ne pouvait pas l'ignorer : elle était la femme du patron.

Aphroditi s'éloigna de son petit cercle afin de lui parler en privé. Elle voulait soutenir son regard, mais le vacarme la força à se pencher vers lui pour être entendue. Il fut assailli par les effluves mêlés de son parfum et du Martini rouge. En dépit de la cherté ostensible de tout ce qu'elle portait, il trouva la combinaison de ces arômes écœurante.

— Markos, lui dit-elle. Les gens vont vouloir faire un tour dans la boîte de nuit demain soir. Peux-tu veiller à ce que tout soit bien prêt pour 18 h 30 ?

— Naturellement, Kyria Papacosta. Vous savez qu'elle ne sera pas opérationnelle avant le lendemain ?

Son ton était poli, celui d'Aphroditi le fut tout autant :

— Je comprends très bien, Markos. Nous devons néanmoins commencer à promouvoir cette attraction auprès de nos clients, et pour cela il faut qu'ils puissent s'en faire une idée. Nous espérons que ceux qui continueront à descendre ici viendront au Sunrise pour se divertir.

Elle lui tourna le dos et s'éloigna.

Leurs échanges se teintaient d'un formalisme qui cachait une méfiance profondément ancrée. Aphroditi se sentait menacée par cet homme qui rôdait en permanence autour de son mari. Elle ne put s'empêcher de remarquer qu'il avait une rougeur sur la joue et d'éprouver une légère satisfaction en voyant ce visage, par ailleurs parfait, marqué d'un petit défaut.

Si la hiérarchie entre eux ne faisait aucun doute, Aphroditi avait toutefois l'impression que la position de Markos Georgiou menaçait la sienne. Ils marchaient sur des œufs en présence l'un de l'autre, Aphroditi toujours à l'affût d'un affront qu'elle pourrait mentionner à Savvas.

Elle était furieuse qu'il ait obtenu carte blanche pour les spécifications de cette boîte de nuit. Jusqu'au choix de son nom. C'était la seule partie de l'hôtel dans laquelle elle n'avait pu jouer aucun rôle. Et cela lui restait en travers de la gorge. Elle ne s'expliquait pas pourquoi son mari laissait tant de libertés à cet homme quand il tenait à contrôler tous les autres aspects de cette entreprise. Et bien sûr, le nom retenu lui déplaisait souverainement.

— Clair de lune ! Je ne peux rien imaginer de plus ridicule, s'était-elle plainte à Savvas. C'est le seul endroit de l'hôtel qui ne verra jamais un rayon de lune !

— Mais il n'ouvrira qu'une fois la lune levée, *agapi mou.* Voilà l'idée.

Aphroditi n'était pas du genre à baisser les bras.

— La plupart des gens ne comprendront même pas l'allusion. C'est du français.

Cet échange animé avait eu lieu un soir où ils dînaient dans une taverne au bord de la mer.

— Pourquoi pas plutôt *Panselinos* ? avait-elle suggéré en admirant le ciel.

— Enfin, Aphroditi, avait répliqué Savvas, à deux doigts de perdre patience, la « pleine lune », ce n'est pas la même chose. Markos a choisi Clair de lune.

— Markos, Markos ! Pourquoi devrions-nous...

Aphroditi ne mâchait pas ses mots chaque fois que son mari faisait passer le jeune homme avant elle. Le nom de la boîte de nuit ne dérangeait pas un seul instant Savvas. En revanche, les critiques constantes de son épouse à l'encontre de Markos Georgiou l'usaient. S'il tenait à la rendre heureuse, il n'avait aucun désir d'offenser l'homme sur lequel il comptait pour réaliser une grosse partie des bénéfices à venir.

Indépendamment du nom, Aphroditi désapprouvait en particulier le décor.

— Il ne s'accorde pas au reste de l'hôtel, se plaignit-elle à son mari. Comment as-tu pu autoriser une chose pareille ?

— Cet endroit est censé avoir son atmosphère propre, Aphroditi. Le but, c'est justement qu'il soit différent.

Elle n'aimait pas qu'une partie de l'hôtel, même petite, soit dédiée à la vie nocturne. Le lieu ne s'accordait pas à l'atmosphère légère et lumineuse du rez-de-chaussée. Le Clair de lune avait pour but d'attirer ceux qui préféraient la nuit au jour, le whisky à l'eau, ceux qui se délectaient des conversations de fin de soirée et des cigares.

— Je hais littéralement ce violet sombre...

Aphroditi n'était descendue inspecter la boîte que durant la journée. Il était vrai qu'éclairé au néon, le cadre paraissait lugubre. Avec le bon éclairage tamisé, l'endroit avait son attrait. Quantité de lampadaires aux abat-jour frangés d'or, moquette mauve à poils longs et tables basses en onyx disposées autour d'une petite estrade. Le long d'un mur se tenait un bar avec une impressionnante collection de whiskies écossais et irlandais. La pièce pouvait contenir cent cinquante personnes assises, pourtant il s'en dégageait une impression d'intimité.

Aphroditi, qui avait pu choisir la décoration intérieure du reste de l'hôtel, n'avait pas été autorisée à intervenir pour le Clair de lune.

Dans la période d'activité intense qui avait précédé l'ouverture de l'hôtel, des panneaux avaient été installés au-dessus de la porte d'entrée et la façade du bar avait été embellie par l'incrustation en nacre de son nom. Aphroditi avait perdu la bataille. Elle savait qu'il était vain d'essayer de changer ce qui était désormais acté. Cela ne l'empêchait pas d'en vouloir amèrement à Markos de sa victoire.

Markos, quant à lui, éprouvait de la satisfaction : Savvas avait tenu parole. Le jeune homme savait qu'il était plus que son laquais, quoi que voulût en penser Aphroditi. Jour après jour, il faisait le nécessaire pour devenir son bras droit.

Avec l'ouverture du Sunrise, il espérait que la femme du patron serait moins souvent dans les parages. Il trouvait qu'elle avait une attitude possessive avec son mari. L'expérience lui avait appris que les épouses étaient souvent ainsi, avec un sens de la propriété affirmé.

Intérieurement, il se demandait surtout pourquoi elle travaillait à l'hôtel. À l'âge d'Aphroditi, la mère de Markos avait déjà eu ses trois enfants et ne sortait des limites de leur maison que pour aller au marché du village. Aujourd'hui encore, elle ne quittait Famagouste qu'une fois par an, pour se rendre à Nicosie. Le reste du temps, elle s'occupait de son intérieur ou du jardin, préparait des *soutzoukos* (une confiserie aux raisins et amandes), de l'halloumi ou faisait de la dentelle. Markos acceptait que les mœurs aient changé et que les filles – y compris sa sœur – s'habillent autrement, pensent autrement et même parlent autrement. Et pourtant la présence d'Aphroditi sur son lieu de travail le contrariait. En conséquence, il la traitait toujours avec une grande prudence, faisant montre d'une politesse excessive.

Il avait une certitude malgré tout : elle n'interviendrait pas dans la boîte de nuit. Celle-ci serait son domaine réservé. Savvas Papacosta comptait y attirer les plus riches clients, ayant aiguisé leur appétit pour la vie nocturne à Monaco, Paris et même Las Vegas. Il avait dit à Markos qu'à l'aide des bons numéros musicaux, ils pourraient gagner davantage qu'avec les chambres et la restauration réunies. Cet endroit n'aurait pas d'équivalent à Chypre : ouvert six jours sur sept, de 23 heures à 4 heures du matin.

À 20 heures précises, Markos vit Savvas et Aphroditi prendre congé de leurs hôtes et s'esquiver. Lui ne s'y autoriserait pas avant les 6 ou 7 heures suivantes. Exceptionnellement, le pianiste continuait à jouer, et Markos savait qu'un petit groupe de clients profiterait de l'ambiance festive jusqu'à minuit passé. Certains reviendraient après dîner se disperser sur la terrasse pour profiter de la douceur nocturne. D'autres, des hommes surtout – même s'il y avait parfois une cliente esseulée –, se jucheraient sur des tabourets pour partager avec Markos leurs visions des affaires, de la politique ou d'une question plus personnelle. Il avait un don pour dire ce qu'il fallait et adapter ses commentaires aux humeurs qui variaient en fonction du niveau de whisky dans la bouteille.

Il ne refusait jamais l'alcool offert par les clients qui voulaient trinquer avec quelqu'un, portait un toast en souriant avec eux, puis faisait discrètement disparaître le verre derrière le bar. Les buveurs partaient se coucher en titubant, heureux de cette soirée conviviale, tandis que Markos versait l'alcool auquel il n'avait pas touché dans la bouteille et faisait la caisse.

Sur le chemin du retour, il passa en voiture devant le nouvel hôtel. Il était 2 h 30 du matin et toutes les lumières semblaient encore allumées dans le hall du Sunrise. De nombreuses camionnettes d'entrepreneurs étaient garées devant : ils travailleraient jusqu'au bout de la nuit.

À gauche de l'entrée principale, une énorme enseigne avait été placée, prête à s'illuminer : « Clair de lune ». Il savait que tout était en ordre à l'intérieur, ayant procédé à une inspection le matin même. Aphroditi Papacosta pourrait déployer des trésors d'inventivité, elle aurait du mal à identifier le moindre défaut. Markos était convaincu que, aux yeux de ceux qui auraient le privilège de visiter les lieux ce soir-là, la boîte de nuit constituerait la principale attraction du Sunrise.

C'était une chance unique que lui offrait Savvas Papacosta. Une chance dont Markos avait longtemps rêvé.

3

Dix minutes plus tard, Markos se garait dans la rue Elpida. À l'image de la plupart des bâtiments des faubourgs résidentiels, son immeuble s'élevait sur plusieurs étages, chacun doté de son propre balcon, et chacun occupé par une génération différente.

Au rez-de-chaussée vivaient les parents de Markos, Vasilis et Irini. Au premier se trouvait un appartement vide dans lequel s'installerait un jour le petit frère de Markos, Christos ; au second, sa sœur Maria et son mari Panikos. Markos vivait seul au dernier étage. En se penchant par-dessus la balustrade du balcon, il pouvait apercevoir la mer et, parfois, sentir la brise. La terrasse sur le toit était à tout le monde, et du linge y séchait en permanence. Des rangées de chemises, draps et serviettes, aussi raides que du papier au bout d'une heure. Des tiges en métal rouillées hérissaient la terrasse comme autant de jeunes pousses : on se tenait prêt à ajouter un étage supplémentaire si besoin, pour les enfants des enfants.

À cette heure avancée, Markos ne passerait pas chez ses parents, mais le lendemain matin il s'assiérait une dizaine de minutes dans leur petit jardin puis retournerait travailler. Son père était en général parti aux champs avant 10 heures. Sa mère, elle, serait là et interromprait ses tâches ménagères pour lui préparer le café qu'il adorait, sucré à la grecque.

Lorsque Vasilis et Irini Georgiou avaient fait construire l'immeuble en ville, ils avaient reproduit en miniature tout ce qu'ils appréciaient à la campagne. Une vigne vierge qui poussait sur un treillis et donnait de l'ombre, cinq orangers plantés serrés et une douzaine de plants de tomates qui donnaient plus de fruits qu'ils ne pouvaient en consommer. Même les géraniums avaient été propagés par boutures à partir de leurs anciens massifs. Dans un coin du *kipos*, le potager, un bout de grillage délimitait un minuscule espace où deux poules s'agitaient et grattaient la terre.

Pour Irini Georgiou, le principal attrait du jardin résidait dans la cage suspendue à la gauche de sa porte. Celle-ci contenait son canari, Mimikos. Le chant de l'oiseau faisait le bonheur de la femme.

À 3 heures du matin, seules les cigales troublaient le silence.

Markos sortit sa clé, s'engagea dans le couloir commun puis dans l'escalier. Quand il atteignit le premier palier, il entendit son frère, Christos, et d'autres voix dans l'appartement vide, simple cube de béton nu qui amplifiait les sons.

Markos colla son oreille à la porte et écouta. Son frère élevait la voix, ce qui n'avait rien d'inhabituel, cependant l'un des autres hommes paraissait encore plus remonté. Markos reconnut un mécanicien du garage automobile où Christos travaillait.

Haralambos Lambrakis avait exercé une influence considérable sur lui.

Les deux frères Georgiou avaient toujours été proches et s'appréciaient mutuellement. Dix ans les séparaient, ce qui ne les empêchait pas d'avoir beaucoup joué ensemble, depuis la naissance de Christos. Dès qu'il avait su marcher, il avait suivi son aîné partout, adoptant ses gestes et convictions. Il idolâtrait Markos.

À dix-huit ans, Christos était bien plus radical que Markos ne l'avait été à son âge. Pas plus tard que le matin précédent ils avaient eu un débat houleux sur la question brûlante de l'union entre Chypre et la Grèce. Plus jeune, Markos avait été un fervent défenseur de l'*Enôsis*. Il avait appartenu à l'EOKA, l'organisation nationale des combattants chypriotes, et avait soutenu sa cause quand elle visait à la fin du règne britannique sur l'île. Dès la proclamation de l'indépendance, une dizaine d'années plus tôt, il avait pris des distances avec ces idées extrêmes.

Depuis le putsch à Athènes, cinq ans auparavant, la plupart des Chypriotes grecs accordaient plus d'importance que jamais à leur autonomie et n'aspiraient plus à être rattachés au continent. Des dissensions étaient apparues entre ceux qui, comme Christos, continuaient à promouvoir l'*Enôsis* et ceux qui, au contraire, la redoutaient. La violence menaçait d'éclater entre ces deux groupes.

— Pourquoi es-tu devenu aussi lâche ? s'était emporté Christos.

— Il ne s'agit pas de cela, avait répondu Markos sans cesser de se raser.

Il était près de 10 heures du matin et il passait avec application la lame dans l'épaisse mousse blanche, dévoilant peu à peu son visage. Il observait son reflet dans le miroir, ignorant visiblement son frère, qui se tenait sur le seuil de la salle de bains. Christos était monté chez Markos pour tenter de le rallier à sa cause. Il ne s'avouait pas vaincu.

— Mais tu avais des convictions à une époque ! Tu croyais ! Qu'est-ce qui t'arrive ?

— Christos, il ne m'arrive rien du tout, avait répliqué Markos en souriant à son frère. Peut-être que j'en sais plus aujourd'hui, tout simplement.

— Qu'est-ce que ça veut dire que tu en sais plus ? Qu'y a-t-il à savoir ?

Le calme de Markos mettait Christos hors de lui.

— Cette île est grecque, avait-il repris, elle l'était et elle devrait le redevenir. Il faut qu'elle soit rattachée à la patrie ! Pour l'amour de Dieu, Markos, tu soutenais la lutte pour l'*Enôsis* à une époque !

— Notre oncle aussi, avait rétorqué Markos, toujours impassible. Et notre père.

— Alors on baisse les bras ? Parce que certains, comme notre oncle Kyriakos, ont trouvé la mort ?

Les autorités britanniques avaient exécuté le frère de leur mère au moment où la violence avait atteint son comble, juste avant l'indépendance. Son nom était rarement mentionné, mais sa photographie en noir et blanc trônait sur une table dans le salon de leurs parents, rappelant au quotidien sa disparition.

Markos avait continué à se raser. Un ange était passé. Tout avait déjà été dit sur le martyre de leur oncle. Ils n'oublieraient jamais le chagrin qui avait dévoré leur famille et laissé des cicatrices. Âgé de sept ans à l'époque, Christos avait été témoin de la souffrance de leur tante et de leur mère, de leurs lamentations.

Markos avait toujours haï son oncle Kyriakos et ne pouvait pas prétendre le contraire désormais. Celui-ci le tapait sur la tête s'il considérait que son neveu, encore petit garçon, n'accomplissait pas sa part de travail lors de la récolte des fruits. Et quand il le surprenait en train de manger une orange pendant les heures de cueillette, il le forçait à en avaler quatre autres à la suite, avec l'écorce, pour lui apprendre que la gourmandise avait son revers. C'était un homme cruel, et pas seulement avec son neveu. D'un naturel observateur, Markos le soupçonnait aussi d'avoir battu sa femme. La première fois qu'il avait surpris sa mère en train d'appliquer une compresse froide sur la joue de tante Myrto, on ne lui avait fourni aucune explication. Comme il posait des questions, on lui avait répondu qu'il s'agissait « d'affaires de grands », cependant cette scène s'était reproduite si fréquemment qu'il avait fini par ne plus croire à un effet du hasard. Markos s'était demandé si c'était pour cette raison que Dieu punissait Kyriakos en ne lui donnant pas d'enfants. Mais alors il punissait aussi Myrto.

En voyant sa tante endeuillée, qui pleurait et gémissait des heures durant, constamment cajolée et consolée par sa famille, Markos s'était interrogé : quelle était la part de sincérité dans ces larmes ? Comment pouvait-elle déplorer la mort d'un mari qui la traitait de la sorte ? Alors que sa mère consolait la jeune veuve, il s'était rappelé les innombrables occasions où elle avait enlacé les mêmes épaules après que Myrto avait reçu des coups.

Dans l'année qui avait suivi la disparition d'oncle Kyriakos, leur père s'était vu infliger des blessures presque fatales. Aujourd'hui encore, Markos gardait un souvenir vivace des odeurs de terre et de sang qui avaient semblé se propager dans la maison lorsqu'on avait apporté Vasilis Georgiou. Il s'était rétabli, toutefois sa poitrine et son dos avaient été lacérés, et tout le haut de son corps était encore sillonné de cicatrices. Seule sa jambe n'avait pas entièrement guéri. Même avec une canne, il tanguait en marchant. Il ne pouvait plus plier le genou gauche et la douleur constante qui l'élançait depuis n'était soulagée par aucun médicament. Seule la *zivania* émoussait le mal permanent.

— Regarde notre père, Christos ! Il est estropié... Et à qui cela a-t-il servi ?

Aucun d'eux ne connaissait les détails des activités de leur père dans les années cinquante. Ils savaient seulement qu'il avait été un membre actif de l'EOKA. Vasilis Georgiou avait été décoré par le général Ghrivas, à la tête du soulèvement contre l'occupation anglaise, avant son exil. Markos était au courant du retour secret à Chypre de ce dernier, l'année précédente, et de sa nouvelle campagne clandestine pour l'*Enôsis*. Le général avait trouvé une autre génération de jeunes hommes enthousiastes comme Christos, prêts à rejoindre les rangs de sa récente organisation, l'EOKA B.

— Je n'arrive pas à m'expliquer pourquoi tu as arrêté ! Il s'agit d'une mission, pour l'amour de Dieu !

On n'abandonne pas au gré de ses humeurs. On n'abandonne pas tant qu'on n'a pas gagné !

Christos adorait la rhétorique de l'*Enôsis*, il aimait se lancer dans une diatribe même si son public était réduit à la seule personne de son frère. Markos avait soupiré. À l'époque où il avait frayé avec la cause, encore adolescent, il avait prêté serment – « je n'abandonnerai pas la lutte... tant que notre but n'aura pas été atteint ». Désormais ce but ne lui convenait plus.

— J'ai peut-être d'autres priorités aujourd'hui, Christos. Chypre est en train de se transformer. Elle nous offre de nouvelles perspectives. Quel bénéfice retirerait-elle en étant rattachée à la Grèce ?

— Comment ça ? De quelles perspectives parles-tu ?

— Tu n'as rien remarqué ?

— Remarqué quoi ?

— À quel point la ville est en train de se développer ?

La tiédeur de son frère irritait Christos.

— Quoi ! Alors ce qui compte maintenant pour toi c'est la quantité d'argent dans ta poche ?

— Pas seulement. Pose-toi juste cette question : as-tu envie que ta précieuse île tombe sous le joug d'une dictature ? Qu'elle passe sous les ordres d'Athènes ?

Christos avait conservé le silence.

— *Gamoto !* Bon sang !

Markos s'était légèrement entaillé la pommette avec son rasoir et du sang avait perlé.

— Passe-moi ce mouchoir, Christos.

Il avait tapoté l'entaille jusqu'à ce qu'elle cesse de saigner, quelque peu agacé à la perspective de la marque qu'il garderait.

— Regarde-toi, on dirait un bébé, l'avait taquiné Christos.

Il avait continué à vouloir convaincre son frère d'adopter son point de vue, mais plus ses prières se faisaient désespérées et agressives, plus Markos se montrait calme. Considérant son cadet avec compassion, il secouait la tête. Christos serrait et desserrait les poings, les yeux presque mouillés de larmes de frustration.

— Comment as-tu pu changer autant ? avait-il déploré. Je ne comprends pas...

Markos n'avait pas l'impression d'être si différent. Pas à l'intérieur en tout cas. C'était le monde qui avait évolué, de nouvelles opportunités se présentaient, réclamant à être saisies.

— Christos...

Il avait cherché à amadouer son frère, et celui-ci l'avait aussitôt interrompu.

— Tu es devenu comme nos parents...

Markos n'avait pu l'empêcher d'aller au bout de son accusation.

— ... tu te contentes d'une vie facile !

— Je ne vois pas quel mal il y a à mener pareille existence à leur âge.

— Notre père s'est battu en son temps !

— En son temps, Christos. Plus aujourd'hui. Et si tu comptes reprendre le flambeau, veille à ce que ça ne s'ébruite pas. Mieux vaut que personne ne le découvre, crois-moi.

Markos ne pensait pas seulement à leurs parents, auxquels il souhaitait épargner des soucis. La police était constamment à la recherche de suspects, membres de l'EOKA B.

Il poursuivit son ascension de l'escalier en béton et les voix s'évanouirent. Même avec les fenêtres ouvertes, le bruit des débats houleux et le chant des cigales n'empêcheraient pas Markos de dormir. Ses longues journées, et nuits, de travail étaient suivies d'un sommeil bref mais profond.

Le lendemain matin, il était debout dès 9 heures, à son habitude, et après les rituels de la douche et du rasage (il fut encore plus prudent que la veille), il descendit passer une demi-heure avec sa mère avant de se rendre au travail.

Irini Georgiou discutait avec son canari lorsqu'il la rejoignit. Elle portait un fichu en mousseline de soie marron bordée de dentelle qu'elle ne quitterait pas jusqu'au coucher, ainsi qu'une blouse à fleurs sous son tablier à imprimé rose – les deux formant un ensemble des plus discordants. Irini avait une existence bien remplie. Elle était accaparée du matin au soir par quantité de petites tâches, et le cadre dans lequel elle évoluait était aussi chargé que son emploi du temps. Leur ancienne maison, au village, était plus vaste que l'appartement, pourtant ils avaient emporté le moindre meuble, le moindre bibelot. Leur accumulation donnait le sentiment qu'ils vivaient dans un musée de miniatures. Chaque assiette, chaque affiche encadrée, chaque vase rempli de fleurs en plastique, chaque napperon en dentelle et chaque carte postale envoyée par un ami avait sa place. Sans oublier, bien sûr, l'icône d'Agios Neophytos, qui figurait en bonne position. Irini se sentait rassurée dans ce cocon de souvenirs.

Parmi les photographies exposées dans l'appartement se trouvait un portrait du général Ghrivas, un autre du président Makarios, un des Georgiou le jour de leur mariage et enfin un de chacun des trois enfants, Markos, Maria et Christos, bébés. Le culte qu'Irini vouait à Makarios s'était accru depuis qu'il ne soutenait plus l'*Enôsis*. Quelquefois, Ghrivas se retrouvait nez à nez avec le mur. Elle prétendait que ça arrivait facilement quand on époussetait les cadres. Elle priait pour que son époux n'ait été mêlé à aucun assassinat, n'ayant jamais eu l'audace de l'interroger.

Elle était tout à fait au courant du retour d'exil du général. En revanche, ni elle ni son mari ne savaient que Christos avait rejoint l'EOKA B.

— Viens prendre ton café, dit-elle à Markos en souriant.

Irini adorait son fils aîné, qui en retour se montrait toujours attentionné et affectueux avec sa mère.

— *Mamma*, tu as l'air fatiguée aujourd'hui...

Il avait raison : les cernes sous ses yeux étaient d'un violet presque noir. Irini dormait mal. Ces derniers temps, elle s'était levée plus épuisée qu'elle ne s'était couchée. Elle en imputait la faute à ses rêves. Bien que souvent illogiques et pleins de tumulte, ils reflétaient la vérité, elle en était convaincue. Elle avait la certitude qu'ils lui parlaient d'un danger. Une sensation plutôt qu'une situation politique précise. Ses songes lui soufflaient que la paix était menacée.

La fin de la lutte contre les Britanniques et la création de la république de Chypre avaient marqué le début d'une période bienvenue de calme et de tranquillité pour la famille Georgiou. Des années idylliques à cultiver leur terre, à jouir du rythme paisible de la vie villageoise, où seul le chant des oiseaux venait troubler le silence, à vivre au gré des saisons, appréciant les changements de température et l'arrivée de la pluie tant attendue. Il y avait assez de place pour tout le monde, assez de terre pour nourrir toutes les bouches et ils entretenaient des relations chaleureuses avec leurs voisins, des Chypriotes turcs. Leurs existences ne se heurtaient qu'à une difficulté : apaiser la souffrance de Vasilis Georgiou, dorénavant incapable de travailler plus de quelques heures par jour.

Cette paisibilité avait été de courte durée, assassinée en même temps que leurs voisins turcs, acte barbare perpétré par des Grecs. En dépit de ce que leur président, Makarios, avait dit et fait, des accords qu'il avait conclus avec d'autres hommes politiques, c'en était terminé. L'esprit d'Irini n'avait pu connaître le repos à proximité du lieu où leurs voisins avaient été tués. Si son sommeil avait toujours été peuplé de rêves, des cauchemars étaient désormais venus le hanter. C'était à cette époque qu'ils avaient quitté le village. Vasilis y retournait quotidiennement au volant de sa petite camionnette pour s'occuper des champs, mais Irini restait à Famagouste.

Markos suivit sa mère dans l'appartement plus qu'encombré, où d'innombrables fauteuils reposaient sur des tapis richement ornés. Il en eut mal aux yeux. Il comprenait pourquoi son père passait tant d'heures dehors, en partie sur les terres qu'ils avaient conservées et en partie au *kafenion*, où il retrouvait ses amis et jouait au *tavli*. Ces deux lieux étaient plus reposants.

Markos veillait à ce qu'il n'y ait pas le moindre fouillis chez lui. Il ne possédait que peu d'affaires. Tout devait avoir un usage. Le bric-à-brac qui rassurait tant sa mère était une abomination de son point de vue. Même la nappe à fleurs qu'elle voulait mettre sur sa table «pour égayer un peu l'endroit» était plus qu'il ne pouvait en supporter.

— Ma nuit a été mauvaise, *leventi mou*, dit-elle en disposant les petites tasses devant eux.

Elle racontait souvent ses rêves à Markos. Vasilis, qui dormait comme une souche, ne s'y intéressait pas. Il était parti une heure plus tôt.

— J'ai aussi entendu des voix furieuses, ajouta-t-elle. Je ne saurais pas te dire ce qui se passait exactement, *leventi mou*... Rien de bon, non, rien de plaisant.

Son fils n'avait aucune envie de lui expliquer qu'elle avait sans doute été dérangée par une véritable dispute, entre Christos et ses amis. Il ne voyait pas l'utilité de la contrarier. Dès que l'*Enôsis* venait dans la conversation, Irini changeait de sujet. Elle ne voulait pas que ses fils aient quoi que ce soit à faire avec la politique ou les activistes. Ils avaient failli détruire l'île à une époque, et elle les en croyait encore capables. Rien n'avait été véritablement résolu.

Markos caressa la main de sa mère, sur la table. La peau était aussi fine que du papier et les articulations râpées. Il laissa ses doigts courir dessus.

— Que t'es-tu fait, *mamma* ?

— Une petite égratignure en taillant la vigne, répondit-elle, rien de grave. On met plus de temps à guérir quand on a mon âge.

Markos examina sa propre peau, lisse. Son père avait toujours les mains rêches et lacérées, et il avait l'intention de préserver les siennes.

Dernièrement, chaque fois qu'il allait chez le coiffeur faire rafraîchir sa coupe (même s'il portait ses cheveux soyeux beaucoup plus longs cet été), il demandait aussi une manucure. On lui coupait les cuticules et on lui limait les ongles. Ils étaient d'une propreté immaculée. Grâce à un massage quotidien à l'huile d'olive, ses mains semblaient innocentes, presque enfantines. Elles étaient parfaites. Et aux yeux de Markos, il n'y avait pas meilleure preuve de sa réussite : le seul outil qu'il était amené à utiliser était un stylo.

— Petit, petit, petit...

Sa mère était en train de donner du grain à Mimikos.

— Petit, petit, petit... Comment se portent ces plantes que je t'ai données ? demanda-t-elle, marquant à peine une pause entre ses deux interlocuteurs. Tu penses bien à les arroser ?

Il sourit.

— *Mamma*, tu sais très bien que j'ai oublié. Je suis désolé, j'ai été trop occupé.

— Tu travailles si dur, *leventi mou*, si dur. Tu n'as même pas de temps pour une gentille fille ?

— Oh, *mamma*...

C'était une blague entre eux. Elle ne perdait pas espoir. Toutes les mères aimaient leurs fils, et la beauté de Markos en faisait encore plus un objet d'adoration. Elle lui caressa la joue ainsi qu'elle en avait l'habitude depuis qu'il était bébé, avant de le laisser lui prendre la main et l'embrasser.

— J'attends juste d'en rencontrer une aussi belle que toi, la taquina-t-il.

— Entendu, mon trésor, mais ne tarde pas trop.

Comme toute mère, elle était impatiente. Leur fille était mariée depuis deux ans à présent et elle aurait été heureuse que son fils aîné trouve une épouse. Il y avait un certain ordre des choses à respecter, et il avait tout de même vingt-huit ans.

Elle était fière que son fils occupe un poste dans l'hôtel le plus chic de la ville. Ça avait été l'une des consolations lorsqu'ils avaient quitté le village pour Famagouste. Elle savait depuis longtemps que Markos ne serait pas comblé par une existence paisible et routinière à veiller sur un champ d'orangers. S'il n'obtenait pas de bons résultats à l'école, il avait toujours été intelligent et elle avait la certitude qu'il était promis à un grand avenir.

Markos se leva pour partir.

— Ce que tu es élégant ! s'exclama-t-elle avant de caresser le revers de sa veste. Tu es magnifique avec ce costume, on dirait un homme d'affaires !

— L'inauguration a lieu ce soir. Les Papacosta organisent une réception et ils attendent beaucoup de gens importants.

— Ce que c'est excitant !

Irini rayonnait de fierté à l'idée que son fils prendrait part à une telle fête.

— Je veux en savoir plus sur les invités, insista-t-elle.

À travers la carrière de son fils, elle découvrait une vie mondaine dont elle ignorait tout. Elle n'était jamais allée au Paradise Beach et savait qu'il était encore moins probable qu'elle mette les pieds au Sunrise.

Pour autant, elle brûlait toujours d'apprendre ce qui se passait dans ces grands établissements. Irini Georgiou achèterait le journal le lendemain pour y découper les photographies de l'événement qui ferait sans doute la une.

— Le maire et sa femme, répondit nonchalamment Markos. De nombreuses personnalités politiques de Nicosie, des hommes d'affaires, des amis du père de Kyria Papacosta et même des hôtes étrangers...

— Et la boîte de nuit ouvrira aussi ses portes ?

— Pas ce soir. Demain.

Il regarda sa montre.

— Je monterai arroser tes plantes plus tard, reprit Irini. Et je repasserai tes chemises, tu les trouveras rangées dans ta penderie.

Elle s'affairait déjà, débarrassant les tasses, essuyant la table, retirant les fleurs fanées d'un géranium, jetant un coup d'œil dans la cage du canari pour s'assurer qu'il avait assez de graines. Bientôt elle s'attaquerait aux préparatifs du déjeuner. Toute la famille appréciait sa cuisine, plus particulièrement Panikos, qui avait bien grossi depuis son mariage avec Maria. Celle-ci descendrait aider sa mère, et son mari rentrerait de son magasin d'électroménager à midi, juste à temps pour manger.

— Je dois filer, dit Markos avant de déposer un baiser sur la tête de sa mère. Je viendrai tout te raconter, tu as ma promesse.

À partir de maintenant et jusqu'au coucher du soleil, il n'y aurait plus une seconde à perdre. À l'heure où la nuit tomberait, la plus grande soirée mondaine chypriote de l'année battrait son plein.

4

Le Sunrise était empli du parfum de centaines de lys et d'au moins autant de femmes éblouissantes. Les robes étaient assorties aux bijoux, les bijoux de toutes les couleurs de l'arc-en-ciel.

Les invités étaient accueillis à l'entrée puis dirigés vers un tapis rouge qui les conduisait à la fontaine aux dauphins. On leur servait alors une coupe de champagne frappé avant de les inviter à poursuivre leur chemin, le long de fresques, qu'ils prenaient le temps d'admirer.

Des guirlandes de fleurs s'enroulaient autour des colonnes de plâtre. Au crépuscule, ces dernières s'illumineraient également.

Des dizaines de serveurs en veste blanche présentaient aux convives des plateaux de nourriture. En cuisine, le chef, qui dirigeait une brigade de vingt-cinq personnes, avait œuvré depuis l'aube à la création d'une gamme de petits-fours colorés, à base de gélatine ou de pâte feuilletée, et décorés avec sophistication. Tous avaient travaillé en vrais robots, à gestes mécaniques, détaillant et garnissant chaque pièce avec précision pour qu'elle soit parfaite – et n'évoque en rien les repas chypriotes traditionnels, préparés à la maison. Il y avait de minuscules vol-au-vent, ainsi que de délicats morceaux de foie gras et des crevettes, dans lesquels étaient plantées des piques à cocktail. Le chef, français, s'inspirait d'Escoffier. Il avait donné l'instruction suivante : tout devait être décoré avec autant de soin qu'un gâteau. Puisque l'on ne pouvait pas coiffer un petit-four d'une cerise, on la remplaçait par quelques grains de caviar ou un minuscule morceau de tomate en guise de touche finale.

Le volume des nombreuses voix mêlées et superposées ne permettait pas d'entendre les douze musiciens. Ils s'entêtaient cependant, car ils savaient que plus tard dans la soirée, une fois les rangs clairsemés, leur répertoire, soigneusement répété, serait apprécié. Ils étaient arrivés la veille de Paris, en avion, et figuraient ainsi au nombre des multiples importations pour l'occasion. Savvas Papacosta tenait à ce que cette réception reflète les aspirations internationales de son établissement, et le son nasillard du bouzouki aurait d'une seule note ruiné tous ses efforts. Cette affaire requérait du raffinement.

Tous étaient naturellement attirés par la terrasse, où une composition florale blanche, suspendue au-dessus de la table, épelait le nom de l'hôtel. Devant se tenaient les hôtes, prêts à accueillir leurs convives.

Aphroditi, en robe longue ivoire balayant le sol, semblait éclairée de l'intérieur. Un bracelet d'or blanc s'enroulait autour de chacun de ses bras, terminé par une tête de serpent. L'un avait des yeux en rubis, l'autre en saphirs. Certains lui trouvaient une allure de sirène, d'autres voyaient plutôt l'influence de Cléopâtre. Toutes les femmes l'étudiaient avec envie et aucun détail ne leur échappait : les diamants qui pendaient à ses oreilles, la robe taillée, comme il se doit, dans le biais et qui ondoyait autour d'elle, les paillettes qui captaient la lumière à chacun de ses mouvements, les sandales dorées que l'on apercevait parfois à travers la fente, les cheveux relevés en chignon. Emine avait créé une coiffure idéale pour la soirée et toutes tentaient de deviner combien d'épingles et de pinces avaient été employées. Si en secret elles admiraient Aphroditi, elles firent à leurs maris des commentaires dépréciatifs et acerbes.

— Pour qui se prend-elle en plus ? Tout est tellement excessif...

Les hommes, eux, voyaient la scène dans sa totalité, l'impression générale. Devant eux se tenait une belle femme, sans défaut. Ils avaient toutefois la sagesse de ne pas contredire leurs épouses.

À côté d'Aphroditi, guettant le moment idéal pour prendre la parole, Savvas observait les invités qui contemplaient son œuvre. Il espérait surtout qu'ils seraient impressionnés par la qualité de ce qu'ils voyaient. Il avait travaillé d'arrache-pied durant plusieurs années pour accomplir ce dont ils feraient le tour en une heure à peine. Sentant que le résultat suscitait leur admiration, Savvas commença enfin à se détendre.

Une fois les discours terminés – le maire et un ministre avaient succédé à Savvas –, le flot de félicitations et de compliments fut aussi abondant que celui de champagne. Lorsqu'il eut le sentiment que tous ses convives avaient eu assez de temps pour s'émerveiller de la vue d'ensemble, les hommes politiques, les dignitaires du coin et les clients potentiels eurent droit à des visites personnalisées. Ils entrèrent dans la salle de bal et dans les salles à manger, puis empruntèrent l'ascenseur tapissé de miroirs pour monter à la suite du dernier étage, la plus belle. Chaque détail était souligné au passage, origine des carreaux de marbre ou nombre de fils des draps.

Costas Frangos, le directeur de l'hôtel, et ses deux bras droits ne laissèrent planer aucun doute dans l'esprit des visiteurs : la qualité proposée par le Sunrise était d'un tout autre niveau que celui offert par l'île jusqu'à présent. Assommés par les informations et les chiffres, les visiteurs se dépêchaient de regagner le cocktail et de faire remplir leurs verres. Famagouste semblait avoir indéniablement pris de la valeur à leur regard, brillant, et presque tous y voyaient le moyen d'en tirer bénéfice.

Les épouses des propriétaires des hôtels voisins, cependant, étaient à l'affût des défauts. Leurs critiques portèrent avant tout sur la nourriture.

— C'est impossible à manger ! Tout est si chichiteux ! Si fragile !

Elles s'attaquèrent ensuite au décor.

— Ce sol ! Et ne parlons pas de ces dauphins..., murmura l'une.

— Vous pensez vraiment que les clients apprécieront toutes ces fanfreluches... et ces draperies ? Et pourquoi ont-ils carrelé la piscine de la sorte ? souffla une autre, si près des Papacosta qu'ils auraient presque pu l'entendre.

Ces femmes trouvaient leurs époux étrangement silencieux : ils étaient accablés par la certitude de devoir moderniser leurs installations. Quelles que soient les réserves que l'on puisse avoir sur la décoration du Sunrise, l'évidence sautait aux yeux : ce nouvel établissement surpassait tous les autres. Ce n'était pas une question d'opinion. Il était plus grand et plus beau. Et si les petits-fours pouvaient servir d'indicateurs, la cuisine de cet hôtel ferait de l'ombre aux autres.

De son côté, le ministre ne tarissait pas d'éloges, presque obséquieux :

— Kyrie Papacosta, puis-je vous féliciter pour votre réussite ?

Il adoptait le ton de celui qui ne parlait pas seulement en son nom propre.

— Je suis fermement convaincu que le Sunrise redorera le blason de l'île tout entière, ajouta-t-il.

Il tendit la main à Savvas et les flashs crépitèrent alentour. Aphroditi, qui se trouvait près de son mari, sentit la chaleur des lumières et fut aveuglée un instant par leur éclat. Les photographes pouvaient déjà prédire que ce serait elle qui ferait la une le lendemain. Le rédacteur en chef du journal serait plus qu'heureux de reléguer le cliché de l'homme politique corpulent à l'intérieur. « Le soleil se lève sur Famagouste[1] », voilà quel serait le titre de la première page.

Comme n'importe qui d'autre, Markos avait constamment le regard aimanté par Aphroditi. Il était décontenancé de voir qu'elle accaparait autant l'attention alors que Savvas Papacosta était le propriétaire

1. Jeu de mots sur *Sunrise*, qui signifie « lever du soleil ».

des lieux et l'homme qui avait créé cet hôtel de toutes pièces. Elle l'éclipsait presque.

Markos ne cessa d'aller et venir durant la réception, gardant ses distances avec les deux Papacosta. Savvas n'attendait qu'une seule chose de lui ce soir, qu'il assure la promotion de la boîte de nuit.

Le jeune homme n'en aurait pas mis sa main à couper, toutefois après toutes ces années passées derrière le bar il se sentait en mesure de deviner quels invités étaient les plus susceptibles de constituer la future clientèle du Clair de lune. Les noctambules, les gros fumeurs, les hommes qui avaient refusé le champagne et réclamé quelque de chose de plus fort, peut-être ceux qui cherchaient à engager la conversation, promenant leur regard autour d'eux, d'un air ennuyé, voire agité. Ces conditions n'étaient peut-être pas suffisantes, cependant c'était un bon début. Il s'approcha des invités qui répondaient à ces critères et se présenta. À leur réaction, il devinerait aussitôt si ses antennes étaient ou non bien réglées. Certaines de ses cibles s'animaient sur-le-champ, leur expression passant de la neutralité à l'excitation. Plus révélateur encore, elles acceptèrent sans hésiter de le suivre quand il leur proposa de leur montrer la boîte de nuit.

Markos entraîna ses clients potentiels à l'écart et leur fit descendre une volée de marches intérieures qui les conduisit à une porte dérobée, fermée à clé. Il l'ouvrit d'un geste théâtral, les introduisant dans son domaine.

Le trajet jusqu'à ce monde souterrain et nocturne donnait aux invités l'impression d'accéder à un lieu secret. Si Markos les avait fait passer par l'entrée à l'extérieur de l'hôtel, plus exposée, ils ne se seraient pas sentis aussi privilégiés. Il veillait à ce que chacun soit convaincu d'être le seul à avoir bénéficié d'une telle visite privée.

Il lui suffisait de quelques minutes, au cours desquelles il présentait les artistes qui avaient été engagés pour se produire au Clair de lune puis énumérait quelques-uns des whiskies millésimés présents à la carte, pour que ses interlocuteurs acceptent une carte de membre gratuite. Leur présence le lendemain soir, pour l'ouverture de la boîte de nuit, faisait peu de doute à ses yeux.

Il les reconduisit, l'un après l'autre, au cocktail, qui battait toujours son plein. Parfois, il voyait une épouse heureuse de retrouver son mari de meilleure humeur. Décidément, Markos avait l'impression que les femmes se contentaient d'un rien.

De retour de l'une de ses visites guidées, il s'arrêta à l'entrée de la terrasse. La nuit était tombée à présent et le ciel constellé d'étoiles, particulièrement visibles en l'absence de la lune. Il s'aventura dehors ; le nombre des convives avait commencé à diminuer.

Il remarqua qu'Aphroditi avait quitté sa place sous la composition florale et était attablée avec un couple âgé. Elle releva la tête et parut fixer Markos avant de reporter son attention sur la femme aux cheveux gris. Il battit en retraite dans le hall de l'hôtel. Pour une raison inexplicable, il était vexé de ne pas avoir eu droit à un petit geste de la main ou à l'esquisse d'un sourire. Malgré la climatisation, il eut une bouffée de chaleur.

Aphroditi était avec ses parents. Sa mère était en noir. Depuis la mort de son fils unique, elle ne portait pas d'autre couleur. Par cette nuit d'été festive, son deuil devenait plus pesant et plus triste que jamais, d'autant qu'il la vieillissait. Le père d'Aphroditi, Trifonas, avait choisi un costume gris foncé et une chemise bleu pâle. C'était un bel homme, chenu lui aussi, mais toujours plein de vigueur. Il appréciait d'être rentré sur son île natale et se réjouissait de l'aboutissement de ce grand projet. Le Sunrise était le premier investissement hôtelier de l'entreprise Markides Holdings, et Trifonas pressentait déjà qu'il s'agissait d'une des plus sages décisions qu'il eût prises dans ce domaine.

Dorénavant, il gérait son parc immobilier à distance. Il possédait une entreprise, établie à Nicosie, qui s'occupait de l'administration au jour le jour de ses différents investissements. Dans son bureau de leur maison de Southgate, il passait quotidiennement une demi-heure au téléphone. Grâce à la fortune amassée, sa femme et lui vivaient très à l'aise. Avec les températures glaciales du sud de l'Angleterre, ils laissaient le chauffage central allumé la plupart de l'année, recréant ainsi chez eux le climat chypriote. Ils avaient une Jaguar, d'épais tapis et une femme de ménage qu'Artemis appelait leur « domestique ». Trifonas jouait au golf presque tous les jours, et le dimanche ils allaient à l'église orthodoxe. Ils prenaient part aux collectes de fonds en faveur des Chypriotes grecs venus s'installer en Angleterre et qui avaient besoin d'assistance financière. De temps à autre, ils se rendaient dans un grand restaurant chypriote du coin, invités par l'un de ceux qu'ils voyaient à la messe à venir célébrer les noces de leur fils ou fille.

Cependant, si Trifonas avait une vie sociale au club de golf, Artemis restait dans son coin. Le cours de son existence s'était suspendu en 1964 et cet état de paralysie résumait bien sa façon d'être. Tout l'argent de Chypre et de Grande-Bretagne ne pourrait jamais ramener Dimitris Markides.

Aphroditi savait que son père approuvait ce qu'ils avaient fait de l'hôtel, mais elle espérait aussi obtenir l'aval de sa mère.

— Que penses-tu du résultat ? demanda-t-elle.

— C'est très beau, chérie. Tu as merveilleusement bien travaillé, répondit Artemis avec un sourire forcé.

— Vous devriez venir passer quelques jours, suggéra Aphroditi, vous prendriez une chambre ici !

Ses parents avaient conservé leur appartement dans le petit immeuble qu'ils avaient offert à leur fille et Savvas comme cadeau de mariage, et ils l'occupaient toujours lors de leurs rares visites à Chypre. Ils ne se rendaient presque plus à Nicosie.

— Ce n'est pas pour nous, ma chérie.

Aphroditi avait pressenti, avant même que les mots ne franchissent les lèvres de sa mère, que sa proposition serait déclinée. Le Sunrise était un lieu bien trop fréquenté pour Artemis.

Un serveur s'approcha d'eux avec un plateau chargé de verres pleins.

— Bonsoir, Hasan.

— Bonsoir, madame.

— Tout s'est bien déroulé ce soir, non ?

— Les invités ont été très impressionnés, répondit-il avec affabilité.

Aphroditi prit trois coupes de champagne et en tendit une à sa mère.

— Non merci, ma chérie. Je préférerais une boisson sans alcool, si ça ne te dérange pas.

— Même ce soir, maman ? Juste pour trinquer avec nous ?

Elles n'avaient beau passer que très peu de temps ensemble désormais, Aphroditi continuait à être exaspérée par sa mère. Ne pouvait-elle pas s'égayer un peu, pour une fois ? Elle savait pourtant l'importance que revêtait cette soirée aux yeux de sa fille.

Déjà, le jour du mariage d'Aphroditi et de Savvas, Artemis était restée assise dans un coin, à l'écart de la noce. La mort de Dimitris avait été un cataclysme dans leurs existences à tous, cependant sa sœur aurait aimé que son ombre ne vienne pas ternir un événement pareil. Il était mort, mais elle était en vie, elle.

Aphroditi remarqua que sa mère évitait de regarder le serveur. Cette dernière avait des préventions contre les Chypriotes turcs, ce qui irritait sa fille bien qu'elle évitât d'aborder le sujet. Aphroditi partageait les vues de son mari sur le sujet. L'hôtel devait embaucher les meilleurs candidats, indépendamment de leurs origines. Savvas l'avait d'ailleurs expliqué en ces termes à sa belle-mère, lorsqu'elle avait soulevé la question dans l'après-midi :

— C'est encore une façon de distinguer le Sunrise. Afin d'affirmer sa véritable identité internationale, il lui faut une équipe cosmopolite. Le chef est français, deux des réceptionnistes sont anglais, notre directeur des banquets est suisse. Pour notre salon de coiffure, nous avons engagé une Chypriote turque... et beaucoup des employés en cuisine sont aussi turcs, naturellement.

— Enfin, avait protesté sa belle-mère, un serveur ? Au vu et au su de tous les clients ?

— Eh bien, je n'aime pas être en désaccord avec vous, avait rétorqué Savvas, seulement au prix que nous leur offrons nous voulons les meilleurs. C'est la loi du marché.

Savvas voyait le monde à travers le prisme des pertes et profits.

Aphroditi se leva de table.

— Il faut que j'aille voir si mon mari a besoin de moi, dit-elle, usant de ce prétexte pour s'éloigner.

Si elle avait une relation aussi compliquée avec ses parents, c'était en partie parce que la vérité avait été dissimulée à sa mère. Artemis Markides vivait dans l'ignorance de faits irréfutables concernant son fils. Dans de pareils moments, Aphroditi devait se retenir de dénoncer ce mensonge, de lui hurler : « Il a tué quelqu'un, maman. Ton précieux fils a tué un Chypriote turc ! »

Depuis près de dix ans ces mots lui brûlaient les lèvres, mais jamais elle ne pourrait les prononcer.

L'affaire avait été soigneusement étouffée, ce qui n'était pas difficile pour un homme aussi riche et influent que Trifonas. Payer quelqu'un pour réécrire l'histoire avait relevé du jeu d'enfant. Il ne voulait pas que l'on puisse laisser entendre que son fils avait été tué en représailles d'un meurtre. Une telle réalité entacherait leur nom pour toujours.

Aphroditi savait que son frère n'était pas innocent. Il s'était retrouvé au cœur de l'antagonisme stérile entre les Grecs et les Turcs qui s'était transformé en haine après le départ des Britanniques. Aucun des deux camps n'était entièrement satisfait de la Constitution signée en 1960, pourtant les propositions de réforme de Makarios avaient déclenché des violences. Le sang d'un Turc exigeait celui d'un Grec, et ainsi de suite. Cette animosité profondément ancrée en certains avait, par moments, menacé de tout détruire. Elle avait privé Aphroditi de son unique frère, dévasté sa mère, démoli l'existence de son père, et si les choses avaient continué comme dix ans plus tôt, les vies de tous les Chypriotes auraient été ruinées, qu'ils fussent grecs ou turcs. La jeune femme ne pouvait pas trouver de raison à un conflit qui n'avait pas de vainqueur.

Elle resta un moment sur la terrasse à observer la mer. C'était elle qui avait suggéré, au moment de l'établissement des plans, que la terrasse de l'hôtel puisse donner directement sur la plage : cela permettrait aux clients d'entendre le bruit des vagues et de sentir le sable sous la plante de leurs pieds. Par une telle nuit, où la mer était tranquille et les étoiles brillaient, ils assisteraient peut-être aussi au plus magique des phénomènes : le reflet d'une pluie d'étoiles filantes.

Durant ces cinq minutes qu'elle s'octroya sous la voûte étoilée, sa colère reflua. En présence de sa mère, l'énervement prenait souvent le dessus. Artemis Markides était comme une coquille vide, désertée par toute possibilité d'émotion. Aphroditi n'en appréciait que davantage l'affection indéfectible de son père. Depuis son départ pour l'Angleterre, il lui manquait terriblement.

Lorsqu'elle se retourna, elle constata que ses parents s'étaient éclipsés. Même leurs verres avaient été débarrassés. Elle comprit que son père avait reconduit sa femme chez eux. Celle-ci détestait veiller tard. Le lendemain matin, ils s'envoleraient pour Londres.

Markos se tenait dans l'ombre. Par cette paisible nuit étoilée, en dépit du calme qu'il affichait pour les invités, il se faisait du souci. Il savait que Christos se trouvait à Nicosie pour une réunion avec ses camarades révolutionnaires.

Quelque chose attira soudain son regard. Sur la toile de fond de la nuit d'encre se détachait une statue pâle et diaphane. C'était Aphroditi, seule, immobile. Markos n'aurait su dire ce qui lui pesait le plus ce soir-là : l'inquiétude pour Christos ou la vision de cette femme, merveilleuse statuette de marbre sauvée des sables. Toutes deux lui procuraient un étrange sentiment de malaise.

5

Les derniers noceurs quittèrent la réception à minuit. Il restait moins de douze heures avant que les premiers clients ne viennent poser leurs valises.

Lorsque Savvas se présenta au Sunrise, de bonne heure le lendemain, des dizaines d'employés s'affairaient déjà, rangeant, balayant, époussetant et polissant pour que tout soit aussi parfait que précédemment. Il fallait remettre les meubles en place. Des verres avaient été renversés et il y avait encore des débris sur le sol en marbre. L'ampleur du ménage à effectuer reflétait le succès de la réception.

— Bonjour, Kyrie Papacosta.

— Bonjour, Kyrie Papacosta...

Savvas entendit ces mots une bonne douzaine de fois entre le parking et la réception.

Il ne faisait pas le moindre doute que les employés connaissaient le standing requis par l'hôtel. Toute surface brillante exigeait d'être astiquée jusqu'à ce qu'on puisse y voir son reflet. Les serviettes devaient être d'une blancheur éblouissante. Les fenêtres, si propres qu'elles devenaient invisibles. La responsable des femmes de chambre était tyrannique. Elle avait annoncé à celles-ci qu'elles pourraient perdre leurs postes si les lits n'étaient pas impeccables.

— Qui sont nos premiers clients, Costas ? demanda Savvas au directeur de l'établissement.

— Nous attendons deux couples de Genève, Kyrie Papacosta, ils arrivent ensemble. Ainsi que vingt-six Américains, un groupe d'Allemands, trente Suédois, une demi-douzaine de couples anglais, des Français, quelques Italiens et les derniers, je crois, viennent d'Athènes.

— C'est un bon début. Et le nombre parfait pour l'heure.

— Ah, j'allais oublier ! ajouta Costas. Frau Bruchmeyer, bien sûr. Nous lui enverrons une voiture en fin de matinée pour aller la chercher au Paradise Beach.

Venue en vacances à Chypre l'année passée, Frau Bruchmeyer n'était jamais rentrée chez elle. En novembre, sa nièce était arrivée de Berlin avec des vêtements légèrement plus chauds – quelques gilets en cachemire, des pantalons et une veste en laine –, ses bijoux – elle en portait un chaque soir au dîner –, et des livres. Le reste, mobilier, portraits de famille et fourrures, était resté en Allemagne.

— Je n'en ai pas l'usage, avait-elle dit. Il ne me faut que de rares choses ici. Un peu d'argent pour les dépenses du quotidien.

Au jour le jour, elle n'avait pas besoin de beaucoup d'espèces, juste de quoi distribuer des pourboires au personnel, ce qu'elle faisait avec constance et générosité. Sa facture mensuelle était réglée par lettre de change.

Elle entamait chacune de ses journées par quarante minutes de natation dans la mer, au pied de sa chambre. Les plus matinaux, pour l'essentiel des employés des autres hôtels, la voyaient soumettre son corps souple à une série d'étirements et d'exercices. Puis on pouvait apercevoir sa tête blanche s'éloigner vers l'horizon avant de revenir. Pour finir, elle s'asseyait sur le sable doré et contemplait l'eau.

— J'ai nagé dans tous les océans de la planète, disait-elle, et aucun n'est plus beau que cette mer. Où donc pourrais-je vouloir passer la fin de mes jours ?

Aucun aspect de sa vie n'aurait été meilleur en Allemagne. Ici, on s'occupait de son linge, on veillait à ce que sa chambre reste impeccable. Elle faisait des repas de reine et, comme toute personne de sang royal, n'avait à s'occuper ni des courses ni de la cuisine. La compagnie, constamment renouvelée et variée, ne la lassait jamais, et elle choisissait ses moments de solitude.

De son balcon, elle avait suivi l'évolution du Sunrise, à l'autre bout de la baie, et avait résolu de s'installer dans la suite du dernier étage. Jusqu'alors, le Paradise Beach lui avait paru confortable – elle occupait la meilleure de ses chambres –, cependant elle pressentait que le nouvel hôtel se placerait dans une autre catégorie. Avec la vente de quelques bagues en diamants, elle avait calculé qu'elle disposerait d'économies suffisantes pour tenir encore quinze ans. Elle supposait que cela serait assez, même si elle avait l'énergie et la vigueur d'une femme deux fois plus jeune.

Quelques heures plus tard, Frau Bruchmeyer arriva dans sa nouvelle maison. Le personnel du Paradise Beach l'avait vue partir à regret. Elle était un peu sa mascotte. Plusieurs employés avaient porté ses bagages jusqu'au taxi qui l'attendait. Quatre valises luxueuses avaient été chargées dans la voiture, deux dans le coffre et les autres sur le siège avant. Elle portait un vanity-case assorti. Tout en les assurant d'une visite prochaine, elle avait discrètement remis, à tous ceux venus lui dire au revoir, un « petit quelque chose ».

À l'heure du déjeuner, elle était déjà installée dans son logis d'exception, qui comportait un salon, ainsi qu'une chambre et salle de bains en enfilade. À ses yeux, c'était un palais merveilleux, avec ses murs tapissés de miroirs, sa grande peinture à l'huile française représentant un paysage, ses deux lustres en cristal, ses sièges à passepoils et pampilles, son imposant secrétaire et son lit à baldaquin. Ses vêtements tenaient tous largement dans la double penderie.

Dès qu'elle eut rangé ses affaires, commandé un déjeuner léger dans sa chambre et fait un somme de quelques heures sur la méridienne, Frau Bruchmeyer se doucha et entama la longue succession de préparatifs appliqués pour la soirée. La boîte de nuit du Sunrise ouvrirait ses portes pour la première fois, mais auparavant elle avait été conviée à un dîner avec les propriétaires de l'hôtel.

Après avoir attaché son bracelet à breloques, dernier présent de son mari, elle prit l'ascenseur pour descendre dans le hall.

À peu près à la même heure, Aphroditi se demandait quels bijoux elle porterait pour l'occasion. Elle déverrouilla le tiroir supérieur gauche de la coiffeuse. Sans avoir besoin de regarder, ou presque, elle choisit une paire de boucles d'oreilles et les fixa à ses lobes. Elles étaient rondes comme des boutons de manteau et une énorme aigue-marine occupait leur centre. Elle enfila ensuite un large jonc d'or (légèrement trop grand pour son poignet fin, elle n'avait pas encore eu le temps de le faire ajuster), serti de huit aigues-marines. Elle glissa alors autour de son cou une épaisse chaîne à laquelle pendait une pierre précieuse éclipsant les autres. Enfin, il y avait une bague. L'ensemble de la parure était d'un style minimaliste : elle se distinguait avant tout par la taille des pierres. Celles-ci n'appelaient aucune fioriture. Le bleu translucide et l'or pâle étaient parfaitement dans les tons de l'île, ce qui expliquait sans doute d'ailleurs pourquoi le joaillier avait nommé sa collection : *Hromata tis Kiprou* (« Couleurs de Chypre »). Tous les insulaires étaient baignés dans ces teintes, jour après jour, pourtant seule Aphroditi les portait.

Elle avait accompagné ses parents à l'aéroport en fin de matinée, et depuis n'avait pas été très active. Leurs adieux, chargés d'une émotion tue, n'avaient donné lieu qu'à peu de démonstrations d'affection. Un observateur extérieur aurait facilement pu croire que le couple de sexagénaires était venu sur l'île pour un enterrement familial. Pour quelle autre raison une femme aurait-elle porté une robe noire par une journée aussi ensoleillée ?

L'aéroport de Nicosie était très fréquenté à cette période de l'année, des avions décollaient et atterrissaient toutes les heures. La zone des arrivées était envahie de groupes de touristes impatients, tandis que dans celle des départs l'ambiance était plus feutrée parmi les vacanciers bronzés, déjà nostalgiques du paradis qu'ils quittaient.

— Je suis vraiment heureuse que vous soyez venus hier soir, avait dit Aphroditi à ses deux parents. C'était très important, pour Savvas et moi.

— L'hôtel est magnifique, *kardia mou*, lui avait répondu son père. Je suis certain qu'il va rencontrer un grand succès.

— Ça n'aurait pas été possible sans ton aide, papa.

— L'argent est une chose, ma chérie. C'est ton mari qui a fait le plus dur, avec ton aide bien sûr.

— J'espère vous revoir bientôt ici. Peut-être resterez-vous un peu plus longtemps...

Aphroditi avait eu l'impression de réciter par automatisme des paroles vides de sens. Elle savait aussi bien que ses parents que rien de tout ceci n'avait de chance d'arriver. Elle avait pressé le bras de sa mère d'un geste tendre, et Artemis avait baissé la tête comme pour se dérober au baiser que sa fille voulait lui donner. Celle-ci en avait eu la gorge serrée. Un instant plus tard, son père l'avait enveloppée dans ses bras.

— Au revoir, mon trésor. C'était un plaisir de te voir, avait-il murmuré. Prends soin de toi.

— Vous aussi, prenez soin de vous, avait-elle répliqué d'un ton ferme.

Elle les avait regardés passer le contrôle des passeports, puis s'éloigner. Seul son père avait jeté un coup d'œil par-dessus son épaule et lui avait adressé un dernier signe de la main.

Maintenant que la réception avait eu lieu et que l'hôtel était officiellement ouvert, Aphroditi allait se retrouver désœuvrée. Un profond sentiment de découragement et de vide l'avait envahie alors qu'elle rentrait de l'aéroport. Elle se demandait comment elle pourrait bien occuper ses journées à l'avenir. Elle avait travaillé plusieurs mois pour cette inauguration, concevant les compositions florales, goûtant les petits-fours et préparant la liste des invités. Sa mission d'ameublement était terminée elle aussi.

Comment réussirait-elle à conserver sa position au sein de l'hôtel si son rôle se limitait désormais à l'organisation ponctuelle d'un événement et à une apparition quotidienne dans un cocktail ou un dîner ?

Tenir ce rôle exigerait néanmoins des préparatifs attentifs, notamment se rendre tous les jours au salon de coiffure.

— Kyria Papacosta, quelle soirée vous avez dû passer ! s'exclama Emine en voyant apparaître Aphroditi.

Les coiffeuses en avaient déjà lu un compte rendu dans le quotidien de l'île.

— Toutes les personnes qui comptent étaient là ! Les personnes importantes, je veux dire !

Emine et Aphroditi entretenaient la familiarité des gens qui se connaissent depuis longtemps. Pour la Turque, la Grecque jouait plusieurs rôles : fille, cliente et à présent employeuse. Cette dernière fonction aurait pu impliquer des relations plus formelles, pourtant elles avaient toutes deux, par un accord tacite, rejeté un changement aussi artificiel.

— Et vous étiez si belle !

— Merci, Emine, répondit Aphroditi. Ma coiffure m'a valu beaucoup de compliments.

— Nous avons eu pas mal de monde aujourd'hui, lui apprit-elle. Des femmes qui ne logent pas ici et qui cherchaient une excuse pour venir voir l'endroit, je pense.

— Et les clientes de l'hôtel ? Certaines ont-elles pris rendez-vous aussi ?

— Des tas ! s'exclama Savina.

Aphroditi avait choisi une robe d'un vert vif, bien équilibrée avec les aigues-marines. Les manches, qui s'arrêtaient aux coudes, laissaient le jonc dégagé. La jupe, ample et froncée, soulignait la finesse de sa taille.

— Ces couleurs vous vont vraiment à ravir, murmura Emine tout en passant un peigne dans la chevelure d'Aphroditi, qui lui descendait jusqu'à la taille. Vous êtes si belle !

— Tu es trop gentille. D'autant que je me sens un peu lasse. La nuit a été longue.

— Vos parents restent longtemps ? s'enquit Savina, occupée à nettoyer un miroir.

— Non, malheureusement…

Leurs regards se croisèrent dans la glace.

— Ils sont déjà partis, précisa Aphroditi. Vous connaissez ma mère.

Les deux coiffeuses étaient au courant de la situation. Emine se rappelait le jour où elle avait revu

Artemis Markides, juste après le décès de son fils. Celle-ci semblait avoir rétréci de moitié, et Emine jurait à qui voulait l'entendre que les cheveux de la femme avaient viré de l'acajou au gris en une nuit.

— J'avais souvent entendu parler d'histoires de ce genre, expliquait-elle, sans vouloir y croire. Eh bien, je vous assure que ça arrive, je l'ai vu de mes propres yeux.

— Quel dommage qu'ils aient précipité leur départ ! déplora Savina. J'ai appris qu'il faisait très souvent mauvais en Angleterre. Votre mère aimait tant s'asseoir au soleil...

— Je ne suis pas certaine qu'elle aime quoi que ce soit ces temps-ci, nota Aphroditi.

Il y eut un silence.

— Pourrais-tu les tirer en arrière ? Me refaire un chignon, mais sans les frisettes ?

Emine passa une nouvelle fois les dents de son peigne dans les épaisses boucles noires d'Aphroditi avant de séparer la chevelure en deux. Savina et elle en tressèrent chacune une partie, qu'elles enroulèrent ensuite pour former un chignon plus haut que la veille. Les cheveux, lourds et brillants, nécessitaient plusieurs dizaines d'épingles pour tenir en place.

La torsade au sommet du crâne accentuait encore la longueur de son élégante nuque. Son visage était dégagé, ses boucles d'oreilles plus visibles. Savina lui présenta un miroir, derrière elle, pour qu'elle puisse voir le résultat sous tous les angles.

— *Katapliktika !* s'exclama-t-elle. Merveilleux !

— Presque plus réussi qu'hier, approuva Emine.

— Le dîner de ce soir est encore plus important, dit Aphroditi, réconfortée soudain par la compagnie familière des deux femmes.

Elle était surprise de constater que, en présence d'Emine et de Savina, elle pouvait se détendre. Elle n'avait pas à jouer son rôle d'épouse du patron.

— C'est la première soirée de l'hôtel depuis qu'il a ouvert ses portes. Le véritable commencement.

— Vous avez l'air excitée !

— Je le suis. Sincèrement. Et Savvas aussi !

— Comme le jour de sa fête[1] quand on est enfant ! On en rêve tout en pensant que ça n'arrivera jamais.

— Nous nous y préparons depuis si longtemps... Et c'est enfin arrivé.

— Qui sera là ?

— Oh, tous les clients du Sunrise. Nous organisons une sorte de banquet.

En dépit de sa tenue sophistiquée, Aphroditi démontrait une effervescence enfantine. Elle s'était levée et virevoltait, enchaînant les pirouettes telle une poupée sur une boîte à musique.

Les deux coiffeuses, souriantes, se tenaient en retrait et l'admiraient. Leurs trois silhouettes se reflétaient dans les miroirs. Aphroditi se glissa entre elles deux et elles se tinrent brièvement la main.

— Je dois y aller, dit-elle en les lâchant. Je vous verrai demain. Et merci. Merci pour tout.

1. En Grèce, on célèbre systématiquement les fêtes, plus importantes que les anniversaires.

Lorsqu'elle rejoignit Savvas dans le hall, il était déjà en train d'accueillir les premiers clients et de les orienter vers la terrasse.

Dehors, Markos supervisait le service des boissons. Frau Bruchmeyer n'était pas loin : un verre à la main, elle discutait avec des Allemands. Agitant les mains pour souligner l'importance de ce qu'elle disait, elle faisait tinter les lourdes bagues sur ses doigts effilés et les breloques de son bracelet. Elle débordait d'enthousiasme pour sa nouvelle demeure, et les autres clients étaient fascinés par le récit de son installation définitive sous le ciel azuré de Chypre.

Markos appréciait Frau Bruchmeyer. Il admirait l'appétit pour la vie de cette septuagénaire distinguée, et elle était souvent la dernière à quitter le bar. Parfois, il avait l'audace de déposer un baiser sur chacune de ses joues à la fin d'une soirée.

Quand Savvas fit son apparition sur la terrasse, Markos remarqua qu'il était suivi d'Aphroditi, vêtue de vert. La crème de menthe, voilà ce qu'elle lui rappelait. Une boisson qui lui déplaisait et qu'il ne conseillait jamais. Servir un alcool qui avait le même goût qu'un bain de bouche allait à l'encontre de toute logique, même si celui-ci connaissait un certain succès auprès d'une frange de la clientèle.

Il observa un de ses serveurs qui présentait sur un plateau des verres aux convives. Il eut l'impression qu'Aphroditi ne lui accordait pas même un regard. Savvas, lui, eut au moins la décence d'adresser au garçon un signe de tête discret avant de reprendre son échange. Si seulement son épouse pouvait avoir les mêmes manières. Elle était aussi rafraîchissante que de la menthe, aussi froide que de la glace pilée.

À 20 heures, tous furent chassés de la terrasse puis placés dans une petite salle à manger qui servirait pour les réceptions privées. Le dîner consistait en un buffet – quel meilleur moyen y avait-il de faire connaître le talent, ainsi que l'ambition, du chef et de son équipe ?

Celui-ci avait été formé à Paris. Il ne préparait pas des repas, il créait des banquets. La couleur et la forme importaient, et s'il pouvait transformer une chose en une autre, il n'hésitait pas. Un poisson, par exemple, devenait un cygne ou une fleur aux innombrables pétales. Les desserts devaient inviter au rêve, que ce soit par le biais d'un château à plusieurs étages ou d'une trirème antique.

Savvas se comportait en capitaine de navire, toujours professionnel et courtois, aussi bien avec les passagers qu'avec l'équipage. De son point de vue, le Sunrise ne différait en rien d'un paquebot. Il s'agissait d'un espace indépendant, au sein duquel tout pouvait répondre à un ordonnancement précis et où la routine jouait un rôle prépondérant.

Aphroditi parlait essentiellement aux épouses, tandis que Savvas discutait politique et finance avec les banquiers, hommes d'affaires et riches retraités qui constituaient leur première clientèle. C'était une soirée intime, en quelque sorte.

À l'heure où les desserts furent présentés, les convives étaient presque à court de superlatifs. Frau Bruchmeyer, qui présidait la table d'honneur à côté de Savvas, en tant que membre privilégié, applaudit avec gourmandise. Elle avait beau garder sa ligne élancée, elle avait un faible pour les sucreries et goûta à tout – une dizaine de tartes, gâteaux, mousses et charlottes. Malgré cette dégustation exhaustive, son rouge à lèvres rose vif demeura impeccable.

Le clou de la soirée serait, pour elle, la visite de la boîte de nuit. À la fin du dîner, certains clients sortirent sur la terrasse fumer un cigare en sirotant un cognac. Les femmes s'absentèrent le temps d'aller se repoudrer dans les toilettes. Le Clair de lune allait ouvrir ses portes.

Les premiers invités arrivèrent à 23 heures très précises. Ils se virent offrir un verre, et comme la plupart des whiskies coûtaient plus d'une livre pour une simple dose, rares furent ceux qui déclinèrent la proposition.

Markos naviguait de table en table, la main tendue pour saluer, personnellement, chaque client et lui communiquer le sentiment qu'il, ou elle, était ici chez lui. Tous tombèrent sous son charme et personne ne fut pressé de quitter un tel cadre ni de prendre congé de leur hôte.

Markos avait installé Frau Bruchmeyer près de la scène. Elle était un peu sourde d'une oreille et il voulait qu'elle profite du spectacle. Un couple d'Athènes avec lequel elle avait lié connaissance durant le dîner l'accompagnait. En quelques heures déjà, ils avaient su créer une familiarité qui leur donnait l'air de vieux amis. Frau Bruchmeyer commanda une bouteille de champagne pour eux trois.

— Au diable la dépense ! s'exclama-t-elle en portant un toast.

— À la vie ! répondit le mari, enchanté de cette rencontre inattendue et pétulante.

Aux alentours d'une heure du matin, la musique d'ambiance se tut et les rideaux pourpres s'écartèrent. Une femme apparut, un murmure de surprise parcourut l'assemblée. Devant le public ébahi se tenait un sosie de Marilyn Monroe.

Elle chanta dans un anglais impeccable, d'une douce voix rauque qui fit monter la température dans la salle. En revanche, lorsqu'elle s'adressa aux spectateurs entre deux chansons, son accent grec était plus que présent. Ceux-ci n'en admirèrent que davantage la qualité et la précision de son incarnation.

Savvas se trouvait dans le hall de l'hôtel avec Aphroditi.

— Ma chérie, que dirais-tu d'aller prendre un dernier verre avant de partir ? Markos m'a annoncé la présence d'une chanteuse de talent ce soir.

Malgré elle, Aphroditi grimaça à la mention de ce simple prénom.

— Je n'en ai vraiment aucune envie, Savvas. La soirée d'hier m'a épuisée.

— Mais chérie, c'est l'inauguration du Clair... de la boîte de nuit !

— Je sais bien, j'ai simplement envie de rentrer.

— S'il te plaît, Aphroditi. Rien que dix minutes.

C'était un ordre, pas une requête : le ton de Savvas était d'une fermeté inhabituelle. Elle le suivit en boudant jusqu'à la porte discrète dissimulée dans un coin du hall. De là, une volée de marches les conduirait au Clair de lune.

Le son étouffé d'applaudissements nourris montait vers eux et quand ils pénétrèrent dans la salle par l'entrée face à la scène, Aphroditi retint un cri.

La chevelure platine et le teint de pêche du sosie de Marilyn tranchaient sur les tentures pourpres, ainsi mis en valeur. La chanteuse était en train de saluer le public, exposant une bonne partie de sa poitrine généreuse, tandis qu'un pianiste en smoking continuait à jouer – sur son synthétiseur Moog – une variation autour de la mélodie suivante. Les planches étaient tapissées d'œillets jetés par le public conquis.

La fausse Marilyn chantait déjà depuis quarante minutes et l'atmosphère était chargée de désir, épaisse de fumée de cigares. Markos avait compris que c'était l'anniversaire de l'un des clients américains et avait demandé à l'interprète de lui donner la sérénade comme s'il était le président Kennedy.

Pour l'air suivant, elle focalisa son attention sur Frau Bruchmeyer, s'installant à côté d'elle sur le sofa capitonné. Elle souleva la main osseuse, dont deux doigts étaient ornés de bagues en diamants, et considérant la vieille dame avec la passion d'un amant, elle entonna : *Diamonds are a girl's best friend*[1].

Les spectateurs commencèrent à applaudir avant même la fin de la chanson. L'artiste était aussi une actrice accomplie. Elle jeta ensuite son dévolu sur Markos, qui se trouvait juste devant le bar.

Il soutint son regard et sourit de plus en plus largement lorsqu'elle s'attaqua à l'air d'après : *I wanna be loved by you, just you*[2]...

Elle descendit de scène, rejoignit Markos puis le ramena avec elle sans s'interrompre. Ses seins

1. Soit : « Les diamants sont le meilleur ami d'une fille. »
2. Soit : « Je veux être aimée de toi, de toi seulement... »

évoquaient deux coussins pâles, sa voix douce et sexy conservait un côté enfantin.

Dès l'arrivée de Savvas et d'Aphroditi, l'un des serveurs s'était précipité pour prendre leur commande. Les Papacosta étaient restés près du bar pour siroter leurs verres. Aphroditi avait refusé de s'asseoir : elle ne comptait pas s'attarder.

Savvas remarqua que « Marilyn » aimantait l'attention des hommes, Markos celle des femmes. On aurait cru qu'il avait répété son rôle, réagissant sans délai aux paroles de la chanson.

Plus important, Savvas nota que les trois serveurs n'avaient pas une minute de répit, remplissant les verres vides, ouvrant les bouteilles, pilant la glace et mixant les cocktails. La climatisation maintenait la pièce à une température d'environ vingt-cinq degrés, assez élevée pour que les clients aient soif, sans être inconfortable. Bien joué, songea Savvas, félicitant en silence le directeur de la boîte de nuit.

Quand les dernières notes de la chanson résonnèrent, l'interprète murmura dans l'oreille de Markos, séductrice :

— *Boo boo bee doo !*

La musique s'évanouit et le silence ne fut troublé que par le bruit des glaçons entrechoqués. Elle prit la main de Markos et ils saluèrent ensemble comme s'il s'agissait d'un numéro de duettistes. Le public était debout, poussant des cris d'acclamation.

Markos aperçut soudain la femme de son patron. Adossée au bar, elle avait une expression aussi acide que les citrons empilés dans un plat derrière elle. Aphroditi tira son mari par la manche.

— J'aimerais rentrer maintenant, dit-elle en s'efforçant de couvrir le brouhaha ambiant.

Son ton était aussi ferme que celui de Savvas, plus tôt. Il se tourna vers son épouse. Elle était la seule personne de la salle à ne pas acclamer le brio de la représentation. Il savait qu'elle nourrissait du ressentiment à l'encontre de tout ce qui touchait au Clair de lune.

— Très bien, *agapi mou*, répondit-il avec une grande patience. Je dois juste échanger deux mots avec Markos, puis nous partirons.

— Je t'attends dans le hall.

Avant même que les applaudissements ne se soient taris, elle avait disparu. Depuis la scène, Markos eut une vision fugace de sa robe verte tandis qu'elle s'engouffrait dans l'escalier dérobé. Le jeune homme se fit la réflexion que la soirée dépassait ses propres attentes.

6

Hüseyin Özkan prenait son service chaque matin à 10 heures, quand le soleil encore bas dans le ciel baignait déjà l'île de sa chaude lueur. Disposer des chaises longues, puis en fin de journée les empiler, était une tâche abrutissante, mais il appréciait de gagner de l'argent et il lui arrivait même de toucher des pourboires plus que généreux. Nombre de touristes ne paraissaient pas connaître la valeur de la livre chypriote, et il n'avait pas l'intention de les éduquer sur le sujet !

Dans l'après-midi, Hüseyin profitait de sa pause pour faire une heure de water-polo quotidienne, réservant la partie de volley-ball au début de soirée. Une fois son travail terminé, le jeune homme de dix-huit ans, de plus en plus athlétique, s'achetait une bière, une Keo bien fraîche. Il s'asseyait ensuite sur le sable avec ses amis et la sirotait en regardant le soleil se coucher. De son point de vue, il menait une vie parfaite.

Si les équipes étaient principalement composées de Chypriotes grecs, certains des joueurs les plus puissants étaient turcs, et il tentait souvent de convaincre son plus jeune frère, Ali, de descendre sur la plage se joindre à eux. Celui-ci, qui à quinze ans dépassait déjà Hüseyin en taille – mais était moins bien bâti –, se montrait réticent. La raison en était simple : il ne voulait pas jouer dans une équipe mixte.

— Je ne leur fais pas confiance, se justifiait-il. Ils ne respecteront pas les règles.

Ali passait plus de temps que Hüseyin à la maison et il avait été davantage influencé par les opinions de leur père. Ali savait que Halit Özkan regrettait souvent leur emménagement dans une zone où ils vivaient entourés de Chypriotes grecs. Il aurait préféré rester dans la vieille ville. Halit redoutait de nouveaux conflits, et lorsqu'ils avaient appris, Ali et lui, dans le journal *Halkin Sesi* les nouvelles activités de l'EOKA B, il avait aussitôt pensé qu'ils feraient les frais de la violence.

Qu'ils soient en train de bronzer, un cocktail à portée de main, de nager ou de se perdre dans le dernier thriller à la mode, les vacanciers cherchaient toujours le soleil, Hüseyin l'avait remarqué. Les chaises longues devaient donc être disposées en rangées orientées vers le levant. Les touristes n'avaient aucune envie de se retrouver face à l'intérieur de l'île. Même Frau Bruchmeyer, devenue une résidente permanente, n'attribuait sa beauté idyllique qu'à l'association du ciel azur et de la mer.

Si lors de leurs brefs échanges elle n'oubliait jamais de prendre des nouvelles de la mère de Hüseyin, elle semblait ignorer que les Chypriotes vivaient sur le fil du rasoir.

Markos continuait à s'inquiéter du lien qu'entretenait Christos avec le nouveau mouvement adepte de l'*Enôsis*. Il lui paraissait absurde que l'on puisse éprouver le besoin de troubler ce paradis touristique. Il voyait bien, à la façon dont les filles arpentaient la plage en bikini, à la façon dont les hommes accumulaient des notes pharaoniques au bar, que ces vacanciers, qu'ils viennent de Grèce ou de plus loin, vivaient dans l'insouciance. En dépit de la pluie de critiques, constante, que Christos déversait sur Markos, celui-ci conservait sa position : pourquoi faire la seule chose qui chagrinerait leur mère ? Mais surtout pourquoi détruire cet eldorado ?

Le Clair de lune continuait à faire salle comble tous les soirs. « Marilyn » chantait trois fois par semaine, relayée le reste du temps par des numéros de cabaret sélectionnés par Markos. L'un des plus populaires était exécuté par une danseuse du ventre de Turquie. Un autre consistait en trois artistes d'une boîte parisienne, Le Petit Moulin rouge, qui accomplissaient la prouesse de danser le french cancan sur la minuscule scène.

Alors que la saison estivale suivait son cours, que la réputation du Sunrise, et de sa boîte de nuit, grandissait, Markos fit venir des chanteurs de toute la Grèce, pour certains des grands noms à Athènes et Thessalonique. Il n'hésita pas non plus à en engager à Paris ou Londres. Savvas étudiait en permanence les comptes et il constatait que, malgré le coût des billets d'avion, Markos réussissait à réaliser des profits conséquents. La carte de membre du Clair de lune était hautement convoitée, et au bout de quelques mois son montant s'envola. Le tarif des consommations était astronomique, toutefois aucun client ne comptait quand il s'agissait de commander un whisky millésimé.

Pour la première fois à Chypre, la cherté devint désirable en soi : le Clair de lune était l'endroit où être vu. On commença à faire la queue pour pénétrer dans ce club où prix élevé et position privilégiée étaient synonymes. Tous rêvaient de passer la soirée sur l'un des canapés pourpres, d'appartenir ainsi à l'élite, la crème de la crème. Pour ceux qui pouvaient s'offrir un tel luxe, la proximité de maisons modestes, occupées par des familles qui moulaient elles-mêmes leur blé, cultivaient leurs légumes et trayaient leurs chèvres était sans importance. Les habitants de ces mondes parallèles avaient leurs propres sources de satisfaction.

— C'est ce que veut la jet-set, argua Markos lorsque Savvas lui-même regimba devant la nouvelle liste de prix proposée par son employé. Ils méprisent ce qui est bon marché.

— Mais les alcools ne coûtent que deux shillings dans les bars en ville, se tracassa Savvas.

— Faites-moi confiance.

Quand des stars du cinéma prirent l'habitude de fréquenter sa boîte et que, peu de temps après, un célèbre couple d'acteurs hollywoodiens passa deux nuits consécutives à l'hôtel, Markos sut qu'il avait apporté la preuve de sa compétence à tous les niveaux. Dorénavant, aux yeux de son patron, il ne pouvait plus commettre d'impair.

Les affaires continuaient à se développer dans le reste de l'hôtel. Fin septembre, alors que, pour la première fois, les cinq cents chambres de l'hôtel étaient occupées, Savvas Papacosta annonça que le dîner se tiendrait désormais dans la salle de bal.

Avec sa mosaïque au sol, ses élégants piliers fins qui flanquaient l'entrée, cette pièce, comme le hall, avait été inspirée des récentes découvertes à Salamine. Des fouilles avaient mis au jour des tombes, vieilles de plusieurs millénaires, remplies de trésors. Les motifs architecturaux et décoratifs de l'ancienne cité prospère de Constantia – le nom de Salamine sous l'Empire romain –, avaient inspiré Aphroditi. Elle avait reproduit de nombreux détails dans l'espace le plus grandiose de l'hôtel.

La salle de bal jouissait d'une forme circulaire afin d'évoquer un amphithéâtre. Son pourtour était jalonné d'une douzaine de statues féminines. Les modèles originaux, en roche calcaire, ne mesuraient pas plus de trente centimètres. Aphroditi avait voulu que les siennes dépassent la grandeur nature, si bien qu'elles paraissaient soutenir le plafond, telles les caryatides de l'Érechtéion à Athènes. Chacune d'elles tenait une fleur dans sa main droite. La jeune femme avait résisté à la tentation de les peindre des teintes vives utilisées dans l'Antiquité. Elle tenait à ce que la couleur provienne des murs, où elle avait utilisé, en guise de motif, le visage d'une femme encadré de guirlandes de feuillage vert et doré. Les traits avaient été reproduits avec fidélité, reflets parfaits de ceux de l'original dans le gymnase de Salamine, pourtant ils semblaient étrangement inspirés de ceux d'Aphroditi. D'immenses paires d'yeux faisaient ainsi le tour de la salle et observaient les clients.

Elle avait même commandé des reproductions d'une chaise retrouvée dans l'une des tombes de l'ancienne cité. Les fragments déterrés étaient en ivoire ; le matériau froid et lisse avait été remplacé par du bois. Avec une attention méticuleuse portée aux détails, un artisan avait consacré deux années à la création de la paire de chaises, dupliquant les plaques ornées qui les embellissaient. Tout le monde s'émerveilla devant le sphinx et les fleurs de lotus qui y étaient gravés. Un tapissier avait eu carte blanche pour l'assise rembourrée et il avait choisi une soie dorée, assortie aux dorures appliquées sur la couronne du sphinx. Ces chaises étaient occupées par Aphroditi et Savvas à la table d'honneur. On aurait dit un roi et une reine sur leurs trônes.

Ces deux pièces de mobilier ornemental n'avaient pas été les seules à occuper les meilleurs artisans de Nicosie. Les voilages qui pendaient du plafond, très haut, avaient été brodés au fil d'or pour faire écho au feuillage doré des murs.

Dans ce temple du matérialisme, une partie seulement des anciennes conventions avait été respectée. Les matériaux étaient sans doute plus luxueux que ceux employés à l'édification des objets originaux qui avaient servi de modèle à ces répliques coûteuses. Aphroditi avait réuni dans une même pièce tous les éléments qui avaient fait impression sur les archéologues à Salamine.

— *Agapi mou*, ça te plaît ?

— Je suis sûr que nos clients vont adorer, avait répondu Savvas avec tact, la première fois qu'il avait découvert le résultat, avec les tentures et les tables disposées en éventail dans la salle à manger.

— Tu ne trouves pas ça chic ?

— Si, ma chérie, c'est très chic, aucun doute là-dessus.

Verres en cristal, assiettes en porcelaine blanche et argenterie parfaitement polie captaient la lumière des lustres et scintillaient.

Au centre du sol circulaire se trouvait une immense reproduction, complétée de la célèbre mosaïque de Salamine figurant Zeus déguisé en cygne. Cet espace devait servir de piste de danse – et tout particulièrement aux jeunes mariés qui ouvriraient le bal –, et parfois accueillir des pièces de théâtre ou des orchestres. Les ambitions d'Aphroditi pour cet endroit ne connaissaient pas de limites. Famagouste était connue pour sa vie dramatique et artistique, et elle voulait que la renommée de l'hôtel soit attachée à des spectacles prodigieux, jamais vus auparavant.

Pour clore la saison estivale et célébrer le début de leur premier automne, Aphroditi réalisa un vieux rêve. Elle invita des danseurs de Londres à donner une représentation du *Lac des cygnes*. Sur cette mosaïque, dans un cadre pareil, ce serait exceptionnel.

Savvas était anxieux.

— Chérie, ça va nous coûter très cher...

— Nous devons organiser ce genre d'événement, Savvas. Notre établissement est le plus grand, il doit aussi être le plus prestigieux.

Exécuter des pas compliqués sur un pavage de mosaïque était loin d'être idéal, néanmoins Aphroditi était déterminée à trouver une solution. On parvint à un compromis : les danseurs se contenteraient de représenter les scènes clés du ballet.

Cygnes, c'est tout ce que mentionnait l'invitation, et à leur arrivée les invités de marque, venus des quatre coins de Chypre, furent une fois de plus stupéfaits par ce que les Papacosta avaient accompli.

Rare étaient ceux à avoir déjà vu une pièce classique dans un théâtre circulaire, et lorsque l'héroïne connaissait sa fin aussi tragique que gracieuse, ils virent évoluer devant eux une étoile qui semblait enserrée dans les ailes d'un cygne. La mosaïque et elle ne faisaient plus qu'un. Le public était debout, applaudissant à tout rompre et réclamant un bis. Même les hommes se tamponnaient les yeux.

— C'était parfait, reconnut Savvas, tout le monde a adoré. Ce qui ne m'empêche pas de continuer à avoir des réserves au sujet des coûts...

— Tout ne tourne pas autour de l'argent, répliqua Aphroditi.

— Au contraire, ma chérie. Au final, tout ne revient qu'à ça.

Aphroditi avait, au fil des ans, souvent entendu ces paroles dans la bouche de son père, et elle espérait qu'ils se trompaient tous deux. Cela reléguait la plupart de ses actions au rang de futilités. Comment l'effet des finitions à la feuille d'or et le spectacle inoubliable du cygne à l'agonie pourraient-ils jamais être quantifiés ? Sur ce sujet, Savvas et elle divergeaient de plus en plus.

Pour lui, toute dépense, quelle que soit sa nature, devait répondre à un but et exigeait une justification : qualité du marbre dans les salles de bains ou bijou destiné à son épouse. Il divisait le chiffre d'affaires par le nombre de clients et de chambres occupées afin de calculer ses profits. Pour lui, il s'agissait d'arithmétique, non d'émotion.

Il appliquait le même principe à son équipe. Ses critères de recrutement étaient tout aussi implacables. Il voulait les meilleurs pour son hôtel et il ne s'inquiétait pas de savoir qui ils étaient tant qu'ils arrivaient à l'heure, ne commettaient pas d'erreurs, ne volaient pas les clients et ne réclamaient pas d'augmentations.

Cette philosophie pragmatique avait abouti à un équilibre du nombre des Chypriotes grecs et turcs au sein du personnel, dans des proportions à l'image parfaite de la réalité de l'île. Pour chaque Chypriote turc, il y avait quatre Grecs, et tous (même ceux pour qui le turc était la langue maternelle) parlaient grec et anglais. L'équipe comprenait aussi quelques Arméniens et Maronites. Les clients étrangers n'avaient que peu de moyens de les distinguer les uns des autres. Tous les membres du personnel devaient travailler dur pour satisfaire le patron, indépendamment de leur origine ethnique. À la fin de l'année, l'hôtel employait mille personnes.

Si Savvas Papacosta ne portait pas un grand intérêt personnel à la richesse culturelle de Chypre, il fit néanmoins une concession au Sunrise. Il accepta l'instauration, une fois par semaine, d'une nuit chypriote, avec plats et danses locaux.

Ces soirs-là, les membres du personnel, grecs et turcs, devaient porter une tenue traditionnelle et montrer les pas de base. Les hommes avaient fière allure avec leurs gilets et leurs écharpes rouges, leurs culottes bouffantes et leurs bottines de cuir. Les femmes étaient belles avec leurs longues jupes amples cramoisies et leurs blouses blanches. Aucun employé n'était obligé à participer, mais on remarquait ceux qui ne le faisaient pas. De temps à autre, Emine convainquait Hüseyin de prendre part à ces festivités. C'était un moyen supplémentaire de gagner de l'argent et il dansait très bien.

La plupart des étrangers avaient beau trouver les pas difficiles, surtout les Américains, ils étaient enchantés par la nourriture, ayant l'occasion de goûter à la « véritable » Chypre. Le chef formé en France prenait sa soirée, et ceux des deux meilleures tavernes de Nicosie faisaient le déplacement. Ils arrivaient avec des plateaux de spécialités et consacraient leur journée à en préparer d'autres. Les convives se jetaient sur le buffet pour remplir leurs assiettes de boulettes de viande, de halloumi, de feuilles de vigne farcies et de *kleftiko*, et s'extasiaient ensuite devant la variété de desserts : *kataifi*, baklava, sans oublier toutes les friandises turques. Beaucoup n'avaient jamais bu de *zivania*, servie en quantités généreuses. L'hôtel avait même commandé de la vaisselle bon marché pour que les clients puissent la briser et écrire sur leurs cartes postales : « On s'éclate vraiment ici ! »

Énergisés par l'alcool et les pâtisseries, les touristes dansaient jusqu'à minuit, avant de se rendre au Clair de lune et de prolonger un peu la fête. Lorsqu'ils émergeaient de l'obscurité pourpre, ils traversaient le hall pour aller se poster sur la terrasse et regarder le soleil apparaître à l'horizon. Ainsi que Savvas Papacosta l'avait toujours désiré, le Sunrise était le meilleur endroit où observer ce phénomène quotidien. Le spectacle qu'il offrait était proprement sidérant.

7

La plage devint un peu plus calme début octobre, mais Hüseyin ne fut pas privé de travail pour autant. Il fut chargé de raccommoder les chaises longues et les parasols abîmés, puis il participa aux réparations du bateau de l'hôtel. Suivirent de nombreuses autres opérations de maintenance sur le front de mer. De son côté, le salon de coiffure avait une fréquentation légèrement en baisse, ce qui permettait à Emine de prendre quelques heures ici ou là pour rendre visite à des clientes d'un certain âge qui aimaient se faire couper, ou permanenter, les cheveux à domicile.

L'une de ses habituées était Irini Georgiou, sa voisine. Pour la première fois depuis plusieurs mois, Emine se rendit chez elle, traversant simplement la rue, pourvue de shampooing et d'une poignée de bigoudis. Le temps que la mise en plis prenne, elles eurent tout le loisir d'échanger ragots et nouvelles.

— Markos s'en sort si bien, nota Irini avec fierté.

— La boîte de nuit est un grand succès, confirma Emine. Si tu savais combien de clientes nous en parlent ! L'une de nos habituées est une dame allemande d'au moins soixante-dix ans, et elle y va tous les soirs !

— Markos m'a parlé d'elle. Et comment va ton Hüseyin ?

— Eh bien, il s'est constitué un joli petit pactole au cours des derniers mois. Je ne sais pas s'il rêve de travailler sur la plage éternellement, au moins ça lui permet de faire du sport...

Aucune des deux femmes n'aborda la question de la politique. L'été avait été une période de grande instabilité, elles en étaient toutes deux conscientes. Au début de l'année, il y avait eu la menace d'un putsch visant Makarios, et la Turquie avait mis ses troupes en état d'alerte. Les Chypriotes turcs avaient reçu pour instruction de faire des réserves de nourriture chez eux, et Emine avait rempli ses placards. Le coup d'État avait été évité, toutefois Makarios continuait à rencontrer des oppositions, de la part de certains de ses propres évêques comme de la junte grecque. La menace, toujours présente, et la peur rendaient les deux femmes nerveuses, leur interdisant le sommeil. Par miracle, la situation politique n'avait que peu d'effet sur le tourisme.

Dans ses projections financières, Savvas Papacosta avait anticipé une baisse conséquente des réservations avec l'arrivée de l'automne. En dépit de celle-ci, les profits devraient rester importants. Il n'avait pas prévu, en revanche, que les vacanciers de juillet voudraient revenir en novembre. Ce qui signifiait que l'hôtel était encore à moitié plein. Les températures restaient douces, le soleil chaud et délicieux, quant à la mer, elle promettait de conserver sa tiédeur.

Les boutiques et les cafés les plus chics de la ville restèrent ouverts et le Clair de lune continua à faire salle comble chaque soir.

Une fois par semaine, Aphroditi téléphonait à ses parents. Trifonas s'enthousiasmait pour tout ce qui touchait au Sunrise, et elle consacrait la plupart de la conversation à répondre à son flot de questions. Elle fut très surprise, un jour de novembre, que ce soit sa mère qui décroche le combiné à la place de son père. Aphroditi l'entendit tousser – elle aurait préféré le savoir au golf, plutôt que malade. Elle envisagea de leur rendre visite.

— J'aimerais autant que tu attendes un peu, préconisa Savvas. Les clients aiment nous voir. Ou plutôt te voir...

Ce n'était pas un compliment en l'air : la présence d'Aphroditi galvanisait les femmes tout comme les artistes de la boîte de nuit enflammaient leurs époux. Que porterait-elle pour le dîner ? Arborerait-elle des bijoux spectaculaires ? De telles questions occupaient leurs esprits.

— Je m'inquiète un peu pour...

— Pourquoi n'attendrais-tu pas janvier ? Les réservations vont se calmer après Noël. Ce serait une période nettement plus propice.

Aphroditi eut besoin de quelques minutes pour prendre toute la portée des mots de Savvas.

— Mais...

— Tu ne peux pas y aller maintenant.

— Savvas ! Je crois que mon père est...

— Je t'ai dit ce que j'en pensais, l'interrompit-il avant d'abattre son poing sur la table. Nous devons investir toute notre énergie dans cette entreprise, Aphroditi.

Pour la première fois, elle comprenait que le travail prévalait, aux yeux de son mari, sur tout le reste. Et pour la première fois il avait haussé le ton en sa présence.

Elle battit en retraite, frémissant sous l'effet conjugué de la colère et du choc. Les jours qui suivirent elle vint à l'hôtel jouer son rôle de femme du patron, mais elle ne lui adressa pas un seul mot.

La popularité de la boîte de nuit ne faiblissait pas. Elle ne dépendait pas du soleil, et Chypre comptait suffisamment d'hommes d'affaires fortunés en quête de whisky et de divertissement. Markos dénichait en permanence de nouveaux numéros, meilleurs que les précédents, et il veillait à ce que les plus grandes marques d'alcool soient sur sa carte. Les riches venaient en milieu de semaine, et les hommes politiques plutôt le week-end. Tous restaient jusqu'à l'aube. Leur hôte les appelait par leur prénom et savait les placer avec doigté. Il lisait plusieurs quotidiens, ce qui lui permettait de connaître les inimitiés, ou rivalités, entre ses différents clients. S'il n'avait pas fait preuve d'un tact exemplaire, plusieurs d'entre eux seraient allés voir ailleurs, bien qu'à contrecœur. Le Clair de lune demeurait l'endroit où être vu.

L'assurance de Markos fut décuplée lorsque sa boîte de nuit devint la clé de voûte des ambitions de son patron. Il savourait les éloges de ses habitués, collègues et même concurrents, ainsi que le respect qu'ils lui vouaient. Tous d'ailleurs, à l'exception d'Aphroditi Papacosta, semblaient reconnaître son talent. Pour fêter le premier trimestre de succès depuis l'inauguration, il s'offrit trois nouveaux costumes taillés sur mesure, avec les revers larges à la mode, et des pantalons légèrement évasés pour cacher ses chaussures à talonnettes. La coupe élégante de ses costumes soulignait sa minceur et le grandissait.

Il arrivait au travail en fin d'après-midi pour s'assurer que tout était en place au Clair de lune, au même moment qu'Aphroditi Papacosta en général. Un jour de décembre, ils se retrouvèrent nez à nez à l'entrée de l'hôtel. Le portier leur tint la porte ouverte, et Markos s'effaça évidemment pour laisser passer la jeune femme. Il remarqua que, à son habitude, elle adressait au directeur de l'établissement un sourire sincère.

Son expression se modifia quand elle se tourna vers Markos. Ses lèvres s'étirèrent, pourtant les plis discrets autour de ses yeux avaient disparu. Son regard était vide.

— Bonsoir, lui dit-elle poliment.

— Bonsoir, Kyria Papacosta. *Ti kanete ?* Comment allez-vous ?

Ce ton protocolaire était ridicule, seulement après tout ce temps elle ne l'avait pas encore invité à l'appeler par son prénom. Elle ne se donna d'ailleurs pas la peine, à cette occasion comme si souvent auparavant, de répondre à sa question de pure forme.

Savvas traversait le hall pour venir saluer son épouse. Ainsi qu'il arrivait toujours lorsqu'il n'allait pas la chercher à leur appartement, elle était un peu en retard. Certains de leurs invités étaient déjà au bar, et elle aurait dû être la première.

— Markos ! Tout va bien ? lui lança Savvas.

Sans attendre de réponse, il agrippa Aphroditi pour l'entraîner vers la terrasse. Elle se dégagea, mais le mal était fait : une marque sur son bras, tel un bracelet.

Markos descendit au Clair de lune et vérifia que les verres brillaient, que les bouteilles étaient alignées dans le bon ordre et que les tabourets étaient disposés à intervalle régulier. Il était l'ordonnateur de ce monde souterrain. Il passa la main sur le bras d'un fauteuil en velours pour lisser ses poils, puis déplaça une petite pile de serviettes en papier afin qu'elle soit bien au centre du bar. Les mots « Clair de lune » étaient imprimés dessus.

Lorsqu'il fut satisfait de l'ensemble, il remonta au bar. Savvas aimait le savoir présent.

Il y avait du monde ce soir-là. L'hôtel organisait un dîner de gala pour la Saint-Nicolas, la fête d'Agios Nikolaos. Markos contournait un groupe de convives pour atteindre le bar quand un bras surgit devant lui, lui barrant la route. Il reconnut le bracelet orné inspiré d'un modèle antique et la bague en saphir qui l'accompagnait. Aphroditi avait tendu la main pour lui confier un verre vide.

Le geste était péremptoire. Markos n'avait d'autre choix que de prendre le verre avant de continuer son chemin. Un échange silencieux de mépris et de servitude amère.

Après avoir salué les employés du bar, le jeune homme se dirigea vers l'extrémité de la terrasse pour se présenter à de nouveaux clients. Les températures restaient suffisamment agréables pour qu'ils supportent d'être dehors. Il commencerait par les faire rire, puis il les charmerait en leur décrivant le programme du Clair de lune pour la soirée. Il s'attaquerait ensuite à un autre groupe. Le dîner ne serait pas encore servi que, déjà, il aurait l'assurance d'avoir toutes ses tables occupées.

Aphroditi savait toujours où Markos Georgiou se trouvait quand ils étaient dans le même lieu. Il suffisait qu'elle entende des éclats de rire : il n'y avait que lui pour les provoquer.

À la fin de l'année, Savvas annonça à son épouse que les profits de l'hôtel avaient atteint le double de ses prévisions. La principale raison en était le succès de la boîte de nuit.

— De tous nos employés, cet homme est notre plus grand atout, ajouta-t-il.

Aphroditi l'écouta en silence, se forçant à sourire.

En janvier il ne restait plus que quelques clients en résidence prolongée, toutefois le restaurant et le bar continuaient à attirer du monde. Le Clair de lune ne fermait jamais ses portes avant 4 heures du matin. Même s'il fallait parfois commander quelques pièces de mobilier supplémentaires, Aphroditi se sentait inutile la plupart du temps. Son rôle touchait à sa fin.

Lorsqu'elle appela ses parents un week-end, personne ne répondit. Elle devina aussitôt que quelque chose de grave s'était produit. Les Markides ne sortaient pas le samedi soir. Quelques heures plus tard, le téléphone des Papacosta sonna. C'était Artemis.

— Ton père est à l'hôpital, dit-elle. Peux-tu venir ?

Aphroditi comprit à peine les explications de sa mère, les mots « examens » et « perte de poids » furent les seuls à se détacher entre deux sanglots étouffés.

Elle prit le premier vol disponible pour Londres et n'arriva que le mardi. Les examens évoqués par Artemis avaient confirmé le cancer du poumon de Trifonas Markides. Dû à sa consommation quotidienne de soixante cigarettes, il était inopérable. Son état s'était détérioré d'un coup.

Aphroditi gagna directement l'hôpital depuis Heathrow. Elle trouva sa mère qui serrait les mains glaciales de son père. Il s'était éteint une heure plus tôt.

D'abord paralysées par le choc, la mère et la fille furent bien vite engluées dans le double bourbier du chagrin et de la paperasse. Toutes deux savaient comment gérer la situation à Chypre. Ici, elles étaient perdues. Il y avait tant de problèmes à régler et de formalités à prendre en compte, sans oublier l'organisation complexe d'un enterrement britannique. Trifonas Markides comptait de nombreux amis dans la communauté grecque locale, et ils se mobilisèrent : les femmes s'affairèrent, préparant à manger, tandis que les hommes donnaient des conseils pratiques avisés.

Savvas débarqua trente-six heures plus tard.

— Ma chérie, je suis vraiment désolé, lui dit-il inutilement.

Désolé pour quoi ? songea-t-elle. Parce qu'il l'avait tenue éloignée de son père jusqu'à tant qu'il soit trop tard ? Elle ne le lui pardonnerait jamais.

Mère et fille continuaient à verser des larmes, leurs lamentations empreintes d'une peine réelle. Savvas était exclu de leur chagrin.

Durant les semaines qui suivirent la mort et l'enterrement, Savvas fit plusieurs allers-retours, alors qu'Aphroditi restait avec sa mère. Il quittait toujours Chypre l'esprit tranquille : le Sunrise était entre de bonnes mains. Markos Georgiou connaissait parfaitement sa ligne de conduite, mieux que Costas Frangos encore.

À l'issue de la commémoration des quarante jours de deuil, il fut l'heure d'ouvrir le testament. Trifonas Markides avait légué à son épouse de quoi mener une existence aisée. Il avait prévu un petit quelque chose pour chacune de ses trois sœurs vivantes, installées à Chypre, et ses parts du Sunrise revenaient à sa fille. Il n'y avait rien d'autre.

— Mais et tous ses autres placements financiers ?

— Savvas, ne te laisse pas contrarier par ça, lui dit Aphroditi dans l'espoir de l'amadouer. Il a investi beaucoup dans notre projet. Peut-être n'avait-il pas tellement plus.

— Il avait une entreprise d'export, j'en suis certain. Il y a des conteneurs sur les quais qui portent le nom de Markides, lâcha Savvas, échouant à dissimuler sa déception et son incrédulité.

Le Sunrise était déjà plein pour l'été prochain. Cela avait été l'occasion de longs échanges téléphoniques avec son beau-père concernant son projet de rénovation complète du Paradise Beach. Trifonas Markides lui avait promis son soutien. Un concurrent direct du Sunrise était déjà en construction, et Savvas savait, un nœud dans le ventre, qu'ils allaient être distancés. Il ne parvenait pas à s'expliquer la teneur du testament.

Aphroditi percevait bien l'humeur sombre de son mari. Un nuage noir semblait flotter en permanence au-dessus de lui. Dans l'immédiat, elle devait d'abord penser à sa mère, et elle lui proposa tout naturellement de rentrer avec eux à Chypre. En réalité, ni Savvas ni elle n'insistèrent, convaincus qu'elle apporterait son chagrin dévastateur. C'était de toute façon hors de question. Puisque Trifonas Markides était enterré à Southgate, son épouse tenait à rester près de lui dans le respect des rites funéraires. De surcroît, ses sentiments au sujet de Chypre n'avaient pas changé.

À son retour à Famagouste, peu après la messe des quarante jours en l'honneur de son père, Aphroditi comprit que si Costas Frangos avait su régler les affaires courantes avec professionnalisme, c'était véritablement Markos Georgiou qui avait tenu l'hôtel, ainsi que Savvas s'empressa de le lui faire remarquer.

— Nous avons tellement de chance d'avoir quelqu'un comme lui. Il est exceptionnel. Il maîtrise les rouages financiers à la perfection. Les employés l'apprécient, les clients aussi...

— Et Frau Bruchmeyer le vénère, le coupa-t-elle. Parfois je me demande s'il n'entretient pas de faux espoirs...

— Aphroditi ! Bien sûr que non ! Ne dis pas des choses pareilles !

Il lui était insupportable que son mari ne puisse entendre un seul mot négatif sur l'homme qui avait, pour la première fois dans les faits, assumé le rôle de bras droit.

Sous son chagrin, elle nourrissait un ressentiment profond pour Savvas, qui l'avait empêchée d'aller voir son père mourant. Toutes ses émotions étaient dominées par une colère constante, alimentée par l'impression d'avoir été privée d'un véritable adieu.

8

Suite au décès de son beau-père, Savvas décida, à défaut de construire un nouvel hôtel, d'améliorer l'ancien. Cela aurait au moins le mérite de changer les idées de son épouse endeuillée. Sans enthousiasme, il prit rendez-vous avec son architecte pour voir s'il était possible de modifier l'extérieur du Paradise Beach afin de le moderniser.

Aphroditi s'attaqua à la refonte de l'intérieur. Elle était heureuse d'avoir de quoi s'occuper pour les mois à venir.

Un vendredi de la fin mars, elle prit le chemin d'un grossiste en tissus, dont les bureaux se trouvaient en centre-ville.

C'était une belle matinée au ciel dégagé, et les cafés de la place principale étaient pleins, leurs clients jouissant de la douceur printanière. Les orangers qui bordaient les rues conduisant à la place ployaient sous les fleurs blanches, qui embaumaient l'atmosphère de leur parfum sucré. L'un des principaux événements culturels de la ville, le festival de l'orange, allait bientôt avoir lieu, et Aphroditi dépassa un groupe de personnes qui s'occupaient des préparatifs. Elles construisaient un gigantesque navire en oranges, qui défilerait dans les rues pour célébrer la prospérité, et la bonne santé, que ce fruit apportait à Famagouste.

Aphroditi jeta un coup d'œil aux vitrines en passant. Elle avait ses boutiques préférées, mais de nouvelles ouvraient en permanence et la mode paraissait changer au jour le jour. L'hiver prochain, elle s'essaierait peut-être aux pattes d'éléphant, et pourquoi pas aux combinaisons-pantalons, que tant de mannequins arboraient. Pour l'heure, néanmoins, elle préférait en rester aux robes. Il y avait tant de choix, en termes de forme et de couleur, et les tissus fleuris étaient de nouveau à la mode.

En sortant d'un magasin, Aphroditi aperçut un visage familier. Markos Georgiou, attablé à la terrasse d'un café en compagnie d'une jeune femme. Ils souriaient et discutaient avec animation. Aphroditi n'avait jamais vu le majordome de son mari dans un autre cadre que celui de l'hôtel, et elle n'imaginait pas qu'il puisse avoir une vie personnelle. Elle remarqua d'abord qu'il ne portait pas de veste. Elle l'avait rarement vu en manches de chemise, tant le code vestimentaire était strict au Sunrise. Il se balançait légèrement d'avant en arrière sur son siège, avec une grande décontraction. La femme était radieuse. Ses longs cheveux noirs, détachés, lui arrivaient aux épaules, et son large sourire dévoilait, comme chez Markos, une rangée de dents d'un blanc parfait. Aphroditi pensa à celles de son mari légèrement tachées de nicotine.

Ils semblaient très à l'aise ensemble, peut-être plus même que la plupart des couples aux tables voisines, qui n'avaient pas l'air d'entretenir des liens aussi étroits. Ils avaient l'air faits l'un pour l'autre, et devant une telle complicité Aphroditi sentit la morsure de la jalousie.

Markos se leva dès qu'il l'aperçut. Il avait conscience, lui aussi, du caractère inhabituel de cette rencontre en dehors de l'hôtel. Après tant d'années, c'était étrange. À son habitude, il se montra d'une politesse irréprochable, adoptant le ton solennel dont il usait toujours avec elle.

— Bonjour, Kyria Papacosta. Permettez-moi de vous présenter...

Aphroditi tendit la main et nota que l'autre femme avait du mal à se lever.

— Oh, restez assise, je vous en prie ! Je ne m'étais pas rendu compte...

La grossesse de la compagne de Markos était très avancée et elle heurta le rebord de la table avec son ventre en voulant se redresser. Elle se rassit.

— À combien...

— Presque huit mois, répondit-elle.

Elle resplendissait.

— Formidable ! Plus qu'un mois à attendre ! Je vous souhaite beaucoup de bonheur. Markos nous donnera des nouvelles, n'est-ce pas ?

Elle se tourna vers le collaborateur de son mari, qui hocha la tête. Bizarrement, sans doute à cause des charmes qu'il déployait à l'intention de la clientèle féminine, Aphroditi en avait déduit qu'il était célibataire.

Elle s'éloigna. Elle n'avait aucune envie de prolonger la discussion avec Markos. Dans le meilleur des cas, ils étaient mal à l'aise, et elle ne parvenait pas à feindre un plaisir qu'elle ne ressentait pas.

Quelques instants après son départ, le couple fut rejoint par un autre homme.

Aphroditi se surprit à repenser à cette rencontre tout l'après-midi. Pour une raison qu'elle ne s'expliquait pas, elle était déconcertée par cette double découverte : Markos avait une femme et surtout il allait devenir père. Elle ne parvenait pas, cependant, à mettre le doigt sur ce qui l'ennuyait là-dedans. Depuis un an, elle commençait à nourrir des envies de maternité, et chaque mois lui apportait une déception. Peut-être cela expliquait-il sa réaction.

Le lendemain matin, le téléphone de l'appartement sonna. Savvas était parti pour un rendez-vous au Sunrise quelques heures plus tôt. Aphroditi entendit une voix d'homme à l'autre bout du fil. Un Anglais. Elle se mit à trembler : il avait dû arriver quelque chose à sa mère.

— Mrs Papacosta ?

— Oui, répondit-elle en se laissant choir sur le premier fauteuil. C'est moi, ajouta-t-elle.

— George Matthews à l'appareil. Du cabinet Matthews et Tenby.

Il y eut un silence. Tous deux se demandèrent si la communication avait été coupée – cela arrivait souvent.

— Nous nous sommes rencontrés il y a de cela quelques mois, lors de la lecture du testament de votre père.

Aphroditi s'en souvenait aussi bien que si ça avait eu lieu la veille.

— De nouveaux documents sont entrés en notre possession... Êtes-vous toujours là, Mrs Papacosta ?

— Oui, murmura-t-elle, comprenant que l'appel ne concernait vraisemblablement pas la santé de sa mère.

— Il semblerait que votre père ait procédé au transfert de propriété de ses entreprises peu avant sa mort. Il a tout mis à votre nom.

— Mais le testament...

— Ce sont deux choses distinctes.

Aphroditi eut besoin de quelques secondes pour prendre la mesure de cette révélation. Son père était un homme près de ses sous, il avait dû choisir la solution la plus rentable pour sa fille.

— Votre mère a dû en être informée et donner son accord, poursuivit-il.

Aphroditi garda le silence. Elle se demandait soudain si son père se savait déjà mourant la dernière fois qu'elle l'avait vu.

— Mrs Papacosta ?

— Je suis là... Merci de m'avoir prévenue.

— Avez-vous des questions ?

— Pas dans l'immédiat, je vous remercie.

Aphroditi voulait l'annoncer à Savvas. Cette nouvelle aurait un impact considérable sur leur avenir. C'était exactement ce que son époux avait appelé de ses vœux.

Le temps que George Matthews comprenne qu'il n'y avait vraiment plus personne à l'autre bout du fil, Aphroditi était déjà dans l'ascenseur, qui la conduisit au rez-de-chaussée.

Elle n'hésita pas à accélérer sur la route en ligne droite qui menait à l'hôtel, franchit le portail en fer forgé et se gara à côté de la voiture de son mari. Le cœur battant la chamade, elle courut vers l'entrée.

Le soleil qui frappait les vitres brillantes lui permit de voir son propre reflet distinctement, alors que l'intérieur paraissait plongé dans le noir. Elle déboula dans le hall et percuta de plein fouet Markos, qui venait dans la direction opposée. Son sac à main lui échappa, et son contenu s'éparpilla aux quatre coins.

Markos n'avait jamais vu la femme de son patron adopter une démarche plus rapide qu'un train de sénateur très digne. Pas plus qu'il n'avait vu sa coiffure ou sa tenue autrement que parfaites.

Plusieurs membres du personnel s'étaient jetés à quatre pattes pour aller retrouver les affaires qui s'étaient glissées sous les meubles ou dans les pots des plantes.

Aphroditi ne dissimulait pas son irritation. Elle arracha sa clé de voiture de la main de Markos.

— Vous ne pouvez pas faire un peu attention ?

Il s'écarta, endurant l'injustice sans broncher. Ce n'était pas, et de loin, la première fois qu'elle le congédiait de la sorte, et il ajouta cette offense à la longue liste de celles qui l'avaient précédée.

Aphroditi fondit sur la porte indiquant « réservé au personnel », dans le coin le plus reculé du hall, et entra sans frapper.

— Savvas, j'ai à te parler.

Il ne cacha pas sa surprise de voir sa femme. Elle était étonnamment rouge, débraillée presque, et souriante pourtant. Il se leva de son fauteuil de bureau et demanda à Costas Frangos de revenir une heure plus tard. Avant même qu'ils soient seuls, Aphroditi commença à lui annoncer ce qui s'était passé.

— Nous n'avons plus besoin de ce tissu ! annonça-t-elle d'une voix triomphale en sortant un échantillon de son sac. Nous n'allons pas redécorer le Paradise Beach ! Nous allons le reconstruire !

— Comment ça ? s'étonna Savvas.

Aphroditi ne put retarder davantage les explications.

— Notre rêve va donc se réaliser ! s'exclama-t-il.

Savvas avait conservé les plans de son nouveau projet dans le dernier tiroir de son bureau. Il les sortit et les déroula. Il sourit à sa femme, ce qui n'était pas arrivé depuis une éternité.

— Rien ne pourra nous arrêter maintenant, dit Aphroditi.

— Rappelons cet avocat. Nous devons récupérer cet argent le plus vite possible. J'obtiendrai un prêt en attendant.

— Mon père approuverait cette idée, j'en suis certaine.

Elle sentit se relâcher entre eux la tension présente depuis la mort de Trifonas Markides.

Trois mois plus tard, Aphroditi avait vendu les entreprises de son père et le couple disposait des moyens financiers nécessaires à la destruction du Paradise Beach, puis à sa reconstruction.

Le nouvel hôtel posséderait vingt-cinq étages et six cents chambres, mais il serait d'un moins bon standing que le Sunrise, visant une clientèle plus modeste. Son échelle avait pour but de garantir des profits rapides. S'ils investissaient jusqu'au dernier centime et faisaient avancer les travaux à un rythme soutenu, garantissant une prime pour les heures supplémentaires, ils pourraient ouvrir moins de dix-huit mois plus tard. Ils prirent la décision ensemble. Plus ils mettraient d'argent dans ce projet, plus vite ils en récolteraient les fruits.

— Tu risques de ne pas avoir de nouveaux bijoux avant un petit moment, murmura Savvas d'un air de contrition feint.

— Je crois que j'ai largement de quoi faire, répondit Aphroditi. Il n'y a déjà pas assez de jours dans un mois pour que je puisse tous les porter.

Elle n'exagérait pas. Lors de la première année du Sunrise, les bénéfices, qui furent si constants et importants que Savvas avait presque eu du mal à en suivre le fil, lui avaient permis de commander régulièrement de nouvelles parures pour son épouse. Il achetait l'or au poids et les pierres à différents vendeurs afin de calculer la valeur initiale de son investissement. Un joaillier, en général Giannis Papadopoulos, le meilleur de la ville, touchait alors une somme pour dessiner, et créer, des pièces. Aphroditi était très impliquée dans ces deux processus. Si sa préférence allait à la simplicité et la modernité, elle aimait ajouter des détails inspirés des bijoux trouvés dans les tombes de Salamine. Cela ajoutait de la valeur aux objets finis, même si c'était celle des matériaux bruts qui importait à Savvas Papacosta.

Dorénavant, il n'avait plus de temps que pour ceux qui lui vendaient du béton et du verre, et il calculait aussi déjà son retour sur investissement.

Irini Georgiou ne voyait presque plus son fils aîné dernièrement. Désormais il arrivait au Sunrise dès 9 heures pour ne le quitter qu'à 4 heures du matin, le lendemain. L'hôtel n'aurait pu rêver d'un meilleur représentant. Son charme lui permettait de résoudre les problèmes et les scènes provoquées par les clients, qu'il s'agisse d'un ennui de plomberie ou d'une erreur involontaire dans une facture. Tous repartaient pleinement satisfaits, et beaucoup avaient même l'impression que Markos était le propriétaire des lieux.

Irini ne croisait pas plus souvent Christos. Il se montrait évasif ou absent et elle n'osait pas creuser la question. Par chance, elle avait un sujet de distraction. Maria venait de donner le jour à leur premier petit-enfant, et Irini passait l'essentiel de sa journée chez sa fille, à chanter des berceuses au petit Vasiliki. C'était un remède apaisant aux violences perpétrées à proximité. Chaque fois que son mari, au retour du *kafenion*, lui annonçait une nouvelle attaque à la bombe de l'EOKA B, visant un commissariat ou un homme politique, elle serrait plus fort le bébé dans ses bras.

9

La haute saison arriva et le Sunrise connut la prospérité. Il n'avait pas tardé à prendre la place du meilleur hôtel de Chypre et devait souvent refuser des clients. Il ne disposait tout simplement pas d'assez de chambres.

Hüseyin songeait parfois, en considérant les touristes, combien ils ignoraient tout des tensions sur l'île. Les vacances étaient un moment de repos et de détente, une occasion pour les hommes d'affaires de passer du temps avec leurs épouses et enfants dans un lieu où ils ne pouvaient pas être dérangés. Une poignée survolaient les gros titres des journaux étrangers en vente à l'hôtel, sans pour autant jamais les sortir du présentoir. La presse chypriote n'était pas disponible à l'hôtel ; seuls le *International Herald Tribune*, *The Times*, *Le Figaro* et *Die Zeit* côtoyaient les magazines sur papier glacé et quelques livres de poche.

Hüseyin savait que la première page des quotidiens locaux les aurait troublés. Derrière le tableau idyllique de mer, de soleil et de sable, couvait une guerre civile.

Le climat d'incertitude inquiétait tous les Chypriotes, qu'ils soient ou non directement menacés.

Il y avait toujours des journaux qui traînaient chez lui, rapportés par son père ou Ali. Ils déclenchaient sans exception discussions et disputes. Au cours des derniers mois, des dizaines d'attentats à la bombe avaient eu lieu. Les commissariats étaient les principales cibles, et ces attaques avaient permis aux activistes de dérober quantité d'armes et de munitions. En avril il y avait eu plus de trente explosions en une seule journée à Paphos, Limassol et Larnaca.

— Ne te tracasse pas trop, Hüseyin, lui dit Emine en le voyant froncer les sourcils devant les gros titres. Nous ne sommes pas la cible cette fois.

— Ta mère a raison, renchérit Halit, son père. Ce n'est pas nous qu'ils cherchent à terroriser. Et j'ai l'impression que Makarios obtient de bons résultats, de toute façon.

Afin de contrer les activités de l'EOKA B, l'archevêque avait créé une nouvelle force de police auxiliaire, l'Unité de réserve tactique. Elle était chargée de missions de localisation et, rien que ce mois-là, avait arrêté quarante partisans de Ghrivas.

— C'était différent dans les années soixante, affirma Halit pour rassurer ses enfants. Nous craignions pour nos vies rien qu'en marchant dans la rue.

Hüseyin n'avait pas besoin qu'on lui rafraîchisse la mémoire. Même s'il n'était encore qu'un garçon, il se rappelait parfaitement cette époque, surtout l'été 1964, lorsque l'île avait failli basculer dans la guerre. Les Grecs avaient attaqué le village turc de Kokkina au nord, convaincus que la Turquie y envoyait des armes. Cette dernière avait répliqué à coups de napalm et de roquettes. Si la guerre totale avait été évitée, la zone avait été placée sous blocus économique et des familles comme les Özkan avaient connu de graves privations.

C'était suite à ces événements que Halit avait installé les siens dans le village enclavé. Ils avaient été rapidement rejoints par sa sœur, veuve, et son fils Mehmet. Si l'endroit était plus sûr, il ressemblait aussi beaucoup à une prison. Hüseyin gardait un souvenir particulièrement vivace de la faim permanente. Ils partageaient tout ce qu'ils avaient, mais ça ne suffisait jamais. De nombreux aliments de base ne leur parvenaient pas et ils se contentaient de ce que Halit et Mehmet réussissaient à rapporter quand ils prenaient le risque de quitter la zone surveillée.

Hüseyin se rappelait que sa mère se mettait dans tous ses états s'ils n'étaient pas rentrés avant le crépuscule. Postée près de la porte, elle scrutait la rue pendant ce qui lui avait semblé, à l'époque, des heures, et lorsque les deux hommes finissaient par apparaître, elle ouvrait grand les bras et serrait son mari comme s'il avait disparu durant des semaines.

Un jour, le père de Hüseyin était rentré seul. En quelques secondes une foule avait envahi la rue dans un véritable brouhaha. Le petit garçon, tenu à l'écart, avait cherché à apercevoir l'un ou l'autre de ses parents.

Il était trop jeune pour qu'on lui explique ce qui se passait, pourtant il avait remarqué que les femmes pleuraient sans bruit et que les hommes étaient devenus anormalement silencieux. Il avait attendu, en la redoutant, la suite. Quelque chose de grave s'était produit.

Peu après, Halit avait été emmené sous les yeux de Hüseyin. C'était en juillet et un immense nuage de poussière s'était soulevé dans le sillage du camion.

Personne ne lui avait dit d'aller se coucher ce soir-là et, pour une fois, il avait été autorisé à jouer au ballon dans la rue avec un groupe de garçons plus âgés, qui veillaient à ne pas s'approcher trop près des barbelés la condamnant à une extrémité.

Avant le lever du soleil, le camion était revenu avec le corps de son cousin. C'était le premier cadavre que Hüseyin voyait. Quelques jours plus tôt, Mehmet s'amusait avec le petit garçon dans la cour, lui souriant, le taquinant, le soulevant dans ses bras ; il faisait le gardien de but et Hüseyin cherchait à le dribbler. À présent il était immobile et pâle. Hüseyin s'était perché sur une chaise dans un coin de la pièce pour dépasser tous ceux réunis autour du mort. C'était plus fort que lui, il avait voulu voir.

Mehmet avait quinze ans de plus que Hüseyin. Il avait étudié pour devenir avocat, et son jeune cousin lui vouait un véritable culte.

Mehmet s'enorgueillissait d'être élégant. « Un homme devrait toujours mettre une chemise propre pour aller travailler », disait-il à Hüseyin. Ce jour-là, le petit garçon avait remarqué qu'il était habillé différemment. Il portait une chemise sale, aussi cramoisie que le drapeau turc.

Les adultes s'étaient efforcés de protéger les enfants de leur mieux, mais ils n'avaient pu leur cacher la vérité. Quelqu'un avait roué Mehmet de coups jusqu'à ce que mort s'ensuive. Les Özkan n'en parlaient plus, cependant il ne s'écoulait pas une journée sans que Mehmet n'occupe leurs pensées, et son souvenir restait bien vivant grâce au prénom qu'ils avaient donné à leur petit dernier, arrivé par surprise, quelques années plus tard. « C'est comme s'il avait été envoyé pour remplacer ton cousin. » Voilà ce qu'Emine avait dit à Hüseyin, elle qui à quarante et un ans ne se croyait plus en âge de concevoir.

Durant la période qui avait suivi l'assassinat de Mehmet, Hüseyin se rappelait une faim encore plus vive. Personne dans sa famille n'avait voulu prendre le risque d'aller acheter de la nourriture, ils s'étaient donc contentés de légumes secs pendant plusieurs mois. Maigre à l'époque, Hüseyin était resté mince, même si sa musculature s'était considérablement développée depuis.

Tout s'était arrangé lorsque sa famille avait emménagé en ville. Ils s'y sentaient plus en sécurité, et ses parents avaient retrouvé leur sourire. Chaque famille, grecque ou turque, semblait avoir vécu une tragédie.

« C'est une chose que nous partageons tous, observait Emine. Quand on perd un être cher, peu importe qui l'on est. La douleur est aussi grande, aussi épouvantable. » Hüseyin remarquait que son père gardait le silence dès que sa mère abordait le sujet. Il n'exprimait pas son désaccord ouvertement, mais trouvait en général le moyen de s'extraire de la conversation, accaparé tout à coup par une réparation inutile, se plongeant dans la lecture des nouvelles du jour ou sortant fumer une cigarette. Chacune de ces activités était une forme de protestation silencieuse.

C'était toujours Ali qui défiait leur mère et, de nombreux soirs, des débats houleux s'ensuivaient.

Les innombrables heures de conversation avec Savina, au salon de coiffure, qui portaient autant sur le passé que sur les permanentes, avaient communiqué à Emine la certitude que toutes ces violences s'étaient révélées vaines. Elle appréciait la jeune femme comme une de ses petites sœurs. Ensemble, elles avaient échangé des centaines d'histoires similaires sur les souffrances de leurs deux familles, et Emine ne détestait rien tant qu'entendre son fils s'échauffer en parlant de combats.

Emine et Halit savaient qu'Ali était celui de leurs deux fils aînés qui s'intéressait le plus à la politique, cependant aucun ne se doutait qu'il avait rejoint les rangs de l'organisation de la résistance turque. La TMT avait été créée à la fin des années cinquante afin de contrer les actions de l'EOKA et la menace que celles-ci représentaient pour leur communauté. Elle faisait aussi campagne pour le Taksim, la division de l'île. Ali avait la certitude que son père serait fier d'apprendre qu'il en était membre, seulement il ne pouvait pas lui en parler en cachette de sa mère.

Ali ne croyait pas un instant que les Chypriotes turcs étaient en sécurité. Si le gouvernement turc s'était préparé à intervenir par le passé, lorsque les siens avaient été menacés, rien n'indiquait qu'il recommencerait. Sous la bannière secrète de la TMT – figurant un loup gris –, Ali se tenait prêt à se battre.

— Il faudrait que nous soyons capables de nous protéger, avait-il dit à Hüseyin quand il avait cherché à le convaincre de rejoindre la résistance. Nos parents se leurrent en affirmant que rien ne peut nous arriver. Il n'y a aucune raison de penser que les événements des années soixante ne se reproduiront pas.

Hüseyin ne voulait pas prendre les armes, ce n'était pas dans sa nature. À la moindre dispute familiale, il s'éclipsait et se rendait au bord de la mer, alors qu'il y avait passé sa journée.

Une fois sur la plage, il se jetait dans la mer pour se calmer avant de se mêler à une partie de water-polo ou de volley, rejoignant l'équipe à laquelle il manquait un joueur. Souvent il jouait avec Christos Georgiou, et il leur arrivait de faire le trajet du retour ensemble.

Cet été-là, il avait remarqué que l'on voyait rarement Christos.

Pendant que Hüseyin empilait des chaises longues en rêvant de succès sportifs, Christos s'était découvert un nouveau centre d'intérêt, une obsession très différente de celle qui accaparait son coéquipier. Il s'instruisait sur la fabrication des bombes artisanales et sur les meilleures stratégies pour l'organisation d'un attentat.

Les ennemis de Makarios continuaient à conspirer contre lui. Le commissariat de Limassol fut détruit lors d'une attaque à la bombe, et le ministre de la Justice kidnappé. Ghrivas et son EOKA B gagnaient du terrain. Et pourtant, alors même que ces explosions survenaient ailleurs sur l'île, perpétrées par Christos et d'autres activistes, la vie dans la station balnéaire suivait son cours normal.

Aphroditi se rendait au Sunrise plusieurs fois par semaine, dans l'après-midi, pour ses rendez-vous au salon de coiffure, et tous les soirs à l'heure du cocktail. Elle voyait souvent Markos et évitait de lui parler. Savvas passait presque la totalité de son temps sur le chantier du Paradise Beach et ne faisait une apparition qu'à l'heure du cocktail. Si son hôtel vedette ne semblait pas souffrir de son absence, Aphroditi acceptait mal que Markos Georgiou soit considéré par tous comme le responsable des lieux. Rien n'avait été acté.

Début août, alors que les températures dépassaient les quarante degrés la plupart des jours, la première pierre du nouveau Paradise Beach fut posée. On célébra ce moment par une réception. Dès lors, Savvas fut sur le site de construction de l'aube au crépuscule, se rendant au Sunrise en tenue de chantier poussiéreuse et trinquant avec ses clients à la sortie de sa douche, les cheveux encore humides.

Un soir, à l'issue d'un dîner de gala, Aphroditi et lui firent le trajet du retour en silence. Il était rare que Savvas n'ait pas quelques remarques à formuler sur leurs clients, qu'il ne se plaigne pas d'une réparation ou d'une retouche oubliées. Dès qu'ils eurent franchi le seuil de leur appartement, il fila directement à la chambre et s'allongea.

— Savvas ? Quelque chose ne va pas ? Tu ne comptes pas te déshabiller ? Tu pourrais au moins retirer tes chaussures...

— À quoi bon ? marmonna-t-il. Je serai debout avant le lever du soleil.

Aphroditi n'avait pas encore rangé son collier que son mari avait déjà éteint sa lampe de chevet.

— Tu es vraiment obligé d'aller sur le chantier tous les jours ?

Il ralluma et s'assit d'un mouvement brusque.

— Bien sûr ! Comment peux-tu poser cette question ?

Le mélange d'épuisement et de brandy le rendait irritable.

— Je me dois d'être là-bas, reprit-il, en revanche retrouver tout ce monde au Sunrise, chaque soir... Voilà ce dont je pourrais me passer.

— Quoi ? Mais c'est important, Savvas. Bien plus que le reste !

— Ça ne l'est pas pour moi, Aphroditi.

Les travaux de construction avaient acquis plus d'attrait aux yeux de Savvas que le résultat fini. Il aimait voir les chiffres, découvrir combien il avait gagné, combien il pouvait réinvestir en poutres métalliques et panneaux de verre. Le fonctionnement au quotidien du Sunrise et les mondanités auprès des clients avaient perdu tout charme.

— Tu suggères que j'y aille seule ?

— Parlons-en demain plutôt, Aphroditi. Je suis trop éreinté pour en discuter là.

— Non ! Je veux avoir cette discussion maintenant. Tout le monde adore nos cocktails sur la terrasse, et nos invités attendent d'être reçus par le maître et la maîtresse des lieux. Que proposes-tu alors ?

— Markos peut me remplacer.

Aphroditi ne se donna pas la peine de dissimuler sa consternation.

— Markos Georgiou ? Il n'est pas de taille ! C'est un simple barman ! Un directeur de boîte de nuit !

— Il est bien plus que cela, Aphroditi, et tu le sais. Écoute, tout ceci peut attendre demain matin. Dans l'immédiat, j'ai besoin de dormir.

Aphroditi ne supportait pas que son mari balaie son opinion avec autant de désinvolture. Depuis qu'il avait entrepris la rénovation du Paradise Beach, il avait changé. Dorénavant il lui parlait comme à une enfant.

Les mots lui échappèrent :

— N'oublie pas d'où vient l'argent, Savvas.

Il y eut un silence. Elle aurait voulu effacer ce qu'elle venait de dire, seulement les paroles étaient sorties, tels des oiseaux libérés de leur cage. Sans desserrer les dents, il se leva et quitta la pièce. Aphroditi entendit la porte de la chambre d'amis claquer.

Elle resta éveillée plusieurs heures, furieuse d'avoir perdu pied, mais aussi de la réaction de son mari et encore plus de sa suggestion. Sous aucun prétexte elle n'accepterait de jouer les hôtes aux côtés de Markos Georgiou. L'idée était tout bonnement ridicule.

Le lendemain matin, Savvas partit sans réveiller sa femme. Elle trouva un mot sur la table de la cuisine.

Je pensais ce que j'ai dit hier soir. Cette journée va être longue pour moi et j'aimerais que Markos t'accompagne au cocktail ce soir. Il te rejoindra au Sunrise à 18 h 30. J'espère que la nuit t'a porté conseil.

Non, pensa-t-elle. Pas du tout.

Les températures battirent des records ce jour-là, pourtant c'était la rage qui la faisait bouillir.

10

Aphroditi arriva plus tôt que de coutume au salon de coiffure. Savina venait de retirer les bigoudis d'une cliente de l'hôtel et elle lui crêpait les cheveux, ainsi que l'exigeait la mode.

— Kyria Papacosta, comment allez-vous ? lui demanda-t-elle en posant ses yeux sur elle.

— Pour être honnête, je suis un peu fatiguée, Savina. Je n'ai pas bien dormi.

— Il faut dire qu'il a fait si chaud...

— Je n'ai pas pu fermer l'œil, moi non plus, ajouta Emine. Et ça va être encore pire cette nuit.

Aphroditi se força à sourire. Comment pouvaient-elles savoir qu'il régnait constamment une température agréable chez elle, grâce à la climatisation ? La touffeur n'était en rien responsable de son manque de sommeil.

— Alors, de quelle coiffure avez-vous envie aujourd'hui ? lui demanda Emine.

Aphroditi secoua la tête pour dénouer sa tresse. Ses boucles dévalèrent sur ses épaules et jusqu'à sa taille, telle une cascade de chocolat fondu. Elle croisa le regard d'Emine dans le miroir.

— J'aimerais que vous les coupiez, s'il vous plaît.

— Une égalisation comme d'habitude ?

— Non. Je voudrais les porter courts.

La coiffeuse eut un mouvement de recul, et Aphroditi lut la surprise sur ses traits, dans le miroir. Depuis des années, elle gardait les cheveux longs, ce qui lui permettait d'arborer chignon, tresse ou toute autre coiffure traditionnelle en faveur chez les Chypriotes.

— Courts ?

La cliente ayant payé et pris congé, Savina vint également se poster derrière Aphroditi.

— Pourquoi ? s'étonna-t-elle, incrédule. Comment ?

Aphroditi sortit une coupure de magazine de sa pochette. C'était la photo d'une actrice américaine, les cheveux à peine aux épaules.

Les deux femmes scrutèrent le modèle. Emine souleva une longue mèche brune et la laissa retomber.

— C'est faisable, conclut-elle, mais êtes-vous sûre de vous ?

— Ça va tellement vous changer !

— Que dira Savvas ?

Elles s'inquiétaient toujours de la réaction du mari lorsqu'une cliente exprimait l'envie d'un changement radical. L'expérience leur avait appris qu'ils l'appréciaient rarement.

— Ma décision est prise, répondit Aphroditi, ignorant leurs doutes. Et les cheveux repoussent.

Les deux coiffeuses échangèrent un regard dans un silence stupéfait. Il leur semblait incroyable d'aspirer à un changement si radical après toutes ces années, et de refuser d'en discuter. Malgré tout, la résolution d'Aphroditi ne laissait aucune place au doute.

Emine lui fit revêtir, sur sa robe blanche, une blouse noire et lava ses longues boucles brunes pour la dernière fois. Puis, combattant sa propre répugnance, elle s'arma de ses ciseaux. Des écheveaux de mèches épaisses et humides, longues d'une cinquantaine de centimètres, dévalèrent sur le sol. Avec une précision d'experte, elle donna forme à la coupe en réalisant un dégradé. Elle jetait continuellement des coups d'œil à la photo posée sur les genoux d'Aphroditi pour s'assurer qu'elle allait dans la bonne direction. Quand elle eut terminé, elle posa des bigoudis et installa Aphroditi sous l'un des immenses casques chauffants.

Cette dernière étudia Savina qui, munie d'un balai, rassemblait ses cheveux noirs en tas. Elle avait l'impression de se débarrasser des derniers vestiges de l'enfance.

Quarante-cinq minutes plus tard, le minuteur sonna. Emine défit avec adresse chaque boucle et les cheveux tombèrent exactement ainsi qu'Aphroditi l'avait espéré. Après avoir été crêpée et laquée, sa chevelure était la réplique parfaite de celle du modèle. Aphroditi sourit à son reflet dans la glace.

— Laissez-moi vous montrer ce que ça donne derrière !

Savina vint se placer dans son dos avec un petit miroir. La pointe des cheveux d'Aphroditi, qui rebiquaient légèrement, venait lui effleurer le lobe des oreilles. Lorsqu'elle se débarrassa de la blouse, le résultat de ce changement de style fut flagrant. Ses yeux paraissaient agrandis et sa nuque allongée. Les bijoux qu'elle porterait au cou ou aux oreilles seraient mis en valeur. Elle sortit un collier en or et saphirs de son sac. Avec sa robe décolletée, l'effet était tout bonnement époustouflant.

Les deux coiffeuses reculèrent de quelques pas et la contemplèrent avec une admiration authentique.

— Ce que vous êtes belle, lâcha Emine.

— C'est tout à fait ce que je voulais, dit Aphroditi en souriant pour la première fois depuis son entrée dans le salon de coiffure. Un grand merci.

Elle tournoya devant elles, se remit du rouge à lèvres, les étreignit tour à tour, puis disparut. Il y avait une éternité qu'elles ne l'avaient pas vue aussi heureuse.

La coupe avait duré un peu plus longtemps qu'elle ne l'avait prévu. En remontant dans le hall, elle constata que quelques clients étaient déjà réunis sur la terrasse. Elle se dépêcha.

Markos l'attendait à un endroit du hall qui lui permettait d'apercevoir les horloges de la réception. Il ne fut pas surpris de son retard. Il s'attendait à ce qu'elle marque le coup. Plus tôt ce jour-là, lorsque Savvas lui avait téléphoné pour lui demander – « ordonner » aurait peut-être été plus proche de la réalité – de le remplacer lors des cocktails, Markos avait répondu qu'il le ferait avec plaisir. Alors que, pour la première fois, Savvas exigeait de lui une chose qui lui déplaisait. Et que Markos n'avait pas le choix.

Il était arrivé en avance. Il portait l'un de ses nouveaux costumes et s'était arrêté dans le hall pour faire cirer ses chaussures. En apercevant son reflet dans un miroir, il s'était rendu compte qu'il aurait bien besoin d'une coupe. Il avait rabattu quelques mèches en arrière pour dégager son visage.

Deux clientes – suédoises, devina-t-il à leur bronzage soutenu et à la cascade de cheveux blonds qui leur balayait le dos – passèrent devant lui et il se sentit réchauffé par leurs regards approbateurs. L'une d'elles lui jeta même une œillade par-dessus son épaule.

Il fut soudain distrait par la vue d'une femme encore plus belle, en blanc, qui traversait le vestibule d'un pas décidé.

Sans le collier en saphirs, familier, Markos n'aurait pas reconnu Aphroditi. Quand il comprit qu'il s'agissait de la femme du patron, il alla à sa rencontre avec un sourire inhabituellement spontané, qui faisait briller ses yeux autant qu'il lui étirait les lèvres. Elle avait changé de coupe de cheveux, mais il y avait autre chose de différent chez elle.

— Kyria Papacosta...

Aphroditi se figea.

— Votre mari m'a demandé de vous accompagner ce soir...

— Je sais, répondit-elle.

Markos réfréna son envie de la complimenter sur son apparence, conscient de la réaction qu'il risquait de provoquer. La femme du patron voudrait plus que jamais garder ses distances avec lui, ce soir. Il en avait la certitude.

Ils sortirent, en gardant un mètre entre eux au moins, sur la terrasse. Pendant un moment, ils se mêlèrent ensemble à un groupe, avant de circuler séparément parmi les convives pendant une heure environ. Markos se rapprochait d'Aphroditi chaque fois qu'elle semblait en difficulté. Certains clients n'avaient que peu de conversation, lorsqu'ils n'étaient pas suffisamment grossiers pour laisser entendre qu'ils préféraient la discussion d'un homme.

Malgré elle, Aphroditi lui était reconnaissante de sa présence.

Le temps passa et à l'heure du dîner ils furent placés à la table d'honneur. Droits comme des I sur leurs chaises, ils discutèrent d'abord avec des voisins de table différents, puis finirent par se tourner l'un vers l'autre. Aphroditi ne voyait qu'une question à poser à Markos. Il y avait un moment que celle-ci occupait ses pensées.

— Votre bébé est-il déjà né ?

— Mon bébé ? s'exclama-t-il.

Il y eut un moment de gêne. Avait-elle été indiscrète ?

— Oh ! Vous voulez parler du bébé de Maria ! Ma sœur !

— Oh ! Votre sœur... J'ai cru...

Aphroditi avait les yeux écarquillés. Elle se trouvait un peu ridicule d'avoir commis une telle erreur.

— Il est arrivé il y a quinze jours. Il s'appelle Vasilis, comme son grand-père. Tout s'est bien passé.

Un nouveau malaise interrompit leur échange.

— Alors comme ça, vous avez cru que j'allais être père !

Un large sourire apparut sur son visage et il éclata de rire en approchant une main du bras dénudé de la jeune femme.

— Je ne pense pas être tout à fait prêt, précisa-t-il.

Aphroditi lui retourna son sourire. Elle avait eu raison en fin de compte : il n'était pas encore disposé à fonder un foyer. Markos était bien trop fin pour lui retourner la question, et la discussion en resterait là. À l'instant où il lui avait presque touché le bras, elle avait senti la glace entre eux commencer à fondre.

Alors qu'ils se connaissaient depuis un moment, ils n'avaient jamais eu de conversation aussi longue. Elle avait toujours partagé l'attention de Markos Georgiou avec son époux. Ce soir-là, à son grand étonnement, elle lui trouva des manières parfaites. Il ne sortit pas de son rang d'employé, et il ne se risqua pas même à lui faire une remarque sur son changement de style. Elle aurait peut-être préféré qu'il ne s'abstienne pas...

À la fin du repas, Aphroditi rentra chez elle tandis que Markos descendait au Clair de lune. Savvas dormait déjà quand elle arriva à l'appartement. Le lendemain matin il la réveilla.

— Par tous les diables, qu'as-tu donc fait ?

Aphroditi s'assit dans le lit, tirée d'un sommeil profond par ses intonations furieuses.

— J'ai eu l'impression de me réveiller à côté d'une inconnue ! hurla-t-il.

Tout en boutonnant sa chemise, il poursuivit sa diatribe.

— Pourquoi faire une chose pareille ! Tu avais tes beaux cheveux depuis notre rencontre.

— Depuis mon enfance, plus exactement.

— Eh bien, j'espère que tu les laisseras repousser.

— Nous verrons, répondit-elle d'une voix ensommeillée.

Il finit de s'habiller en silence. Bien qu'ayant les yeux clos, elle reconnut le bruit de ses lacets et sentit à la façon dont il les nouait, qu'il était de méchante humeur.

— Ce soir, grogna-t-il en se levant, Markos me remplacera à nouveau.

Aphroditi ne pipa mot. Ça l'arrangeait que Savvas la croie contrariée.

Au cours du mois qui suivit, comme les travaux empiétaient sur les week-ends, Savvas n'assista pas à un seul cocktail du Sunrise. Bruit, chaleur et poussière formaient un mélange exténuant, mais il savait que sa présence était le seul moyen de contraindre les ouvriers à maintenir la cadence.

Aphroditi ne le voyait qu'une poignée de minutes quotidiennement, et il se montrait accablé par le poids de ses soucis.

— Pourquoi tu ne prendrais pas une journée de repos ? lui suggéra-t-elle un matin.

— Tu connais très bien la réponse à cette question ! répliqua-t-il. Nous avons des délais à tenir. Si nous n'ouvrons pas l'année prochaine, une saison entière sera perdue. Pourquoi continues-tu à me parler de congés ?

Markos, en comparaison, semblait insouciant. Alors qu'août cédait le pas à septembre, Aphroditi tenait dorénavant pour acquis qu'il serait à ses côtés tous les soirs.

Elle se surprenait à guetter avec davantage d'impatience qu'autrefois les cocktails, et à 17 heures tapantes elle était au sous-sol du Sunrise afin de s'assurer qu'elle serait parfaitement coiffée pour la soirée.

— Elle est radieuse en ce moment, n'est-ce pas ? observa Savina un après-midi qu'Emine et elle fermaient le salon.

— Sa nouvelle coiffure fait toute la différence, convint Emine. On dirait que ça l'a égayée. Elle avait besoin d'un remontant après ce qui est arrivé à son pauvre père...

— Je ne pensais pas à ça. Je me demandais si elle n'était pas... Tu vois...

— Enceinte ?

— Oui ! Ce serait formidable pour eux deux, non ?

— Certes, mais elle a gardé la taille si fine... ça n'est pas possible.

— Certaines femmes ne s'arrondissent pas avant plusieurs mois.

— Je pense que ton imagination te joue des tours. Je suis convaincue qu'elle nous en aurait parlé.

L'imagination de Savina ne la trompait pas sur un point : Aphroditi rayonnait. Même si leur relation restait d'abord conventionnelle – Markos continuant à lui donner du Kyria Papacosta –, elle était de moins en moins indisposée par lui.

Un soir, au cours du dîner, il aborda un sujet qu'il voulait mettre sur la table depuis longtemps.

— Le Clair de lune...

— Est un nom plaisant, l'interrompit-elle, finissant la phrase à sa place.

Elle sourit, ce qui n'empêcha pas Markos de douter de sa sincérité.

11

Parce qu'il respirait de la poussière sur le chantier quatorze heures par jour et qu'il se consacrait en prime à la paperasse, Savvas Papacosta considérait qu'il travaillait plus dur que n'importe quel autre Chypriote.

Son bras droit égalait presque son score. Entre le Clair de lune et ses nouvelles responsabilités, Markos passait au moins seize heures d'affilée au Sunrise. N'ayant besoin que de peu de sommeil, il ne se plaignait pas.

Lorsqu'il rentrait chez lui, à l'aube, il trouvait son frère éveillé. Christos, qui avait investi son appartement, y était rarement seul. Son groupe d'amis avait pour habitude de s'y réunir, et leur cellule devenait de plus en plus active. En novembre, des événements à cinq cents kilomètres de là, dans la capitale grecque, stimulèrent leur motivation.

Six années durant, depuis le putsch de 1967, la Grèce avait été sous la coupe d'une dictature militaire dirigée par George Papadopoulos. Dimitrios Ioannidis, célèbre pour avoir torturé des dissidents, venait de l'évincer et de prendre sa place à la tête du gouvernement, instaurant un régime encore plus cruel.

L'unification de Chypre et de la Grèce avait été l'un des objectifs des colonels ; le nouveau dictateur se mit à faire campagne en sa faveur plus ouvertement. Sous Ioannidis, les officiers grecs modérés de la Garde nationale chypriote furent peu à peu remplacés par des opposants à Makarios plus fanatiques, et il les instrumentalisa pour parvenir à ses fins. Les membres de l'EOKA B y virent une occasion à saisir. Ainsi, l'organisation fondée au départ par Makarios en personne s'était retournée contre lui.

Pour beaucoup, les machinations des politiciens et des soldats n'avaient que peu de conséquences sur leur vie quotidienne. Ils poursuivaient le cours de leur existence, conscients des intrigues mais restant focalisés sur eux-mêmes. Irini Georgiou veillait sur son petit-fils, s'occupait des plantes de son petit *kipos*, préparait plus à manger que les siens ne pourraient jamais en avaler et discutait avec son canari. Vasilis allait chaque jour vérifier que ses oranges mûrissaient bien, récoltait ses olives et semait une nouvelle récolte de pommes de terre. Ces travaux l'amenaient aux limites de son endurance physique, cependant le contact d'une orange à la peau rugueuse dans sa paume, le poids d'un filet d'olives ou le spectacle inattendu d'un tapis de pousses jaillies de sa terre noire et fertile justifiaient tous ses efforts. À ses yeux, de telles joies transcendaient les autres et aidaient à anesthésier la douleur.

Quant à Christos, les événements dans la lointaine Athènes avaient impliqué une accélération de ses activités pour l'EOKA B. La nouvelle direction était impatiente, versatile et extrême dans sa position anti-Makarios. L'unité du jeune homme avait pris part à plusieurs des attaques contre les commissariats lors de la dernière année, saisissant les armes et munitions indispensables à leurs actions.

Sûr de l'implication de Christos, Markos refusa d'abord de se laisser entraîner. Il voyait en son cadet un idéaliste naïf, un enfant cherchant à réussir là où d'autres avaient échoué avant lui. « Christos, combien de fois devrai-je te répéter ce qu'ont traversé les gens dans les années cinquante ? »

Adolescent, Markos Georgiou avait été mêlé aux actions mineures de l'EOKA. L'une de ses premières missions avait consisté à peindre des graffitis. À l'époque, il ne trouvait rien de plus audacieux que barbouiller sur le mur d'un commissariat : « Plutôt une heure de liberté que quarante années d'esclavage et d'emprisonnement. » Il n'avait pas été vraiment plus loin.

Nombre de ses amis s'étaient davantage compromis, toutefois, et il avait toujours été considéré comme un suspect. Voilà pourquoi à dix-sept ans il avait senti un pistolet anglais s'enfoncer dans son dos lors d'une fouille. Il n'avait jamais côtoyé le danger d'aussi près.

Plusieurs de ses camarades de classe croyaient que l'union de Chypre et de la Grèce était une mission divine et que pour cette raison Dieu protégerait tous ceux qui se battraient pour elle. C'était ainsi qu'ils avaient compris les enseignements de Monseigneur Makarios.

Avant même la mort de l'un de ses amis de lycée, touché par une balle britannique, et la pendaison d'un second en 1959, Markos soupçonnait que le martyre n'apportait aucun plaisir. De près, la mort avait une odeur âcre. Elle était laide, inutile. Il avait compris qu'il n'y avait aucun lien entre cette puanteur et le parfum délicieux de l'encens, arôme de la religion, même si Makarios semblait cautionner la violence.

Le temps que la république de Chypre soit proclamée, les derniers vestiges de sa foi dans les enseignements de l'Église s'étaient dissipés, ce qu'il avait caché à sa mère. Sa croyance en l'*Enôsis* comme cause sainte avait disparu.

— C'est parce que vous avez tous baissé les bras, Markos. Vous n'avez jamais réussi à atteindre la ligne d'arrivée.

— Sans nous, Christos, Chypre serait encore sous la coupe des Anglais, lui répondit-il sans hausser le ton, conscient de la présence de sa mère juste en dessous. Sans nous, il n'y aurait pas eu d'indépendance !

— Ce n'est pas ce que je voulais dire et tu le sais !

Christos était trop jeune pour mesurer l'évolution de la situation depuis cette crise. Markos se rappelait les années de vaches maigres et préférait la prospérité présente.

S'il ne tenait plus à l'*Enôsis* personnellement, il fut sensibilisé au danger que son frère pouvait courir avec la multiplication des troubles.

Il était hors de question qu'il rejoigne la cause, toutefois il se sentait disposé à intervenir pour garantir, disons, la sécurité de son frère et, par là même, de leur famille.

— Je ne me battrai pas pour Ghrivas, dit-il à Christos, ce qui ne m'empêche pas d'être prêt à vous filer un coup de main.

Ce projet en rejoignait un second, plus secret. Après des années d'efforts pour se rendre indispensable à Savvas Papacosta, Markos commençait à apprécier son statut de bras droit. Pourtant dorénavant, lors de son compte rendu hebdomadaire, il n'obtenait plus aucune marque de gratitude. Son patron considérait comme acquis le succès du Clair de lune, ainsi que les immenses profits que la boîte générait, réinjectés sur-le-champ dans le nouvel hôtel.

Aucun bonus n'avait été évoqué, pas plus qu'une augmentation annuelle, pour récompenser son investissement, lui qui n'avait jamais compté ses heures. Markos s'était aigri. Puisque Savvas ne paraissait pas disposé à reconnaître son travail, le jeune homme pourrait bien rééquilibrer la balance de lui-même.

Markos avait un plan très précis pour y parvenir. Depuis que Savvas avait entamé les travaux de son nouvel établissement, il s'était entièrement détourné du Sunrise. Cela laissait à Markos une certaine liberté.

La plupart des clients réglaient en liquide, qu'il s'agisse de dollars, de livres sterling ou de Deutsche Mark. Un ou deux jours pouvaient facilement s'écouler avant que la somme ne soit déposée à la banque. À cet effet, plusieurs coffres-forts avaient été installés dans une salle jouxtant la boîte de nuit. On y entreposait l'argent gagné mais aussi les papiers importants, tels que les titres de propriété et les contrats.

La salle en question était fermée par deux portes blindées successives et trois serrures. Le sous-sol du Sunrise était constitué d'un véritable dédale de pièces en plus du Clair de lune. C'était la face cachée de l'hôtel.

Les gains de la boîte de nuit constituaient la majeure partie des revenus en espèces. Markos était donc naturellement devenu le détenteur des clés et veillait quotidiennement à ce que cet argent soit apporté à la banque, ou au bureau de Savvas le jour de paie. En contrôlant la chambre forte il avait découvert la griserie du pouvoir.

— Si vous avez besoin d'un endroit sûr pour entreposer quelque chose, dis-le-moi, informa-t-il Christos.

— Merci, Markos, je m'en souviendrai.

Christos ne tarda pas à sauter sur l'offre de son grand frère. Celui-ci buvait un café dans le jardinet avant de partir au travail. La fin de l'année avait beau approcher, le soleil était encore assez chaud pour pouvoir le prendre dehors. La lumière était vive, et le ciel bleu. La journée s'annonçait agréable, et Vasilis Georgiou était allé planter des carottes sur ses terres.

Markos était en train d'admirer des géraniums que sa mère lui avait demandé de déplacer pour qu'ils puissent profiter des rayons du soleil.

— *Leventi mou*, ils ont l'air plus heureux ici. Un grand merci.

Irini, en châle et jupe de laine, s'était attablée pour se reposer quand elle aperçut son benjamin à l'entrée du jardin.

— Christos ! Quelle bonne surprise ! Il y a des jours que tu n'es pas venu me voir.

Markos était curieux d'entendre l'excuse que son frère inventerait.

— Je suis désolé, maman. J'ai été débordé au garage... Tu veux bien me préparer un café ?

— Évidemment, *yioka mou*.

Elle s'engouffra dans la cuisine, guillerette.

— Markos, lança Christos dès que leur mère ne put plus les entendre. J'ai besoin de ton aide.

Elle revint une ou deux minutes plus tard avec une assiette de *kourabiedes*. Les biscuits sortaient du four et un nuage de sucre glace flottait encore au-dessus d'eux. La conversation de ses deux fils fut écourtée ; ils avaient échangé les informations essentielles.

— Pourquoi n'es-tu pas au travail, d'ailleurs ? s'étonna-t-elle.

— J'ai pris ma journée, s'empressa de répondre Christos.

Il grignota l'un des biscuits puis se leva pour partir.

— Mais je ne t'ai pas encore servi ton café !

— Désolé, maman, je dois filer. J'ai des choses à faire.

— Ah, lâcha-t-elle, visiblement déçue. Tant pis...

Il l'embrassa sur la joue et partit. Irini disparut dans la cuisine pour couper sous le café qui commençait tout juste à bouillir.

Elle rejoignit Markos, encore là.

— On peut parler d'une visite éclair, observa-t-elle. Est-ce qu'il va bien ? Il y a eu beaucoup de bruit chez lui ces dernières nuits.

Markos ne répondit rien. Ces dernières semaines, il n'était pas rentré avant 4 ou 5 heures du matin, bien après le départ des amis de Christos.

— Est-il... impliqué ?

— Que veux-tu dire, *mamma* ?

— Tu le sais très bien, Markos. Ton père est peut-être sourd, lui, pas moi. Je ne peux pas entendre ce qu'ils se disent, mais je sais qu'il ne joue pas simplement aux cartes avec ses amis.

Markos tira sur sa cigarette le temps de réfléchir à une réponse.

— Eh oui, je ne sors pas souvent d'ici, ajouta Irini, ce qui ne m'empêche pas d'être au courant des rumeurs.

Elle rassembla des miettes de biscuits dans sa paume et les laissa tomber d'un air distrait dans la poche de son tablier.

— Je sais que Ghrivas rôde sur l'île et je ne veux pas que l'un de vous deux ait quoi que ce soit à voir avec lui. C'est un homme mauvais, Markos.

— *Mamma !*

— Je suis sérieuse, mon chéri. Il tue des Grecs aussi bien que des Turcs ! Il n'y a pas une once de bonté dans ce démon.

Elle en avait les larmes aux yeux. Son humeur était passée du calme à la contrariété nerveuse. Elle qui n'ouvrait pourtant jamais un livre pouvait lire dans l'attitude de ses fils avec aisance. Elle avait deviné que Christos n'était aussi renfermé et secret que pour une raison. Même si l'EOKA B opérait dans la clandestinité, tous les Chypriotes étaient au courant.

Christos était en train de se laisser entraîner, Irini le sentait. Il était fuyant et elle avait découvert qu'il n'allait pas toujours travailler : il était mécanicien dans le garage au bout de leur rue, et Irini passait souvent devant sous prétexte de faire un saut à l'épicerie.

Si elle n'apercevait pas sa tignasse brune, elle comprenait qu'il était absent.

Ses horaires irréguliers le trahissaient également. Jusqu'à peu encore il passait la voir au retour, les mains noires de cambouis. Ces derniers temps, il ne le faisait presque plus. Elle le croisait souvent bien plus tard, et il avait les mains propres.

— *Mamma*, tu ne dois pas t'en faire. Christos est un grand garçon, il sait s'occuper de lui.

— Je ne m'inquiète pas seulement pour lui, Markos. Je pense à nous tous. Je n'ai aucune envie de revivre ces terribles années où nous avions peur en permanence. Il pouvait arriver n'importe quoi à ceux qui ne soutenaient pas Ghrivas et ses hommes.

— Il ne faut pas que tu te rendes malade...

— Tu as donc oublié ? Il a fait exécuter cette femme au village ! Et nous avons failli perdre ton père ! Cette époque me donne encore des cauchemars aujourd'hui.

— La situation est différente.

— Ghrivas reste le même. Il n'a pas évolué.

— Mais il a moins de soutiens qu'autrefois.

— Notre président n'est plus derrière lui, j'en suis consciente. Et il ferait bien d'être prudent, lui aussi.

— Je crois qu'il connaît le danger, *mamma*.

La mère et le fils conservèrent le silence un instant : Irini s'affairait, débarrassant, balayant et arrosant les plantes, tandis que Markos sirotait sans bruit son café.

— Parle à ton frère, tu veux bien ? l'implora-t-elle. Dieu ne pourra peut-être pas veiller deux fois sur notre famille.

Elle se signa puis posa sur son fils des yeux mouillés de larmes. Markos se leva pour la serrer dans ses bras.

— Je lui parlerai, promit-il tout bas en respirant la douce odeur familière de la peau maternelle. Essaie de ne pas te ronger les sangs, *mamma*, promis ?

Dans les bras chaleureux de son fils à la chevelure lustrée, elle oublia tous ses soucis. Markos avait cet effet. Elle l'aimait plus que quiconque au monde.

Lorsque Markos prit sa voiture pour aller au travail, cet après-midi-là, il songea qu'il n'avait pas été parfaitement honnête avec sa mère. Il avait tout à fait conscience de l'influence qu'il exerçait sur elle. Il avait passé sa vie à jouer de ses charmes avec Irini Georgiou et, devenu adulte, il avait découvert que ce pouvoir marchait sur les autres femmes.

Il avait appris l'efficacité de ses sourires avant même d'accéder à la conscience et au langage. Bébé, il s'était rendu compte qu'en étirant les coins de sa bouche il obtenait une réaction. Un peu comme un pouvoir magique.

L'une des raisons de son antipathie pour Aphroditi Papacosta tenait au fait qu'elle était restée insensible à son sourire lors de leur rencontre. Le cocktail amer du ressentiment et de la rivalité s'était formé ce jour-là en Markos, et il s'était développé tandis qu'ils s'affrontaient pour obtenir l'attention de Savvas. Depuis l'inauguration du Sunrise, dix-huit mois plus tôt, il était contraint de voir la femme du patron au quotidien. Il avait reconnu sa perfection physique. Elle incarnait, en termes de formes et de proportions, des idéaux qui classaient sa beauté dans la catégorie des faits établis, et non dans celle des jugements personnels.

À présent, quand elle apparaissait, chaque soir, pour la réception de l'hôtel, ployant presque sous le poids de ses bijoux et de ses vêtements coûteux, il continuait à sourire, même s'il avait appris à n'espérer aucune réaction. Aphroditi n'était pas le genre de femme qu'il aimait. Une femme capricieuse, gâtée d'abord par son père puis par son mari.

Contraint d'assumer le rôle de substitut de Savvas au Sunrise, Markos avait continué à faire preuve d'une courtoisie presque obséquieuse avec la femme du patron, qui de son côté avait conservé sa gravité froide. Il commençait à soupçonner qu'elle était animée de la même colère bouillonnante à l'encontre de Savvas, et il en vint à se demander si elle pourrait lui être d'une quelconque utilité.

La colère muette d'Aphroditi durait depuis plusieurs mois. Jusqu'à ce jour où son mari lui avait annoncé qu'il passerait dorénavant l'essentiel de son temps sur le chantier, elle s'était sentie son égale dans leurs affaires, autorisée à partager avec lui les décisions et les bénéfices. Si sur le papier ils avaient tous deux le statut de propriétaire, il se conduisait de plus en plus comme l'unique décideur. Il était bien trop absorbé par son travail pour se rendre compte qu'il l'irritait. Par contraste, la présence fiable de Markos et son charme infaillible en devenaient presque réconfortants.

Un soir, elle s'avoua à elle-même que le jeune homme ne l'indisposait plus autant qu'avant. C'était juste après le Nouvel An, et l'hôtel donnait une soirée chypriote. Les invités s'étaient disposés en cercle pour regarder les danseurs présenter les pas élémentaires.

— Vous les connaissez ? lui demanda-t-il lorsqu'ils se rassirent afin de terminer leur dessert.

Aphroditi planta ses yeux dans les siens, pour la seconde fois peut-être. Elle remarqua alors qu'ils étaient d'un vert profond. Pareils à deux émeraudes.

— Bien sûr que je les connais ! s'exclama-t-elle. Pourquoi en serait-il autrement ?

— Je pensais juste...

Elle savait très bien ce qu'il se disait : elle jugeait ces danses traditionnelles indignes d'elle. Afin de lui donner tort, elle se leva et rejoignit les danseurs, démontrant qu'elle maîtrisait les pas aussi bien que n'importe lequel d'entre eux. Elle prit par la main un couple qui attendait sur un côté et répéta les mouvements patiemment, le temps que les novices les intègrent.

Markos l'observait, quelque peu ensorcelé. Il ne la quittait pas des yeux alors qu'elle était entraînée dans une ronde. Oui, songea-t-il, elle connaissait ces danses. À mesure que le rythme s'accélérait, il constata combien elle était douée.

Frau Bruchmeyer se tenait au milieu de la piste de danse, exécutant presque à la perfection les enchaînements et capable d'aider les autres convives.

Vers la fin de la soirée, alors que la cadence devenant plus soutenue les débutants se contentaient d'admirer les bons danseurs, Markos prit part au *zeibebiko*, réservé aux hommes. Ce fut au tour d'Aphroditi d'être la spectatrice. Le directeur de la boîte de nuit attirait tous les regards. Son corps souple et agile était adapté à cette danse captivante. Tout le monde tapait dans ses mains en rythme, sur la musique, alors qu'il pivotait, bras tendus, puis exécutait une série de sauts acrobatiques.

Quand l'orchestre eut joué la dernière note, un tonnerre d'applaudissements retentit, provenant autant des clients de l'hôtel que du personnel. Ils étaient presque deux cents à avoir été emportés par la musique et l'ambiance joyeuse. Une telle euphorie ne pouvait pas être suscitée sur commande, elle relevait presque du surnaturel.

Ce soir-là, tandis qu'il dansait, Aphroditi commença à voir en Markos autre chose que le simple bras droit de son époux. Lorsqu'il quitta la piste, ses boucles lustrées collées au front, les tempes luisantes, les yeux brillants, visiblement grisé par l'énergie du *zeibebiko*, elle fut comme hypnotisée. Elle fit un pas vers lui.

— Ne vous approchez pas trop près ! plaisanta-t-il. Je dégage autant de chaleur qu'un agneau sur une broche !

Il avait retiré sa veste et la sueur avait trempé sa chemise. C'était la première fois qu'il lui disait de garder ses distances, et c'était la première fois qu'elle n'en avait pas envie.

De nombreux clients vinrent remercier Aphroditi avant de se disperser – certains prévoyaient de poursuivre la soirée dans la boîte de nuit. Il était minuit très exactement. À l'exception du serveur qui débarrassait les tables, Aphroditi et Markos étaient seuls dans la salle.

— Vous devez y aller, lui dit-elle.

Sans l'avoir prémédité, elle lui toucha le coude. Un geste spontané qu'elle regretta aussitôt.

— Mon barman le plus expérimenté s'occupe de l'ouverture ce soir, l'informa-t-il avec un sourire. Mais il compte sur ma présence. Nous avons eu un beau spectacle ce soir.

— Je dois aussi partir de toute façon, s'empressa-t-elle de préciser. Merci pour votre participation aux danses.

Elle s'éloigna précipitamment, quelque peu troublée et gagna la sortie. Il faisait chaud dans la salle de bal et son visage luisait de transpiration. Elle s'arrêta sur le perron de l'hôtel pour gonfler ses poumons d'air frais.

Markos l'observa à travers les portes vitrées. Il avait eu l'intuition qu'elle le toucherait, et au moment précis où elle l'avait fait une idée s'était enfin concrétisée dans son esprit.

12

Durant l'hiver, Markos avait tenu sa promesse à Christos. Une ou deux fois par semaine, son cadet lui confiait un paquet en papier kraft, bien ficelé, adressé à l'un de leurs nombreux cousins éloignés partis à Londres. Tous les Chypriotes émigrés regrettaient les fruits de leur île natale. Amis et famille leur envoyaient régulièrement de quoi se consoler. À plus de trois mille kilomètres de chez eux, ces exilés continuaient à rechercher les saveurs familières, composées des herbes aromatiques poussées dans le potager grand-maternel, du miel de leurs montagnes et de l'huile de l'oliveraie familiale. Aucun d'entre eux ne parvenait à s'expliquer pourquoi au Royaume-Uni l'huile d'olive était considérée pour ses seules vertus médicinales et uniquement disponible, en petites quantités, dans les pharmacies.

Markos plaçait les colis dans son attaché-case ou les coinçait sous son bras – voire les deux –, et les emportait au Sunrise. S'il croisait sa mère au passage, elle ne posait aucune question. Elle savait que des dizaines de parents lointains guettaient avec impatience ces gâteries et allait souvent à la poste faire ses propres envois.

Les probabilités que Markos soit fouillé par la police étaient minimales, et ces colis n'avaient que peu de chances d'éveiller les soupçons. Une fois au Clair de lune, il se rendait immédiatement dans la chambre forte, où il récupérait les gains de la veille. Il déposait les paquets dans un coffre et se rendait à la banque pour remettre le liquide.

Lorsque Christos avait besoin des colis – trois ou quatre pouvaient s'accumuler à l'hôtel –, Markos les déposait au garage. Jamais il n'interrogea son frère sur leur contenu. Ainsi, il gardait la conscience et les mains propres.

Les deux frères savaient que ces activités terroristes exigeaient le maximum de discrétion. Dès qu'Irini se montrait inquisitrice, ce qui lui arrivait encore de temps à autre, Markos n'éprouvait aucun remords à lui assurer, droit dans les yeux, qu'ils étaient tous en sécurité et qu'il n'avait pas l'intention de rejoindre la cause.

— Je suis bien trop vieux pour faire le malin avec un pistolet, la taquina-t-il un jour qu'il buvait son café sucré à la perfection.

— Mais tu n'as que...

— Vingt-neuf ans ! Je ne suis plus un perdreau de l'année, *mamma* !

Irini Georgiou éclata de rire.

Markos n'était en aucun cas vieux, à l'inverse de l'homme derrière le renouveau du mouvement pour l'*Enôsis*. Fin janvier, le général Ghrivas s'éteignit brusquement, à soixante-quatorze ans.

Sa mort ne marqua pas la fin de l'action terroriste. Au contraire même, elle entraîna une implication croissante de la junte militaire athénienne, qui envoya de plus en plus d'officiers sur l'île. Ils avaient guetté une occasion comme celle-ci et la saisirent pour accélérer leur ingérence dans les affaires chypriotes. S'ils décidaient de se débarrasser de Makarios pour le remplacer par leurs propres hommes, l'*Enôsis* pourrait se produire rapidement. Tant que les Turcs ne s'en mêlaient pas. Telle était leur idée.

À la croissance des effectifs militaires répondait le développement du premier hôtel des Papacosta. Le nouveau Paradise Beach était une vaste carcasse de béton qui projetait son ombre immense sur la mer. Savvas ne voyait que sa beauté. D'autres hôteliers étaient choqués par sa taille et sa laideur. L'établissement poussait de jour en jour, grâce aux heures supplémentaires imposées à tous. Plus le Sunrise faisait de bénéfices, et en particulier le Clair de lune, plus les travaux pouvaient progresser. Des ouvriers furent engagés en renfort alors que le bâtiment grimpait de plus en plus haut.

Savvas ne faisait plus que de très rares apparitions au Sunrise, et Aphroditi avait cessé de s'en préoccuper. Elle se rendit même compte que désormais elle se préparait avec plaisir pour le cocktail. Ce n'était plus une corvée. L'accueil que lui réservait Markos chaque soir ne faisait qu'accentuer ce sentiment et lorsqu'ils se rendaient au dîner, l'affabilité qu'elle lui témoignait n'avait plus rien de factice. Elle veillait dorénavant à le remercier quand il lui tirait sa chaise.

Dès que le printemps tapissa les montagnes de fleurs sauvages et que les jeunes pousses firent verdoyer les champs, le chef voulut marquer le coup. À la mi-avril, un dîner de gala fut organisé : « Adieu à l'hiver ». C'était un thème porteur et la salle de bal fut décorée avec des brassées d'orchidées, de coquelicots et de jacinthes. Savvas ne trouva pas de temps, même pour cette occasion particulière.

L'hiver avait été doux, avec à peine un léger saupoudrage de neige sur les montagnes du Troodos, et Frau Bruchmeyer avait continué à nager chaque jour à l'aube, son corps leste et sans âge traçant un sillon dans la mer d'huile. Ce soir-là, elle était assise à la table d'honneur, à la gauche de Markos. Ses bras musclés avaient gardé leur bronzage de l'été précédent.

Au menu, il y avait des *fruits de mer** : homards, langoustines, coquilles Saint-Jacques et crevettes, présentés sous forme de sculptures. Des huîtres avaient été envoyées de France, et on servit même du caviar ainsi que du saumon fumé. L'ensemble formait un étalage coloré, festif, raffiné et fastueux. Les sommeliers n'eurent aucun mal à convaincre la clientèle d'accompagner le repas de champagne.

Markos accorda beaucoup d'attention à Frau Bruchmeyer. Durant près d'une demi-heure, Aphroditi ne vit que son dos et fut contrainte d'engager la conversation avec son voisin, un Chypriote d'un certain âge, retiré de la vie politique et bon ami de son père.

— Il me manque, lui dit-il. Ça a dû être un tel choc pour vous...

— En effet, répondit Aphroditi, espérant que cet échange ne s'éterniserait pas. Ma mère ne s'est pas encore entièrement remise de sa disparition.

— Elle vit toute seule ? s'enquit l'épouse de l'homme, qui fixait Aphroditi d'un regard pénétrant.

— Oui, rétorqua-t-elle, sur la défensive. Elle ne voulait pas rentrer à Chypre. J'ai tenté de la convaincre.

— C'est bien compréhensible après ce qui est arrivé..., intervint-il, faisant une allusion malvenue au défunt frère d'Aphroditi.

Pendant les minutes qui suivirent, ils poursuivirent tous trois leur repas en silence.

— Peut-être l'arrivée d'un petit Papacosta l'amènerait-elle à revoir sa position, lança l'épouse d'un ton léger. Je ne supporterais pas d'être à plus d'un kilomètre de mes petits-enfants chéris.

Aphroditi savait que sa mère n'appréciait guère cette femme, et elle comprenait pourquoi.

— À mon sens, reprit le mari, elle a bien fait et je ne pense pas qu'elle va le regretter. Nous ne sommes plus en sûreté ici. Avec toutes les rumeurs qui courent en ce moment, qui sait ce qui pourrait bien arriver ?

Aphroditi l'interrompit :

— Les rumeurs ?

— Cesse d'embêter Kyria Papacosta avec tes soucis, le coupa son épouse. Je suis sûre qu'elle est au courant.

Un nouveau silence s'installa. À cet instant, Aphroditi sentit qu'on lui effleurait l'épaule : Markos réclamait son attention.

— Kyria Papacosta, regardez !

Il lui tendit la main : dans sa paume se trouvait une minuscule perle de la taille d'un pois cassé.

— J'ai failli me casser une dent, s'exclama-t-il avec un large sourire. Elle était dans l'une de mes huîtres !

Il la laissa glisser dans sa coupe de champagne pour la nettoyer, la repêcha avec sa fourchette, l'essuya sur sa serviette et la présenta à Aphroditi.

— Et voici, un miracle venu des fonds marins, comme la déesse Aphrodite.

La jeune femme rosit. Savvas lui avait offert des bijoux par dizaines au cours des années passées, mais jamais avec une telle mise en scène. Elle récupéra la perle pour l'examiner. Bien que lisse au toucher, celle-ci était irrégulière – et le champagne l'avait rafraîchie.

— Merci. J'en prendrai grand soin, promit-elle avec une authentique sincérité.

Elle la rangea dans son porte-monnaie. Son cœur battait la chamade.

Si tous étaient déjà rassasiés par les quantités astronomiques de fruits de mer, il y avait encore un plat après. L'homme politique à la retraite et sa femme partirent avant le dessert pour regagner Nicosie. Le trajet était long, surtout à cette heure de la nuit, et il appréhendait visiblement ce retour depuis le début de la soirée.

— Les routes ne sont pas sûres en ce moment.

Tels furent les mots qu'il prononça au moment de prendre congé d'Aphroditi. Cette dernière quittait rarement la ville prospère de Famagouste. Elle faisait les boutiques, puis se rendait au Sunrise et couvrait la centaine de mètres qui la séparaient de chez elle, préférant la musique aux informations à la radio.

Elle était presque aussi isolée du monde que les touristes. Dès que le couple se fut suffisamment éloigné, Aphroditi interrogea Markos.

— De quoi Kyrios Spyrou parlait-il ?

— Quand ?

— À l'instant, lorsqu'il a évoqué des dangers.

— Certains prennent du plaisir à déstabiliser les autres, lui répondit Markos, nonchalant. Vous n'avez aucune raison de vous en faire, croyez-moi.

Leur discussion fut interrompue par l'arrivée des serveurs chargés de sabayons. Markos savait très bien ce qui inquiétait cet homme. Des officiers continuaient à arriver du continent grec, alors que les membres de l'EOKA B se montraient de plus en plus audacieux dans leurs activités, lançant des attaques contre les partisans du gouvernement en place.

Chypre était pareille à une feuille de vigne : elle paraissait verte et opaque, cependant il suffisait de l'étudier à contre-jour pour découvrir qu'elle était parcourue de veines. La menace infiltrait toute l'île, et si la promesse de sensualité ensoleillée continuait à attirer des visiteurs, des complots étaient ourdis derrière les portes closes.

Markos évoluait entre ces deux mondes parallèles. Le terrain de jeu des touristes, mélange de ciel bleu, de mer chaude, de bikinis et de cocktails, existait bel et bien, toutefois il y avait aussi des endroits où le soleil ne filtrait pas, des lieux d'ombre, où un autre type d'activités se déroulait. S'il n'ouvrait jamais les colis qu'il transportait presque quotidiennement dorénavant, Markos se doutait qu'ils contenaient des outils nécessaires au terrorisme, en général dérobés à la police : pistolets, munitions, détonateurs et autres éléments indispensables à la fabrication de bombes. Les vacanciers indolents n'avaient pas la moindre idée de ce qui se tramait autour d'eux et, dans le cas du Sunrise, sous leurs pieds. La chambre forte avait été transformée en arsenal.

En naviguant entre ces deux mondes tout en feignant l'indifférence et même l'ignorance, Markos cherchait à se garantir une place dans le camp des vainqueurs. Il n'avait évidemment aucune envie de s'engager dans un débat politique avec Aphroditi. Il profita de la distraction causée par les serveurs pour changer de sujet.

— Kyria Papacosta, puis-je vous demander quel parfum vous portez ?

Elle rougit à nouveau. En théorie, sa question n'était pas plus indiscrète que si elle avait concerné le créateur des bijoux qu'elle arborait, pourtant savoir qu'elle avait touché un autre de ses sens, en plus de la vue, ne la laissait pas indifférente.

— C'est du Chanel. Le *Numéro 5*.

— Très chic ! s'écria-t-il.

Elle rit, enchantée par le compliment. Depuis des mois maintenant, Savvas ne la voyait presque jamais lorsqu'elle se préparait pour la soirée, sans parler de remarquer son parfum. Il était généralement couché quand elle rentrait, profitant de quelques heures de sommeil avant son lever matinal.

Aphroditi et Markos avaient quitté la salle des banquets et se trouvaient dans le hall.

— Bonne nuit, Kyria Papacosta, lui dit-il. Je ferais bien de descendre.

— Markos, le retint-elle, j'ai une requête.

Il patienta, intrigué.

— Verriez-vous un inconvénient à m'appeler Aphroditi ? Pas devant le personnel, bien sûr.

— J'en serais honoré.

— Je sais qu'il ne s'agit que d'un nom, mais...

— M'autorisez-vous à une question en retour ? Au sujet d'un nom ?

La surprise arrondit les yeux de la jeune femme.

— M'avez-vous réellement pardonné ?

Elle fit mine de ne pas saisir :

— À quel propos ?

— Le nom de la boîte de nuit !

— Mais oui, Markos ! répliqua-t-elle avec un sourire. Vous le savez bien.

Elle nota qu'il passait les doigts dans ses cheveux. Elle l'avait déjà vu faire ce geste involontaire et, à cette occasion, il précipita les battements de son cœur.

— Me ferez-vous le plaisir de venir assister à un spectacle un soir ? reprit-il, l'air aussi vulnérable qu'un enfant égaré. J'en serai alors convaincu.

— Bien sûr, comptez sur ma présence demain.

Elle s'apprêta à partir. La plupart des autres convives étaient déjà loin.

— Au fait, ajouta-t-elle en s'efforçant de cacher son trouble, merci pour la perle.

En un rien de temps, Aphroditi fut de retour dans son appartement. Elle retira ses bijoux, quitta sa robe et se glissa entre les draps. Pendant trois heures elle écouta la respiration de Savvas, ne trouvant le sommeil qu'une fois qu'il fut levé, habillé et sorti.

Lorsqu'elle finit par se réveiller, l'esprit envahi d'un mélange de souvenirs et de rêves, la lumière pénétrait dans la chambre par un interstice entre les volets. Il était midi.

Elle se précipita hors du lit, quelque peu déboussolée et trébucha sur son sac, qu'elle avait oublié par terre. Se rappelant soudain ce qu'il contenait, elle l'ouvrit, sortit son porte-monnaie et chercha la perle. Elle était toujours là, enveloppée dans un morceau de serviette en papier, biscornue, plus petite que tous les diamants et pierres précieuses qu'Aphroditi possédait. Son imperfection excentrique faisait son charme.

Elle dénicha une petite bourse en velours qui la protégerait et la rangea dans le tiroir avec tous ses objets de valeur, souriant au souvenir de la façon dont ce cadeau lui avait été offert, envahie d'une douce chaleur à l'idée qu'elle en avait été la bénéficiaire.

En dépit de ses efforts pour se distraire à coups de courses futiles et inutiles, Aphroditi se surprit à penser constamment à Markos. Elle se repassait en boucle le souvenir du jour où elle l'avait rencontré avec sa sœur. Elle comprenait à présent qu'elle avait été jalouse. Elle le revit en train de danser le *zeibebiko*, si animé. Elle était obsédée par l'image du jeune homme au sourire enjôleur. Un instant, elle se demanda si la perle ne lui avait pas jeté un sort.

Elle tua le temps jusqu'en fin d'après-midi, où elle put enfin se changer et se rendre à l'hôtel. Elle essaya une première tenue, puis une deuxième et une troisième, hésitant sur la couleur. Un corail éclatant ? Un bleu électrique ? Un jaune vif ? Un arc-en-ciel de robes gisait sur le sol de son dressing. Elle finit par arrêter son choix sur une lilas, qui s'accorderait au décor du Clair de lune. Des améthystes et des diamants viendraient parfaire l'ensemble pour la soirée.

Markos avait eu une journée productive : il avait convoyé plusieurs centaines de livres jusqu'au chantier afin que Savvas puisse régler des dettes importantes en liquide, rapporté un certain nombre de paquets à son frère et eu un rendez-vous avec un importateur, auquel il avait commandé deux cent cinquante caisses d'un délicieux whisky de malt. Grâce à la marge importante que lui garantissait la boîte de nuit, il ferait des milliers de livres de bénéfices. C'était un bon jour, et le meilleur restait à venir, il le savait.

Aphroditi arriva un peu plus tôt que de coutume. Elle était déjà sur la terrasse lorsque Markos la vit, et ils se mêlèrent séparément aux invités jusqu'à l'heure du dîner. Aphroditi redoubla d'efforts pour engager la conversation avec ses voisins de table. Markos sentait bien qu'elle s'échinait à lui tourner le dos. L'intérêt qu'elle témoignait aux convives était manifestement artificiel.

Aphroditi priait pour que le temps s'écoule vite. Enfin, il fut 23 heures.

— Avez-vous toujours l'intention d'honorer le Clair de lune de votre présence ? lui demanda Markos. Vous n'avez pas changé d'avis ?

— Non. Bien sûr que non.

Pendant une heure environ, elle écouta aux côtés de Frau Bruchmeyer et des Américains un chanteur français à la voix plus sexy que Sacha Distel. Elle fit durer le plus longtemps possible son gin tonic, puis dut se résoudre à partir. Les autres membres du personnel s'étonneraient de la voir s'attarder. À l'instant où cette pensée traversait son esprit, Markos le sentit et il se dirigea vers elle.

— Puis-je vous servir un autre verre, mesdames ?

— Avec plaisir, répondit gaiement Frau Bruchmeyer.

— Je ferais mieux d'y aller, ajouta Aphroditi.

— Laissez-moi vous raccompagner, proposa-t-il.

Après avoir souhaité une bonne fin de soirée à la cliente allemande et à ses compagnons, Aphroditi suivit Markos jusqu'à l'escalier intérieur menant au hall de l'hôtel. Dès que la porte se fut refermée sur eux, il lui prit la main dans le noir. Les doigts d'Aphroditi répondirent aussitôt et se refermèrent sur ceux du jeune homme.

Plutôt que de s'engager dans l'escalier, Markos l'entraîna vers une autre porte, cachée derrière un rideau. De là, un couloir étroit menait à la chambre forte. Dans la pénombre de cet espace exigu, il se tourna vers Aphroditi et l'embrassa. L'empressement avec lequel elle lui rendit ce baiser confirma ce que Markos avait soupçonné. Même si leurs motivations étaient différentes, tous deux avaient désiré ce moment.

Quinze minutes plus tard, ils étaient dans le hall et Markos lui tenait la porte. Ils n'utilisèrent ni titre officiel ni prénom. Il n'y eut pas d'au revoir.

Tremblant si violemment que ses clés cliquetaient dans sa main, Aphroditi s'engouffra dans sa voiture. Elle baissa sa vitre et laissa passer quelques minutes afin de contrôler ses spasmes. Au bout de ce laps de temps, elle parvint à enfoncer la clé dans le contact. Elle effectua une manœuvre aussi maladroite que si elle avait été ivre et roula au pas jusque chez elle.

De son côté, Markos était redescendu au Clair de lune, où la soirée battait son plein. Tout le monde adorait le chanteur. La nuit serait lucrative. Il imaginait déjà Savvas parcourant d'un œil satisfait le bilan comptable. Pour une fois, cependant, Markos avait le sentiment d'avoir touché sa part du butin. La véritable satisfaction lui appartenait.

13

Le lendemain matin, Markos arriva de bonne heure à l'hôtel, comme il en avait l'habitude. Il repéra Frau Bruchmeyer à la réception, une petite valise à ses pieds.

— Vous ne pouvez pas m'abandonner ! s'exclama-t-il d'un ton théâtral en fondant sur elle. Où partez-vous ?

— En Allemagne, lui répondit-elle avec un sourire. Pour une semaine seulement. Je vais à un mariage.

— Vous me manquerez !

Elle piqua un léger fard.

— Laissez-moi vous aider, poursuivit-il.

Markos prit son bagage et l'escorta dehors, au soleil. D'un claquement de doigts il appela un taxi. Il agita le bras le temps que la voiture disparaisse au bout de la rue, puis rentra.

Plus tard ce jour-là, Aphroditi et lui se retrouvèrent dans la suite de Frau Bruchmeyer. Pendant qu'elle serait à Berlin, ils savaient qu'ils ne seraient pas dérangés par les femmes de chambre.

Au début, Aphroditi ne songea pas un instant que la fréquence accrue de ses visites au Sunrise pourrait intriguer, soulever des questions. Ne se souciant pas des risques qu'elle prenait, elle s'abandonna corps et âme à sa passion pour Markos. Le feu qui s'était allumé en elle la poussait à commettre des imprudences inédites.

À l'approche du retour de Frau Bruchmeyer, elle fut étreinte par l'angoisse. Elle se mit à chercher une excuse pour justifier sa présence à l'hôtel durant la journée.

Ce fut Markos qui la trouva. Elle réaliserait un inventaire des peintures et autres œuvres dans les chambres afin d'acquérir de belles reproductions d'*objets d'art** classiques pour les plus luxueuses d'entre elles. Les Américains en étaient particulièrement friands, et le Sunrise pourrait augmenter ses tarifs pour ses « suites galeries d'art ».

— Quelle idée de génie, *agapi mou*, lui dit-elle alors qu'ils étaient allongés sur le lit de Frau Bruchmeyer, la veille de son retour.

Il arrivait qu'un jour ou deux s'écoulent entre le départ d'un client et l'arrivée du suivant. Les chambres restaient alors vides. Chaque matin, Aphroditi réclamait les clés de celles-ci.

Markos occupait dorénavant de facto le poste de directeur financier de l'hôtel, et personne ne s'étonna de le voir accompagner Kyria Papacosta afin d'établir des propositions chiffrées pour l'acquisition et l'exposition de ces nouvelles œuvres. Tout devait être estimé – les vitrines, l'éclairage, les objets eux-mêmes –, et Markos rédigea un contrat, et un budget, pour chacun de ces éléments. Le calcul de l'augmentation conséquente du tarif des chambres lui reviendrait aussi : le retour sur investissement devrait être immédiat.

Comme Savvas était toujours absorbé par son travail, son épouse se perdit entièrement dans son obsession pour Markos. Ça ne la dérangeait plus que Savvas ne la remarque pas. C'était même devenu un atout. Elle prit conscience que ses sentiments pour Markos existaient depuis longtemps et il devint le centre de son attention.

Chaque fois qu'elle l'attendait dans une chambre, elle avait l'impression que le monde entier pouvait entendre les battements de son cœur. Lorsque la porte s'ouvrait enfin, elle avait les jambes si tremblantes qu'elle tenait à peine debout.

Ils veillaient à quitter la chambre l'un après l'autre. Markos prenait l'ascenseur, et Aphroditi l'escalier. Elle craignait de plus en plus d'être découverte, mais cette anxiété l'aidait à conserver son sang-froid à chacune de leurs apparitions publiques. Le personnel du Sunrise était habitué à l'aversion manifeste entre Kyria Papacosta et Markos Georgiou, et leur froideur mutuelle fournissait la couverture rêvée à leur liaison. Ni Costas Frangos, qui ne quittait pas l'hôtel, ni le chef de rang, ni les employés du bar ne remarquèrent aucun changement dans leurs attitudes réciproques. En apparence, leur hostilité semblait même s'être intensifiée. Les serveurs notèrent qu'ils ne s'adressaient jamais la parole pendant le cocktail et quand ils prenaient place sur les sièges de Salamine au moment du dîner, ils se tournaient quasiment le dos.

Emine et Savina n'auraient pas reconnu la silhouette raide qui dînait dans la salle de bal chaque soir. Lorsque Aphroditi venait les trouver pour être coiffée, elle rayonnait, éclatant de rire à la moindre occasion.

Savvas donnait l'impression de s'appuyer de plus en plus sur son bras droit, et Markos était souvent interrompu dans son travail par un coup de fil de son patron.

— Rejoins-moi dans cinq minutes, tu veux ?

C'était une injonction plus qu'une demande.

À l'intérieur de son bureau temporaire, une cahute de fortune à la bordure du chantier, l'atmosphère était toujours chargée de poussière et de fumée de cigarette. Savvas devait crier pour couvrir le bruit des travaux. Cela ne faisait qu'accentuer la grossièreté de ses manières.

— Tu dois améliorer les marges du bar de la terrasse cette semaine, et je veux que les profits du Clair de lune augmentent d'ici la fin du mois.

Savvas n'attendait jamais de réponse. Il partait du principe que Markos rentrerait au Sunrise et mettrait à exécution ses ordres.

Si ce dernier n'avait aucun mal à cacher l'irritation que lui inspirait son patron, il y pensait dès qu'il faisait l'amour à Aphroditi. À mesure que les exigences de Savvas envers Markos croissaient, celles de Markos envers Aphroditi le faisaient aussi.

Égarée dans le dédale de cette nouvelle passion, Aphroditi devint de plus en plus hermétique aux événements à l'extérieur du Sunrise. Elle ne prenait pas le temps d'écouter les informations ou de lire les journaux. Elle ne prêta aucune attention aux incidents qui se produisaient chaque jour depuis le mois de juin – la police avait localisé les armes dérobées et arrêté des membres de l'EOKA B.

Dès qu'il ouvrait un quotidien, Markos retenait toujours son souffle de peur de tomber sur le nom de son frère. Il savait aussi qu'en dépit des pourparlers, il y avait eu de violentes altercations entre les communautés grecques et turques, et des blessés dans les deux camps.

— Tu as vu ce que dit la presse, *leventi mou* ? l'interrogea sa mère. Au sujet des troubles à Agia Irini ? Il y a eu beaucoup de victimes.

Markos tenta de la rassurer :

— Tu ne dois pas trop t'inquiéter, *mamma*. Les hommes politiques sont en pleines négociations.

— Pourquoi ne mettent-ils pas un terme à ces agissements, alors ?

— On parle de gribouillis sur un mur. D'une bande de gamins qui cherchaient des ennuis !

Irini restait branchée presque en permanence sur la station de radio CyBC. Makarios assurait les Chypriotes turcs qu'il y avait bien assez de place pour qu'ils puissent vivre tous ensemble, en paix, blâmant publiquement l'EOKA B ainsi que ceux qui, loin de l'île, jetaient de l'huile sur le feu, et risquaient par là même l'indépendance de l'île.

— Le président est un homme sage, observa Irini. J'espère que tout le monde finira par l'écouter.

— Si tu continues à mettre le volume aussi fort, ils n'auront pas le choix, la taquina-t-il avec affection.

— Tous ces gens qui complotent contre lui, soupira-t-elle en se signant. Mais Dieu le protège, je le sais.

Il tourna légèrement le bouton du volume et déposa un baiser sur la joue de sa mère avant de partir. La foi d'Irini Georgiou en Makarios, Dieu et l'Église ne vacillait jamais.

Un matin de juin, Aphroditi elle-même ne put ignorer l'apparition d'un nouveau danger à Famagouste. Alors que Markos et elle se trouvaient nus dans une chambre du quatrième étage, fenêtre grande ouverte pour laisser entrer la brise, ils entendirent une explosion. C'était l'une des dix bombes qui éclatèrent en ville ce jour-là, toutes posées par l'EOKA B, visant des bâtiments officiels ou des soutiens de Makarios. Certains membres de la Garde nationale furent même inquiétés. Les suspects furent rapidement appréhendés et placés en détention. Tout comme ceux accusés de les avoir nourris et hébergés.

Pendant le reste du mois, la police pista tous ceux liés de plus ou moins près à l'EOKA B, découvrant des caches d'armes et procédant à de nouvelles arrestations – criminels soupçonnés d'avoir posé des bombes ou d'avoir dérobé des quantités importantes d'armes au centre de recrutement de la Garde nationale.

Markos continuait à s'inquiéter pour son frère, mais il s'en faisait surtout pour lui. Si Christos était pris, les forces de l'ordre voudraient sans doute l'interroger. Ils savaient provoquer confessions et repentirs. Tous les soirs, il frappait avec inquiétude à la porte de son frère. Christos lui ouvrait avec un sourire. La police avait beau chercher à resserrer les mailles du filet, il se montrait trop rusé pour eux.

Un jour, une semaine plus tard environ, alors qu'il sortait de l'ascenseur au Sunrise, Markos vit Costas Frangos fondre sur lui.

— Je te cherchais ! lui dit le directeur de l'hôtel. Kyrios Papacosta a besoin de toi. Il a déjà téléphoné trois fois. Peux-tu aller le trouver sur le chantier ? Il a demandé à ce que tu le rejoignes au plus tôt.

Markos accueillit la requête d'un petit hochement de tête et quitta aussitôt le bâtiment. Il était onze heures. Il aperçut son reflet dans le rétroviseur et repéra une minuscule trace de rouge à lèvres rose sur son col. Savvas n'était pas assez attentif pour la remarquer. Markos, en revanche, aurait conscience de sa présence, ainsi que des effluves du parfum d'Aphroditi qu'il sentait encore sur sa peau.

Il conduisit lentement.

— Désolé de vous avoir fait attendre, dit-il à Savvas avec une sincérité aussi fausse que convaincante. Je n'ai pas arrêté de la matinée.

— Je veux juste voir quelques points aujourd'hui, rétorqua Savvas d'un ton brusque, alors que le dernier centimètre de sa cigarette se consumait entre ses doigts. Dis-moi où nous en sommes du chiffre d'affaires du Clair de lune, s'il te plaît. J'ai besoin de huit cents livres en plus pour les salaires ce mois-ci, et il faut que nous les trouvions d'une façon ou d'une autre. Sinon, nous aurons un problème sur les bras.

Rien n'aurait pu hérisser davantage Markos. Pourquoi les gens disaient-ils « nous » quand ils pensaient « tu » ? Le silence, comme souvent, était sa meilleure arme.

— Et tu es au courant de ces rumeurs ?

Un nouveau silence s'installa tandis que Savvas avalait une gorgée d'eau.

— Quelles rumeurs ?

— Sur les intentions de ces officiers grecs dans la Garde nationale ?

— Je sais seulement ce que je lis dans la presse, répondit Markos. Et je suis convaincu que les journalistes exagèrent, à leur habitude.

Cette réponse hypocrite était exactement celle que Savvas voulait entendre. En réalité, Markos n'avait aucun doute sur le fait que la junte athénienne planifiait un putsch contre Makarios.

— Si tu le dis... Espérons que ça n'affectera pas nos affaires. Les touristes prennent facilement peur, surtout les Américains. Je sais que nous n'en avons pas tant que ça ces derniers temps, mais tu les connais...

Il alluma une autre cigarette, puis fit pivoter son fauteuil de bureau en cuir pour pouvoir admirer l'immense chantier par la fenêtre. Une cinquantaine d'hommes casqués s'affairaient sur les différents niveaux de l'échafaudage. Ils installaient les vitres et une grue déplaçait des panneaux de verre.

— Nous touchons au but, commenta-t-il. Et nous avons plus que jamais besoin de liquide. J'ai déjà souscrit un emprunt, et ça ne suffit pas encore.

Markos se leva. Il avait compris que son entretien avec Savvas était terminé. Ce dernier avait dit ce qu'il avait à dire.

— Reviens d'ici deux jours, conclut-il en se tournant vers lui. Et apporte des espèces la prochaine fois.

Markos était déjà à la porte. Il était pressé de partir, pour plusieurs raisons. Christos l'attendait au garage.

Ce matin-là, Markos avait trouvé un message lui demandant de passer récupérer quelques paquets pour « la poste ».

L'action terroriste battait son plein et Christos avait besoin d'aide. Un membre de son groupe avait été arrêté : la police avait découvert des armes chez lui. Christos ne savait même pas où son ami avait été emmené. Le bruit courait que les combattants de l'EOKA B appréhendés étaient torturés, et le jeune homme était terrifié à l'idée d'être dénoncé. Il était donc de la plus haute importance qu'il ne garde rien chez lui.

Lorsque Markos arrêta sa voiture devant le garage, son frère lui fit signe d'entrer. Malgré son air épuisé, une lueur d'excitation allumait son regard.

— Je crois que quelque chose est sur le point d'arriver, expliqua-t-il. On doit être encore plus prudent que de coutume.

— Ce n'est pas la première fois que tu dis ça, ironisa Markos par la vitre baissée.

Makarios avait déjà réchappé à un grand nombre d'attentats. Cependant, à présent que Ioannidis, ardent défenseur de la réunion de Chypre avec la Grèce, avait pris le contrôle de l'EOKA B, Makarios courait un danger encore plus grand.

Markos manœuvra habilement pour garer sa voiture sur une place exiguë. Il ne descendit pas. Christos ouvrit le coffre et, protégé par les ombres, y chargea plusieurs colis. Haralambos, qui changeait les pneus d'une camionnette, faisait le guet, à l'affût d'un éventuel visiteur. Si tous les employés du garage soutenaient l'EOKA B, leurs clients ne partageaient pas nécessairement leurs convictions.

Quand il eut terminé, Christos referma le coffre d'un claquement et alla parler à son frère, s'appuyant sur la portière.

— Merci, Markos. Je les récupérerai bientôt, tu n'auras pas à les garder longtemps.

— Tu devrais redoubler de prudence. L'étau est vraiment en train de se resserrer.

— Je sais, je sais, s'impatienta Christos. Il doit y avoir des mouchards.

— Tu es au courant pour Makarios ?

— Quoi ? le pressa Christos.

— Il prétend que l'EOKA B est responsable si l'indépendance de Chypre est menacée.

— C'est lui qui représente la plus grande menace pour cette île. Pas nous.

Markos remonta sa vitre, alluma la radio et s'éloigna.

Our love is like a ship on the ocean...

C'était l'un des plus gros tubes de l'été. Markos connaissait les paroles par cœur et il les chanta à tue-tête. Sa mère lui répétait depuis toujours qu'il avait une belle voix, à juste titre. La journée était parfaite, la mer étincelait et il aperçut un paquebot qui entrait dans le port.

Rock the boat, don't rock the boat, baby.

Il espérait que toutes ces histoires ne feraient pas de vagues[1]. Il avait le sentiment de contrôler la situation.

---

1. Jeu de mots sur les paroles de la chanson « Rock the boat » (de Hues Corporation) – expression signifiant à la fois faire tanguer un bateau et chercher des ennuis.

Quant à l'amour et au dévouement d'Aphroditi, ils contribuaient à rendre son quotidien délicieux.

La chanson fut aussitôt suivie d'un bulletin d'informations. Il y était question d'une lettre ouverte que Monseigneur Makarios avait adressée à Phaedon Ghizikis, le président grec, placé à ce poste par Ioannidis. Il accusait le gouvernement de conspirer contre lui et dénonçait ouvertement une politique visant à « abolir l'État chypriote ».

Le journaliste en lut un extrait : « Plus d'une fois j'ai senti, et à une occasion je l'ai même presque touchée, la main invisible en provenance d'Athènes, cherchant à me détruire. »

Makarios exigeait que la capitale grecque rappelle les six cents officiers qui avaient rejoint les rangs de la Garde nationale chypriote, fournissant hommes et matériel à l'EOKA B.

Sur la toile de fond de cette belle journée d'été, Markos se posa la même question que tous les autres auditeurs : quelle réaction une déclaration aussi directe allait-elle provoquer ? Ils n'eurent pas longtemps à attendre pour le découvrir.

14

Deux semaines plus tard, le 15 juillet, de très bonne heure, le palais présidentiel de Nicosie fut attaqué. Des blindés défoncèrent le portail et bombardèrent les murs. Les assaillants pénétrèrent dans le bâtiment pour débusquer Makarios. Bientôt un incendie se déclara.

La nouvelle du coup d'État se répandit vite sur la petite île. Dans les foyers, un peu partout, les gens se réunirent autour des postes de radio. Chez les Özkan, les Georgiou et dans les bureaux du Sunrise, tout le monde était abasourdi. La station diffusait de la musique militaire. Puis vint l'annonce officielle: « Makarios est mort. »

Cette information fut suivie d'une mise en garde sinistre: « La Garde nationale a pris le contrôle de la situation. Toute personne cherchant à intervenir sera immédiatement exécutée. »

La rumeur de la nomination d'un nouveau président ne tarda pas: il s'agissait de Nikos Sampson, ancien combattant de l'EOKA.

Irini Georgiou était inconsolable, tant son attachement à Makarios était profond. Le revirement de position au sujet de l'*Enôsis* l'avait perturbée, mais elle restait convaincue qu'un homme d'Église, quels que fussent ses objectifs politiques, restait fondamentalement bon.

— Une autre mort, gémit-elle. Une autre mort terrible. Pauvre homme... pauvre homme... Quand tout cela finira-t-il donc ?

Maria, qui attendait un nouvel enfant, resta comme sa mère collée au poste de radio, tandis que Vasiliki jouait inlassablement avec des cubes de construction en bois, perdu dans son monde imaginaire. On reprochait à Makarios d'être à l'origine de la situation et le présentateur signala que la Garde nationale s'était emparée du pouvoir pour éviter une guerre civile.

Panikos rentra de bonne heure du magasin pour être avec sa femme et son fils. Irini était hors d'elle. Tous ses hommes avaient disparu. Son époux et ses deux fils, absents l'essentiel de la journée, n'étaient pas encore revenus.

— Où peuvent-ils bien être d'après vous ? répétait-elle en boucle, se tordant les mains. Vous pensez qu'ils seront bientôt là ? Vous pensez qu'ils sont en sécurité ?

Il était impossible d'apporter des réponses à ces questions, et Maria et Panikos ne pouvaient que lui donner de vaines paroles de réconfort.

Irini ne tenait pas en place. Elle allait constamment ouvrir la porte d'entrée et faire quelques pas dans la rue comme dans l'espoir de les y trouver, puis rentrait, s'asseyait deux minutes et recommençait son manège.

— Qu'allons-nous faire ? Qu'allons-nous faire ?

Au bord de la crise de nerfs, elle se signait sans arrêt.

— Je suis certain qu'ils ne vont pas tarder, dit Panikos en prenant la main de sa belle-mère avec tendresse.

Les heures s'écoulèrent avec lenteur, et Vasilis fut le premier à apparaître.

— *Agapi mou*, je suis vraiment désolé. Il y avait des barrages sur la route, et j'ai mis un temps fou. Tu as dû te ronger les sangs.

Ils s'étreignirent et Irini versa quantité de larmes.

— Si seulement nous avions pris la peine de faire installer un téléphone, remarqua-t-il, j'aurais pu t'appeler.

Peu après, Markos arriva à son tour. Il n'avait pas imaginé que sa mère se mettrait dans un état pareil.

— J'ai dû rester à l'hôtel, expliqua-t-il. Nous devions rassurer les clients. Leur assurer que rien ne changeait pour eux.

Il ne manquait plus que Christos.

— Il sera bientôt là, *mamma*, la rassura Markos, alors même qu'il n'était pas sûr d'y croire lui-même.

Irini entreprit de préparer un repas. Elle ne connaissait pas d'autre moyen de s'occuper et de détourner son esprit de l'absence de son fils. Elle mit la table, prévoyant une place pour Christos, et tous s'assirent. Ils avaient laissé la porte ouverte afin de le voir arriver.

Au moment où Irini et Maria débarrassaient, une silhouette apparut sur le seuil. Irini fit tomber des couverts en se précipitant vers son fils, et Christos serra sa mère dans ses bras. Il était costaud et la dépassait d'une trentaine de centimètres.

Irini reconnut les odeurs de transpiration et d'huile de moteur qui accompagnaient toujours son plus jeune fils, et elle s'accrocha à lui de toutes ses forces. Il finit par se libérer.

— Tu dois avoir faim, lui dit-elle.

— Une faim de loup, oui.

— Tu es au courant des événements d'aujourd'hui ? s'enquit Vasilis.

— Bien sûr, papa, répondit Christos, s'évertuant à dissimuler son contentement, qui n'avait cessé de croître à chaque évolution de la situation.

Irini Georgiou comprit que son jeune fils ne partageait pas sa tristesse au sujet de la mort de Makarios, et son attitude générale ce soir-là lui confirma ce qu'elle soupçonnait depuis un moment.

Cherchant à limiter les interférences, Panikos changea soudain de station de radio. Ils entendirent alors une voix qu'ils reconnurent tous. Celle de Makarios. C'était comme s'il était ressuscité d'entre les morts. Il faisait le récit de son évasion, lors de l'attaque du palais, et expliquait à l'intervieweur qu'il avait arrêté une voiture. Celle-ci l'avait emmené dans le massif du Troodos. De là, il s'était rendu dans un monastère, puis à Paphos, d'où cette émission était émise en secret.

— Ensemble, nous continuerons la résistance sacrée et gagnerons notre liberté. Longue vie à la liberté ! Longue vie à Chypre !

Pour Irini, la résurrection de Makarios était encore plus extraordinaire que sa mort. Ils venaient d'assister à un miracle, elle y tenait. Elle pleura encore plus que le matin. Tous les hommes qu'elle aimait étaient de retour.

— Dieu doit être du côté de l'archevêque, jubila-t-elle.

Lorsque Irini parlait de Makarios, elle pensait avec affection à un prêtre barbu. Son épouse dévote aurait vénéré n'importe quel homme en tenue liturgique. Vasilis, lui, voyait un politicien aux yeux perçants et avait la conviction qu'il était constitué de deux versants très distincts.

Le Sunrise resta calme ce jour-là. Les membres du personnel reçurent pour instruction de dire à la clientèle que le changement de gouvernement n'aurait aucune conséquence pour elle. Les ports et aéroports étaient temporairement fermés, mais les choses reviendraient vite à la normale. Les troubles se cantonnaient à Nicosie, située à quarante-cinq kilomètres de l'hôtel.

Certains vacanciers prirent le soleil sur la plage l'après-midi du coup d'État. Ils avaient appris la nomination d'un nouveau président, ce qui ne leur semblait pas révolutionnaire. Les touristes américains et européens s'intéressaient davantage au scandale du moment à Washington. Le destin d'un autre président, Richard Nixon, était en jeu, et les répercussions de cette affaire toucheraient beaucoup d'entre eux.

Le lendemain, pour la première fois depuis des mois, Savvas se rendit au Sunrise. Nombre de ses ouvriers n'étaient pas venus au chantier et les travaux ne pourraient donc pas avancer normalement. Il était très agité.

— Où est Markos ? demanda-t-il à Costas Frangos.

— Quelque part dans l'hôtel. Je l'ai vu aux environs de 10 heures, ce matin.

Markos et Aphroditi s'étaient donné rendez-vous, comme chaque jour, mais il avait été retardé. Aphroditi était toujours perturbée quand il la faisait attendre. Le désir la rendait impatiente. Aujourd'hui il y avait une source de tension supplémentaire. Elle avait conscience que le dernier retournement politique constituait une menace pour l'île. Plus que tout, elle redoutait qu'il affecte son quotidien. Elle n'avait jamais été plus comblée, elle ne s'était jamais sentie aussi vivante, elle n'avait jamais connu un plaisir d'une telle intensité, et elle ne voulait pas que cela change. Lorsqu'elle était avec Markos, elle ne se souciait de rien d'autre que de ce qui se déroulait entre les quatre murs de la chambre. Vêtements, chaussures, dessous – pas nécessairement les bijoux – étaient abandonnés dans un coin. Ils laissaient la lumière extérieure entrer, qu'ils fassent l'amour au neuvième, au onzième, au quatorzième ou à un autre étage. Les rayons du soleil, en pleine ascension souvent, se réfléchissaient sur la mer et baignaient le moindre centimètre carré de la peau d'Aphroditi. Avec son mari, l'éclairage était toujours tamisé et les rideaux tirés.

Tandis que les deux amants se rhabillaient à la hâte, Savvas convoqua la totalité de ses employés dans la salle de bal pour souligner l'importance de ne rien changer. Plus important encore, il fallait tout mettre en œuvre pour dissuader les clients de partir. Il nota la bonne marche de l'établissement et demanda à ce que cela continue.

— Vous savez tous que nous reconstruisons le Paradise Beach. Le succès du Sunrise et l'achèvement des travaux de ce second hôtel sont entièrement entre vos mains.

Posté au fond de la salle, Markos avait prêté une oreille attentive à Savvas. Dans sa voix, deux sentiments contraires s'entrechoquaient : l'avidité et, légèrement plus sourde, la panique.

À son habitude, le patron manquait d'informations, songea Markos. Lui doutait qu'ils puissent continuer à faire tourner le Sunrise comme si de rien n'était. Il avait appelé le garage, plus tôt dans la matinée, pour rapporter des paquets. Christos était absent, mais l'un de ses collègues avait décroché le téléphone. Il était seul au garage.

— Leur unité a été convoquée à Nicosie, expliqua-t-il. Christos est parti.

— Je croyais que c'était terminé, s'étonna Markos.

— Il y a encore de l'action, là-bas..., répondit le garagiste. Quelques gauchistes opposés au nouveau président.

Qu'il ait minimisé la situation volontairement ou pas n'avait aucune importance. Quelques heures plus tard, Famagouste bruissait de rumeurs au sujet des événements dans la capitale, si proche et qui avait pourtant toujours paru sur une autre planète.

Markos avait rencontré Nikos Sampson une fois, à l'époque où il avait une part active dans les actions de l'EOKA. Né à Famagouste, Sampson avait fait forte impression sur l'adolescent. Il était viril, séduisant et charismatique. Les hommes aussi bien que les femmes l'adoraient et le craignaient en proportions égales. Il avait la réputation d'être un assassin. Son intransigeance faisait partie intégrante de son être, elle était aussi bien enracinée que son regard d'acier. Markos savait que Sampson n'accorderait aucune amnistie aux opposants au putsch.

Des nouvelles ne tardèrent pas à filtrer : les hôpitaux de Nicosie débordaient de blessés. De vieux désaccords avaient trouvé leur résolution dans des combats de rue. Des pétarades de mitraillettes et, ponctuellement, des tirs de canons continuèrent à résonner jusqu'au soir. Dans les couloirs bondés, les médecins se démenaient pour sauver les mourants, qu'ils soient des partisans de Makarios, de l'EOKA B ou les auteurs du putsch militaire de la veille. Le personnel médical avait à peine le temps d'enregistrer les noms des victimes ou de s'attarder sur leurs visages tandis qu'ils nettoyaient les plaies et les désinfectaient, qu'ils serraient les garrots. Chaque médecin, chaque infirmière, grec ou turc, avait son opinion sur ce qui se déroulait dans les rues, dehors. Ce qui ne les empêchait pas de s'acquitter de leurs tâches sans discrimination.

À mesure que des bribes d'informations leur parvenaient dans le salon de coiffure, Emine était de plus en plus nerveuse. Ce matin-là, elle avait remarqué qu'Ali n'avait pas dormi dans son lit et elle ne pouvait plus faire taire ses soupçons : il était mêlé à la TMT. Alors que de nouveaux rapports de combats et de blessés leur parvenaient, elle se rendit compte que ses mains tremblaient. Elle posa sa paire de ciseaux.

— Pourquoi ne vas-tu pas chercher Hüseyin ? lui suggéra Savina. Il sait peut-être quelque chose.

Emine trouva son fils au pied de la terrasse, occupé à ratisser le sable.

— Où était Ali la nuit dernière ?

Hüseyin n'interrompit pas plus sa besogne qu'il ne redressa la tête. S'il croisait le regard de sa mère, elle devinerait qu'il avait des informations. Il haussa les épaules.

— Hüseyin ! Je te parle !

Elle avait haussé le ton, attirant par là l'attention d'un ou deux vacanciers qui tournèrent la tête dans sa direction.

— Maman ! chuchota-t-il, embarrassé.

— Je veux savoir !

Costas Frangos, qui venait de sortir sur la terrasse, fit signe au garçon.

— Je dois y aller, dit-il à Emine.

Il s'éloigna hâtivement, laissant sa mère seule sur la plage. Elle retourna au salon. Savina insista pour qu'elle rentre : elle n'était pas en état de travailler. Elle n'avait pas encore ouvert la porte de sa maison que, déjà, son cœur se gonflait de joie. Elle entendait la voix de son fils. Il était rentré !

— Ali ! Où étais-tu ? Pourquoi n'as-tu pas passé la nuit ici ? Nous nous sommes tant inquiétés...

Elle était partagée entre le désir de lui appliquer une bonne gifle et de le prendre dans ses bras. Elle choisit la seconde option tout en pleurant. Assis dans un coin, Halit entrechoquait discrètement les perles de son *tesbih*, son chapelet.

— Pourquoi y es-tu allé ?

— Je le devais, répondit Ali alors que sa voix se brisait. Ils auraient pu tuer les nôtres ! ajouta-t-il en s'écartant.

— Mais tu es encore un enfant. Tu es trop jeune pour ça !

Emine était hors d'elle.

— Promets-moi de ne jamais y retourner, enchaîna-t-elle.

— Je ne peux pas.

Irini et Vasilis veillaient encore lorsque Markos rentra cette nuit, à une heure avancée. Il avait fermé le Clair de lune plus tôt – seule une poignée de clients étaient descendus. Ceux-là avaient beaucoup bu dans l'idée d'apaiser leurs nerfs, cependant ils ne s'étaient pas attardés. En temps normal, l'estrade était tapissée de fleurs à l'issue de la soirée, et ce soir un seul panier d'œillets avait été vendu.

Markos ne vit pas tout de suite ses parents, assis en silence dans l'obscurité du *kipos*. Il remarqua d'abord le rougeoiement de la cigarette que fumait son père.

— Papa ?

— *Leventi mou*, gémit Irini alors que Markos les rejoignait.

Elle se leva pour le serrer contre elle.

— Irini, la réprimanda son époux. Il était au travail.

Vasilis avait raison, bien sûr, pourtant elle avait senti l'angoisse croître régulièrement au fil de la journée. Markos s'assit avec eux et se servit un verre de *zivania* – une carafe à demi vide trônait au milieu de la table. Irini avait convaincu Vasilis de ne pas se rendre aux champs ce jour-là.

— J'ai pensé que ce serait dangereux, expliqua-t-elle à Markos. Mais je croyais que les choses se tasseraient plus vite.

— Et pour quelle raison imaginais-tu cela ? riposta son mari, en mangeant à moitié ses mots.

Vasilis Georgiou avait passé du temps au *kafenion*. Il avait écouté les on-dit, les nouvelles et la propagande, ce qui lui avait permis, à son retour, d'alimenter les inquiétudes de son épouse.

— C'est la guerre civile là-bas ! asséna-t-il en frappant la table du poing. Ils ont embarqué plusieurs hommes de Makarios. Et ça ne fait pas plaisir à ta mère.

Vasilis Georgiou comptait parmi ceux, nombreux, qui s'étaient détournés de Makarios lorsque l'archevêque avait cessé de placer l'*Enôsis* en tête de ses priorités. Il ne s'exprimait sur le sujet que sous l'emprise de l'alcool. Il n'avait aucun respect pour la sensiblerie de son épouse concernant cet homme. S'il savait que Christos, comme lui, était partisan de l'*Enôsis*, il n'avait aucune certitude concernant son fils aîné.

— N'exagère pas ! s'emporta Markos. Tu ne réussis qu'à contrarier *mamma*.

— Alors qu'est-il en train d'arriver, selon toi ? Tu n'es au courant de rien, enfermé à longueur de journée avec des étrangers... Qui es-tu pour affirmer quoi que ce soit...

La boisson faisait divaguer Vasilis. Markos passa un bras autour des épaules de sa mère.

— C'est Christos..., murmura-t-elle, en appelant à son aîné.

— Il n'est pas rentré ?

Elle secoua la tête.

— Il va revenir, *mamma*, ne t'inquiète pas. Tout ira bien. Il est rentré hier, non ?

— J'ai un terrible pressentiment. J'ai fait un rêve la nuit dernière, un rêve affreux.

Elle détourna les yeux. Ses joues étaient mouillées de larmes.

— Je sais où il est, finit-elle par lâcher. Il se bat avec... ces hommes.

Quelques minutes inconfortables s'égrenèrent. Markos gardait le silence. Vasilis alluma une autre cigarette.

Irini rentra se coucher. Guettant les bruits de pas, le moindre son qui indiquerait le retour de son fils, elle resta éveillée jusqu'au matin, le regard rivé au plafond.

Juste avant l'aube, les cigales se turent. Entre cet instant et celui où les chiens commenceraient à aboyer, les coqs à chanter, le silence fut complet. Comment une guerre civile pouvait-elle faire rage dans un tel calme ? Elle se convainquit que celle-ci n'était pas réelle. Christos allait apparaître d'un moment à l'autre.

Toute la matinée, la tension monta. Heure après heure, de nouveaux échos, réels ou fictifs, circulaient. Parfois ils amplifiaient la gravité des événements, parfois ils la minimisaient. Christos demeurait absent, et lorsque Vasilis se rendit au garage pour prendre des renseignements, il apprit que son fils ne s'était pas présenté au travail depuis deux jours.

Tous les employés du Sunrise répondirent présent, ainsi que Savvas Papacosta l'avait exigé, toutefois l'atmosphère était crispée. Les clients assaillaient les réceptionnistes de questions.

— Quelles vont être les conséquences pour nous ?

— Notre vol de retour sera-t-il retardé ?

— Serons-nous remboursés si nous partons plus tôt ?

— Pouvons-nous garder la même chambre si nous n'avons pas d'avion ?

Soucieux et égocentrés, ils se sentaient soudain très loin de chez eux.

Emine et Savina ne reçurent aucune visite au salon de coiffure ce matin-là. Frau Bruchmeyer, plus ponctuelle que jamais, fit son apparition à midi pour sa coupe mensuelle. Elle portait ses cheveux gris courts, à la garçonne, un style qui ne pouvait convenir qu'à une femme avec des pommettes bien dessinées.

— Bonjour, lança-t-elle avec gaieté.

Tout en l'aidant à enfiler une blouse, Emine répondit :

— Bonjour, Frau Bruchmeyer. Comment allez-vous aujourd'hui ?

Elle avait posé la question par habitude tant elle était préoccupée.

— Je vais très bien, je vous remercie, répondit-elle avant d'ajouter : Mais je crois être la seule.

— C'est bien possible, confirma Savina. La plupart de nos clientes ne se sont pas présentées, nous sommes dans le flou le plus total...

Frau Bruchmeyer bascula la tête en arrière dans le bac. Pendant qu'Emine lui lavait les cheveux, elle continua à parler :

— Ces histoires ne me disent rien qui vaille, pour autant je suis d'avis de poursuivre le cours normal de nos existences.

Emine n'osa pas répondre.

Quand ses cheveux furent coupés et séchés, Frau Bruchmeyer leur remit à chacune un shilling et prit congé. L'heure du déjeuner était venue et elle occuperait sa table habituelle, près de la piscine, refusant de se laisser atteindre par les derniers développements.

Prenant pour excuse le fait que les lignes téléphoniques ne fonctionnaient que par intermittence ce jour-là, Aphroditi renonça à attendre un appel de Markos. Elle avait appris, au cours d'un bref échange avec Savvas le matin, qu'ils devaient continuer à mener une vie normale, elle s'habilla donc avec soin – robe en soie jaune délicate et bijoux en topazes –, et se rendit à l'hôtel.

Markos ne semblait pas dans les parages, elle descendit donc au salon de coiffure. Il arriverait peut-être plus tard. Aux yeux d'Aphroditi, rien au monde n'avait davantage de valeur que quelques minutes volées à cet homme, et elle se raccrochait à l'espoir qu'il éprouvait la même chose.

Emine et Savina virent apparaître une tout autre Aphroditi que celle, exubérante, à laquelle elles s'étaient habituées au cours des derniers mois. Elle était à cran et inhabituellement silencieuse.

— Elle regrette sans doute de ne pas être en Angleterre avec sa mère.

— Moi, je lui ai trouvé une petite mine...

— Oh, Emine ! Quel que soit son état, il faut que tu t'imagines qu'elle est enceinte ! Elle est juste inquiète, comme nous tous !

Dès qu'elle avait été coiffée, Aphroditi était montée à la réception. Il n'y avait toujours aucun signe de Markos, et elle tua le temps en discutant avec des employés et quelques clients, qui traînaient là dans l'espoir d'obtenir des informations. Les dauphins continuaient à folâtrer dans la fontaine.

Elle finit par interroger Costas Frangos :

— Avez-vous vu M. Georgiou aujourd'hui ? Mon mari aimerait le convoquer sur le chantier plus tard dans la journée.

— Non, Kyria Papacosta. À ma connaissance il n'a pas mis les pieds ici depuis hier soir. Il a dû fermer le Clair de lune vers 1 heure.

— Merci, dit-elle avant de s'éloigner.

Elle était certaine que son trouble se voyait comme le nez au milieu de la figure. Elle rentra chez elle. En remontant Kennedy Avenue, l'artère principale qui longeait la façade arrière des hôtels, elle dépassa une troupe de la Garde nationale. Celle-ci avait pris le contrôle de Famagouste dorénavant, n'ayant rencontré que peu de résistance en comparaison de celle à Nicosie.

Une fois dans l'appartement, elle alluma la radio. Le présentateur signala que le calme était revenu presque partout dans l'île. Aphroditi éteignit, mit un disque et se servit un vermouth doux. Sans relever les stores, elle s'étendit sur le sofa et dégusta son verre, les yeux rivés sur le téléphone, l'implorant de sonner. Alors que Carly Simon chantait, l'alcool commença à agir. Aphroditi ferma les paupières.

Il faisait noir quand elle les rouvrit. La lumière qui filtrait à travers les stores avait disparu, la nuit était tombée. Elle s'assit. Le saphir du tourne-disque était resté coincé.

You're so vain... vain... vain...

Ces paroles avaient dû se répéter une centaine de fois, et elle ne s'en était pas rendu compte. Seule la sonnerie du téléphone pouvait pénétrer ses rêves, et c'était d'ailleurs ce qui s'était produit. Aphroditi bondit sur le combiné, le cœur battant. Elle s'apprêtait à dire le nom de Markos lorsqu'elle entendit le sien.

— Aphroditi !

C'était la voix de son mari.

— Savvas, haleta-t-elle. Comment a été ta journée ?

— Un vrai cauchemar ! La moitié des ouvriers ne sont pas venus... il n'y a eu aucune livraison... Markos Georgiou ne m'a pas apporté le liquide que je lui avais réclamé...

C'était comme si Savvas n'avait pas intégré la véritable signification du coup d'État. Aphroditi jeta un coup d'œil à l'horloge au mur. Avec un sursaut, elle se rendit compte qu'il était 21 heures. Elle avait dû rater le cocktail. Markos l'avait-il attendue ?

Savvas continuait à parler :

— Je finis de trier quelques papiers ici, puis je passerai au Sunrise sur le chemin du retour. Je ne vais pas laisser tout ce...

En écoutant d'une oreille les griefs de son mari, elle avait allumé la télévision. Les images d'un vieux film avec Melina Mercouri étaient à l'écran.

— Savvas, as-tu écouté les nouvelles ce soir ?

— Non, répondit-il avec fermeté. À quoi bon ? Ces voyous ne nous diront pas la vérité de toute façon.

— C'est juste que...

Il détecta la pointe d'angoisse qui s'était immiscée dans la voix de sa femme et l'interrompit brusquement :

— Je serai de retour vers minuit. Ne te tracasse pas. Le calme est déjà en train de revenir à ce que j'en ai compris. Tant que nous pouvons continuer à aller et venir, tout ira bien.

Savvas Papacosta restait apparemment sourd à ce qui se déroulait derrière les barbelés de son chantier. À l'exception de l'or et des pierres précieuses, toutes leurs possessions avaient été vendues et l'argent absorbé par ce nouveau projet. Même les revenus du Sunrise et l'emprunt conséquent qu'il avait souscrit ne suffisaient pas à financer la phase de construction actuelle. Il ne pouvait aspirer qu'à une seule chose : précipiter le jour de l'inauguration. Alors seulement commencerait-il à rembourser son énorme investissement.

— À tout à l'heure dans ce cas, lui dit Aphroditi au moment où il raccrochait.

Elle frissonnait. La climatisation avait rafraîchi l'appartement au point qu'on y gelait, elle ouvrit donc les stores et sortit se réchauffer sur le balcon.

Pourquoi Markos ne s'était-il pas rendu sur le chantier ? Et pourquoi ne l'avait-il pas appelée ? Elle n'avait aucun moyen de le savoir.

Si elle avait rallumé la radio, elle aurait appris que le gouvernement turc demandait au Royaume-Uni d'intervenir. Le putsch de Nicosie, soutenu par les Grecs, était du point de vue des Turcs la dernière étape avant l'*Enôsis*, ce qu'ils ne pouvaient accepter. Comme son mari, Aphroditi était trop préoccupée par ses soucis personnels pour prendre la mesure du danger qu'elle, et tous les autres habitants de l'île, courait.

Il n'y avait pas un souffle d'air cette nuit-là. Un peu partout dans la ville, d'autres qui ne trouvaient pas le sommeil étaient assis sur leur balcon, le regard perdu dans le noir ou vers les étoiles. La température n'était pas descendue en dessous des quarante degrés de la journée. Markos tenait compagnie à sa mère, lui serrant la main et s'efforçant de la rassurer. Toute la famille Özkan était debout aussi, se demandant ce que demain leur apporterait.

Pas très loin de là, sur la mer d'un noir d'encre, des unités de la flotte turque attendaient leur heure.

15

Lorsque Aphroditi se réveilla le lendemain matin, elle remarqua un creux dans l'oreiller à côté du sien : Savvas était déjà parti. Le silence dans l'appartement était oppressant. Elle devait se lever et débusquer Markos. Enfilant à la hâte la robe et les chaussures de la veille, mais abandonnant ses bijoux sur la table de nuit, elle s'empressa de sortir.

Dans le hall du Sunrise, elle avisa des valises alignées en rangées bien régulières. Les clients, eux, étaient moins ordonnés. Plusieurs centaines de personnes se pressaient autour de la réception, impatientes de régler leur note. Oubliées, les bonnes manières que les Européens du Nord observaient en général. Les réceptionnistes s'échinaient à ne pas perdre leur patience face aux exigences des clients – qui réclamant un remboursement partiel, qui une facture, qui des explications, tandis que des dizaines d'autres se bousculaient derrière eux. Il fallait rendre la monnaie, calculer les taux de change, remettre des reçus.

Quelques enfants en bas âge se poursuivaient autour de la fontaine en hurlant et criant, inconscients des inquiétudes parentales. Costas Frangos tentait de conserver un semblant d'ordre, demandant en vain à ce que l'on fasse la queue, s'efforçant de satisfaire toutes les requêtes et gérant le flux de taxis.

Aphroditi scruta la scène à la recherche d'un visage en particulier parmi tous ceux qui lui étaient presque étrangers. Plusieurs personnes vinrent la solliciter.

— Kyrios Frangos s'occupera de vous, répondit-elle avec intransigeance, les redirigeant vers le directeur de l'hôtel, qui restait irréprochable au milieu de ce maelstrom d'impolitesse.

Elle s'éloigna vers la terrasse et scruta la plage. Quelques touristes têtus continuaient à appliquer leur routine habituelle, s'enduisant de crème solaire, allant se rafraîchir dans la mer puis se gorgeant de soleil. Ils avaient droit, chaque année, à une poignée de jours précieux, dédiés à l'hédonisme et à la chaleur, auxquels ils n'avaient aucune envie de renoncer. Une fois que la foule dans le hall se serait dispersée, ils s'y rendraient sans précipitation pour faire le point sur la situation. Dans l'immédiat, il était hors de question de paniquer. Parmi eux se trouvait Frau Bruchmeyer, qui n'avait pas l'intention de partir. Elle était chez elle. Sortant le nez de son livre, elle fit signe à Aphroditi depuis sa chaise longue.

La jeune femme n'avait aucune envie d'engager la conversation avec qui que ce soit, elle retourna donc dans le hall et s'approcha de l'entrée. Dehors, c'était le chaos, principalement à cause des chauffeurs de taxi qui s'apostrophaient.

Près de la porte du Clair de lune, Aphroditi aperçut l'homme qu'elle cherchait. Se retenant de courir, elle le rejoignit.

— Markos ! souffla-t-elle.

Il fit volte-face et un énorme trousseau de clés cliqueta dans sa main. Avec le brouhaha ambiant, ils pouvaient parler sans crainte d'être entendus.

— Où étais-tu ?

Il hésita.

— Pourquoi n'entrerais-tu pas ? Nous pourrions discuter.

Il ferma à double tour derrière eux. Ils descendirent l'escalier et franchirent les rideaux en velours pour entrer dans la boîte de nuit.

— Je me faisais du souci pour toi.

— Tu ne dois pas t'inquiéter, Aphroditi, répliqua-t-il en la prenant dans ses bras et en lui caressant les cheveux.

— Je n'ai pas eu de nouvelles depuis deux jours !

— Deux jours riches en émotions, répondit-il sur le ton de l'évidence.

Elle ne trouva rien d'autre à dire que :

— Tu m'as manqué.

— Je devais rester avec mes parents. Ils sont très nerveux.

Elle sentit la douce pression des lèvres de Markos sur son front, qui s'accompagna de la sensation, inhabituelle, d'être congédiée.

— J'ai deux trois choses à terminer avant de partir, mais on se reverra bientôt. Je suis convaincu que la situation ne tardera pas à revenir à la normale.

— On ne pourrait pas rester un peu ici, tous les deux ?

— *Agapi mou*... Les gens vont se poser des questions s'ils savent que tu es là.

— À mon avis, personne n'a rien remarqué vu les circonstances.

— Je pense qu'il vaut quand même mieux éviter, insista-t-il en lui caressant le bras de sorte qu'elle fut, un temps, rassurée sur l'affection qu'il lui portait.

Il la raccompagna à l'entrée de la boîte de nuit et la fit sortir. Elle était partagée entre deux sentiments contraires, celui d'être chérie et rejetée à la fois.

Dans un état second, elle regagna son appartement. Ignorant comment s'occuper, elle téléphona à sa mère.

— Aphroditi, j'ai essayé de t'appeler, les communications ne passaient pas. Qu'arrive-t-il ? Où en êtes-vous ?

— Je vais bien, maman. C'est un peu la panique, mais je suis sûre que la situation est bien moins grave que ne le laissent entendre les médias.

— Je suis effondrée, ce pauvre Monseigneur Makarios !

Artemis Markides voyait toujours en lui un chef spirituel et sa destitution restait sa principale inquiétude.

— Tu devrais venir en Angleterre si ça s'aggrave. Il y a plein de place ici, tu sais.

— Je suis sûre que je n'aurai pas à le faire, affirma Aphroditi.

Quitter Chypre pour aller vivre avec sa mère était la dernière chose qu'elle voulait envisager.

— Nous allons entamer la dernière étape des travaux pour le nouvel hôtel, poursuivit-elle, et Savvas n'a aucune intention de s'arrêter !

— Dans ce cas... Continue à donner des nouvelles, ma chérie. J'ai besoin d'être rassurée.

— Promis, maman.

Le lendemain matin, au lever du soleil, des avions turcs traversèrent le ciel de Chypre.

Dans l'appartement du rez-de-chaussée, Markos, Maria et Panikos se réunirent autour de la radio, en compagnie d'Irini et de Vasilis. Ils écoutèrent avec attention les nouvelles sur CyBC.

La Turquie exigeait le rétablissement de l'ordre constitutionnel. Elle craignait pour la sûreté des Chypriotes turcs et redoutait la déclaration de l'*Enôsis* par les auteurs du putsch. Leur ultimatum étant resté sans réponse, ils avaient envoyé des milliers de parachutistes turcs au nord de l'île. Kérynia, à une soixantaine de kilomètres de Famagouste, était sous les bombes. C'était la pire crainte des Georgiou.

— *Panagia mou*, murmura Irini, l'échine courbée comme pour prier.

Maria s'assit à côté d'elle et lui prit la main.

— Ne t'en fais pas, maman, lui souffla-t-elle. Les Grecs vont venir nous sauver.

— Tu crois ? lui demanda Irini, un instant réconfortée.

— Bien sûr.

Son jeune fils faisait le tour de la table sur des jambes mal assurées, sans se soucier des événements de la journée. Irini leva les yeux vers Markos. Il savait qu'elle pensait à Christos.

— Il ne tardera pas à rentrer, j'en suis convaincu.

— Je ne peux plus écouter ça ! s'emporta Vasilis en se dirigeant vers la porte. Pourquoi Makarios n'a-t-il pas conclu un accord avec les Turcs ? Ils n'étaient pas censés vouloir la même chose que nous ? Ils auraient pu se débarrasser de ce Sampson ensemble ! Et voilà ce qui arrive maintenant !

Il invectivait le vide. Tous partageaient son sentiment, mais le sort du pays ne dépendait pas d'eux. Même Markos ne vit pas l'utilité de lui répondre. Dans le bref silence qui suivit, une voix se détacha soudain des autres, à la radio. Tous les hommes valides étaient appelés à venir défendre Chypre. Markos échangea un regard avec Panikos.

— Nous devons y aller. Je prends le volant.

— *Panagia mou !* soupira Irini en se signant. Pas vous aussi ! Je vous en prie, pas vous...

La voix radiophonique répéta l'injonction. C'était une affaire urgente. Panikos étreignit Maria, qui retenait ses larmes. Il effleura son ventre arrondi.

— Ne t'inquiète pas, maman, lui dit Markos. Ils verront que nous ne sommes pas des combattants.

Il savait que Savvas Papacosta trouverait le moyen de se faire exempter, et d'obtenir la même chose pour son bras droit. Quant à Panikos, il n'était pas en assez bonne forme physique.

Une fois qu'ils furent partis, Vasilis, qui n'était pas concerné par l'appel, se rendit au *kafenion*, où il continua à débattre avec ses amis pendant une heure environ. Quand il rentrerait, il pourrait dormir, assommé par sa consommation excessive de *zivania* et la colère.

Il y avait moins de colère mais tout autant de peur chez les Özkan. Les Chypriotes turcs savaient que ce rebondissement les rendrait tous plus vulnérables. Ils craignaient les représailles, dont ils risquaient de faire les frais.

Nombre de jeunes hommes rejoignirent la TMT afin de se préparer à défendre leur communauté. Emine supplia son fils de ne pas y aller.

— À quoi bon ? plaida-t-elle. Tu ne sais même pas tenir un pistolet !

Ali ne répondit rien. Sa mère était à mille lieues de la vérité. Il pouvait démonter un semi-automatique et le remonter en trois minutes. Il y avait tant de villages qui réclamaient une protection armée... Il ne supportait pas de rester assis à suivre les rebondissements à la radio, il voulait sentir la gâchette d'un pistolet sous son index.

À la tombée de la nuit, alors que tous cherchaient le sommeil, il annonça en murmurant à Hüseyin, avec qui il partageait une chambre, qu'il partait.

— N'essaie pas de me retenir.

La Garde nationale avait déjà lancé des attaques contre les villages et quartiers turcs un peu partout dans l'île. Les troupes turques étaient en minorité, et Ali, comme bien d'autres jeunes gens, avait le sentiment de devoir jouer un rôle.

Ce jour-là, les rues de Famagouste restèrent presque désertes : chacun était enfermé chez soi, l'oreille collée à la radio. La situation évoluait d'heure en heure.

Irini et Maria suivirent avec fébrilité les récits des affrontements des deux camps, priant pour que

Markos et Panikos soient en sécurité. Des navires chypriotes, envoyés depuis Kérynia pour engager le combat avec la flotte ennemie, furent coulés par une attaque turque, aérienne et navale. Les forces chypriotes grecques échouèrent à circonscrire les parachutistes, et leurs véhicules blindés furent détruits. Des combats éclatèrent alors dans les montagnes près de la capitale.

Aux environs de midi, les deux femmes entendirent une portière claquer. Markos entra d'un pas nonchalant, suivi de Panikos. Elles se relevèrent d'un bond pour les embrasser.

— C'était la panique, expliqua Panikos. Ils n'avaient ni armes ni plan. Un vrai désastre. Ils nous ont dit de repartir.

— Qui nous défend dans ce cas ? demanda Vasilis, le ton grave. Si les troupes turques qui arrivent par la côte et celles qui sont à Nicosie se rejoignent, tout sera terminé.

— Je suis certain que les Nations unies exerceront leur influence sur eux, le rassura son fils aîné. L'avantage étant que, par principe, ils ne prennent pas parti...

— On dirait bien qu'ils rejettent la faute sur les deux camps, en revanche, souligna Panikos, qui semblait ne pas vouloir lâcher Maria.

Le Conseil de sécurité des Nations unies réclamait un retrait immédiat de toutes les troupes militaires étrangères – qui n'étaient pas présentes dans le cadre d'accords internationaux. Ils firent bien comprendre qu'ils désapprouvaient le putsch grec à l'origine de la crise aussi bien que la réaction turque.

— Au moins, si les discussions se poursuivent, ça ne pourra pas empirer, souligna Panikos avec optimisme.

Il était pourtant tout à fait envisageable qu'une escalade s'ensuive, aboutissant à une guerre plus vaste qui ne se limiterait pas à Chypre. La Grèce avait mobilisé des hommes et des troupes se dirigeaient vers la frontière avec la Turquie. De son côté, celle-ci continuait à affirmer que cette invasion avait pour seul objectif la protection des citoyens turcs et qu'elle espérait que le dialogue entre les deux communautés reprendrait.

En bas de la même rue, la famille Özkan étudiait la conjoncture avec une appréhension comparable.

— C'est peut-être vrai, hasarda Hüseyin, ils sont peut-être venus pour nous protéger.

Des milliers de Chypriotes turcs avaient été chassés de leurs maisons, et de nombreux autres étaient à présent retenus en otage dans des villages cernés par la Garde nationale. Sans parler des centaines de personnes enfermées dans des stades de foot.

— Si les Turcs n'avaient pas envahi l'île, rien de tout ceci ne se serait produit ! éclata Emine.

— Tu n'en sais rien, protesta Halit. Nous aurions pu nous retrouver à vivre comme dans les années soixante. Ces Grecs d'Athènes ne veulent pas de nous ici ! Rien n'a changé.

— Ils sont donc peut-être vraiment venus nous protéger..., répéta Hüseyin.

— En tout cas, ils ont seulement réussi à nous mettre en danger, riposta sa mère.

Un silence de quelques minutes s'installa avant qu'elle n'explose à nouveau, trahissant cette fois la véritable cause de son état.

— Et ton frère..., cria-t-elle, en larmes à présent. Ali ! Où est-il ? Où est-il allé ?

Elle savait que ces questions étaient vaines. Elle quitta la pièce, laissant son mari et ses fils écouter les sanglots qui traversaient les murs.

Le lendemain, Panikos se rendit au magasin comme toujours, mais il ne réalisa pas une seule vente. Pas un client, même pour une ampoule électrique. Irini suivait sans relâche la même routine : ranger, épousseter, cuisiner, puis ranger à nouveau. Tous étaient à cran. Vasilis rentra du *kafenion* la tête farcie de racontars et de vérités. Quant à savoir où les uns se terminaient et où les autres débutaient, c'était impossible.

— Ils utilisent du napalm ! s'écria-t-il. Ils pourraient brûler toute l'île !

Irini l'exhorta au calme.

— C'est sans doute faux. Ça ne sert à rien d'imaginer le pire.

De leur côté, les soldats turcs progressaient sans répit ; les deux communautés considéraient d'un œil inquiet ces soldats bien entraînés qui marchaient vers le sud.

Dans la panique consécutive à l'invasion, des vagues de Chypriotes, grecs et turcs, commencèrent à prendre la fuite, n'emportant que le strict nécessaire. Beaucoup enterrèrent argent et biens de valeur dans leur jardin avant de partir. Des milliers cherchèrent refuge dans les bases militaires occupées par les Britanniques depuis l'indépendance.

Les touristes avaient bien plus de raisons de s'inquiéter à présent. Le principal aéroport de l'île avait été bombardé, et ceux qui se trouvaient encore à Famagouste entendirent bientôt parler des centaines d'étrangers coincés au Ledra Palace de Nicosie. Des milliers de vacanciers étaient déjà partis après l'annonce du putsch contre Makarios, mais l'invasion provoqua l'affolement de ceux qui restaient.

16

Lorsque Hüseyin se rendit sur la plage de bon matin, le lendemain, il comprit qu'il ne servait à rien d'installer les chaises longues. En dépit des nouvelles – les Turcs avaient accepté un cessez-le-feu –, la portion de sable devant le Sunrise était déserte. Ou presque.

Une seule personne occupait le paysage par ailleurs désert : Frau Bruchmeyer, qui prenait son habituel bain. La mer était particulièrement immobile et plate ce jour-là, et la nageuse fendait la surface transparente sans le moindre effort.

Elle finit par sortir de l'eau, marchant sur les derniers mètres. Pour elle, c'était une matinée comme une autre.

— *Günaydın*, dit-elle. Bonjour.

Chaque fois qu'elle le saluait, Hüseyin était touché de voir qu'elle avait appris quelques mots en turc.

— *Günaydın*, répondit-il.

Il s'assit sur le sable et admira la vue. À un jet de pierre, il le savait, des milliers de Chypriotes turcs étaient prisonniers de la citadelle fortifiée.

Il se demanda si Ali était quelque part dans ce coin-là ou s'il était parti plus loin. Tout paraissait si paisible, sans doute plus que jamais avec l'absence de circulation et de vacanciers. Il s'allongea sur le dos pour regarder le ciel puis ferma les yeux. Le doux clapotement de l'eau sur le sable le berça et il s'assoupit.

Son répit fut de courte durée. Un vrombissement le tira de son somme et, au moment où il soulevait les paupières, une énorme ombre passa juste au-dessus de sa tête. L'avion était si bas qu'il put presque apercevoir le pilote. Certains signes extérieurs lui apprirent qu'il s'agissait d'un combattant turc. Hüseyin se leva. Un instant plus tard, un coup de tonnerre retentit. Dans l'incrédulité la plus totale, il vit le flanc d'un hôtel voisin s'effondrer. Un château de sable ne se serait pas effrité plus facilement.

L'accord de cessez-le-feu avait été violé au bout de quelques heures seulement. Les Turcs poursuivaient les attaques aériennes. Et Famagouste était devenue leur cible.

Savvas était dans son bureau sur le chantier, calculant ce que cette interruption des travaux lui avait déjà coûté, lorsqu'une bombe réduisit en miettes une tour voisine, haute de dix étages. Celle-ci était plus proche du nouveau Paradise Beach que du Sunrise, et le bruit fut mille fois plus retentissant que tous les orages qu'il lui avait été donné d'entendre. Il se précipita sur la plage et vit les flammes monter à l'intérieur du bâtiment, du sol au toit. La plupart des vitres avaient volé en éclats au moment de l'explosion.

Des gens étaient sortis de chez eux ou, plus rarement, des cafés et boutiques environnants. Comme Savvas, ils n'en croyaient pas leurs yeux. C'était tout bonnement inconcevable.

L'avion turc s'était éloigné, toutefois le danger restait bien présent, et au bout de quelques minutes tous reprirent leurs esprits. Il était possible que des bombardiers reviennent, encouragés par le succès de leur première attaque.

Savvas devait se rendre au Sunrise. Il retourna fermer le bureau à clé et partit à pied, par la plage. Il semblait peu probable que les Turcs lâchent des bombes dans la mer, c'était donc la route la plus sûre.

En général, à cette heure de la journée, le hall était une véritable ruche. Quatre employés se trouvaient derrière le comptoir de la réception, des grooms en livrée attendaient de transporter les bagages et un portier guettait les arrivées. Plusieurs femmes de ménage étaient occupées à dépoussiérer les feuilles des gigantesques plantes d'intérieur. Les allées et venues étaient constantes, nombreuses, et dehors, à la droite de l'entrée principale, la terrasse du bar, où un élégant auvent rayé protégeait les clients du soleil, était pleine.

Aujourd'hui, il n'y avait qu'une seule personne dans ce vaste espace. Costas Frangos tenait la réception et parcourait l'immense registre où les noms des clients étaient consignés. Il releva la tête pour saluer Savvas.

— Je crois que nous sommes vides, annonça-t-il. À ce que j'en sais, tous les clients sont partis.

— Les notes ont bien été réglées ?

— Pas toutes.

— Vous voulez dire...

— La seule chose qui les intéressait était de déguerpir.

— Vous ne leur avez pas demandé de payer ?

— Kyrie Papacosta, c'était le chaos ici. J'avais fait préparer toutes les factures, mais les clients n'avaient qu'une idée en tête.

— Ils ont pris le temps de vous rendre leur clé, non ?

Savvas croisa les bras pour exprimer son mécontentement.

— Certains se sont contentés de les déposer sur le comptoir au passage. L'une des femmes de chambre m'a informé que la plupart avaient laissé des affaires. Je suis sûr qu'ils reviendront les chercher et régleront ce qu'ils doivent à ce moment-là.

Frangos referma le registre, accrocha deux clés au tableau derrière lui et souleva l'abattant du comptoir pour sortir. Markos apparut alors. Il paraissait calme. Pendant une poignée d'heures, il avait apporté son aide pour l'organisation des départs massifs.

— Ils ont tous fichu le camp, lâcha Savvas avec le plus parfait désarroi.

— Pas tous, rectifia Markos. Frau Bruchmeyer est encore ici. Je l'ai installée dans la boîte de nuit. Elle sera en sécurité au sous-sol.

— Elle n'a pas voulu partir ?

— Non, elle n'en a aucune intention.

— Bon, cet endroit a été construit pour durer, s'enorgueillit Savvas, il faudra plus qu'une bombinette turque pour l'abattre.

— J'espère que vous avez raison...

— Ma femme, ajouta Savvas, n'y pensant qu'après coup. L'avez-vous vue ?

— Non, pas aujourd'hui, répondit Markos en toute honnêteté.

Avant de partir, Savvas échangea un autre mot avec Costas Frangos, toujours dans le hall.

— Pouvez-vous veiller à ce que nous gardions une équipe réduite sur place ? Nous devons partir du principe que la situation ne va pas s'éterniser et je n'ai pas envie que nous nous retrouvions sans personne pour rouvrir.

— Mais la plupart sont partis se battre...

Frangos ne réussit pas à aller au bout de sa phrase, Savvas avait déjà tourné les talons.

Il reprit le même chemin, par la plage, et regagna son bureau. Les lignes téléphoniques étaient de nouveau coupées, il se pressa donc de rentrer chez lui pour informer sa femme des derniers rebondissements.

Aphroditi avait appris, à la radio, l'instauration d'un cessez-le-feu. Le ronronnement perpétuel de la climatisation l'avait empêchée d'être informée des derniers bouleversements.

Dans sa main se trouvait la perle. Elle jouait avec, la faisant rouler du bout des doigts dans sa paume, admirant sa beauté minuscule. Parfois, elle jetait un coup d'œil par la fenêtre aux bâtiments du bas de la rue, qui semblaient scintiller. La chaleur de cet après-midi, brûlante, faisait fondre le bitume et courbait presque les panneaux de signalisation. La plupart des habitants devaient s'être réfugiés à l'intérieur.

Redressant la tête, elle croisa son reflet dans le miroir et l'étudia. Elle avait tué le temps toute la matinée, et si sa coiffure était un peu négligée, elle avait souligné son regard d'un trait de crayon.

Enfermée chez elle et entièrement absorbée par ses pensées, elle n'entendit ni le grondement de l'avion qui rasait son immeuble, ni le bruit de la porte d'entrée qui s'ouvrait et se refermait. Même la voix d'un homme criant son nom ne parvint pas à l'arracher à sa rêverie. Ce ne fut que lorsqu'elle entrevit un mouvement dans le miroir de la coiffeuse qu'elle se retourna. Sa main se referma sur la perle.

— Aphroditi !

— Qu'y a-t-il, Savvas ?

— Tu n'as pas entendu ? Ma parole, tu es sourde !

Son irritation ne faisait pas le moindre doute.

— Tu veux dire que tu ne t'es pas rendu compte qu'il y avait une explosion ? insista-t-il.

— Non ! Où ? Pourquoi ?

— Des avions turcs bombardent Famagouste !

Aphroditi se redressa.

— Nous devons aller au Sunrise, poursuivit-il. Même si l'hôtel est visé, nous serons en sécurité au sous-sol.

Aphroditi ouvrit discrètement le tiroir pour ranger la perle, puis elle ramassa son sac à main et suivit Savvas.

Il n'y avait pas une voiture dans les rues, ils furent donc à l'hôtel en quelques minutes. Juste avant de s'y engouffrer, ils entendirent une série de détonations assourdissantes. Cette fois, la cible était un établissement qui servait de base à la Garde nationale pour attaquer l'ancienne ville fortifiée, une zone de Famagouste qui restait aux mains des Chypriotes turcs.

— Descends, lui ordonna Savvas.

Aphroditi avait l'impression que sa dernière visite au Clair de lune remontait à une éternité. Une seule chose lui importait : Markos y serait-il ? Elle s'engagea dans l'escalier à demi éclairé et ouvrit la porte. Avec toutes les lumières allumées, l'endroit avait un côté tapageur, et le velours pourpre semblait plus vulgaire qu'élégant. Frau Bruchmeyer était assise seule, sur une banquette près de la scène. Elle releva la tête et sourit.

— Frau Bruchmeyer ! s'exclama Aphroditi. Quelle bonne surprise !

Au même instant, Markos ouvrit l'autre porte.

— C'est mon jour de chance ! s'exclama-t-il. Mes deux femmes préférées, pour moi tout seul !

Aphroditi s'assit. Son cœur battait à tout rompre. Ce qu'elle éprouvait se situait quelque part entre le plaisir et la douleur.

— Markos.

Rien qu'en prononçant son prénom elle sentait des frissons lui remonter le long de la colonne.

— Que puis-je vous servir ? C'est la maison qui régale.

Son ton badin était déplacé compte tenu de la situation, pourtant les deux femmes en étaient charmées. Que pouvaient-elles bien faire ? Tout ce qui se déroulait en dehors des murs de cette pièce était entièrement hors de leur portée.

Ils burent tous trois du whisky, entrechoquant leurs verres avant la première gorgée.

— *Stin geia sou !* dit Markos en soutenant le regard d'Aphroditi.

Il se tourna ensuite vers Frau Bruchmeyer pour faire de même.

— *Stin geia sou !* répéta-t-il.

— J'ai quelque chose dans mon sac à main, annonça-t-elle, qui pourrait se révéler utile si nous sommes ici pour un moment.

Elle sortit un paquet de cartes. Après le départ de Markos, les deux femmes commencèrent à jouer. Le temps perdait toute signification dans une pièce aveugle. Le soleil avait très bien pu se coucher et se lever de nouveau.

Régulièrement, Markos leur rendait visite, apportant de la nourriture. Un chef restait de garde en cuisine – son contrat l'y obligeait, qui ne prévoyait aucune clause spécifique pour les attaques aériennes –, et les aliments frais contenus par les réfrigérateurs auraient pu nourrir un millier de personnes.

Markos leur passa quelques disques. Au cours des jours suivants, ils écoutèrent pendant des heures du jazz et du blues, surtout du Ella Fitzgerald, du Billie Holiday et du Ray Charles, qui avaient tous les faveurs du Clair de lune. Pour Frau Bruchmeyer, Markos mit l'intégrale de Frank Sinatra.

— S'il y a bien un homme que j'épouserais..., dit-elle, le regard étincelant, ce serait ce vieux *blau ice*.

Aphroditi gloussa en entendant la prononciation du surnom familier.

— *Blue eyes*, rectifia-t-elle dans un anglais parfait.

Le whisky alimentait leur bonne humeur et tandis que les heures, puis les jours, s'écoulèrent, elles se sentirent de plus en plus coupées du monde. Elles étaient libres de quitter leur prison violette, mais elles n'avaient pas d'endroit plus sûr où se rendre, et elles n'en avaient surtout pas envie.

Markos allait et venait constamment, repartant en général avec un paquet du coffre. Entre deux visites, il rentrait chez lui pour passer du temps avec ses parents. Les faubourgs de la ville restaient épargnés par le danger. Les femmes lui demandaient toujours des nouvelles, et il leur répondait toujours d'un ton gai.

— C'est calme pour le moment, malgré tout vous êtes plus en sécurité ici.

Lorsque Markos était là, rien de ce qui se produisait dehors n'avait vraiment d'importance aux yeux d'Aphroditi. À la moindre occasion, il lui touchait la main ou le bras, l'air de rien, du bout des doigts, mais jamais par accident. Recluse à ses côtés, dans ce lieu de vie nocturne, elle éprouvait le plaisir déraisonnable de vivre à l'écart du monde. Elle était persuadée que ces moments d'intimité avec Markos les liaient plus que tout ce qui s'était déjà passé entre eux.

Markos avait pris l'habitude de partir avant l'arrivée de Savvas, qui dormait au Clair de lune. Il s'étendait aussitôt sur l'une des banquettes et la musique devait être coupée. Plusieurs heures durant, les deux femmes devaient se taire. Savvas avait les nerfs à vif, il était d'humeur sombre. Au cours des derniers jours, les Turcs avaient détruit plusieurs autres hôtels.

Au mépris de tous les signes, Savvas voulait croire qu'il s'agissait d'une parenthèse, après laquelle les affaires reprendraient comme autrefois. Ce qui ne l'empêchait pas d'éprouver colère et frustration devant l'absence de solution. La crise qu'ils traversaient devait être résolue par les hommes politiques. Les enjeux étaient trop importants, pour tous. On était en juillet, au pic de la haute saison, et d'un point de vue commercial il était catastrophique que le Sunrise soit vide et l'inauguration du nouveau Paradise repoussée.

L'extérieur du nouvel hôtel était presque terminé. Toutes les vitres étaient en place. Elles réfléchissaient le ciel tels autant de miroirs, et au lever du soleil le bâtiment paraissait s'embraser. Sa silhouette futuriste prenait forme, et Savvas avait confiance : elle montrerait à Famagouste la voie d'une nouvelle ère.

L'immense tour scintillante était une cible facile pour les avions turcs. Un matin, à l'aube, ils lâchèrent plusieurs bombes sur son toit, avec une précision chirurgicale. Quelques secondes plus tard elles explosèrent, dégageant un vaste espace au centre de l'hôtel et brisant toutes les fenêtres. Un incendie dévora les ruines. Le temps que Savvas arrive sur place, il découvrit un cadavre auquel on avait arraché la peau et la chair, un squelette déformé et calciné.

La silhouette fantomatique de Savvas s'encadra dans la porte du Clair de lune cet après-midi-là. Son visage et ses cheveux étaient blancs de poussière.

— C'est une catastrophe, murmura-t-il à Aphroditi. Tout. Tout ce pour quoi j'ai travaillé…

Elle n'avait jamais vu un homme pleurer. Même à la mort de son frère, son père avait attendu d'être seul pour verser des larmes. Savvas était en proie à un autre type de chagrin. Un chagrin alimenté par la rage. Elle voulut le réconforter, mais ses paroles semblaient impuissantes.

— On pourra le reconstruire, Savvas...
— Tu ne dirais pas ça si tu avais vu ce qui est arrivé là-bas ! hurla-t-il. Nous sommes finis ! Ruinés !

17

Alors que Savvas était obsédé par la station balnéaire, Markos apportait des nouvelles qui débordaient, et largement, le cadre de Famagouste. À Athènes, le putsch chypriote, encouragé par la junte, provoqua la faillite de celle-ci. Après sept années de dictature militaire, la démocratie était rétablie. Sur le continent, cela signifiait le retour d'exil de l'ancien Premier ministre, Constantine Karamanlis. À Chypre, Sampson avait démissionné dès l'invasion de l'armée turque, et un nouveau président, Glafcos Cléridès, avait prêté serment.

Pour le nouveau gouvernement à Athènes, la question chypriote demeurait prioritaire.

— Voilà pourquoi, expliqua Markos à Frau Bruchmeyer, les différentes parties responsables de la protection de notre république, le Royaume-Uni, la Turquie et la Grèce, vont s'asseoir autour d'une table pour discuter.

— Vous parlez d'une république indépendante ? s'exclama l'Allemande. Alors que tous ces pays s'en mêlent ? C'est ridicule !

— Tant que cela nous aide à nous débarrasser des Turcs et à nous apporter une forme de paix, quelle importance ? intervint Aphroditi.

— Et pourquoi pas une vraie indépendance ? insista Frau Bruchmeyer. Vous ne devez pas laisser ces étrangers interférer constamment dans vos affaires.

Après ces quelques jours sous terre, la surface semblait redevenue assez sûre. Elles gravirent les escaliers et furent accueillies par un soleil aveuglant. Elles se sentaient sales et débraillées.

Rien n'avait changé. Le Sunrise avait été épargné, les palmiers continuaient à monter la garde devant l'entrée. Savvas avait insisté pour que les dauphins continuent à cracher leur jet, et le bruit de l'eau égayait le hall désert et, par ailleurs, silencieux. Frau Bruchmeyer se dirigea vers l'ascenseur.

— Je crois que j'ai besoin d'une douche, annonça-t-elle. À plus tard, je l'espère.

Aphroditi sortit sur la terrasse, retira ses chaussures et descendit sur la plage, d'où elle pouvait voir l'enfilade d'hôtels, au sud et au nord du Sunrise. Nombre d'entre eux avaient été touchés. Elle repéra un trou béant dans le flanc de l'un, des balcons de travers sur la façade d'un autre – et qui, pour certains, penchaient dangereusement. L'absence de monde, sur le sable et dans la mer, était inquiétante en soi. Avec les bâtiments endommagés en arrière-plan, la scène devenait apocalyptique.

Elle leva la tête pour admirer le Sunrise. Tout était aligné et symétrique, aussi intact qu'au jour de son inauguration.

Au même moment à peu près, Markos sortait du parking dans sa Cortina. Son coffre était rempli de colis. Christos n'était pas encore rentré à la maison, mais Haralambos avait téléphoné quelques jours plus tôt pour lui demander de livrer une partie des paquets au garage. Leur détention ne représentait plus aucun danger, puisque l'EOKA B et la Garde nationale étaient toutes deux dans le camp victorieux, et que les hommes de Makarios étaient à présent défaits. L'armée turque continuant sa progression, Haralambos avait désiré armer les membres de son organisation.

Après avoir déposé tout ce qui était en sa possession, Markos rentra chez lui. Sa mère était dans le *kipos*, assise à table, exactement comme lorsqu'il l'avait quittée le matin même. Entre-temps, elle avait rendu une brève visite à l'église pour allumer des cierges et prier Agia Irini d'apporter la paix – c'était la signification de son prénom –, et plus important encore le retour de son fils benjamin.

Devant elle trônait un gâteau qui sortait du four. Irini occupait ses mains en faisant de la dentelle. Markos la voyait s'adonner à cette activité depuis toujours. Elle leva les yeux vers lui. Elle n'eut pas besoin de poser la moindre question.

— Les autres gars du garage n'ont pas encore eu de ses nouvelles. Et Haralambos est parti, lui aussi.

— Tu veux dire qu'ils sont portés disparus ?

— *Mamma*..., la reprit-il en posant une main sur les siennes. Ils sont juste partis, pas disparus. Ils sont sans doute en train de suivre un entraînement.

Même Markos était gagné par l'inquiétude, et sa mère le sentait.

— *Leventi mou*, qu'allons-nous faire ?

— Nous ne pouvons rien. Nous devons nous contenter d'attendre, essayer d'être patients, répondit-il plus comme un père avec sa fille qu'un fils avec sa mère.

Irini Georgiou se signa plusieurs fois.

— Mais c'est ta fête, aujourd'hui ! s'exclama-t-il soudain, remarquant le gâteau. *Xronia Polla !*

Il la serra dans ses bras.

— Je suis si confus d'avoir oublié, ajouta-t-il.

— Ne t'en fais pas, *leventi mou*. Nous sommes tous si préoccupés...

Il y eut un silence.

— C'est Emine qui est passée me l'apporter, précisa-t-elle.

À cet instant, Maria les rejoignit avec le petit Vasiliki, qui avait tout juste un an à présent. Ils mangèrent tous quatre de grosses parts poisseuses, l'épais sirop leur coulant sur le menton, au soleil. Vasiliki gloussa en léchant ses doigts un par un.

— *Ena, dio, tria, tessera*, égrena sa mère. Un, deux, trois, quatre...

Le petit garçon répéta en ânonnant les sons après elle, son minuscule front plissé par la concentration. L'attention de tous les adultes était focalisée sur ses efforts, et ensemble ils sourirent, même s'ils ne furent pas une seule seconde distraits de leurs lourdes angoisses.

Famagouste connut la tranquillité, ce jour-là et le suivant, mais ailleurs des villages étaient pris par l'armée turque qui poursuivait sa progression à travers l'île. La Garde nationale avait beau continuer à lui opposer une résistance acharnée, elle était débordée.

— Ils sont cinquante mille, et des renforts arrivent quotidiennement, annonça Vasilis à Markos.

— Ce chiffre est excessif ! Tu ne fais qu'empirer la situation en colportant pareilles informations !

Selon la radio, les soldats étaient deux fois moins nombreux, néanmoins leurs rangs ne cessaient de grossir en dépit des discussions entre hommes politiques et diplomates. Des débats houleux avaient lieu à Genève entre les ministres des Affaires étrangères turc, grec et britannique.

— Comment pourraient-ils parvenir à un accord alors que les Turcs ont autant de troupes sur l'île ? déplora Vasilis. Ça ne marchera jamais, si ?

Panikos ouvrait consciencieusement la boutique tous les matins, et Maria passait davantage de temps au rez-de-chaussée avec ses parents. Sa grossesse et la chaleur l'épuisaient, elle avait besoin d'aide avec Vasiliki.

— *Mamma*, nous devons fournir des vêtements aux réfugiés, dit-elle. Je viens d'entendre un appel à don.

Des milliers avaient déjà fui Kérynia devant l'invasion ennemie, et ils étaient partis sans rien.

Durant le dîner, le lendemain soir, ils écoutèrent les dernières nouvelles.

« Un accord de paix a été trouvé », annonça le présentateur.

— Vous voyez ! s'écria Maria. Tout va s'arranger.

— Chut ! lui intima Vasilis. Tu nous empêches d'entendre.

Ce qu'ils apprirent les rassura tous. Les ministres grec, turc et britannique avaient tous signé. Si les forces turques demeuraient sur place, leur nombre serait réduit. Les deux camps s'engageaient à ne pas violer les termes du traité.

Dans un silence recueilli, les Georgiou écoutèrent la bonne nouvelle : le commandement turc avait renoncé à exiger que les forces des Nations unies se retirent des zones qu'il contrôlait. Cléridès, le nouveau président chypriote, avait rencontré le leader des Turcs chypriotes, Rauf Denktaş.

— Alors tout reviendrait à la normale ? s'étonna Vasilis. Ça me paraît si peu probable...

— Mais il semblerait qu'un cessez-le-feu ait déjà été instauré, objecta Panikos.

— Dieu soit loué, murmura Maria.

Aux yeux d'Irini, rien de ceci n'avait de sens. Tant que Christos ne serait pas rentré, elle serait incapable de se réjouir du calme revenu. Elle débarrassa les assiettes sans un mot, n'ayant pas touché à la sienne. Comme toujours, elle avait mis le couvert pour son cadet.

À deux pas de là, les Özkan dînaient eux aussi. Ils étaient soulagés d'apprendre la proclamation du cessez-le-feu.

— Peut-être Ali va-t-il rentrer, dit Hüseyin pour rassurer sa mère.

— Je l'espère, bredouilla-t-elle, presque inaudible.

— Les Georgiou ont-ils eu des nouvelles de Christos ? s'enquit-il.

— Pas à ma connaissance. Ils sont aussi malades d'inquiétude que nous.

— Maintenant qu'un accord a été trouvé, ils vont sans doute revenir, suggéra Halit.

Emine avait toujours rendu des visites régulières à Irini, et la fréquence de celles-ci avait augmenté ces derniers jours. Les femmes avaient pu partager leur fébrilité au sujet de leurs fils.

— Pourquoi tiens-tu à aller la voir si souvent ? s'enquit Halit, qui était d'avis que les deux familles auraient dû garder leurs distances.

— Parce qu'Irini est mon amie ! rétorqua Emine d'un ton sans appel.

Le temps passé à l'abri, dans la boîte de nuit, avait rapproché Aphroditi et Frau Bruchmeyer. Si l'atmosphère était loin d'être revenue à la normale à Famagouste, les cafés restaient ouverts, et elles sortaient ensemble pour occuper leurs journées.

— Je crois que je vais rentrer en Allemagne quelques semaines, dit Frau Bruchmeyer. Jusqu'à ce que la crise ne soit plus qu'un mauvais souvenir.

Le visage d'Aphroditi trahit sa déception. Les heures en compagnie de l'Allemande lui avaient apporté une distraction bienvenue, lui faisant oublier son désir constant de voir Markos.

— Ne te ronge pas les sangs, ma chérie, reprit Frau Bruchmeyer. Je reviendrai. Nulle part ailleurs je ne pourrai mener la vie que j'ai ici...

Les femmes terminèrent leur café et partirent.

Le lendemain matin, Aphroditi arriva de bonne heure pour dire au revoir à son amie. Markos était présent à l'hôtel, il tenait à s'assurer que le trajet jusqu'à l'aéroport avait été bien organisé. Le trio se réunit dans le hall.

— Mes trésors, dit Frau Bruchmeyer, je compterai les jours jusqu'à mon retour.

Ils agitèrent la main pendant qu'elle s'éloignait.

— Markos, souffla Aphroditi tout en souriant et en continuant à faire signe à leur amie. Tu m'as tellement manqué…

La quasi-totalité des chambres était vide à présent, pourtant ils partirent chacun de leur côté pour rejoindre, discrètement, la suite du dernier étage et firent l'amour comme si c'était la première fois.

Quelques jours plus tard, Emine retournait chez les Georgiou. L'optimisme provoqué par l'accord avait presque aussitôt commencé à se dissiper. Il restait encore bien des problèmes à résoudre, et une seconde série de pourparlers aurait sans doute lieu à Genève.

— Ma si chère Irini, gémit Emine, j'ai le sentiment de te devoir des excuses.

— Toi ? Mais pour quelle raison ?

— Pour ce qui se passe. Comment les soldats turcs peuvent-ils se comporter de la sorte ? Ils abattent des femmes et des enfants à présent. Et les hommes sont conduits dans des camps.

— Le cessez-le-feu n'a jamais vraiment eu lieu, n'est-ce pas ?

Les deux femmes se cramponnèrent l'une à l'autre. Elles n'avaient pas toujours beaucoup à dire, cependant elles savaient que leur angoisse atteignait les mêmes profondeurs et elles y trouvaient du réconfort. Chacune imputait à son propre camp la responsabilité d'un tel chaos, sans se le reprocher mutuellement.

Loin d'être réduits, les forces et l'armement turcs se développèrent.

Les villages dans les montagnes près de Kérynia furent attaqués et capturés. Des milliers de Chypriotes grecs s'ajoutèrent à ceux qui fuyaient déjà les obus et tirs de mortier. Larnaca, sur la côte sud, devint une cible à son tour. En dépit de l'accord de cessez-le-feu, les troupes turques poursuivaient leur avancée implacable vers le sud.

Tandis qu'Emine et Irini discutaient, les détonations sourdes des mortiers résonnaient au loin. Les combats persistaient à la lisière de Famagouste, où des milliers de Chypriotes turcs étaient encore assiégés, isolés derrière les anciennes murailles. Le port demeurait fermé.

Irini gardait l'espoir du retour de Makarios, qui sauverait la situation. Le bruit circulait qu'il se trouvait maintenant en Grande-Bretagne.

— Il dit souhaiter que Grecs et Turcs vivent en harmonie, souligna-t-elle.

— Nous devons d'abord nous débarrasser de tous ces étrangers, observa Emine. Tant qu'ils tueront des gens, ça n'arrivera jamais.

Les rumeurs de viols et de meurtres de Chypriotes grecs derrière les lignes turques étaient à présent bien répandues. Simultanément, les Chypriotes turcs accusaient l'autre camp d'assassinats et de pillages. Les attaques fusaient de part et d'autre : violations des droits de l'homme et actes de violence sans discrimination n'étaient l'apanage d'aucune partie. Toutes deux retenaient des groupes d'otages ; des hommes, des femmes et des enfants des deux communautés avaient pris la fuite. Malgré les accords, la paix n'était pas revenue sur l'île.

Des deux côtés, les plus âgés se mirent à évoquer les échanges de population qui avaient déjà eu lieu.

En 1923, des Grecs et des Turcs d'Asie Mineure avaient été contraints de prendre leurs affaires et de quitter leurs maisons, se croisant sur la route alors qu'ils allaient d'est en ouest ou d'ouest en est. Aujourd'hui, comme à cette époque, des communautés qui avaient vécu en harmonie se retrouvaient séparées de force. La confiance sur laquelle leurs existences avaient été jusque-là fondées était détruite.

Les prisonniers grecs avaient été emmenés à Adana, en Turquie. Bien d'autres avaient été tués, et des familles se désespéraient d'avoir des nouvelles de leurs hommes.

Ils étaient presque quatre cents prisonniers à Adana. Lorsqu'elle découvrit que le nom de Christos ne figurait pas sur la liste, Irini pleura, ses espoirs réduits à néant.

Pendant ce temps, les discussions s'éternisaient à Genève, la Turquie réclamant dorénavant des cantons distincts sur l'île pour les siens. De nouvelles lignes de démarcation furent établies à Nicosie, et les deux camps reçurent l'ordre d'appliquer le cessez-le-feu.

— Ils s'imaginent réellement résoudre le conflit comme ça ? bredouilla Vasilis, ivre et belliqueux. Et trouver une idée pour nous permettre de vivre tous ensemble ? À des milliers de kilomètres de notre île ?

— N'est-ce pas une bonne chose qu'ils essaient ? demanda Maria. Que les négociations continuent ?

— S'ils parviennent à un accord, qui se chargera de le faire respecter ? poursuivit-il, adressant ses questions à son fils.

Pour Vasilis, il s'agissait d'une conversation d'hommes.

— Markos, que va-t-il arriver d'après toi ? lui demanda Irini, qui se tordait les mains. Et quand Christos va-t-il enfin rentrer ?

Elle comptait sur la sagacité de son aîné. Il avait une meilleure connaissance du monde extérieur. Malgré la fermeture de l'hôtel et de la boîte de nuit, il avait encore des affaires à régler et s'absentait souvent.

— Je n'en sais vraiment rien, *mamma*, mais j'ai foi dans la capacité des grandes puissances à trouver une solution.

Par égard pour sa mère et ses nerfs fragiles, il minimisait la menace qui pesait au-dessus de leurs têtes. La Grèce avait déclaré la mobilisation générale et une force conséquente se dirigeait vers la frontière avec la Turquie : la possibilité d'un conflit ouvert entre les deux pays restait entière.

— Essaie de ne pas te rendre malade, lui dit-il. Je suis certain que tout ira bien.

Il déposa un baiser sur la joue de sa mère et partit. Le naturel de ce geste la rassura presque. Elle voulait tellement le croire.

18

L'avenir donna raison à Vasilis et à son pessimisme. La Turquie lança un ultimatum. La Grèce avait vingt-quatre heures pour accepter la création de cantons distincts et les Turcs n'attendraient pas. Les pourparlers furent définitivement rompus.

Les troupes turques se tenaient prêtes un peu partout sur Chypre et avant le lever du soleil, le 14 août, elles reçurent l'ordre d'avancer. Des chars se dirigèrent vers Famagouste. Ils étaient lents mais menaçants et dissipèrent les vestiges d'un sentiment de sécurité. Leur progression était inéluctable.

— La Garde nationale est là pour nous protéger, non ? hasarda Maria, pâle et emplie de terreur.

— Je ne sais pas s'ils pourront résister face aux tanks, lui répondit Vasilis.

— Les tanks ? répéta-t-elle tout bas en serrant fort son petit garçon contre elle.

Vasilis et Irini étaient en train d'écouter le dernier bulletin d'informations lorsque leur fille les avait rejoints. Ce fut comme si les détonations subites de la mitraille distante avaient troublé le bébé dans son ventre et elle le sentit bouger. Elle était encore à deux mois du terme, pourtant elle avait tant de mal à se mouvoir. C'était différent de la première fois. Il ne s'agissait pas d'un petit coup, mais de quelque chose de plus violent. Irini remarqua la grimace de douleur de sa fille.

— Viens t'asseoir, *kori mou*.

Pendant une courte période, la peur paralysa les habitants de Famagouste. Comme s'ils étouffaient un cri collectif de surprise et d'incrédulité devant ce qui leur arrivait, à eux et à leur ville.

Moins d'un mois plus tôt, dans la station balnéaire luxueuse à la pointe de la modernité, les gens se baladaient dans leurs voitures de sport, ils s'exhibaient dans des tenues à la mode, étudiaient dans les meilleurs établissements de l'île, dirigeaient des entreprises lucratives, donnaient des pièces de théâtre, écoutaient des orchestres de renommée internationale, mangeaient de la cuisine européenne, partaient en excursion à Salamine le dimanche, participaient à des concours de beauté et des défilés, baptisaient leurs enfants, assistaient à des mariages somptueux, flirtaient et faisaient l'amour jusqu'au lever du soleil.

Cela semblait déjà dater d'un autre siècle.

Des semaines durant ils avaient vécu avec l'éventualité d'une invasion, sans jamais imaginer qu'elle pourrait se produire pour de bon. Aujourd'hui, ils étaient face à un nouveau monde. Tout ce qu'ils connaissaient et considéraient comme acquis était menacé.

Parmi la poignée de ceux qui n'acceptaient pas de regarder la réalité en face se trouvait Savvas

Papacosta. Il refusait avec entêtement de croire au danger. Le Sunrise était encore debout, immaculé et brillant au soleil. Il avait été construit pour durer, on n'avait rogné sur rien, on n'avait fait aucune économie. Savvas était convaincu que son hôtel survivrait à plusieurs millénaires, bien après que les autres se seraient écroulés, et veillerait sur le lever du soleil tel un temple à la gloire d'Apollon.

À présent que le chantier était un véritable champ de ruines, il investissait tous les jours son bureau au Sunrise.

— Les négociations reprendront, soutint-il à Markos, ce matin-là. Les Turcs cherchent juste à obtenir satisfaction pour les cantons. C'est du jusqu'au-boutisme, rien de plus.

— J'aimerais partager votre sentiment. Je ne suis pas sûr qu'ils soient décidés à s'arrêter, malgré tout. Vous êtes au courant pour la ligne ?

— Quelle ligne ?

— Ils vont couper Chypre en deux. Cette ligne de démarcation aurait même déjà un nom. Attila.

Savvas se montra catégorique dans son refus de croire Markos.

— Ils ne feront jamais une chose pareille ! Les Américains et les Anglais les en empêcheront !

Markos ne voulait pas se disputer avec son patron. Ça ne rimait à rien. Savvas n'avait pas toujours raison, mais il aimait le lui laisser penser.

— Les autres peuvent bien tirer des conclusions hâtives, moi, je vais attendre un peu de voir comment la situation va évoluer.

Tandis que les Turcs poursuivaient leur approche lente et inexorable, leurs intentions devinrent de plus en plus limpides. Markos était bien renseigné. Ils visaient à rendre hermétique la ligne allant d'est en ouest. À l'ouest, ils avaient des vues sur Morfou. À l'est, Famagouste était leur objectif. Les ordres des Nations unies furent ignorés. Nicosie se retrouva peu à peu coupée du reste.

Certains étaient animés du désir de se battre, pourtant il était trop tard. Les faubourgs ne tardèrent pas à tomber dans le giron turc. Il y avait encore quelques combats dans le port et des bombardements en provenance des navires turcs. La fuite était la seule solution. Les habitants de Famagouste étaient dépassés en nombre, en armes et en tactique. Personne n'avait volé à leur secours. Pas même la Grèce.

Une fois qu'ils prirent conscience de la réalité, le silence céda le pas à la terreur. Et la panique. Où aller ? Qu'emporter ?

Cette nuit-là, la Garde nationale comprit qu'elle n'avait aucun espoir de sauver la ville. Même les troupes des Nations unies semblaient impuissantes. Partout, le même cri s'élevait :

— Les Turcs arrivent ! Les Turcs arrivent !

Alors que cette terrible vérité se répercutait en écho dans les rues, quarante mille personnes observèrent leur intérieur et surent, en un instant, ce qu'elles devaient prendre. Certains choisirent les icônes, d'autres les casseroles, d'autres les couvertures, d'autres une horloge précieuse, d'autres enfin rien du tout. Certains se contentèrent d'emporter l'irremplaçable : leurs enfants. Il n'y avait pas de place pour l'hésitation. S'ils hésitaient pour des décisions aussi triviales, ils risquaient de tout perdre.

Des panaches de fumée noire montaient du front de mer et de la zone portuaire : les attaques aériennes continuaient.

Savvas se trouvait encore au Sunrise lorsqu'une bombe puissante atterrit au bout de la rue. Le lustre du hall en fut ébranlé et les minuscules pendeloques de cristal continuèrent à tinter plusieurs minutes après l'explosion.

— Kyrie Papacosta, annonça Costas Frangos d'une voix tremblante, je m'en vais. Tous les clients sont partis. Les membres du personnel aussi.

Il referma le registre, souleva l'abattant du comptoir de la réception et sortit dans le hall.

— Ma famille m'attend, poursuivit-il. Je veux emmener les miens loin d'ici.

En temps normal, Frangos était un modèle de subordination. À présent, il savait qu'il devait camper sur ses positions. Une seule chose comptait à ses yeux : mettre sa femme et ses enfants en sécurité. Les rumeurs enflaient de minute en minute, la cité était en train de tomber aux mains des Turcs. Son patron avait beau se comporter comme s'ils avaient toute la vie devant eux, Frangos en avait assez.

Un autre avion passa en rasant le bâtiment. Ils purent entendre le grondement de son moteur malgré les portes closes. Qu'il soit turc ou, ainsi qu'ils l'espéraient tous deux, grec, l'angoisse se peignit sur leurs traits.

— Je crois que vous devriez également partir, Kyrie Papacosta. Personne ne pense que ça va durer.

— Tu as raison. Tout le monde attend une intervention. D'ici quelques jours, la situation sera revenue à la normale. J'en mettrais ma main à couper.

Frangos lui tourna le dos et sortit. Il ignorait s'il risquait de perdre son travail, mais sa conscience du danger qu'ils couraient, sa femme, ses enfants et lui, grandissait d'instant en instant. Savvas Papacosta avait poussé la loyauté de son employé dans ses derniers retranchements.

La porte vitrée se referma avec un bruit sourd.

Savvas se retrouva seul dans le hall. Il ne craignait pas pour sa vie. Il souffrait seulement de voir son hôtel désert. Il avait l'impression d'avoir un vide à l'endroit où son cœur aurait dû être.

Aphroditi était sur le balcon quand elle vit Savvas se garer devant leur immeuble et se précipiter à l'intérieur.

Dans la rue, alors qu'il s'agissait d'un quartier résidentiel calme, et qu'à cette heure de la journée la plupart des gens auraient encore dû dormir, les trottoirs grouillaient de monde. En baissant les yeux vers la gauche, elle aperçut la mer. Malgré le soleil éblouissant, elle vit un flot constant de voitures sur la promenade. Il s'écoulait dans une seule direction : la sortie de la ville.

Au cinquième, où l'on jouissait parfois d'une légère brise marine, l'air était immobile. Cela accentuait le parfum du jasmin, planté le long du mur du balcon, taillé et arrosé par le jardinier qui venait trois fois par semaine. Aphroditi enfouit son visage dans l'écume de fleurs blanches, puis cueillit distraitement un brin.

Elle avait suivi le départ des occupants des immeubles voisins, entendu le bruit des bombardements et été saisie par la peur. Les lignes téléphoniques avaient été coupées.

Elle courut ouvrir à Savvas.

— Nous devons y aller, lança-t-il.

La bouche d'Aphroditi se dessécha.

— Je vais préparer quelques affaires, dit-elle tout bas, en jouant avec la pierre de son pendentif.

— Pas le temps. Nous ne devons penser qu'à une chose, tes bijoux. Nous ne pouvons pas les laisser ici, et ce ne serait pas raisonnable de les emporter avec nous.

— Que proposes-tu, alors ?

— Nous les rangerons dans la chambre forte de l'hôtel. Markos nous attend sur place.

Savvas récupéra des papiers importants dans son bureau et se dirigea vers la porte.

— Je t'attends en bas, lui dit-il.

Aphroditi entreprit de rassembler ses bijoux. Chacun des tiroirs de sa coiffeuse – cinq de chaque côté – était fermé par une clé différente. Ce meuble, créé pour elle, s'apparentait à une gigantesque boîte à bijoux. Elle récupéra les dix clés à l'intérieur d'un livre dont les pages avaient été découpées pour les accueillir. La plupart des bijoux étaient dans des poches en velours ou dans leur écrin d'origine. Aussi vite que le lui permettaient ses doigts tremblants, elle vida les tiroirs, commençant par celui du bas puis en remontant. Il y avait une douzaine d'étuis ou de poches dans chacun d'eux et elle se servit de ses deux mains. Elle rangeait les pièces dans un sac de plage. Si celles-ci avaient pu se parer d'une valeur sentimentale, Aphroditi l'avait oubliée dans l'immédiat. En trois minutes, la coiffeuse fut vide à l'exception du tiroir supérieur gauche. Il restait quelque chose à l'intérieur.

Elle plongea la main tout au fond pour atteindre la pochette en velours vert qui contenait sa perle. Celle-ci avait plus d'importance à ses yeux que tout ce qui remplissait à présent le gros sac en toile à ses pieds. Elle sortit un porte-monnaie brodé de son sac à main, fourra la pochette à l'intérieur et le referma.

La plainte effrénée d'un klaxon monta de la rue. Elle sut sans avoir besoin d'aller sur le balcon qu'il s'agissait de Savvas. En quittant la chambre, elle passa rapidement dans la salle de bains et prit une serviette de toilette qu'elle posa sur ses bijoux.

Dans l'ascenseur, le miroir taché lui renvoya son reflet. Elle portait une nouvelle robe et des sandales à talons. Bien que consciente de l'imminence du danger, elle profita du trajet pour se remettre du rouge à lèvres. Au moment où elle poussa la porte de l'immeuble, assaillie une fois de plus par la chaleur infernale de cette journée, elle vit Savvas qui martelait le volant de sa paume. Il hurla par la vitre baissée :

— Aphroditi ! Dépêche-toi ! Vite ! Vite !

Sans répondre, elle monta à ses côtés, se débattant avec le lourd sac. Elle le hissa sur ses genoux et le tint à deux bras pour l'empêcher de glisser. Il était trop volumineux pour tenir à ses pieds. Savvas avait laissé tourner le moteur et à la seconde où elle referma sa portière, il enfonça l'accélérateur.

— Je peux savoir ce que tu fabriquais ?

Elle ignora la question de son mari.

— Il y a cinq minutes que je poireaute, pour l'amour de Dieu !

Il continua à grommeler alors qu'ils s'engageaient dans la rue vers la mer.

— Bon sang ! Ça a déjà l'air bouché. Si tu avais fait plus vite... Markos va nous attendre, heureusement.

À l'approche de l'hôtel, la sortie qu'ils voulaient prendre était bloquée par la circulation. Savvas s'en était rendu compte depuis longtemps, ce qui ne l'empêcha pas de piler comme s'il avait été surpris.

— Tu n'aurais pas pu te préparer plus vite ? lança-t-il avec une raillerie à peine masquée. Pas même aujourd'hui ?

Aphroditi avait appris à recevoir des critiques, et à ne pas répondre. Cela ne servait qu'à provoquer des disputes.

Ils patientèrent quelques minutes avant de pouvoir tourner à gauche. Personne n'était disposé à céder le passage, pourtant Savvas réussit à forcer le sien.

Ils avançaient au pas. Savvas frappait le volant dès qu'il était contraint de freiner et maugréait un chapelet ininterrompu d'insultes. Aphroditi sentait la sueur ruisseler le long de ses bras et de ses jambes. Tension, anxiété, chaleur intense, chacun de ces éléments aurait suffi à l'expliquer, cependant la véritable cause en était l'excitation. Bientôt elle verrait Markos. Elle avait l'impression que des siècles s'étaient écoulés et elle avait pensé à lui mille fois par jour.

Dix minutes plus tard (ils auraient été plus vite à pied), ils atteignirent le Sunrise. En temps normal, deux portiers en uniforme les auraient accueillis. Cette fois, il n'y avait qu'un seul homme devant l'entrée et il ne portait pas d'uniforme mais un pantalon et une chemise blanche. Il se pencha vers Savvas, toujours au volant.

— Kyrie Papacosta, j'ai fait de la place pour vous.

— Merci, Markos. Sois rapide, Aphroditi. Je vais jeter un dernier coup d'œil à l'hôtel.

Comme s'il craignait qu'elle ne puisse se passer un seul instant du son de sa voix, il se sentit obligé d'ajouter :

— Franchement, tu aurais pu changer de chaussures.

Markos avait fait le tour de la voiture pour ouvrir la portière d'Aphroditi.

— *Kalispera*, Kyria Papacosta. Permettez-moi de vous aider.

Sans le regarder, Aphroditi lui tendit le sac puis descendit de voiture et le suivit d'un pas calme dans la boîte de nuit. Il était vrai que la hauteur de ses talons l'empêchait de se presser.

La porte se referma derrière eux. Une fois dans la pénombre fraîche du Clair de lune, ils laissèrent tomber les formalités.

— Markos !

Elle le suivit dans le couloir conduisant à la chambre forte. Markos sortit une clé de sa poche et ouvrit les deux portes blindées. Aphroditi frissonna. Il y faisait plus froid que dans un réfrigérateur et l'éclairage était tamisé. Il ferma derrière eux et lui effleura le menton.

— Tu es très belle.

Elle releva aussitôt la tête. Elle s'attendait à ce qu'il l'embrasse et fut déçue. Il lui prit la main du bout des doigts. De l'autre, il tourna les cadrans de l'un des coffres-forts. La combinaison était compliquée mais il finit par s'ouvrir. Il était vide. Aphroditi entreprit de le remplir. Elle jetait les poches et les écrins à l'intérieur, au petit bonheur la chance, pressée d'en finir.

— Pas comme ça, *agapi mou*, lui conseilla Markos. Ça ne rentrera pas.

Aphroditi s'écarta pour le laisser mettre de l'ordre, prenant quatre ou cinq pièces et les alignant en rangées bien nettes. Il avait l'habitude de ce genre de tâche.

— Nous avons si peu de temps..., déplora-t-elle.

— Dans ce cas, passe-moi les pièces restantes deux par deux.

Aphroditi suivit scrupuleusement les instructions de Markos. En quelques minutes, il eut terminé et il recula pour admirer le résultat.

— Tu vois ? Tout tient maintenant, se félicita-t-il avant de claquer la porte, d'actionner les cadrans et de fermer à double tour avec sa clé.

Se tournant vers elle, il souleva son pendentif, puis lui toucha les oreilles.

— Et ceux-là ? s'enquit-il.

Il porta à ses lèvres la main à laquelle elle portait une bague, sans arracher son regard au sien, enamouré.

— Markos...

— Oui ?

Cette fois, il l'enlaça. Les mots qu'elle voulait lui dire s'étaient effacés. À présent, il n'y avait plus rien que la sensation de ses lèvres contre les siennes et de ses doigts délicatement posés sur sa nuque.

Pendant ce temps, Savvas, sans couper le moteur, était entré dans ce temple du loisir qu'il avait bâti presque à mains nues. Il avisa les rangées de crochets numérotés derrière le comptoir de la réception. Les cinq cents clés étaient toutes à leur place, parfaitement alignées.

Depuis l'inauguration, deux ans auparavant, il n'avait pas été nécessaire de fermer les verrous à une seule occasion. Aujourd'hui, un énorme trousseau de clés à la main, Savvas alla condamner, au pas de course, tous les accès de l'hôtel, puis la cuisine. Le bruit de ses pas se réverbérait dans les couloirs. À deux reprises il s'arrêta et tendit l'oreille, croyant que ceux-ci appartenaient à quelqu'un d'autre. Il était seul pourtant.

Si le personnel était parti plus tôt qu'il ne l'aurait voulu, celui-ci avait au moins fait preuve de zèle : la plupart des portes étaient déjà closes. De retour dans le hall, il se pencha par-dessus le comptoir pour couper la fontaine. Le ruissellement de l'eau se tut pour la première fois en deux ans.

Il passa enfin en revue son magnifique hall pour s'assurer que tout était en place. À l'exception de la goutte qui tombait à intervalle régulier du bec de l'un des dauphins, le silence était total. Les aiguilles des immenses horloges électriques derrière la réception continuaient à tourner : Athènes, Londres, New York, Hong Kong, Tokyo. À en croire la presse, dans ces villes lointaines, tous les regards étaient braqués sur les derniers événements chypriotes, cependant à cet instant elles paraissaient plus distantes que jamais.

Sur le tableau se trouvaient aussi les clés correspondant à la porte principale de l'hôtel et à la grille métallique la protégeant. Elles n'avaient encore jamais servi : dans un établissement ouvert vingt-quatre heures sur vingt-quatre, elles n'avaient aucune utilité. Après avoir jeté un dernier coup d'œil autour de lui, Savvas ressortit dans la touffeur de cet après-midi et tourna deux fois la clé dans la serrure.

Le moteur ronronnait toujours, et Aphroditi n'était pas remontée. Le temps que Savvas fasse un dernier tour de l'hôtel, la circulation s'était encore densifiée et les trottoirs grouillaient dorénavant de piétons chargés de ballots ou de valises. Certains faisaient du stop. Un sentiment qui frisait la panique était en train de s'installer.

Il se dirigea à grandes enjambées vers la boîte de nuit et aperçut son épouse derrière la porte vitrée. Markos se trouvait avec elle.

— Aphroditi, peux-tu monter dans la voiture, s'il te plaît, lui dit-il d'un ton sévère. Markos, je voudrais te toucher un mot. Nous allons dans notre appartement de Nicosie. Tout est en sécurité ?

— Les bijoux de Kyria Papacosta sont hors d'atteinte.

— Dans ce cas, pars d'ici dès que possible. Mais assure-toi que toutes les portes sont bien fermées avant ton départ. N'oublie pas les grilles, et pense à vérifier toutes les issues de secours, ajouta-t-il sans reprendre son souffle. Et prends la voiture d'Aphroditi pour venir à Nicosie. J'aime autant qu'elle ne reste pas ici.

— Entendu. La mienne n'a plus d'essence de toute façon.

— Tu as mon numéro de téléphone là-bas. Appelle-moi à ton arrivée, lui dit Savvas en lui touchant le bras. Et ne t'attarde pas trop.

Dans la voiture, Aphroditi avait incliné le rétroviseur vers elle pour observer les deux hommes. Savvas fumait, agité. Markos semblait calme. En le voyant passer la main dans ses cheveux, elle fut submergée par les sentiments familiers de l'amour et du désespoir. Même en pleine crise il restait maître de la situation. Elle remarqua combien les deux hommes se tenaient près l'un de l'autre. Savvas remit à Markos le trousseau de clés. Il lui faisait confiance comme à un frère.

Il regagna la voiture. Quelques secondes plus tard ils quittaient la cour de l'hôtel. Aphroditi lança un ultime regard en arrière: Markos s'était déjà volatilisé.

— Je lui ai dit de nous rejoindre au plus vite, l'informa Savvas.

Son épouse garda les yeux rivés sur la vitre pour cacher le soulagement qu'elle éprouvait à l'idée qu'elle n'aurait peut-être pas longtemps à attendre avant de revoir Markos.

Pendant un moment, Savvas resta muet. Il avait l'esprit ailleurs.

— Dieu du ciel, j'espère que la circulation va se fluidifier une fois que nous serons loin de cette ville, grommela-t-il.

D'un geste dédaigneux, il repoussa la demande d'un couple qui cherchait un véhicule. Une petite valise était posée entre eux deux.

— Quelqu'un pourrait tenir à l'arrière, non ? suggéra-t-elle.

— Je suis d'avis qu'on se concentre plutôt sur notre objectif, rejoindre Nicosie.

Sa réponse réduisit Aphroditi au silence. Discuter ne servait à rien. Un avion passa très bas. Il paraissait suivre la route qui les conduirait hors de Famagouste. Il y avait quelque chose de menaçant dans cet engin, comme s'il les observait. La peur se mit à l'envahir.

Pendant dix minutes, ils ne décrochèrent pas un mot, partageant un même besoin de contenir leur angoisse. Aphroditi finit par parler.

— Combien de temps va-t-il nous falloir pour arriver là-bas ? demanda-t-elle timidement.

— C'est une question idiote. Je ne le sais pas plus que toi.

Elle n'ajouta rien. Elle s'inquiétait pour elle, mais pour Markos aussi. Quand le reverrait-elle enfin ? La température ne cessait de monter dans la voiture, alors que la ventilation était réglée sur le plus froid et que les vitres fermées maintenaient l'air étouffant à l'extérieur.

Ils furent arrêtés plusieurs minutes devant l'une des plus grandes bijouteries de la ville. Ils connaissaient bien le propriétaire, ils étaient ses meilleurs clients. Les aigues-marines, entre autres, venaient de chez lui.

Giannis Papadopoulos était justement en train de retirer les présentoirs de la vitrine. Derrière lui, sa femme les empilait méticuleusement. Il leur en restait encore plusieurs dizaines.

— Ils sont fous ! s'exclama Aphroditi. Pourquoi ne baissent-ils pas seulement le rideau de fer et ne partent-ils pas ?

— Cette boutique contient tout ce qu'ils possèdent ! riposta Savvas. Tu crois qu'ils peuvent prendre le risque de tout perdre ?

— Enfin c'est leur vie qu'ils jouent, non ?

À cet instant, un autre avion les survola.

Savvas alluma l'autoradio, cependant les interférences étaient telles que le son de la voix humaine était quasiment inaudible entre les grésillements et les sifflements.

— Bon sang ! Je veux savoir ce qui se passe ! s'exclama-t-il en abattant le plat de la main sur le bouton.

La radio fut aussitôt bâillonnée, mais la colère de Savvas avait été attisée. Il soupira et jura dans sa barbe. Aphroditi remarqua qu'il avait les paumes dégoulinantes de sueur.

Le spectacle qu'ils voyaient défiler derrière les vitres de la voiture semblait aussi irréel que s'ils l'avaient suivi sur un écran. Durant plus d'une demi-heure, leur voiture avança plus lentement que les piétons. Les gens à pied progressaient tous à un rythme régulier en dépit des bagages, des bébés et même, pour un ou deux, des oiseaux en cage. Dans ce flot incessant évoquant une vaste rivière, l'immobilité d'un petit garçon frappait l'attention. Cloué sur le bord du trottoir, il observait les voitures, hypnotisé.

— Savvas ! Regarde ! Regarde cet enfant !

— Il y en a des tas, cingla-t-il.

— Il a l'air tout seul !

Savvas ne détacha pas ses yeux du camion devant lui, qu'il serrait malgré les panaches noirs que celui-ci recrachait. Son unique but était d'avancer, millimètre par millimètre, et de s'assurer que personne ne surgirait d'une rue adjacente pour venir se glisser devant lui.

Comme ils longeaient le trottoir, Aphroditi croisa le regard du gamin à travers la vitre. Il était si petit qu'ils étaient exactement à la même hauteur. Aphroditi prit soudain conscience de l'image qu'elle devait renvoyer à tous ceux qui l'apercevaient dans la voiture. Élégante, maquillée et parée de lourds bijoux coûteux. En vérité, chacun était bien trop préoccupé par son propre voyage hors de Famagouste pour la remarquer. À part, peut-être, ce garçon. Le puissant instinct maternel d'Aphroditi lui interdisait d'ignorer l'enfant qui paraïssait abandonné.

— On peut s'arrêter ? Lui demander s'il a besoin d'aide ? implora-t-elle.

— Ne sois pas ridicule. Tu as vu le monde ? Il peut solliciter n'importe qui.

— Mais personne ne s'y intéresse !

La voiture avait avancé et Aphroditi se dévissa le cou pour voir, par la lunette arrière, disparaître le petit.

19

Mehmet se trouvait toujours au même endroit quelques instants plus tard. Seul. Il avait déjà oublié la dame avec les pierres bleu clair.

Poussé par la curiosité, il s'était aventuré dehors à l'insu des membres de sa famille, accaparés par diverses occupations, et il avait été envoûté par le raz-de-marée humain et le déluge de voitures.

Hüseyin avait été envoyé à sa recherche. Il le repéra dès qu'il s'engagea dans la rue principale. Alors qu'il s'élançait vers lui, une explosion retentit.

— Mehmet ! hurla-t-il. Viens ici.

Il prit son petit frère dans ses bras et courut jusqu'à la maison. Dès qu'ils furent rentrés, Mehmet reçut une tape sur la jambe. Il dut se retenir de pleurer.

— Ne repars plus jamais sans prévenir, le tança son père, furieux.

Emine et lui s'étaient fait un sang d'encre. Elle serra son fils, au bord des larmes elle aussi, et quand elle essuya les yeux de Mehmet avec son tablier, il reconnut l'odeur des épices. Quelque chose de très étrange était en train de se produire, mais ce parfum restait familier.

Un peu plus tard, Hüseyin retourna dehors pour constater l'évolution de la situation. Il lui fallut moins de cinq minutes pour rentrer en courant et apprendre à ses parents ce que Mehmet et lui savaient déjà.

— Tout le monde part, s'écria-t-il. Tout le monde ! On doit y aller.

— Non ! Pas sans Ali ! protesta Emine. Il ne saura pas où nous trouver.

— Pourquoi fuirions-nous devant notre propre peuple ? souligna Halit.

— Ce n'est pas notre peuple, papa ! Ils sont turcs.

— Ne sont-ils pas venus garantir notre sécurité ? rétorqua Halit.

— Ils ne vont tout de même pas nous tuer, Hüseyin, si ? intervint Emine.

— Qu'en sais-tu, maman ? demanda-t-il, haussant le ton sous l'effet de la peur et de la colère. C'est le chaos dehors ! Comment sauront-ils qui est qui ? As-tu déjà croisé un soldat turc ?

— Hüseyin ! le mit en garde Halit.

— Tu ne les connais pas, papa. Tu ne sais pas de quoi ils sont capables ! Tu ne sais pas ce qu'ils feront une fois ici !

Jusqu'à présent, beaucoup avaient défendu les actions de la Turquie. Ils avaient cru qu'elle visait à garantir l'indépendance de Chypre dans la limite de ses droits. À présent, pourtant, la nation avait franchi une limite. Si Emine n'était pas au courant de la réputation des soldats turcs, c'était parce qu'elle avait fait la sourde oreille. Les rumeurs de meurtre étaient répandues. Celles de viol, légion.

— Je m'inquiète davantage pour les femmes de Famagouste que pour les hommes, insista-t-il.

— Hüseyin ! Ne dis pas ce genre de chose à ta mère !

— J'essaie de nous sauver. Nous devons partir d'ici.

— Il a peut-être raison, convint Halit. Mieux vaut éviter de prendre un risque...

— Mais Halit ! le supplia-t-elle. Ali est encore un enfant ! Il finira par rentrer ici ! Nous ne pouvons pas l'abandonner.

Halit s'échina à la convaincre, toutefois elle refusait ne serait-ce que d'envisager cette possibilité. Elle était au bord de l'hystérie.

— Je ne partirai pas, vous m'entendez ? Je ne partirai pas !

Elle sortit de la pièce en frappant des pieds.

— Soyons un peu patients, dit Halit à Hüseyin. Elle finira par céder.

Les heures s'écoulèrent et, avec la tombée de la nuit, la tension crût. Hüseyin préparait du café dans une minuscule casserole. Dès que la mousse se forma à sa surface, il coupa le feu et versa le liquide sombre dans deux minuscules tasses.

À la petite table, Halit fumait Dunhill sur Dunhill. Seul le ronronnement du réfrigérateur troublait le silence. Le *nazar*, qui les protégeait du mauvais œil, semblait les surveiller depuis son mur. Personne ne prêtait attention à Mehmet, assis par terre.

Emine finit par revenir, le visage mouillé de larmes.

— Si seulement nous l'avions empêché de partir, sanglota-t-elle en s'asseyant à table. Nous serions tous ensemble et nous pourrions partir.

— Il n'est pas trop tard, la pressa Hüseyin. Allons-y tout de suite.

Le débat reprit, à voix basse au cas où des soldats approcheraient.

— *Gavvole !* Pour l'amour de Dieu !

Halit abattit le poing sur la table. L'une des tasses atterrit sur les dalles de pierre où elle se brisa en mille morceaux. Tout le monde dans la pièce se pétrifia. Emine enfouit son visage dans son tablier pour étouffer ses pleurs.

— Je n'arrive pas à croire que ça recommence, gémit-elle. Je n'arrive pas à y croire...

En silence, elle ramassa les débris de vaisselle.

— Si nous continuons comme ça, lâcha Hüseyin à regret, il n'y aura plus d'espoir pour aucun d'entre nous.

À quelques maisons de là, la famille Georgiou était réunie au rez-de-chaussée, chez Irini et Vasilis. Une petite flamme vacillait devant l'icône d'Agios Neophytos, projetant d'étranges ombres difformes sur le plafond. Avec les fenêtres et les volets clos, on étouffait. Il était 2 heures du matin. Sur la table se trouvaient des tasses vides et un petit verre de *zivania*.

Panikos faisait les cent pas. Avachi dans un fauteuil, Vasilis égrenait nerveusement les perles de son chapelet, pourtant leur cliquetis était presque noyé par le halètement de sa fille. Maria avait les mains posées à plat sur la table, et Irini lui caressait le dos en rythme, répétant les mêmes paroles de réconfort.

— Doucement maintenant, doucement.

Elle avait les mains mouillées par la sueur qui avait imbibé la robe de sa fille, du col à la taille. De temps à autre, Maria laissait échapper un profond gémissement tandis qu'elle agrippait le rebord de la table. Ses articulations blanchissaient et des larmes de douleur tombaient sur la nappe en dentelle. Vasiliki était assis dans un coin, par terre. Il se bouchait les oreilles, la tête entre les genoux, repliés contre lui. Certain qu'il pourrait se rendre ainsi invisible, il gardait les yeux fermés.

La porte s'ouvrit, et un rayon de lune tomba sur le mur, éclairant brièvement le *mati* en verre, les prémunissant contre le mauvais œil. Markos se faufila dans la pièce.

Irini releva la tête, distraite un moment des souffrances de sa fille.

— *Leventi mou !* Tu es encore là !

— Oui, *mamma*, je suis encore là. Je n'allais pas vous abandonner.

— Tu aurais pu partir, déplora Vasilis. Fuir comme tous les autres...

— Eh bien, je n'en ai rien fait, dit Markos. Je suis ici.

En quelques enjambées, il rejoignit sa mère et déposa un baiser nonchalant sur l'arrière de sa tête, ainsi qu'il aurait pu le faire n'importe quel autre jour. Contrairement aux autres membres de sa famille, il était euphorique. Avec le départ de Savvas, il avait mesuré le potentiel de ce qu'il contrôlait. Ce matin-là, il avait vendu une arme prélevée dans le coffre. Des tas de gens étaient prêts à payer n'importe quel prix pour se protéger. Et désormais la chambre forte était remplie d'objets encore plus précieux que des armes.

Des ombres jaillit la voix de Panikos.

— Que se passe-t-il dehors ?

— Ça paraît plutôt calme pour le moment. La plupart ont quitté la ville.

Maria, entièrement focalisée sur les contractions qui avaient pris possession de son corps, laissa échapper un hurlement, aussitôt étouffé par la main de sa mère.

— Chut, ma chérie, chut...

— Tu dois absolument l'empêcher de faire du bruit, murmura Markos. Sinon nous serons tous en danger.

— Je crois que l'heure approche, répondit Irini. *Panagia mou !* Pourquoi maintenant ?

Quelques instants plus tard, le martèlement lourd et cadencé de bottes résonna dehors.

20

Le 15 août marqua un tournant. C'était l'Assomption, le jour où l'on fêtait la Vierge Marie, l'un des plus importants pour l'Église et les milliers de femmes qui portaient ce prénom. Maria aurait dû le célébrer.

Cette année était différente néanmoins. Alors que les terribles douleurs de l'accouchement secouaient son corps frêle, les Turcs vinrent à bout des ultimes défenses de Famagouste. Les derniers membres de la Garde nationale avaient fui. Opérant la jonction avec les combattants turcs à l'intérieur de la citadelle, les soldats étaient entrés librement dans une ville désertée.

Dans la chambre de ses parents, Maria tenait son nouveau-né, une petite fille. Arrivé avec deux mois d'avance, le minuscule bébé tétait faiblement. Panikos caressa la tête de sa femme.

Au cours des dernières heures, Maria n'avait eu conscience de rien à l'exception des tremblements fracassants qui secouaient son corps. Les fenêtres et volets avaient été fermés pour contenir ses hurlements et la température avait monté.

Elle était si épuisée qu'elle avait fermé les yeux. Le monde dehors avait cessé d'exister. Tant qu'ils réussiraient à garder le silence, ils seraient en sécurité. Maintenant que le bébé était né, ils discutaient à voix basse de la suite des événements. Quand pourraient-ils partir ? Était-il déjà trop tard ? Markos était ressorti à nouveau.

À son retour, plusieurs heures plus tard, Vasilis voulut aussitôt savoir ce qui se passait dehors.

— Pillages, répondit-il. Mises à sac, vols...

— *Panagia mou...*

Irini s'affala sur une chaise, puis se mit à se balancer légèrement.

— Nous devons nous en aller, Markos, dit Vasilis.

— Écoute, il est impossible de s'aventurer dans les rues maintenant. Nous devons attendre, être le plus discrets possible et voir ce qui va arriver.

— Et la nourriture ? s'enquit sa mère avec timidité.

— Lorsque nous en manquerons, je me chargerai d'en trouver. Tout le monde a pris la fuite, il ne reste que des soldats.

— Turcs ? hasarda-t-elle dans un murmure.

— Oui, *mamma*. Des soldats turcs. Ils ne s'attaquent qu'aux boutiques pour le moment, mais tôt ou tard ils passeront aux maisons.

— Viens, résolut Vasilis, on va placer des meubles contre les portes.

Pour la première fois, Irini se demanda si Christos, où qu'il soit, courait un danger moins grand qu'eux.

Savvas et Aphroditi n'avaient pas atteint leur destination. Plusieurs heures après leur départ, ils avaient compris qu'ils auraient peut-être intérêt à changer leur fusil d'épaule. Sur la route encombrée qui partait de Famagouste, ils commencèrent à croiser de plus en plus de voitures venant de la direction opposée. Nicosie connaissait un exode comparable. Les habitants de la capitale étaient habitués au conflit et à la peur, ayant vécu dans une ville coupée en deux depuis dix ans, pourtant cette fois beaucoup avaient opté pour la fuite. Des roquettes avaient touché le Hilton, transformé en hôpital de la Croix-Rouge. Même l'hôpital psychiatrique était devenu une cible.

Des soldats postés sur le bas-côté prévinrent les Papacosta que Nicosie était aussi peu sûre que Famagouste, et Savvas dut se rendre à l'évidence : il était hors de question d'y aller.

Avec des milliers d'autres, ils furent orientés vers la sécurité relative de la base britannique de Dhekélia, à vingt-cinq kilomètres de Famagouste, au sud-ouest. Les voitures étaient à l'arrêt dorénavant. Des familles marchaient entre les véhicules, certains poussaient même des bicyclettes chargées de leurs affaires. Cette masse grouillante avait une destination commune.

Automobiles, bus, tracteurs, camions et charrettes tirées par des mules franchirent le poste de contrôle à l'entrée de la base. Vieux et jeunes, riches et pauvres, tous recherchaient la même chose. Tous étaient venus trouver un refuge, et la plupart affichaient une expression semblable, hébétée et terrifiée. Par dizaines de milliers, ils avaient abandonné le connu pour l'inconnu, livrant leur ville à l'envahisseur. Avec le départ de la Garde nationale, ils n'avaient plus eu le choix.

Aphroditi sentit sa température corporelle chuter de plusieurs degrés, glacée par l'appréhension malgré la touffeur. Elle frissonnait et ses paumes étaient froides. S'ils n'allaient pas à Nicosie, quelles chances Markos aurait de la retrouver dans ce chaos généralisé ?

En deux jours, près de quarante pour cent de l'île était tombée sous le contrôle turc. La ligne Attila séparant le nord du sud existait quasiment.

Dans la base de Dhekélia, les conversations étaient plus lugubres les unes que les autres. Tous, hommes comme femmes, croyants comme agnostiques, en étaient réduits au même état. La différence entre ce qu'ils étaient encore il y a peu et ce qu'ils étaient devenus était considérable. À présent, ils étaient égaux dans leur dépouillement.

Les soldats turcs avaient semé la panique dans leurs cœurs. Le traumatisme dont ils souffraient s'exprimait de bien des façons. Certains se muraient dans le silence, quand d'autres sanglotaient ouvertement. Le premier jour suivant l'arrivée à la base, plusieurs furent plongés dans un état d'engourdissement. Ensuite, il y eut les détails pratiques à régler : où dormir, comment se nourrir, par quel moyen attirer l'attention du corps médical sur les malades. Il fallut creuser des latrines, installer des cuisines, allouer des abris.

Nombre se tournèrent vers la foi religieuse.

— Seul Dieu, la Vierge et les saints peuvent nous aider maintenant, répétait sans relâche une femme dans la queue pour la distribution de nourriture.

— Et l'Amérique ? marmonna Savvas, assez fort pour être entendu. Ou le Royaume-Uni ?

— Savvas ! le gronda Aphroditi, même si la vieille femme ne lui prêtait aucune attention.

— Une foi aveugle n'a jamais aidé personne, riposta-t-il sèchement, mais les Américains auraient pu intervenir.

— Et pourquoi pas les Grecs ? s'enquit quelqu'un.

Les gens étaient serrés les uns contre les autres dans la queue, se bousculant pour ne pas perdre leur place.

— Parce qu'ils ont moins de chances de gagner, voilà pourquoi.

— La Grèce nous a mis dans ce pétrin, observa une femme courroucée, près de Savvas, c'est à elle de nous en sortir.

Cette opinion était amplement partagée : ils savaient, au fond, que le continent aurait déjà volé à leur secours si c'était son intention. Le Premier ministre de la démocratie fraîchement rétablie avait hérité de la dictature son content de problèmes, et il ne pouvait pas se permettre d'entraîner la Grèce dans une guerre totale avec la Turquie au sujet de Chypre.

Des églises de fortune se développèrent à l'endroit où les réfugiés se réunissaient pour prier. Beaucoup se rongeaient les sangs pour les proches dont ils n'avaient pas de nouvelles, et ne trouvaient du réconfort que dans l'idée que Dieu entendrait leurs prières et veillerait à ce qu'ils soient réunis, sains et saufs. Ils n'avaient plus de toit, mais cette perte était minime en comparaison de l'éloignement d'un fils, d'un frère ou d'un mari. Le nombre de disparus grandissait de jour en jour.

« *O Theos mou !* » résonnait fréquemment, empreint de désespoir. « Oh, mon Dieu ! » Les prêtres se déplaçaient parmi la multitude, réconfortant, priant, écoutant.

Les hommes sortaient rarement de leur réserve, se reprochant de ne pas être restés pour combattre l'ennemi, mais conscients qu'il était trop tard pour les regrets.

— Vous n'aviez pas le choix ! insistaient leurs épouses. Il fallait prendre la fuite ! Vous n'aviez pas d'armes ! Rien pour leur résister !

— Et la situation n'a rien de définitif, disaient d'autres. Nous rentrerons.

Quelques jours plus tôt encore, des femmes de chambre et des serveurs étaient aux petits soins pour Savvas et Aphroditi. Aujourd'hui, ils n'avaient plus ni lit ni nourriture. Ils étaient obligés de faire la queue pour un morceau de pain et de dormir à même le sol.

Une bonne partie de la population de Famagouste ayant rejoint le camp, le couple croisait des visages familiers. Membres de leur personnel, ouvriers du nouveau Paradise Beach, avocats et comptables, tous étaient réunis. Personne ne semblait le même dans cet état de désespoir muet.

Ils étaient presque voisins avec Costas Frangos, son épouse et leurs enfants. Savvas se réjouissait d'avoir un interlocuteur avec lequel échanger des idées au sujet de l'hôtel.

— Les clés sont entre de bonnes mains, au moins, lui dit-il. Et je suis certain que Markos nous rejoindra à Nicosie.

Savvas refusait de renoncer à ses projets hôteliers à Famagouste, alors qu'Aphroditi s'en désintéressait. Comme Anna Frangos devait soigner son benjamin, qui souffrait d'une attaque de dysenterie – mal de plus en plus répandu –, Aphroditi s'occupa des aînés. Cette distraction fut la bienvenue.

Les Özkan passèrent les premières quarante-huit heures barricadés dans leur maison, continuant à nourrir l'espoir du retour d'Ali. Ils commencèrent par discuter. Il n'y avait pas grand-chose d'autre à faire.

— S'ils n'avaient pas cherché à faire de nous des citoyens de seconde zone, souligna Halit, ça ne serait pas arrivé.

— Mais tu ne peux pas tenir tous les Chypriotes grecs pour responsables de cette situation ! répliqua Hüseyin.

— Aphroditi ne m'a jamais donné ce sentiment, ajouta Emine.

— Ils sont bien assez nombreux à l'avoir fait par ailleurs, s'entêta son mari, nous n'en serions pas là autrement.

— Nos persécuteurs se sont toujours limités à une poignée, Halit. C'est souvent le cas.

— Alors tout le monde est puni pour les actions de quelques-uns ? s'étonna Hüseyin.

— Oui. Chypriotes grecs et turcs... nous avons tous souffert.

— Pourquoi faut-il systématiquement... ?

Halit avait haussé le ton, ayant du mal à accepter la modération d'Emine.

— Papa ! l'interrompit son fils. Chut !

De temps à autre, ils en arrivaient au point où la dispute devenait inévitable. En général, c'était quand ils abordaient la question d'un éventuel départ. Emine était absolument déterminée à rester.

— Si vous vous en allez, ce sera sans moi, s'obstinait-elle.

À moins de deux kilomètres de là, Markos écumait la ville, si vide qu'elle en était envoûtante. Désireux d'éviter une rencontre avec des soldats turcs, il guettait le moindre son et se déplaçait sans un bruit, filant sous un porche dès qu'une voix humaine résonnait.

Il sillonna Famagouste, remontant les rues Euripides, Sophocles et Eschilos, évocatrices de l'ordre du passé antique. Dans ce lieu, tout respirait l'audace et l'assurance, les références à d'anciens philosophes et poètes s'intégrant avec joie à l'aspect résolument commercial de la ville. La distance entre ces noms et la réalité paraissait infinie. Il se fit cette réflexion au moment où, au détour d'un carrefour, il se retrouva nez à nez avec le panneau de la rue Eleftheria – la « liberté ».

Les larges avenues vides, bordées de grands magasins luxueux et de cafés chics étaient déjà fantomatiques. Il était impossible d'imaginer qu'ils étaient encore bondés quelques jours plus tôt. Les traces de pillage étaient partout. Les vitrines brisées – pour récupérer bijoux et vêtements arrachés à la hâte sur leurs mannequins – suggéraient une conduite opportuniste plutôt qu'organisée.

Markos s'agaçait d'avoir à raser les murs dans des lieux qu'il avait le sentiment de posséder. Un peu comme si cette ville avait été cédée, abandonnée presque sans résistance.

Sa mission consistait à dénicher de la nourriture. Leurs réserves n'étaient pas encore épuisées, mais il voulait s'assurer qu'ils auraient de quoi tenir plusieurs jours. Des débris de verre crissèrent sous ses semelles alors qu'il entrait dans une épicerie. Les étagères étaient encore bien pleines, c'était surtout la bière et les alcools qui manquaient. Markos était davantage intéressé par les boîtes de lait concentré.

Le coussin du siège près de la caisse gardait l'empreinte de l'énorme arrière-train de l'épicière. Il repensa à cette femme, à son beau visage, ses cheveux lustrés et ses formes généreuses. Même si elle n'était pas son genre, il avait toujours pris quelques minutes pour flirter avec elle à chacune de ses visites, appréciant son large sourire et l'éclat de la croix dorée, nichée au creux de sa poitrine généreuse.

Il se servit dans la pile de sacs en plastique bien pratiques, à côté de la caisse, et les remplit de plusieurs douzaines de boîtes. Maria en avait tout particulièrement besoin.

À l'extérieur de la ville dépeuplée, les réfugiés continuaient à se masser sur les routes. On disait que plus de deux cent mille Chypriotes grecs avaient fui leurs foyers. Des milliers de Chypriotes turcs quittaient aussi les leurs, ayant pris conscience que leurs vies étaient en danger, maintenant que la Garde nationale exerçait des représailles. Nombre de Turcs se réfugièrent à la base britannique d'Episkopi, au sud.

Pour Savvas et Aphroditi, celle de Dhekélia, malgré l'inconfort croissant et la surpopulation, s'apparentait à un véritable asile. Lorsqu'ils eurent vent des combats violents qui se poursuivaient à Nicosie, ils comprirent qu'ils ne pourraient sans doute pas quitter le camp de sitôt.

Des milliers d'autres réfugiés s'ajoutèrent à ceux qui s'y trouvaient déjà, porteurs de nouvelles, et notamment des derniers événements de la capitale. Convaincus que cette invasion était le fruit d'une conspiration entre les États-Unis et la Turquie, un vaste groupe de contestataires avait marché sur l'ambassade américaine et assassiné l'ambassadeur. Bien des Chypriotes étaient au désespoir.

— Luttes intestines ! explosa Savvas. On aurait pu croire que l'EOKA B et le camp de Makarios se rendraient enfin compte qu'ils ont un ennemi commun...

— Avec l'île coupée en deux, nous n'avons pas besoin de problèmes supplémentaires, convint Frangos.

— Mais s'ils ne parviennent pas à s'accorder sur une stratégie commune, comment pourraient-ils se débarrasser d'une armée organisée ?

— Dieu seul le sait... Je suis convaincu que les Britanniques finiront par nous envoyer des renforts. Ils ont fait de gros investissements ici, ils ne peuvent pas fermer les yeux sur ce qui se passe. Sans compter qu'ils sont censés nous aider à protéger notre Constitution !

Le bruit courait que des forces armées se préparaient à lancer une guérilla contre les soldats turcs. Cette perspective en enthousiasma plus d'un, et les réfugiés de Famagouste se voyaient déjà libérer leur ville. Membres de l'EOKA B, communistes et partisans de Makarios étaient tous très actifs au sein du vaste camp.

— Chacun a un plan d'action, constata Savvas, mais ils ne font rien ensemble ! *Tipota !* Et nous, nous restons assis là à attendre... quoi ?

L'absence de réelle activité était une chose terrible pour un homme de sa trempe. Il aidait à monter les tentes et construire les latrines, pourtant une fois ces tâches accomplies il se retrouvait désœuvré, et frustré.

Aphroditi avait plus de facilités à garder le silence lorsque Savvas exprimait son point de vue. Dans le camp, tout le monde avait pris l'habitude de donner son opinion, sur ce qui aurait dû arriver et sur ce qui devait arriver maintenant. Personne n'avait de réponses, ce qui n'empêchait pas les débats incessants. Les réfugiés ne contrôlaient ni leurs propres vies ni rien de ce qui se produisait en dehors du camp. Dans l'immédiat, leurs existences étaient rythmées par une succession d'occupations : faire la queue pour récupérer des dons ou s'agglutiner autour d'une radio dans l'espoir d'obtenir des nouvelles de proches dont ils avaient été séparés.

Pour Aphroditi, il n'y avait encore et toujours qu'un seul sujet de préoccupation. Non pas si et quand elle verrait arriver des soldats grecs, américains ou anglais, mais si et quand elle reverrait l'homme qu'elle aimait. Le reste n'avait aucune importance.

Alors que les rumeurs proliféraient dans le camp, les rues mortes de Famagouste n'offraient aux Georgiou ou aux Özkan aucun renseignement sur les événements.

Au bout de quelques jours, ils avaient été privés d'électricité et ne pouvaient donc plus écouter la radio. Leur ville était le point de mire du monde entier, et ils n'en savaient rien.

Leurs maisons avaient beau être à moins de cinquante mètres l'une de l'autre, chacune des deux familles se croyait seule. Les Özkan ne s'étaient pas aventurés hors de chez eux depuis que Famagouste était occupée. La vie en état de siège, dans un village coupé du reste du pays, une décennie plus tôt avait appris une chose à Emine : veiller à ce que ses placards soient toujours pleins. Paquets de lentilles, haricots, riz et pain sec y étaient entreposés avec soin.

— Nous devons avoir des réserves, au cas où, aimait-elle répéter.

— Au cas où quoi ? l'avait souvent taquinée Halit.

Aujourd'hui, son humour s'était envolé. Il ne restait plus que la reconnaissance d'avoir une épouse à qui la vie avait enseigné la prévoyance.

Quand ils avaient entendu les lourdes bottes plusieurs jours auparavant, Hüseyin avait été envoyé sur le toit de leur maison pour déterminer la position des militaires. Il était redescendu au pas de course, se déplaçant, à son habitude, avec rapidité et impatience.

— Ils sont au bout de la rue, avait-il pantelé. Une demi-douzaine d'hommes. Et la ville a l'air pleine de fumée.

Depuis, il n'y avait eu que le silence et les cigales. Hüseyin se faufila à nouveau sur le toit.

— Il y a encore de la fumée ? s'enquit son père à son retour.

— Pas à ce que j'ai pu voir...

— Et les bruits ?

— Rien du tout.

Le crépitement des balles avait cessé, les fusils ne servaient plus.

Chez les Georgiou, Maria, Panikos et leurs deux petits logeaient désormais au rez-de-chaussée avec Irini et Vasilis. Ils se sentaient plus en sécurité tous ensemble. Markos continuait à dormir chez lui. Il allait et venait, disparaissant souvent juste avant le crépuscule pour ne rentrer qu'à l'aube.

— Pourquoi s'absente-t-il aussi longtemps ? s'inquiétait Irini.

— Il va nous chercher à manger ! lui répondait Vasilis.

C'était vrai. Markos revenait toujours avec de quoi les nourrir. Il avait repéré les magasins encore pleins et avait remarqué que les soldats turcs se cantonnaient essentiellement aux artères principales.

Maria se satisfaisait de rester à la maison avec son bébé, qui portait le prénom de sa grand-mère. La jeune maman ne serait pas sortie avant quarante jours dans des circonstances normales, ainsi que le voulait la tradition.

Irini avait rentré son canari à l'intérieur et le laissait voler dans la pièce sombre.

— Regardez comme ça le rend heureux, s'exclama-t-elle.

L'oiseau ne cessait, pourtant, de battre des ailes en direction du rayon de lumière que laissaient filtrer les volets, et sa maîtresse dut le remettre en cage.

— J'aimerais tellement qu'il puisse voir à nouveau le soleil. *Tse ! Tse !* Mimikos ! *Tse ! Tse !* Enlevez la table du passage, s'il vous plaît.

— Mais..., commença à protester Vasilis.

— Je veux juste suspendre sa cage dehors un petit moment, décréta-t-elle d'un ton sans appel. Je n'irai pas plus loin.

— C'est trop dangereux !

— Il n'y a personne dehors, Vasilis. Et au moindre bruit, je rentrerai.

Vasilis déplaça le meuble et entrouvrit la porte pour ménager assez de place à sa femme. L'appartement fut aussitôt envahi de lumière. Éblouie par la clarté dont elle avait perdu l'habitude, elle se dressa sur la pointe des pieds pour suspendre la cage à son crochet. Il y avait une semaine qu'elle ne s'était pas aventurée dans son *kipos*. La plupart de ses géraniums s'étaient fanés, néanmoins il y avait une énorme quantité de tomates mûres prêtes à être cueillies.

— Oh, Vasilis ! Viens voir ça !

Ils ramassèrent les fruits, les placèrent délicatement dans un saladier. Irini prit ensuite une poignée de basilic. Elle souriait. Son esprit était parti bien plus loin.

— Je me demande comment vont les oranges...

Vasilis ne répondit rien. Chaque jour il pensait à ses précieux arbres, qui souffraient sans lui. Irini avait rêvé que la récolte avait été jetée au sol et piétinée.

Dans sa cuisine, elle découpa une partie des tomates en tranches bien régulières, et les recouvrit d'une quantité généreuse d'huile d'olive. Pour la première fois, Vasilis écarta deux volets de trois centimètres afin de les libérer un instant de l'obscurité écrasante. Ils s'assirent tous les cinq autour de la table pour manger. C'était le premier produit frais qu'ils dégustaient depuis des jours, et la meilleure salade de toute leur vie. Irini avait aussi préparé une fricassée avec ses derniers poulets. Dans un coin, le bébé dormait. Ils déjeunèrent en silence. C'était devenu une habitude.

Chez les Özkan, Emine, Halit, Hüseyin et Mehmet partageaient eux aussi un repas. Un ragoût de haricots secs. Ils étaient à court de légumes frais.

— Combien de temps encore on va rester dedans ? demanda Mehmet.

Emine et Halit échangèrent un regard. Elle avait les yeux gonflés à force de pleurer. Elle posa la photo d'Ali qu'elle avait tenue toute la journée et prit Mehmet sur ses genoux.

Hüseyin passait plusieurs heures, chaque jour, sur le toit. Il avait noté que les soldats organisaient parfois des patrouilles – les militaires étaient toujours présents.

— Nous n'en savons rien, répondit Halit à la question du petit garçon. Nous ne ressortirons que quand ce sera sûr.

À cet instant, ils entendirent un bruit dans la rue. Une jeep. Puis des voix : turques mais avec un accent légèrement différent du leur. Les hommes hurlaient. Le crissement de leurs épais godillots se rapprocha, s'arrêta. Tout le monde dans la pièce se pétrifia.

Ils virent la poignée de la porte bouger. Beaucoup avaient fui la ville sans prendre le temps de fermer à clé, si bien que les soldats avaient coutume d'entrer sans la moindre difficulté. Un instant plus tard, une botte frappa le battant en bois, une première puis une seconde fois, plus fort.

Emine se prit la tête à deux mains et se balança d'avant en arrière.

— *Bismillah Hirrahman Nirrahim*, articulait-elle sans bruit et sans relâche. Qu'Allah nous vienne en aide...

La poignée s'agita à nouveau. Un marmonnement inaudible s'éleva, suivi de ce qui ressemblait à un raclement. Pendant un moment, les Özkan entendirent les soldats dans la rue : ceux-ci eurent besoin de temps pour répéter l'opération sur une douzaine de portes. Quand ils parvenaient à en ouvrir une, les bruits changeaient. Les soldats entraient et ressortaient, chargés de tout ce qu'ils pouvaient porter. Les Özkan les entendaient alors jeter sans ménagement les biens dérobés à l'arrière de la jeep. Des éclats de rire et des plaisanteries ponctuaient cette activité.

Markos était sur le chemin du retour, après sa quête quotidienne de nourriture. Dès qu'il tourna le coin de leur rue, il aperçut la jeep, garée juste à côté des appartements des Georgiou. L'arrière était rempli d'objets, et deux soldats émergèrent de la maison voisine, l'un avec un petit réfrigérateur, l'autre une télévision. Quelques portes étaient marquées d'une trace à la craie. En observant leurs mouvements, Markos comprit que les Turcs n'insistaient pas lorsqu'ils se heurtaient à une porte close. Il y avait assez d'habitations qu'ils pouvaient piller à leur guise pour ne pas s'embêter avec celles qui avaient été fermées. La marque à la craie permettait de repérer les bâtiments inaccessibles. Ils reviendraient plus tard.

Il remarqua que la porte de ses parents était encore close. Peut-être étaient-ils les prochains sur la liste. Il ne pouvait rien faire d'autre qu'attendre en veillant à rester discret. Il tâta le pistolet dans sa poche. Il préférait ne s'en servir qu'en tout dernier recours.

À l'intérieur, les Georgiou patientaient dans un silence terrifié. Vasilis avait conduit les femmes et les enfants dans la chambre du fond. Si la petite Irini poussait le moindre cri, ils seraient en danger. Il sortit deux gros couteaux du tiroir de la cuisine, en confia un à Panikos et lui fit signe de se poster, avec lui, près de la porte d'entrée. Son beau-fils suivit les instructions à la lettre, et tous deux prêtèrent, en tremblant, une oreille attentive aux sons extérieurs.

Vasilis connaissait assez de turc pour comprendre que le véhicule militaire était presque plein.

— Allons-y maintenant, dit l'un des soldats alors qu'un grattement s'élevait de l'autre côté de la porte des Georgiou. Ça suffit pour aujourd'hui.

Ils semblèrent pourtant s'attarder dans le *kipos*. Un léger grincement retentit, suivi d'éclats de rire, puis du cri haut perché d'un oiseau. Ils avaient décroché la cage du canari.

Quand ils entendirent la voiture s'éloigner, Vasilis et Panikos posèrent leurs armes. Le premier se rendit dans la chambre et trouva son épouse, Maria, le bébé et Vasiliki, blottis au pied du lit.

— Ils sont partis, annonça-t-il d'une voix mal assurée.

Il ne dit rien à Irini au sujet de son précieux oiseau. On frappa alors à la porte.

— *Panagia mou !* murmura Irini, une main plaquée sur la bouche. *Panagia mou !*

— *Mamma !*

C'était Markos. Vasilis et Panikos poussèrent les meubles pour lui ouvrir.

— Ils sont venus ici ! lui apprit sa mère en pleurant. On a cru qu'ils allaient entrer.

La peur l'avait laissée frissonnante. Les autres avaient conservé leur calme, mais Irini était submergée par ce qui aurait pu arriver. Markos tenta de la rassurer.

— Ils ne sont pas entrés, *mamma*. Tu es en sécurité. Nous le sommes tous. Ils sont partis. Viens dans la rue, tu le verras de tes propres yeux.

Irini se risqua dans le *kipos*. Elle remarqua aussitôt l'absence de la cage.

— Mimikos ! Markos, ils ont emporté mon Mimikos !

Elle fondit en larmes. Son précieux canari, qui lui tenait compagnie à longueur de journée, qui avait fait sa fierté et sa joie, son canari au chant merveilleux s'était envolé.

— Si seulement je l'avais gardé à l'intérieur, sanglota-t-elle.

La disparition de son canari lui en rappela une encore plus grande. Christos ne s'était pas encore manifesté. Plusieurs heures durant, elle fut inconsolable.

En dépit de l'absence de radio, les tirs d'artillerie ponctuels, au loin, leur apprenaient que Chypre restait en guerre. Ce jour-là, cette réalité s'était approchée d'eux pour la première fois.

La nuit, Irini rêva que les soldats turcs envahissaient la totalité de l'île, depuis Kérynia au nord jusqu'à Limassol au sud. Et qu'ils tuaient tous les Chypriotes, à part ceux sous son propre toit.

Alors que les jours continuaient à filer, les Özkan finirent par se retrouver à court de provisions. Ils souffraient de la faim en permanence, surtout Hüseyin, mais Emine s'opposait toujours à leur départ.

— Je sors, annonça celui-ci.

— Pour aller où ? rétorqua sa mère.

— Écoute, nous avons besoin de nourriture. Et je suis certain qu'il en reste dans les magasins.

— Laisse-le, Emine, intervint Halit. Il court vite. C'est notre meilleur espoir.

— Attends au moins la tombée de la nuit, l'implora-t-elle.

Cette nuit-là, Hüseyin roula un vieux sac de farine et sortit à pas de loup. Empruntant le dédale de ruelles, il s'arrêtait souvent, se cachant sous les porches des maisons pour le cas où des soldats surgiraient.

Une fois dehors, il ne fut pas pressé de rentrer. Après tous ces jours de privation, il était aussi mince qu'une tige de blé et il savait qu'il pouvait se rendre facilement invisible. Il voulait faire le tour de sa ville. Voir ce qui s'était passé à l'extérieur de la prison qu'était devenu son propre foyer.

Y avait-il des soldats partout ? Étaient-ils seuls dans Famagouste, sa famille et lui ? Il erra sans but, veillant à éviter les artères principales, auxquelles il jetait seulement un coup d'œil ponctuel. Il n'en revenait pas de ce qu'il découvrait.

La quiétude de leur petite rue s'étendait à l'ensemble de la ville. C'était une nuit chaude, immobile, et le silence était pesant.

À une ou deux reprises, apercevant un mouvement au loin, il se cacha le temps du passage des soldats. Il les entendit rire et distingua le rougeoiement de leurs cigarettes. Ils semblaient détendus, comme au repos. De toute évidence, ils avaient le sentiment du devoir accompli et ils ne cherchaient personne.

Hüseyin gagna prudemment le centre-ville. En chemin, il passa la tête dans plusieurs maisons, où la table était souvent dressée. Dans l'une d'elles, la nourriture moisissait même dans les assiettes. À l'exception des militaires, il n'avait croisé aucun être vivant, pas même un chien égaré.

De nombreuses vitrines ne paraissaient pas avoir changé. Dans une rue, des mannequins fantomatiques en robes de mariée blanches faisaient face à leurs futurs époux : des mannequins en queues-de-pie, chez l'un des meilleurs tailleurs pour hommes de la ville. Ces boutiques étaient intactes.

Ailleurs, c'était un autre spectacle. Il y avait plusieurs magasins d'électroménager. Il était passé devant l'un d'eux tous les jours au cours des derniers mois, sur le chemin de la plage, convoitant une chaîne hi-fi. Tous les garçons de son âge rêvaient de posséder une collection de disques et de pouvoir écouter de la musique dès qu'ils en avaient envie. Il avait trouvé, une fois, le courage d'entrer, et un jeune vendeur avait fait fonctionner devant lui une chaîne Sony. C'était presque de la magie, ces haut-parleurs qui diffusaient des sons différents. Hüseyin savait que sa mère empruntait la même rue, parce qu'il l'avait entendue évoquer un téléviseur devant son père. L'idée avait été fermement repoussée.

Le prix de chacun des appareils était inaccessible. Aujourd'hui, ils n'étaient même plus disponibles. La moindre radio, le moindre téléviseur, le moindre tourne-disque avait disparu. Comme la caisse. Les portes et les vitrines avaient été brisées, et le clair de lune faisait scintiller les paillettes de verre sur le trottoir. On aurait dit un tapis de diamants.

Plus on approchait du front de mer et des hôtels, plus les boutiques étaient luxueuses. Il savait que l'une des amies de sa mère travaillait chez Moderna Moda, car elle sortait discuter avec Emine quand ils passaient par là. Cette dernière faisait toujours une remarque sur les prix.

— Enlève un zéro et j'achèterai volontiers, plaisantait-elle.

Les mannequins étaient nus à présent.

Dans la rue Zenon, à un jet de pierre du Sunrise et des autres hôtels les plus chics, se trouvaient la plupart des bijouteries les plus chères. Toutes avaient été dévalisées. Les présentoirs avaient même été arrachés des murs. Dans l'une d'elles, il ne restait qu'une horloge en plastique. Elle apprit à Hüseyin qu'il était minuit.

Il atteignit la plage, où ses chaises longues étaient encore empilées avec soin, exactement comme il les avait laissées. Derrière se dressait le Sunrise. Les fenêtres noires le troublèrent. Il se rappela le jour où il avait vu le corps sans vie de son cousin, un corps où le cœur ne battait plus, où le sang ne circulait plus dans les veines. Voilà ce que lui évoquait l'hôtel : un cadavre.

Hüseyin se faufila jusqu'au portail et colla son visage contre les barreaux. Il remarqua l'enseigne au néon éteinte et la lourde grille de fer devant la porte d'entrée. Il crut apercevoir un mouvement à l'intérieur et songea aussitôt qu'il devait s'agir d'une hallucination. L'entrée de la boîte de nuit était solidement fermée, elle aussi.

Il observa les dégâts subis par l'hôtel voisin. L'une des façades était percée d'un énorme trou et plusieurs balcons s'étaient descellés. C'était impressionnant. Ceux qui se trouvaient à l'intérieur au moment de l'explosion, si l'établissement n'était pas vide, n'avaient eu sans doute que très peu de chances de s'en sortir.

Vint le moment où il eut le sentiment d'en avoir assez vu. Toutes ces destructions l'attristaient. Il adorait cet endroit, et même s'il rêvait de jouer dans une équipe nationale, il savait qu'il reviendrait toujours ici. Il comprenait pourtant que Famagouste ne serait plus jamais la même.

L'heure était venue de trouver de la nourriture. Il avait déjà aperçu des épiceries sur sa route, il refit donc le trajet en sens inverse. La première qu'il croisa s'ouvrit facilement. Une puanteur terrible l'assaillit. L'électricité avait été coupée depuis plusieurs jours maintenant, si bien que, les réfrigérateurs ne fonctionnant plus, le lait et le fromage avaient tourné. Les légumes avaient pourri. Il ne parvenait pas à identifier de quoi il s'agissait, mais il apercevait des formes sombres dans des cartons – sans doute des pommes de terre, des tomates et, à en juger par l'odeur, des bananes. Un essaim de moucherons les survolait.

Il avait du mal à distinguer les aliments dans le noir, et il se dirigea à tâtons dans les allées. Il remplit son sac de paquets de biscuits, de plusieurs boîtes de conserve prises au hasard – impossible de déchiffrer les étiquettes sans lumière – et de sacs de riz. Apparemment, personne n'était encore venu : les étagères étaient pleines.

Puis son pied rencontra des bouteilles et plusieurs basculèrent. Elles roulèrent sur le carrelage. Il en prit quelques-unes, croisant les doigts pour qu'il s'agisse de la limonade dont son petit frère rêvait tant.

Avant de quitter l'épicerie, il attrapa quelques barres de chocolat. Elles étaient ramollies, ce qui ne l'empêcha pas d'en manger plusieurs, le sucre qu'elles contenaient lui donnant un coup de fouet bienvenu.

À côté de l'épicerie se trouvait un boucher. Malgré la porte close, des vagues de relents fétides lui parvinrent. Hüseyin ne s'approcha pas beaucoup, juste assez pour voir une carcasse de viande suspendue à un crochet, qui s'agitait presque, ramenée à la vie par la quantité de vers qui festoyaient.

Hissant le sac sur son épaule, il rentra en empruntant un raccourci, sans pour autant relâcher sa vigilance. Il regagna vite les quartiers résidentiels. Il remarqua alors les valises abandonnées sur les trottoirs, preuves supplémentaires de la précipitation avec laquelle les gens avaient fui Famagouste. Courir par une telle chaleur devait être suffisamment éprouvant sans se charger du poids de tels bagages.

Rien ne venait troubler la paisibilité de la nuit, pourtant à l'extrémité d'une rue proche de chez lui, il fit une découverte qui lui causa un choc plus grand que les autres.

Il déposa le sac sous un porche et s'approcha. Devant lui se trouvait une barricade en fil barbelé.

Il était à la lisière de la partie moderne de la ville. Alors qu'il tournait la tête dans les deux directions, il constata que la clôture, éclairée par la lune, s'étendait à perte de vue. Famagouste avait été coupée du reste du monde. Ils vivaient désormais dans une cage géante.

21

Le retour de Hüseyin remplit Emine de joie, qu'elle transforma en colère.

— Où étais-tu ? demanda-t-elle en élevant la voix. Pourquoi t'es-tu absenté aussi longtemps ? Que fabriquais-tu ?

Il laissa glisser le sac à terre et entreprit de le vider, étalant son butin sur la table comme s'il s'agissait d'un étal. Emine approcha une bougie.

— Voilà ce que je fabriquais, lança-t-il avec une note triomphale.

— *Canım oğlum*... Mon garçon chéri, merci.

Mehmet pointa le doigt sur les bouteilles de limonade.

— Je peux en avoir une ?

Au même moment, Markos ravitaillait le foyer Georgiou. Il avait découvert, à l'instar de Hüseyin, que les produits frais s'étaient gâtés, et il avait eu l'idée d'aller cueillir quelques oranges dans les jardins. Les plants de tomates d'Irini continuaient à donner des fruits.

— Tu ne nous laisseras jamais mourir de faim, *leventi mou*, hein ? dit-elle en le serrant contre elle.

Vasilis restait en permanence à l'affût des soldats, redoutant leur retour à tout instant. Pourtant, à mesure que les jours s'écoulèrent, il parvint à la conclusion qu'ils étaient occupés ailleurs.

Les dentelles d'Irini avançaient bien. Maintenant que Vasilis l'autorisait à entrouvrir les volets une bonne partie de la journée, elle avait assez de lumière pour se mettre à l'ouvrage. Un jour, il lui permit même de s'asseoir dans son cher *kipos*. La compagnie de son précieux canari lui manquait, et son absence lui faisait d'autant plus regretter leur existence passée.

— Tu peux rester dehors tant que tu tends l'oreille, lui dit Markos. À tout instant.

Privé de ses terres et de son *kafenion*, Vasilis ne tenait pas en place et était difficile à vivre. En prime, ses réserves de *zivania* touchant à leur fin, il était à cran.

Tard un après-midi, alors qu'ils se cachaient derrière le massif de géraniums qu'Emine avait réussi à raviver, Vasilis aperçut un mouvement.

— Irini ! Regarde !

Une silhouette s'éloignait dans la rue. L'homme marchait vite en jetant constamment des coups d'œil alentour.

— Ce n'est pas un soldat turc, affirma Vasilis.

— Tu crois qu'il s'agit d'un membre de la Garde nationale ?

— Non, il ne m'a pas l'air d'un militaire...

Déconcertés, ils rentrèrent dans la maison, fermèrent à double tour et repoussèrent les meubles devant les portes.

Le lendemain, à peu près à la même heure, alors qu'ils faisaient le guet, ils aperçurent la même silhouette. Markos était là, cette fois.

— Vois donc ! lui souffla Irini. Je ne crois pas que nous soyons seuls !

Avant qu'elle n'ait eu le temps de protester, Markos s'échappait pour se lancer aux trousses de l'inconnu, sans baisser la garde pour autant. Il avait rendu une visite à un magasin de chaussures pour en trouver avec des semelles de crêpe – elles lui permettaient de se déplacer sans bruit lors de ses incursions dans les rues désertes de Famagouste. Hüseyin ne pouvait donc pas se douter qu'il était suivi. Arrivé chez lui, il se retourna par réflexe, ainsi qu'il le faisait toujours, histoire de vérifier qu'il était bien passé inaperçu.

Markos avait anticipé ce mouvement et il se plaqua contre une porte. Il avait déjà compris où Hüseyin se rendait. Il connaissait tous les employés du Sunrise de vue, et même s'ils ne s'étaient jamais parlé, il savait que Hüseyin était le fils de l'amie de sa mère, Emine. Il se rappelait aussi qu'ils vivaient dans la même rue.

Quelques minutes plus tard, il avait rejoint ses parents.

— La famille Özkan, dit-il à sa mère abasourdie. Je crois qu'elle est encore là.

— Emine ?

— Je ne l'ai pas vue, précisa Markos, mais c'était bien son fils.

— Que devons-nous faire ? s'enquit Irini, manifestement excitée par l'idée de la proximité de son amie.

— On ne va rien faire du tout, asséna Vasilis. On ne peut avoir confiance en personne. Surtout pas en eux à l'heure actuelle.

Avant l'invasion, si Vasilis avait fini par s'habituer aux visites d'Emine, il n'avait jamais émis le souhait de rencontrer son mari. De plus, il craignait que la présence d'une autre famille dans la même rue augmente les risques que la sienne soit découverte.

— Mais Vasilis, protesta-t-elle, nous pourrions nous entraider.

— Des Turcs ? Nous aider ?

— Papa ! Ne crie pas, s'il te plaît.

Seul Markos avait conscience de la densité du silence dehors. À une ou deux rues de là, on pouvait très bien entendre Vasilis s'il haussait le ton.

— Ils sont chypriotes, papa, lui objecta Maria. Pas turcs.

Irini commença à s'affairer dans la cuisine. L'heure était venue de changer de sujet et Markos lança :

— Veux-tu que j'essaie de te trouver une autre bonbonne ?

Il avait vu juste : ils étaient sur les dernières réserves de gaz. Depuis plusieurs années, cette tâche leur incombait, à Christos ou à lui. L'ancienne blessure à la jambe de Vasilis le ralentissait de plus en plus et il avait du mal à soulever les bonbonnes. Markos avait réussi à détourner ses parents de leur différend.

— Avec plaisir, *leventi mou*, lui répondit Irini.

Markos la prit dans ses bras. La chaleur de son étreinte exprimait davantage que de l'affection. Irini comprit le message : il les réunirait, Emine et elle.

Il avait une bonne raison de le faire : accroître la sécurité de sa famille. Si jamais les soldats turcs découvraient les Georgiou et les Özkan, ils se montreraient peut-être plus cléments, s'ils les savaient amis. C'était une forme de police d'assurance.

Markos identifia vite les habitudes de leur jeune voisin. Les pillages des militaires étaient plus systématiques. Hüseyin l'avait remarqué, et il devenait presque aussi rusé que Markos. À certaines heures de la journée, des camions débarquaient dans les principales rues commerçantes pour vider les boutiques de tous leurs biens. Puis ils descendaient au port, où le butin était stocké. Il était évident qu'à un moment ou à un autre la marchandise partirait pour la Turquie.

Cette opération de vol à grande échelle avait un aspect positif : certaines épiceries étaient amplement négligées. Ni les Özkan ni les Georgiou ne désiraient un réfrigérateur ou de beaux meubles. Ils cherchaient juste à assurer leur survie. Les deux familles ignoraient combien de temps la situation se prolongerait, mais les rêves d'Irini lui disaient qu'il faudrait sans doute compter en semaines.

Deux jours de suite, Markos suivit Hüseyin jusqu'au grand bazar. Le troisième jour, Hüseyin y trouva un mot qui l'attendait. Son cœur battait déjà la chamade quand il avait atteint le magasin. Il avait beau s'y être rendu des douzaines de fois, il continuait à redouter d'être pris à chacune de ses sorties. Ses parents répétaient à l'envi que si Hüseyin courait aussi vite qu'une panthère, Ali, lui, avait le courage d'un lion. Lorsqu'il aperçut la lettre, posée sur le présentoir le plus proche de la porte, son cœur faillit exploser.

Ses mains tremblaient tant qu'il eut du mal à déplier la feuille.

Après avoir lu le message, il récupéra quelques sacs de riz, des pois chiches et rentra par un chemin différent. Il ne voulait pas être repéré par les Georgiou.

— Maman... Regarde !

Il avait à peine franchi le seuil de la maison qu'il lui montrait déjà le message.

— Les Georgiou... Ton amie Irini..., haleta-t-il.

— Quoi ? De quoi parles-tu ?

— Laisse-moi voir ça ! s'écria Halit en lui arrachant le papier des mains.

— Nous ne sommes pas seuls ! s'exclama Hüseyin.

— Pas seuls ?

Emine et Halit mirent du temps à digérer la nouvelle.

— Je veux aller la voir ! annonça Emine. Tout de suite !

Rien ne l'arrêterait.

— Accompagne-la, Hüseyin.

Il lui emboîta le pas en silence. Irini avait guetté le coup timide qui se fit entendre à la porte. Elle l'entrouvrit.

— Irini ! C'est moi !

Bientôt la porte s'écarta plus largement pour permettre aux visiteurs d'entrer. Les deux femmes tombèrent dans les bras l'une de l'autre, s'étudièrent mutuellement et s'étreignirent à nouveau.

— Je n'en reviens pas ! dit Irini.

— Moi non plus, surenchérit Emine. Quand Hüseyin est rentré avec ce message, j'ai failli m'évanouir.

— C'est un petit miracle ! s'enthousiasma Irini.

Les deux femmes en larmes prolongèrent leurs embrassades un moment, puis Irini offrit à Emine du café et elles s'assirent pour discuter des raisons de leur présence à Famagouste. Hüseyin faisait le guet dehors.

— Et Maria, comment va-t-elle ?

— Le bébé est arrivé en avance... le même jour que les Turcs.

Emine se plaqua une main sur la bouche.

— La panique a dû déclencher le travail. Et l'absence de Christos, ajouta Irini.

— Est-il... ?

— Oui, nous n'avons toujours pas de nouvelles. Et Ali ?

— Rien, répondit Emine en retenant ses larmes. C'est pour ça que nous sommes restés. Je ne peux pas partir sans lui.

Panikos les rejoignit. Il passait l'essentiel de son temps à veiller sur Maria et à jouer avec le petit Vasilis dans la chambre du fond. Ils ne venaient dans la pièce à vivre que pour manger. Irini remarqua aussitôt qu'il était blême. Il ne sembla pas constater la présence d'une autre femme aux côtés de sa belle-mère.

— Panikos, qu'y a-t-il ?

— Le bébé...

— Quelque chose ne va pas ?

Irini n'attendit pas la réponse ; déjà elle le bousculait pour se précipiter dans la chambre. Même dans la pénombre, elle lut l'inquiétude sur les traits de sa fille, qui berçait le nouveau-né anormalement silencieux.

— *Kori mou*, que s'est-il passé ?

Maria leva des yeux pleins de larmes sur sa mère. Irini posa la main sur la minuscule tête du bébé.

— *Panagia mou !* Elle est brûlante !

— Et elle n'a rien mangé de la journée. J'ai si peur, *mamma*...

Irini était déjà repartie chercher un bol d'eau froide. Elle entreprit d'éponger le front de la petite.

— Nous devons faire baisser sa température, expliqua-t-elle, pour éviter les pics de fièvre.

— Elle en a déjà eu...

— Elle a besoin de pénicilline, dit Panikos.

— Et où en trouverons-nous ?

— Nous nous débrouillerons. Il doit y en avoir à l'hôpital.

Le nourrisson était pâle et immobile. Même le petit Vasilis restait calmement assis dans un coin, percevant l'anxiété de ses parents.

— Je vais essayer d'en dénicher.

Irini caressa les cheveux de sa fille avant de suivre Panikos dans le couloir. Le désespoir se peignait sur le visage du jeune père. Emine et Hüseyin étaient prêts à prendre congé. Irini leur exposa la situation.

— Je vais t'accompagner, proposa Hüseyin. Ce sera moins dangereux à deux.

Panikos n'hésita pas. Ils ne s'étaient jamais rencontrés, et l'offre de leur jeune voisin lui alla droit au cœur. Il ne se sentait pas le cran de s'aventurer seul dans la ville. Il ne pratiquait aucune activité physique régulière et avait plusieurs kilos en trop, choyé par sa mère d'abord, puis par sa belle-mère surtout.

L'après-midi touchait à sa fin quand ils partirent. L'hôpital se situait de l'autre côté de la ville, ils devraient donc se montrer prudents : ils croiseraient forcément des soldats en route.

Ils se déplaçaient à pas feutrés, Hüseyin devant, en éclaireur. Il faisait signe à Panikos d'avancer dès qu'il s'était assuré que la voie était libre. En atteignant l'hôpital, ils rencontrèrent leur premier obstacle majeur. À travers la grille, ils virent que les portes étaient entrouvertes, mais le portail solidement fermé par un cadenas.

— Attends-moi ici, dit Hüseyin. Je vais faire un tour rapide du bâtiment, il y a peut-être une autre entrée.

Cinq minutes plus tard, il était de retour.

— Par ici !

Il emmena Panikos à un endroit où deux barreaux de la grille avaient été écartés. Il n'avait pas pris en compte l'embonpoint de son compagnon. L'espace ménagé n'était pas assez large, et Panikos savait qu'il serait vain d'essayer. Escalader était une option encore moins réaliste.

— Je peux y aller seul, affirma Hüseyin, le seul hic, c'est que je ne sais pas quoi chercher.

Le temps pressait.

Panikos plongea la main dans sa poche, dont il ressortit un bout de papier et un crayon mal taillé. Il se rappelait le nom de l'antibiotique qu'ils avaient donné à Vasilis, la fois où il avait été malade. Il l'écrivit pour Hüseyin.

— C'est bon, tu arrives à déchiffrer ?

Il ne faisait pas référence à la lisibilité de son écriture. Hüseyin lui prit le papier sans répondre. Panikos se rendit aussitôt compte que le jeune homme était parfaitement capable de lire le grec et en fut gêné.

Hüseyin s'était déjà faufilé entre les barreaux de la grille. Panikos le regarda traverser la cour de gravier au pas de course et disparaître à l'angle du bâtiment.

Les vastes couloirs et salles étaient aussi fantomatiques que le reste de la ville. L'hôpital avait subi des dégâts matériels, mais il était difficile de savoir s'ils avaient été causés par des actes de vandalisme ou par le départ précipité des patients et du personnel. Des chariots avaient été renversés, le contenu des placards éparpillé au sol. Des dossiers médicaux étaient répandus un peu partout.

Hüseyin n'avait pas la moindre idée de l'endroit où il devait aller. Jamais, de toute sa vie, il n'avait eu besoin d'un médecin, si bien que même l'odeur aigre de l'antiseptique lui était inconnue. Il courut jusqu'à ce qu'il tombe nez à nez avec des panneaux. L'un d'eux indiquait : « Pharmacie ». Il commencerait par là. Sinon, il chercherait le service de pédiatrie. Les médicaments pour enfants étaient peut-être stockés là-bas.

La pharmacie avait déjà été visitée. Des bouteilles cassées gisaient un peu partout, ainsi que des boîtes vidées de leurs comprimés. Des seringues étaient éparpillées. La pièce était glaciale. L'électricité ayant été coupée dans toute la ville, un générateur avait dû se déclencher ici.

Hüseyin sortit le morceau de papier et se mit à comparer les mots écrits par Panikos avec les étiquettes des médicaments restants. Rien ne correspondait. Il repartit en courant vers le service pédiatrique.

Le chaos y était moins grand. Il découvrit des rangées de petits lits bien faits, au carré, et une boîte de jouets dans un coin. Quelqu'un s'était donné la peine de les ranger avant de partir. Les blouses des médecins étaient suspendues à une série de crochets et un stéthoscope s'enroulait sur un bureau, tel un serpent.

Hüseyin ouvrit le premier placard. Des pansements. Des moniteurs de pression artérielle. D'autres stéthoscopes. Il comprit qu'il ne trouverait pas ce qu'il cherchait ici.

Se rappelant que les médicaments étaient entreposés dans une pièce froide, à la pharmacie, il se mit en quête d'un frigo. Il le repéra rapidement, dans une petite salle noire dérobée. Celui-ci contenait des flacons sur plusieurs rangées. Des dizaines d'entre eux portaient le nom que Panikos lui avait écrit. Hüseyin en fourra quatre dans ses poches. Les Georgiou n'avaient sans doute aucun endroit pour les garder au frais, et il préféra laisser le reste. Il pourrait revenir si besoin.

Quelques instants plus tard, il quittait le bâtiment. Ils rentrèrent aussi vite que le leur permit l'allure du corpulent Panikos. Il savait que chaque minute comptait avec un bébé malade. Un nouveau pic de fièvre pourrait être fatal à sa fille. Ses efforts pour tenir le rythme de Hüseyin l'essoufflaient, et le temps qu'ils arrivent il était plié en deux de douleur.

Ce fut Hüseyin qui frappa discrètement à la porte et entra le premier. Il remit les flacons à Irini. Avec une cuillère à café, Maria donna au bébé de minuscules gouttes du liquide. La respiration de la petite Irini était précipitée et superficielle. Sa grand-mère l'épongeait constamment avec un linge humide.

— Nous devons faire baisser sa température, insistait-elle.

Cette nuit-là, son état n'évolua presque pas. Maria était aussi silencieuse que le bébé. Panikos allait et venait. Irini essorait son linge sans relâche, et priait autant. Ayant les mains occupées, elle ne pouvait pas se signer, mais elle posait souvent les yeux sur l'icône. Tant que le nourrisson restait chaud, c'est qu'il était en vie au moins. Comme toujours, Vasilis cherchait du réconfort dans la *zivania*.

Tard cette nuit-là, Markos rentra. Il rapportait des provisions.

— Qu'y a-t-il, *mamma* ? demanda-t-il, remarquant sur-le-champ son air affolé.

— La petite ! Elle est si malade. On risque bien de la perdre...

Markos s'attabla avec son père pour boire un coup. Une telle crainte pesait sur eux qu'il décida d'attendre le lendemain matin pour leur annoncer sa nouvelle. Il avait en effet ce jour-là fait une découverte qui aurait de graves conséquences pour eux tous.

Au lever du soleil, la température du bébé avait commencé à chuter. Il reprenait peu à peu vie. Maria versa des larmes de joie. Irini prit son petit homonyme dans les bras et se promena dans la pièce avec lui. Il gazouillait à nouveau. Un vrai miracle après les événements de la veille. Ils continuèrent à lui administrer des gouttes d'antibiotique. Ils ne suivaient aucune posologie, mais ils voyaient bien que ça l'aidait.

Maria était épuisée. Elle s'allongea sur le lit pour dormir. La première chose qu'elle vit en rouvrant les yeux une heure plus tard fut le sourire de sa mère.

— Elle va s'en sortir, lui dit Irini. Je crois qu'elle a faim, maintenant.

La petite se blottit contre le sein de sa mère et téta pour la première fois en plus de trente-six heures. Elle était hors de danger.

Au soir, son état était revenu à la normale, et même Maria avait retrouvé l'appétit. Le moment parut bien choisi à Markos pour partager avec eux sa nouvelle. Il administrait les informations avec autant de parcimonie qu'un médicament, conscient qu'une petite quantité au bon moment pourrait avoir des conséquences considérables.

— Nous n'allons pas être sauvés tout de suite, annonça-t-il. Il va falloir faire preuve de patience en tout cas.

Le désarroi déforma les traits de sa mère.

— Mais...

— Comment le sais-tu ? s'enquit Vasilis.

Son enfermement forcé, vingt-quatre heures sur vingt-quatre, ainsi que son éloignement du *kafenion* et de son verger le rendaient plus irritable que jamais. Markos lui avait dégoté de la *zivania*, et ses réserves de tabac étaient encore pleines, cependant Irini avait exigé qu'il range son *komboloi*, son chapelet aux perles un peu trop bruyantes.

— J'ai surpris une conversation...

— Entre qui ?

— Des soldats turcs... Ils se trouvaient devant un magasin où je récupérais des aliments. Ce que j'ai entendu signifie que nous devrons sans doute rester ici encore un moment.

— Pourquoi ? Qu'essaies-tu de dire ?

Markos esquissa une carte de Chypre sur un bout de papier et traça une ligne qui séparait l'île en deux.

— À ce que j'en ai saisi, voici ce qu'ils ont fait.

Ils comprirent alors tous qu'ils se situaient au sein d'une vaste zone occupée par les Turcs.

— Les combats se poursuivent ? s'inquiéta Panikos.

— Il semblerait.

— Ces *poustis* !

Il employait la pire insulte à sa disposition.

— Et en plus nous en avons pour voisins ! ajouta-t-il.

Ses préjugés contre les Chypriotes turcs n'avaient fait que s'accentuer.

— Sans Hüseyin, observa Panikos, nous aurions perdu notre bébé.

Vasilis posa sa fourchette avec fracas.

— Comment ça ?

— Elle serait morte, répliqua-t-il avec emphase. Non seulement il a récupéré des médicaments, mais je n'aurais sans doute pas réussi à atteindre l'hôpital sans lui.

Vasilis se remit à manger en silence. Irini souriait. Sa petite-fille avait été sauvée par le fils d'Emine. Entre autres denrées, Markos avait rapporté de la semoule, elle avait donc préparé un gâteau, un *revani*, et avait invité la famille Özkan à se joindre à eux.

Halit déclina l'invitation. Irini et Emine avaient accepté l'idée que leurs époux ne s'assiéraient peut-être jamais à la même table. Les hommes voyaient dans le conflit une attaque personnelle et se considéraient mutuellement responsables de la situation. De leur côté, les femmes prenaient la faute sur elles.

— Nous avons chacun nos torts dans un sens, disait Emine, n'est-ce pas ?

— Quand une crise dure aussi longtemps, répondait Irini, il est impossible de dire qui en est à l'origine.

Markos profita de cette réunion pour demander à Hüseyin s'il avait d'autres sources d'approvisionnement en dehors de l'épicerie où il avait trouvé le message. D'un naturel prudent, le jeune Chypriote turc ne voulut pas entrer dans les détails et répondit donc de manière floue, décrivant une zone au nord-ouest de la ville sans mentionner les noms des rues.

Irini distribuait des parts de gâteau.

— Je crois que j'ai besoin de perdre un peu de poids, dit Panikos, une main posée sur son ventre protubérant, avant de refuser son assiette et d'échanger un sourire avec Hüseyin.

— Je peux l'avoir ? lança Mehmet en accourant.

Il jouait avec Vasiliki, par terre, et il appréciait énormément cette expérience : c'était lui qui fixait les règles sous le regard admiratif de son cadet. Il s'était tellement ennuyé ces derniers temps.

— Avec plaisir, lui répondit Panikos en lui tendant son dessert.

22

Dans le camp de Dekhélia, il n'y avait pas de gâteau. Parfois, il n'y avait même pas assez de pain, et les conditions empiraient de jour en jour.

Comme bien d'autres, Aphroditi était malade. Des centaines avaient contracté la dysenterie, et les bactéries faisaient des ravages sans discrimination, chez les personnes âgées comme chez les nourrissons. Des tombes avaient été creusées, récemment, sur le pourtour du camp.

Aphroditi était déjà mince en temps normal. Après dix jours de maladie violente, elle flottait dans sa robe sale. Au début, elle avait été prise en charge par l'infirmerie. Allongée sur un lit de camp militaire, sous une tente où l'air manquait, elle avait été régulièrement saisie de spasmes de douleur et de vagues de nausée. Markos ne quittait pas ses pensées. Elle essayait de se souvenir de son visage. Quand celui-ci se dérobait, elle en venait à se demander s'il était encore en vie.

Elle n'avait pas retiré ses bijoux depuis son arrivée au camp. Elle n'avait aucune raison de le faire, et aucun endroit où les entreposer. Elle jouait constamment avec son pendentif. Il était toujours chaud au contact et lui permettait de communier avec la dernière personne qui l'avait touché. Elle s'imaginait que quelque part sous ses nombreuses empreintes digitales à elle, il restait des vestiges de Markos.

Elle n'avait pas croisé son reflet dans un miroir depuis son départ précipité, toutes ces semaines plus tôt. Elle n'en revenait pas de s'en soucier aussi peu. Ce changement d'attitude était aussi inattendu que l'affection qu'elle s'était découverte pour les enfants Frangos.

Lorsque son état de santé se fut un peu amélioré, elle regagna la tente crasseuse que Savvas et elle partageaient dorénavant avec la famille Frangos.

Ils s'étaient attendus à passer quelques jours là, et leur arrivée au camp remontait maintenant à cinq semaines. Savvas avait entendu dire que certains commençaient à reprendre la route de Nicosie. Pour l'heure il n'était pas question de retourner à Famagouste, et beaucoup trouvaient refuge chez des parents ou des amis, prêts à les héberger.

— Allons-y, suggéra-t-il. Plus vite nous partirons d'ici, mieux nous nous porterons.

— Tu ne comptes pas emmener les Frangos avec nous ?

— Nous n'avons pas assez de place dans la voiture.

— Les enfants pourraient nous accompagner.

Anna Frangos surprit leur échange.

— Ne vous inquiétez pas, dit-elle, nous ne supporterions pas d'être séparés.

Aphroditi l'observa, avec ses quatre jeunes enfants, deux sous chaque bras, comme autant de canetons blottis sous ses ailes.

— Naturellement, conclut-elle.

Cette famille formait un tableau aussi beau que pathétique. À cet instant, Aphroditi aurait volontiers échangé sa place avec celle de Kyria Frangos, qui n'avait ni toit ni biens mais qui lui paraissait la femme la plus riche du monde. Les Frangos vivaient dans un petit appartement des faubourgs de Famagouste, et ils n'avaient rien emporté : ni photo, ni livre, ni aucun vestige du passé pour leur rappeler ce qu'avait été leur existence. Ils faisaient quotidiennement la queue pour des rations de nourriture ou de petites broutilles telles que des paires de chaussettes pour les enfants. Il n'y avait pas grand-chose d'autre de toute façon. Régulièrement, si une robe ou un pantalon avait besoin d'être lavé, les enfants devaient s'emmitoufler dans une couverture pendant que les vêtements séchaient.

Ils n'avaient pas de famille dans le sud de l'île pour les accueillir, toutefois on racontait que le gouvernement s'apprêtait à construire des camps spéciaux pour offrir aux réfugiés de meilleurs logements.

— Si vous trouvez un moyen de rejoindre Nicosie, vous serez les bienvenus chez nous, ajouta Aphroditi.

Elle se baissa pour faire un câlin aux trois petites filles et à leur frère. Elle n'avait jamais passé autant de temps en compagnie d'enfants, et ces heures avaient été aussi joyeuses que gratifiantes. Deux d'entre eux savaient presque lire déjà. Elle avait consacré des journées entières à les faire travailler et à inventer des histoires. Elle était triste de les quitter.

— Nous essaierons de vous tenir au courant de notre situation, promit Costas au moment des véritables adieux.

Son sac à main sur une épaule, Aphroditi s'éloigna. Comme toujours, son mari l'attendait et s'impatientait. En silence, ils prirent la route de Nicosie. Le roulis de la voiture réveilla la nausée qui avait tant tourmenté Aphroditi au cours des semaines passées, et ils durent s'arrêter à deux reprises pour qu'elle puisse soulager ses haut-le-cœur sur le bas-côté.

La chaussée était encombrée de débris et de véhicules à l'abandon. De temps à autre ils tombaient sur un cratère, qu'ils contournaient en quittant le bitume. Le paysage, ponctué de bâtiments détruits par les bombardements, était méconnaissable. Aucun d'eux ne desserrait les dents. Il n'y avait rien à dire. Leur si belle île avait été dévastée.

Ils finirent par atteindre la périphérie de Nicosie. Alentour ils voyaient les traces des combats féroces qui s'étaient déroulés. Ils longèrent le Hilton endommagé et plusieurs immeubles entièrement détruits.

L'appartement qui avait appartenu aux parents d'Aphroditi était proche du centre de la vieille ville. Bien des bâtiments anciens étaient tombés en miettes dans les bombardements, et il semblait que la plupart des vitres de la ville avaient volé en éclats.

La voiture peinait. Ce n'était pas seulement dû à l'irrégularité du macadam, aux obstacles en tout genre – gravats et sacs de sable à l'abandon. Savvas se rangea le long d'un trottoir et descendit.

— Merde ! s'emporta-t-il en décochant un coup de pied dans le véhicule. On va devoir marcher.

Deux des pneus étaient presque à plat. Ils n'étaient pas très loin de leur destination. Et ils n'avaient presque pas de bagages, au moins. Savvas avait son attaché-case avec les différents papiers et actes qu'il avait récupérés dans son bureau avant leur fuite, et Aphroditi son sac à main, contenant les clés d'un appartement qui lui paraissait se trouver sur une autre planète, des boucles d'oreilles, un porte-monnaie et une perle.

Par miracle, leur immeuble était encore debout. Des planches de bois bouchaient les fenêtres, par mesure de précaution, en l'absence des propriétaires. Les époux Papacosta levèrent tous deux la tête. Leur appartement se trouvait au troisième étage et à ce qu'ils pouvaient en voir depuis la rue, il semblait plutôt en bon état.

Une femme d'un certain âge était en train d'étendre une lessive sur le balcon juste au-dessus d'eux. Son mari arrosait des plantes. Un oiseau gazouillait gaiement. Un samedi matin presque comme les autres. Le couple suspendit ses activités.

— Bonjour, Kyrie et Kyria Papacosta, lança l'homme. *Ti kanete ?* Comment allez-vous ?

La formule paraissait si ordinaire. Une question banale du quotidien à laquelle il était impossible de répondre. La ville était dans un véritable état d'abandon, tous pleuraient la disparition de proches ou de maisons, pourtant les fleurs avaient toujours besoin d'eau, et les oiseaux de graines.

— J'ai été vraiment désolée d'apprendre la nouvelle pour Kyrios Markides, ajouta son épouse.

Aphroditi sentit aussitôt sa bouche se dessécher. Il y avait plus de deux ans qu'ils n'avaient pas mis les pieds à Nicosie. Depuis l'inauguration du Sunrise, ils avaient été débordés.

Kyria Loizou sut interpréter le sourire courageux d'Aphroditi et n'insista pas.

— Quelqu'un a-t-il demandé à me voir ? lança Savvas.

Sa femme retint son souffle dans l'attente de la réponse.

— Pas à ma connaissance, lui répondit son voisin.

Aphroditi poussa la porte de l'immeuble et pressa l'interrupteur du hall. Le bâtiment était encore alimenté en électricité, au moins. Markos n'était pas venu. Ils gravirent les trois étages, et Savvas ouvrit l'appartement avec sa clé. Celui-ci était dans l'état où l'avaient laissé les parents d'Aphroditi lors de leur dernière visite.

Elle entreprit aussitôt d'ouvrir les fenêtres et les volets. Les puissants relents de renfermé l'étouffaient quasiment. Elle voulait faire entrer la lumière et l'air. Savvas ressortit presque aussitôt.

— Je veux savoir ce qui s'est passé ici. Et je verrai si je croise des magasins ouverts. J'ai l'impression que certains quartiers ont retrouvé une vie normale.

Aphroditi était plus qu'heureuse de rester seule.

Malgré l'odeur, l'appartement était propre et bien rangé. Après le chaos qu'ils avaient connu au cours des semaines écoulées, il lui apparaissait comme un véritable havre. Tout y semblait si permanent et solide, à l'inverse de leur propre appartement de Famagouste, meublé dans le style minimaliste des années soixante-dix. Ses parents avaient un goût prononcé pour les reproductions massives d'antiquités. La plupart des tissus d'ameublement étant dans les tons de marron et de bordeaux, l'ensemble avait un aspect sinistre.

Cet endroit croulait sous les souvenirs et les émotions pour Aphroditi. Elle avait vécu son enfance et son adolescence dans ce cadre, à une époque où tout, y compris le temps, lui semblait immense et vaste. Le passé se rappelait à elle de plein fouet : les visites de ses grands-parents, les premiers anniversaires, les fêtes des saints, les jeux avec son frère. Elle soupçonnait même que le placard du coin contenait encore quelques jouets en bois.

Les affaires de ses parents étaient poussiéreuses mais intactes. Le meuble le plus imposant de la pièce était une table en bois foncé. Une nappe en dentelle blanche protégeait le plateau, et dessus trônait une collection de cadres. Photographies de mariages (celui d'Artemis et de Trifonas Markides en noir et blanc, celui d'Aphroditi et de Savvas en couleurs), de deux filleuls et plusieurs d'Aphroditi petite fille, avec ses tresses qui lui caressaient la taille. Sur une autre, Trifonas Markides recevait un prix. Le cliché avait été pris cinq ans auparavant. Il brandissait une plaque sur laquelle était gravé un bateau. Celle-ci était accrochée au mur : « Cette plaque est offerte à Trifonas Markides par la chambre de commerce chypriote pour le remercier de son rôle dans le développement de l'export. » Sur le cliché, on le voyait serrer la main d'un homme politique.

Dans un cadre plus grand que tous les autres, et mis en avant, se trouvait une photographie de son frère Dimitris, lors de la remise de son diplôme universitaire à Londres. Il était fier, et beau, avec son hermine et sa toque. Le cadre en argent ouvragé était séparé en deux parties : à gauche le portrait et à droite, gravés dans le métal, son nom et les dates de sa naissance et de sa mort.

Un portrait identique ornait une immense pierre tombale, pas très loin de là, avec les mêmes mots : « *Yia panta tha ses thimamai. Den tha se ksehaso poté.* » À jamais dans nos cœurs. Nous ne t'oublierons pas.

Cette tragédie d'une disparition dans la fleur de l'âge s'était répétée plusieurs milliers de fois au cours des derniers mois. Quoi qu'en disent certains, ce conflit n'avait rien de récent. Il avait volé des vies et détruit le bonheur sur cette île depuis des années.

En Angleterre, Artemis Markides regardait ce même portrait poignant tous les jours. Aphroditi eut l'impression qu'on lui avait arraché le cœur pour le tordre violemment. Elle s'assit un instant. La souffrance des semaines, des mois, des années passées la submergea. Tout semblait avoir disparu. Son frère, son père, l'homme qu'elle aimait. Rien de ce qu'elle chérissait n'avait survécu.

Elle s'était attendue à revoir Markos à Nicosie, néanmoins la catastrophe que traversait l'île avait pris un tour qu'aucun d'entre eux n'aurait pu anticiper. Tôt ou tard, il apporterait les clés du Sunrise. Elle se raccrocha à ce mince espoir.

Assise au bord d'une méridienne, elle sentit une nouvelle vague de nausée monter et courut aux toilettes. Dès qu'elle eut vomi, elle voulut se rafraîchir. Elle eut un coup au cœur en croisant son reflet dans le miroir de l'armoire à pharmacie. Elle se voyait pour la première fois en plusieurs semaines. Elle découvrit un visage émacié, presque décharné, aux yeux creusés. Des cheveux ternes et emmêlés. La peau de son cou pendait et son teint était aussi blanc que la chemise suspendue par sa voisine. Elle se débarbouilla et s'essuya avec une serviette devenue rêche à force de ne pas servir. Avec le recul, elle était surprise que Kyria Loizou l'ait reconnue.

Elle se rendit alors compte de la saleté de sa robe. Elle la retira et la jeta. Après une douche froide, elle ouvrit la penderie et chercha de quoi s'habiller. Ses parents avaient laissé, dans les placards et commodes, des tas de vêtements inadaptés au ciel anglais. Ils avaient toujours prévu de revenir régulièrement.

Elle choisit un chemisier et une jupe qu'elle serra à la taille avec une ceinture. Les deux vêtements étaient trop grands pour elle. Si sa mère était plus ronde, les deux femmes faisaient presque la même pointure, et Aphroditi sortit des sandales plates qu'elle enfila.

Après avoir brossé ses cheveux humides en arrière pour les ramener en queue-de-cheval, elle se sentit un peu mieux. Son carré sophistiqué avait depuis longtemps repoussé et perdu toute forme. Avant de se doucher, elle avait déposé ses boucles d'oreilles voyantes et son pendentif sur la coiffeuse de sa mère. Elle décida de ne pas les remettre. Il y avait quelque chose d'inconvenant à porter ces bijoux dans des circonstances pareilles. Elle ouvrit un tiroir pour les y ranger. Une enveloppe s'y trouvait. Elle portait le nom de son frère. Le moment était mal choisi pour raviver la douleur, elle préféra donc laisser celle-ci à sa place. De surcroît, elle respectait l'intimité de sa mère et ne voulait pas se montrer indiscrète.

Revigorée, elle décida de sortir. Comme Savvas, elle était curieuse de découvrir ce qui s'était passé à Nicosie. Elle ferma la porte et cacha la clé sous le paillasson, sachant que son mari la chercherait à cet endroit, et sortit discrètement de l'immeuble. Le moment venu, elle aurait le courage d'engager la conversation avec leurs charmants voisins. Pas dans l'immédiat.

Aphroditi arpenta les rues de la ville incognito. Lorsqu'elle croisait son reflet dans les rares vitrines qui n'avaient pas été brisées ou remplacées par des planches, elle avait l'impression qu'il s'agissait d'une inconnue.

Ses pas la conduisirent à travers le labyrinthe de ruelles de la vieille ville et elle aperçut, de loin en loin, la barricade qui séparait Nicosie en deux : bidons rouillés, grillage de fortune et barbelés. Elle existait depuis des années mais avait été consolidée en maints endroits. Les traces d'affrontements violents, de part et d'autre de cette ligne de démarcation, étaient partout. Façades criblées de balles et intérieurs exposés en plein jour là où des tirs d'artillerie avaient laissé un trou aux contours irréguliers.

Une poignée de petites boutiques avaient déjà rouvert leurs portes, principalement des épiceries et des bazars. Elle n'avait pas d'argent sur elle pour acheter quoi que ce soit. Elle espéra que Savvas rapporterait à manger. La faim commençait à se faire sentir.

Il était déjà rentré quand elle regagna l'appartement. Sur la table trônait un sac, et elle vit qu'il s'était aussi offert un nouveau costume. Il avait beau être aussi grand et élancé que son défunt beau-père, les vestes et pantalons rangés dans la penderie ne lui seraient d'aucun usage. Savvas se refusait à porter des vêtements qui avaient appartenu à quelqu'un d'autre. Par chance, un tailleur venait de rouvrir près de la ligne verte.

— On aurait dit qu'il m'attendait, plaisanta-t-il, souriant pour la première fois depuis des semaines. Il avait trois costumes exactement à ma taille !

— C'est l'un d'eux ?

Il hocha la tête. Aphroditi remarqua qu'il avait aussi rendu visite au barbier. Elle jeta un coup d'œil au contenu du sac : du pain et du lait.

— Il n'y a pas grand-chose dehors, dit-il d'un ton morose. Mais ils attendent des livraisons d'un jour à l'autre maintenant.

Aphroditi se coupa deux tranches de pain qu'elle dévora successivement.

— La ville est dans un sale état, non ? dit-elle entre deux bouchées.

— Oui, un vrai désastre. J'ai appris que beaucoup n'étaient partis que récemment, craignant que les combats reprennent. L'opinion générale semble être que tout est fini, pourtant.

— Comment ça, fini ?

— Ça va en rester là. Un trait a été tiré. Littéralement. Et on ne peut rien y faire.

— Et Famagouste ?

— Oh, ne te ronge pas les sangs pour ça. Nous récupérerons Famagouste. Pas Kérynia en revanche. Je ne pense pas qu'on puisse y aller avant un bon moment.

— On peut rentrer à la maison alors ? s'enquit Aphroditi, saisissant cet espoir d'un retour à la vie normale.

— Pas encore. Mais croisons les doigts pour que ça soit bientôt possible.

Elle prépara du café.

— Je suis vraiment remonté contre Markos Georgiou, il aurait dû m'apporter les clés, ajouta Savvas. Je suppose qu'il finira par pointer le bout de son nez. Et quand je pense à tous les bijoux là-bas...

Aphroditi trouva du sucre dans un placard. En général, elle buvait son café noir, cependant elle manquait d'énergie.

— Peut-être pourrons-nous repartir de zéro avec le nouveau Paradise Beach, poursuivit Savvas. J'ai compulsé les assurances, nous devrions être couverts.

— Et le Sunrise ? Tu crois qu'il a subi des dégâts ?

— Espérons que non. Nous le saurons dès que nous retournerons là-bas.

Pour la première fois depuis des semaines, Aphroditi pouvait imaginer reprendre son ancienne vie. Peut-être que toutes ces heures de rêverie, à penser aux bras de Markos et à ses lèvres, se concrétiseraient.

Aphroditi et Savvas souriaient tous deux, même si c'était pour des raisons très différentes.

Au cours des semaines suivantes, les variétés et quantités de produits disponibles se multiplièrent. D'autres Chypriotes rentrèrent à Nicosie, aspirant à reprendre le fil de leur existence.

L'un après l'autre, les *kafenion* rouvrirent. Lorsque le *zacharoplasteion* où sa mère l'emmenait à la sortie de l'école exposa à nouveau des gâteaux en vitrine, Aphroditi connut un élan d'optimisme. Le lendemain, elle s'installa à l'une des tables et se fit plaisir. Elle avait plusieurs kilos à reprendre et espérait que sa gourmandise l'y aiderait.

Les nouvelles de Famagouste n'étaient pas rassurantes jusqu'à présent. Les négociations n'avançaient pas. La presse les informait qu'il y avait encore un long chemin à parcourir avant qu'ils ne puissent rentrer.

— Nous devons nous montrer patients, Aphroditi, lui disait Savvas.

Dans la bouche de l'homme le plus irascible qu'elle connaissait, ces mots la décontenançaient. Un jour, en le surprenant assis derrière l'immense bureau de son père, elle comprit leur origine. Savvas avait trouvé le moyen de tirer avantage des événements. Devant lui s'étalaient les plans au sol d'un bâtiment.

— C'est le nouveau Paradise Beach ?

— Non, lui répondit-il. Un autre hôtel.

Devant l'air interloqué de son épouse, il développa.

— Je comptais attendre avant de t'en parler, expliqua-t-il l'air à la fois penaud et satisfait. L'occasion était trop belle pour la laisser filer.

— Quelle occasion ?

— Nikos Sotiriou a décidé de vendre son hôtel. Il pensait déjà à prendre une retraite anticipée au moment où la crise a éclaté, il me l'a donc proposé contre trente pour cent de sa valeur.

L'établissement que Savvas avait acquis était le plus luxueux de Famagouste après le Sunrise.

— Même d'après l'estimation la plus basse, j'ai fait une affaire. D'autres pourraient se présenter. Dès que nous serons en mesure de retourner là-bas, nous procéderons à quelques travaux de réparation et rouvrirons. Si je décroche l'autre établissement sur lequel j'ai des vues, je posséderai le plus beau portefeuille hôtelier de Famagouste.

Aphroditi n'en croyait pas ses oreilles.

— Enfin...

— J'ai souscrit un prêt. Il n'était pas donné, mais je te garantis que ça sera payant. J'en suis sûr et certain.

Aphroditi avait la tête qui tournait. Elle ne parvenait pas à comprendre comment Savvas pouvait agir ainsi en des temps aussi incertains.

— Nous n'avons rien à vendre pour rembourser le prêt...

— Nous n'aurons pas à le faire, l'interrompit-il.

Un ange passa. Aphroditi fixait son époux sans un mot. Il continua :

— Il y a toujours cet appartement... ta mère a sa maison en Angleterre. Sans oublier les bijoux au coffre. Ça représente une jolie somme. Nos arrières sont assurés.

L'optimisme de Savvas et le fait qu'il ait agi sans la consulter la laissaient sans voix.

— Je crois que je vais sortir prendre un peu l'air.

Elle devait mettre de la distance entre son mari et elle. Une légère brise de fin d'automne s'était même levée.

Une fois dans la rue, elle se surprit à diriger ses pas, par réflexe, vers la pâtisserie. C'était un endroit rassurant où se réfugier. Le choix était limité, mais une petite part de baklava arrosée d'une tasse de café lui remonterait le moral, ne serait-ce que pour quelques minutes. Elle n'en revenait pas que Savvas ait pu miser aussi gros.

Tandis qu'elle attendait d'être servie, elle observa les autres clients. La plupart étaient des femmes de son âge, ou un peu plus, peut-être moins *soignées** qu'elles n'auraient pu l'être un an auparavant. Néanmoins elles avaient toutes fait un effort vestimentaire pour l'occasion. Tout comme les hommes se rendaient au *kafenion*, les dames de Nicosie avaient besoin de retrouver leurs amies au *zacharoplasteion* pour goûter à nouveau à la normalité. Une table en particulier attira le regard d'Aphroditi.

Une femme, la soixantaine sans doute, avec un casque de cheveux noirs tirés en arrière, discutait avec un groupe de trois amies, qui arboraient toutes une coiffure sophistiquée. Aphroditi connaissait son visage. Avec son époux, un homme politique, ils étaient des habitués du Clair de lune. Elle se rappelait l'avoir rencontrée à l'occasion de l'inauguration mais devait être la seule à s'en souvenir.

Dans la confusion poussiéreuse de la ville, c'était un miracle de voir ces femmes discuter avec la plus grande insouciance. Des effluves de parfums capiteux s'échappaient de leur table. L'un d'eux était peut-être bien le préféré d'Aphroditi, néanmoins le mélange entêtant des différentes fragrances lui donnait la nausée.

Bruyantes, dominatrices, avec leurs tenues voyantes et leurs rouges à lèvres vifs, elles tranchaient sur le spectacle délabré de la rue. Aphroditi devinait qu'ayant toutes été, à une époque, louées pour leur beauté, elles étaient décidées à ne pas laisser celle-ci se faner. Avec son visage frotté au savon et les vêtements de sa mère, elle avait l'impression de ne plus appartenir à leur monde.

Soudain, elle nota quelque chose. La plus jeune d'entre elles portait une bague. L'attention d'Aphroditi fut attirée par l'éclat que jetaient les diamants en captant la lumière, mais ce ne fut que lorsque la femme cessa de remuer la main – de toute évidence pour attirer l'attention sur le bijou – qu'elle put l'étudier à loisir.

Tout le sucre qu'elle venait d'ingérer lui remonta au cerveau avec la violence d'une décharge.

Elle voyait un diamant jaune, de forme parfaitement circulaire et de la taille d'une petite pièce de monnaie, entouré de plus petits, également jaunes, montés sur du platine. Il ne pouvait pas y avoir deux bagues identiques sur l'île. Le doute n'était pas permis : c'était la sienne.

Aphroditi en fut paralysée. Impossible d'aller trouver la femme et de l'accuser de vol. C'était la dernière chose qu'elle souhaitait faire, aspirant à passer inaperçue...

Tremblant comme une feuille, elle régla l'addition. Comment sa bague s'était-elle retrouvée au doigt de cette étrangère ? Aphroditi ne se sentait pas seulement dépouillée. Elle éprouvait un sentiment encore plus puissant. Qu'était-il arrivé à Markos ? Qui avait pu récupérer cette bague dans la chambre forte sans qu'il soit au courant ? Plus que jamais, elle devait découvrir ce qu'il était devenu.

Elle emprunta le chemin le plus court pour rentrer, sur des jambes si flageolantes qu'elles la portaient à peine.

23

À Famagouste, Emine avait vite contracté l'habitude de rendre visite aux Georgiou quotidiennement. Elle était toujours escortée par le prudent Hüseyin et emmenait Mehmet. Le petit Vasilis était aussi excité que Mehmet d'avoir un nouveau camarade de jeu, même quand ils finissaient par jouer aux petits soldats, dont il ne comprenait pas bien le sens.

Tous s'étaient accoutumés à parler bas. Le ciel était redevenu silencieux, mais en relâchant leur attention ils risquaient de se mettre en danger. Ils n'avaient aucune information sur ce qui se passait en dehors de la ville.

— Devons-nous vraiment rester ? demanda Irini à Markos.

— Tant que les soldats ignorent notre présence, nous sommes sans doute mieux ici qu'ailleurs. Nous avons de la nourriture, et nous sommes en sécurité.

— Comment pouvons-nous le savoir ? insista Emine. Si tu as raison au sujet de cette ligne de démarcation, ça peut être le chaos n'importe où.

— Si cette ligne sert à séparer les Grecs des Turcs, beaucoup se retrouveront sans doute du mauvais côté, approuva Irini.

— Nous pourrions aller au nord de la ligne, suggéra Hüseyin. Nous avons des amis et de la famille à Maratha.

— Si vous révélez soudain votre présence, s'emporta Vasilis, vous nous mettrez en danger. Ils chercheront d'autres habitants.

— De toute façon, rien n'a changé pour moi, trancha Emine. Tant qu'Ali ne sera pas rentré, je ne partirai pas.

Dès que Vasilis se mêlait aux conversations, le ton montait. Maria emporta Vasiliki dans la chambre, où le bébé dormait. Mehmet se retrouva seul, une fois de plus, à écouter les adultes se disputer.

— Pourquoi ne vas-tu pas chercher ton père, Hüseyin ? suggéra Markos. Nous devrions lui demander son avis.

Halit fumait, assis sur le pas de sa porte. Il avait l'air aussi à l'aise qu'autrefois. Dès qu'il aperçut son fils, il le tança.

— Pourquoi les as-tu laissés seuls ?

— Tu peux venir, papa ?

— Où ça ? Dans cette maison grecque ?

— Nous discutons d'un éventuel départ. Ça nous concerne tous, insista-t-il.

— Nous ? Qui ça, nous ?

— S'il te plaît. C'est important. Ça ne prendra pas plus de quelques minutes.

— Très bien, je t'accompagne mais je ne m'assiérai pas.

Tous, à l'exception de Vasilis, se levèrent pour accueillir Halit.

— Bienvenu chez nous, lui dit Irini avec une chaleur sincère. Permettez-moi de vous offrir un café.

Halit resta debout, ainsi qu'il l'avait annoncé. Les autres reprirent leur débat afin de savoir si le départ des Özkan était, ou non, une bonne idée. Ils ne disposaient que de maigres informations pour nourrir leur décision.

Alors que Halit s'apprêtait à dire ce qu'il en pensait, des portières de voiture claquèrent. Les sons bien que proches n'étaient pas juste devant la maison. Ils entendirent alors des voix.

Ils se figèrent. Les soldats turcs n'avaient pas patrouillé dans leur rue depuis plusieurs jours et ils s'étaient sentis en sécurité. Aux hurlements succéda un martèlement. Les militaires défonçaient une porte. Ils enclenchèrent ensuite la marche arrière dans un grincement et de nouveaux ordres furent criés. Au bout d'une vingtaine de minutes, la tranquillité revint. Les Georgiou et les Özkan eurent l'impression que ça avait duré une éternité.

Ils poussèrent tous un soupir de soulagement. Maria et les enfants, restés dans la chambre, ne s'étaient rendu compte de rien.

— Je crois qu'ils sont partis, finit par murmurer Hüseyin. Je vais aller voir.

Il rejoignit la porte sur la pointe des pieds, tira le verrou et s'aventura dans la rue. Quelques instants plus tard, il était chez lui. Des éclats de bois jonchaient les pavés et il comprit presque aussitôt que leur porte avait été réduite en miettes.

Il franchit le seuil. Même s'il manquait des objets, la pièce semblait plus encombrée qu'auparavant avec les meubles renversés, le contenu des tiroirs et des placards éparpillés sur le plancher.

Le backgammon auquel son père tenait comme à la prunelle de ses yeux avait disparu, ainsi que certains cadres au mur et le réfrigérateur. Les placards où ils stockaient la nourriture avaient été ouverts. La commode où sa mère rangeait des coupons de soie avait été dévalisée. Leur petit buste d'Atatürk s'était brisé en tombant, mais leur *nazar* restait intact. Même s'il n'avait aucune valeur, Hüseyin s'en empara juste avant de partir. Il courut chez les Georgiou annoncer la mauvaise nouvelle.

— Vous savez ce que cela signifie ? s'exclama Emine.

Personne ne répondit, pourtant la vérité leur était apparue à tous.

— Ils sauront que quelqu'un vivait ici.

Lorsque Hüseyin retourna à la maison avec son père, il constata que la casserole de riz pilaf, préparé par sa mère pour le dîner, était encore chaude, et il comprit qu'elle avait raison. Même l'odeur de cannelle dans l'atmosphère aurait appris aux soldats que cet endroit était occupé.

De retour chez les Georgiou, où Irini consolait Emine, les deux familles discutèrent de la suite des événements.

— Ils reviendront, décréta Vasilis de but en blanc. S'ils ont compris que des gens vivaient là, ils vont les traquer.

— Et ils risquent même d'en chercher d'autres, dit Halit.

— Nous devons tous partir alors ? demanda Irini.

Des regards craintifs et incertains s'échangèrent. Le silence n'était troublé que par les pleurs du bébé, plus puissants qu'autrefois. Après quelques minutes, Markos prit la parole.

— Je crois que nous devons quitter cette rue, mais...

— Mais quoi ? insista sa mère.

Elle avait déjà décroché leur icône pour la ranger dans la poche de son tablier. Le sentiment général d'urgence était de plus en plus pressant.

— À mon avis, nous devons rester à Famagouste.

— Quoi ? s'exclama Halit, excédé d'entendre ce Grec décider à sa place. Nous sommes dans des situations différentes ! Qu'est-ce qui nous retient ?

— Halit, souffla Emine, non...

— Je ne pense pas que nous ayons encore le choix.

Il en appelait à la raison de sa femme. Markos sentit un frisson d'inquiétude le parcourir. Le départ des Özkan était la dernière chose souhaitable. Il était convaincu que sa famille était plus en sécurité tant qu'elle resterait avec eux. De plus, il avait besoin de temps. Il n'avait pas encore trouvé comment tirer profit du Sunrise et des énormes richesses contenues dans ses coffres.

— Une seconde, dit-il, réfléchissant à toute allure. Je voudrais vous montrer quelque chose.

Il fila à son appartement, montant les marches deux par deux. Moins d'une minute plus tard, il était de retour avec un vieux journal. En turc.

— J'ai trouvé ça, expliqua-t-il. Des soldats ont dû le perdre et je l'ai récupéré.

Malgré sa résolution de rester debout chez les Georgiou, Halit se laissa choir sur le premier siège.

— Mon chéri, murmura Emine, la gorge serrée. Qu'y a-t-il ?

Elle devinait à son expression qu'un événement terrible s'était produit. Il leva la tête vers elle sans pouvoir parler. Hüseyin traversa la pièce, prit le quotidien des mains de son père et fixa la première page.

— *Aman Allahım !* Oh, mon Dieu ! C'est notre village...

Il regarda sa mère, puis à nouveau la page de une. Elle était dominée par une photo de membres de la Croix-Rouge qui creusaient la terre sous la surveillance des soldats des Nations unies.

Le titre allait droit au but : « Massacre à Maratha ». Dessous se trouvait un compte rendu détaillé de ce qui s'était produit. L'atrocité avait eu lieu quelques semaines plus tôt, le 14 août, mais son étendue n'avait été mesurée que lors de l'exhumation des corps, plusieurs jours après.

Quatre-vingt-huit corps mutilés, dans un état de décomposition avancée, avaient été découverts dans une fosse. Des mères agrippaient encore leurs bébés – âgé de moins d'un mois pour le plus jeune –, et certaines femmes avaient visiblement été violées avant d'être assassinées. Plusieurs cadavres étaient décapités et certains avaient une ou deux oreilles en moins. Les blessures infligées aux victimes prouvaient qu'elles avaient été poussées par un bulldozer dans cette fosse.

Emine fit le tour de la table pour prendre le journal à son tour. Des larmes coulèrent sur ses joues pendant qu'elle lisait.

Un Chypriote grec, témoin de la scène, racontait que tous les hommes et garçons de plus de quinze ans avaient été conduits hors du village. Seuls les vieillards avaient été autorisés à rester. D'après lui, les coupables étaient des Grecs et des Chypriotes grecs. Sans doute des membres de l'EOKA B.

Le quotidien affirmait que les Grecs avaient l'intention d'éliminer tous les Chypriotes turcs de l'île, ce qui expliquait le mouvement de l'armée turque vers le sud : elle voulait les sauver. Les massacres de Maratha et de Santalaris, un autre village, ne faisaient que leur donner raison.

Les Özkan avaient vécu à Maratha avant d'emménager à Famagouste. Tous les noms de la liste, inscrits noir sur blanc, leur étaient familiers, mais quatre d'entre eux partageaient avec elle des liens de sang.

Güldane Mustafa 39
Mualla Mustafa 19
Sabri Mustafa 15
Ayşe Mustafa 5

Il s'agissait de sa sœur et de trois de ses nièces. Emine se mit à gémir. Ses pleurs noyaient tous les autres sons, les vagissements du bébé et le remue-ménage de Vasilis qui rassemblait des affaires.

Plusieurs familles du village comptaient six enfants, et toutes avaient été massacrées, souvent avec les grands-parents. Les noms des hommes et des garçons de plus de quinze ans ne figuraient pas sur la liste, car ils avaient été faits prisonniers.

Irini entraîna Markos dans un coin de la pièce pour l'interroger.

— Depuis quand l'as-tu ?

— Pas très longtemps, *mamma*, répondit-il sans se démonter. Je ne me doutais pas que les Özkan venaient de ce village. J'ai agi par bienveillance, dans le but de les épargner.

Markos savait que d'autres exhumations avaient eu lieu, de Chypriotes grecs aussi. Les deux camps s'étaient rendus coupables d'atrocités. Il cachait un autre journal sous son lit, décrivant le massacre de Grecs à Chytri. Il garderait cette information jusqu'à ce qu'elle lui soit utile.

— Mais où irons-nous ? demanda Irini en se tournant vers Vasilis.

L'impatience de son époux était palpable.

— Quelle importance ? cingla-t-il. Si nous ne partons pas bientôt, ces soldats risquent de revenir et de nous trouver ici.

Vasilis s'inquiétait en priorité pour sa propre famille, cependant il commençait à intégrer l'idée que les Chypriotes grecs n'étaient pas les seules victimes de ce conflit. Il n'avait pas voulu l'admettre avant.

Halit tentait de consoler sa femme. Hüseyin pensait aux fiançailles de sa cousine, à tous ces rêves brisés. Mehmet se tenait en retrait, déconcerté par les événements. Le chagrin incommensurable d'Emine ne la quitterait jamais, et son époux essaya de la convaincre de se relever. Hüseyin le découvrait capable de tendresse.

— Nous devons partir, *tatlım*, mon cœur, lui susurra-t-il en la serrant dans ses bras. Nous devons sauver nos vies.

— J'ai peut-être une solution, glissa Markos à son père. Nous pourrions tous aller au Sunrise.

— Au Sunrise ?

L'idée de loger dans un hôtel où, en temps normal, une simple nuit leur aurait coûté plus qu'ils ne gagnaient en un mois, lui paraissait absurde.

— J'ai les clés, précisa Markos. Les grilles sont si hautes que les Turcs ne se sont même pas donné la peine d'essayer d'entrer.

— Ce n'est peut-être pas une si mauvaise idée, souligna Panikos.

La conversation tourna en rond un moment, mais les minutes passaient et ils ignoraient de combien de temps ils disposaient. Ils durent se rendre à l'évidence : il n'y avait pas de meilleure option. Ils ne parviendraient jamais à quitter, tous, la ville, sans être repérés. Et qui savait ce qu'il adviendrait d'eux s'ils étaient pris.

— Il va falloir redoubler de prudence pour aller jusque là-bas, observa Maria. Nous sommes nombreux, sans parler du bébé...

— La nuit est en train de tomber, la rassura Hüseyin, ce qui ne change rien au fait que nous devrons être prudents.

Seuls Markos et lui étaient habitués à se déplacer dans les rues avec vigilance.

— Je propose que nous partions maintenant. Nous trouverons un endroit où nous cacher, près d'ici.

Quand il fera complètement noir, Hüseyin et moi vous conduirons là-bas.

— À mon avis, nous ne devrions pas retourner à la maison, confia Hüseyin à son père.

Il savait que les seules choses que sa mère aurait pu vouloir étaient les photographies de ses proches disparus. Et il savait aussi que les soldats les avaient dérobées pour leurs cadres précieux. Maria avait réuni, à la hâte, les quelques affaires dont elle avait besoin pour le bébé, dont un flacon de pénicilline, au cas où, et des couches. Vasiliki serrait des pinces à linge en bois dans son petit poing. C'étaient ses soldats.

Tous sortirent en file indienne et patientèrent quelques minutes dans le *kipos*. Vasilis ferma à clé puis souleva un énorme sac rempli de vêtements de rechange et de biens. Il peinait.

— Pourquoi te charger ? s'étonna Maria. Nous ne resterons sans doute pas longtemps là-bas.

Elle portait le bébé, et Panikos Vasiliki. Irini aida son mari avec le sac, et les deux familles se séparèrent, empruntant des trajets différents pour rejoindre la destination qu'ils avaient choisie ensemble.

Hüseyin évita de passer devant chez eux. Le chemin en fut rallongé, mais il ne voulait pas que sa mère aperçoive leurs affaires abîmées et répandues sur les pavés. Elle avait assez souffert au cours de l'heure écoulée.

Les Georgiou les attendaient dans la boutique déserte. Celle-ci avait été entièrement vidée de son contenu. Ils s'assirent tous en silence et restèrent immobiles pendant deux heures, le temps qu'il fasse aussi noir dans la rue que dans le magasin.

— Je crois que nous pouvons y aller, dit Markos en jetant un coup d'œil dehors.

Ils se levèrent. Le moment était venu d'emménager sous leur nouveau toit.

24

Markos et Hüseyin firent emprunter à leurs familles respectives des chemins distincts, connaissant tous deux les rues les plus sûres. Les autres, qui étaient restés cachés chez eux si longtemps, furent effarés par ce qu'ils découvraient : quartiers muets, boutiques saccagées, bâtiments bombardés, jardins délaissés. Le spectacle de leur belle Famagouste dans un état d'abandon insondable était douloureux.

Hüseyin vit son père diminué par la peur et la tristesse. Markos remarqua la même chose chez le sien. Dans le regard de leurs fils, les deux hommes semblaient avoir rapetissé.

Emine, qui sanglotait sans bruit, paraissait absente.

Markos fit patienter les siens sous le porche du plus grand magasin de la ville, juste en face de l'entrée de l'hôtel. Il voulait ouvrir le portail et la grille devant la porte principale avant de les faire venir, pour que les familles puissent s'y introduire rapidement, en file indienne. Ce n'était pas une mince affaire. Savvas Papacosta n'avait pas négligé les questions de sécurité. Il tenait à cet établissement comme à la prunelle de ses yeux et avait voulu le protéger tel un diamant dans un coffre-fort.

En quelques minutes ils furent néanmoins à l'intérieur, et Markos referma avec soin derrière eux.

Le hall leur fit l'effet d'un lieu étranger. Loin de l'atmosphère intime de leurs maisons, Irini et Vasilis se sentaient particulièrement mal à l'aise. Tout ce luxe que Markos leur avait déjà décrit leur donnait envie de rentrer chez eux.

Un faible rayon de lune éclairait le vaste espace. Les familles remarquèrent le miroitement des dauphins et distinguèrent les mystérieux contours des lustres. Le sol de marbre blanc paraissait à la fois dense et immatériel. C'était un nouveau monde pour eux, à tous points de vue, inconnu et intimidant.

— Alors les étrangers vivent ainsi ? lança Vasilis.

L'acoustique des lieux amplifiait leurs murmures.

— Je vais vous donner des chambres et demain matin je vous ferai visiter, annonça Markos. Ce sera plus facile à la lumière du jour.

Il prit cinq clés sur le tableau derrière la réception et conduisit la troupe au premier étage, par l'escalier principal. Dans la pénombre, Irini chercha un soutien et laissa sa main courir sur la rampe de marbre froid. L'épaisseur de la moquette et la profondeur des marches l'impressionnaient. Le Sunrise tenait encore plus du palais qu'elle ne l'avait imaginé.

Markos ouvrit les portes une par une, et les nouveaux clients de l'hôtel prirent possession de leurs chambres. Ils étaient tous installés du même côté du couloir, de la 105 à la 113. Avant qu'ils ne s'enferment, Markos leur donna quelques consignes.

— Ne tirez pas les rideaux, ça pourrait attirer l'attention. De façon générale, ne vous approchez pas des fenêtres. On ne voudrait pas qu'un observateur extérieur repère du mouvement.

Hüseyin ne put s'empêcher de se crisper : sa famille n'avait aucun ordre à recevoir de Markos Georgiou. Ses parents avaient accepté son autorité, malgré son jeune âge, et une nuit avait tout bouleversé. Dans l'immédiat, toutefois, il savait qu'une seule chose importait, leur sécurité.

Dans le noir, tous cherchèrent à tâtons le lit, se cognant aux autres meubles en chemin. Le couvre-lit en satin et les draps en coton soyeux les surprirent, mais ils acceptèrent de bon cœur le réconfort que ceux-ci leur procurèrent après une journée éreintante. Tous s'allongèrent habillés sur les immenses matelas et furent presque instantanément emportés par le sommeil. Dans certaines chambres, libérées dans la précipitation par les touristes, les draps étaient emmêlés.

Emine et Halit occupaient la chambre 105, Hüseyin et Mehmet celle d'à côté, puis venaient Irini et Vasilis, et enfin Maria, Panikos et les deux petits.

Seul Markos était seul. Il se souvenait que l'un de ses derniers rendez-vous avec Aphroditi avait eu lieu dans la 113. L'odeur de son parfum s'était depuis longtemps dissipée, cependant. Il s'étendit sur le lit et pensa à elle, se rappelant avec plaisir ses caresses.

Lorsqu'il l'avait séduite, au début, elle était comme une enfant, mais avec le temps elle s'était révélée l'une des amantes les plus passionnées qu'il ait connues. Il se demanda ce qu'elle était devenue, sans s'attarder.

L'image qu'il gardait d'elle était celle d'un corps pâle et parfait, entièrement dénudé à l'exception d'une longue chaîne qui s'enroulait autour de son cou, puis dévalait entre ses seins jusqu'à son ventre. Il aimait la voir ainsi, habillée d'or seul.

Jetant un coup d'œil aux aiguilles lumineuses de sa montre, il se releva. Il devait aller vérifier que les issues étaient bien fermées, notamment l'accès intérieur à la boîte de nuit. Il était à peu près certain que tout le monde dormait à l'heure qu'il était. Alors qu'il s'engageait dans le couloir, des pleurs étouffés lui parvinrent.

Hormis Emine, ils dormirent tous d'un sommeil paisible. Ils n'avaient jamais appuyé leurs têtes sur des oreillers aussi moelleux ni éprouvé le confort de pareils matelas. Juste après 6 h 30 le lendemain matin, néanmoins, ils furent tous réveillés, presque au même instant, par une lumière aveuglante.

Lentement, très lentement, un jour nouveau venait au monde. La clarté du ciel amplifiait la taille et la puissance de l'immense astre orange qui s'élevait, avec régularité, devant eux. Les fenêtres, du sol au plafond, leur offraient une vue parfaite sur les vifs rayons étalés à la surface de la mer.

Aucun d'eux n'avait assisté à un lever de soleil aussi majestueux.

Ils ouvrirent leurs yeux fatigués, les frottèrent. C'était splendide. Ce même phénomène se produisait tous les matins de leur existence, pourtant rares étaient les fois où ils avaient pu avoir cette impression que le soleil se levait exprès pour eux.

Une demi-heure plus tard environ, quand les rouges et les ors se furent dissipés et que le soleil trôna dans le ciel, Irini et Vasilis se hasardèrent dans leur salle de bains où ils découvrirent la robinetterie dorée et ouvragée. Ils constatèrent avec soulagement que l'eau coulait. Au même instant, Halit entrait dans la douche avec méfiance et respirait le savon, plein de suspicion. De son côté, Hüseyin déplia une épaisse serviette moelleuse. Il en avait si souvent distribué aux clients qu'il ne s'était pas attendu à pouvoir, à son tour, en utiliser une. Mehmet enfila un peignoir et se mit à courir dans la chambre. Il trébuchait sur les pans trop longs en gloussant.

Accoutumée au décor luxueux du Sunrise, Emine était la moins impressionnée de tous. Et elle avait la tête ailleurs, de toute façon. Halit n'avait pas réussi à lui reprendre le journal. Elle avait dormi avec, glissé sous son oreiller. Il était hors de question qu'elle quitte sa chambre.

Comme Irini s'inquiétait pour son amie, Halit lui expliqua la situation.

— Elle va les pleurer aujourd'hui, demain et peut-être encore quelques jours.

— Je comprends, mais ça ne nous empêche pas de lui apporter à manger.

Une heure environ après le lever du soleil, tous les autres descendirent dans le hall. Les yeux écarquillés, ils observaient le décor majestueux. Mehmet et Vasiliki se prirent en chasse autour de la fontaine en poussant des cris. Ils avaient l'impression de s'être échappés d'une cage, grisés par le vaste espace qui s'offrait à eux.

— Voulez-vous que je vous fasse faire un tour ? proposa Markos, du même ton qu'il aurait employé avec un vacancier posant ses valises pour deux semaines. La cuisine est l'endroit le plus important, commençons par là.

Ils furent abasourdis par sa taille. Les rangées de casseroles argentées pendant du plafond, la multitude de couperets et de couteaux, les ensembles de fouets brillants, de toutes les tailles, disposés comme des bouquets de fleurs argentées, les tours d'assiettes blanches, les immenses récipients en cuivre, les rangées de brûleurs à gaz, presque à perte de vue. Sous la fine couche de poussière, tout était impeccable. Le chef était tyrannique, et avant le départ de ses troupes, il avait insisté pour que tout soit bien à sa place.

— Mais il y a des choses à manger ? demanda Mehmet.

Markos lui sourit.

— La nourriture est entreposée dans une pièce spéciale. Vous voulez la voir ?

Mehmet veilla à coller aux basques de Markos pour la suite de la visite. Ils entrèrent dans la pièce froide.

— À quoi servent ces placards argentés ?

— Ce sont des réfrigérateurs, lui répondit Markos. Je crains, malheureusement, que nous ne puissions pas manger ce qu'ils contiennent.

— Je peux voir ?

Le petit garçon ne croyait rien tant qu'on ne lui en avait pas apporté la preuve. Ignorant ce qu'il allait découvrir, Markos ouvrit l'une des armoires réfrigérées. De puissants relents les assaillirent, une puanteur sucrée et écœurante qui vous agressait les narines, descendait dans la gorge pour aller directement vous soulever le ventre. L'effet ne se fit pas attendre.

Hüseyin se détourna juste à temps pour vomir. Mehmet sortit de la pièce en trombe, aussitôt suivi par les autres. Tous étaient agités de toux et de haut-le-corps. Markos était le seul à avoir aperçu le contenu du réfrigérateur : des quartiers de bœuf cru, bleui et verdi, frémissant sous l'assaut de vers grouillants.

Il se précipita dans la cuisine à la suite des autres et leur présenta ses excuses.

— Je suis confus, dit-il en refermant la porte de la chambre froide. Je ne me doutais pas...

En son for intérieur, il se félicitait de ne pas avoir ouvert l'armoire contenant le poisson.

— Tout n'est pas dans cet état, promit-il devant leur abattement. Nous aurons largement de quoi faire avec la réserve de produits secs.

Par chance, il avait raison. Une autre pièce ouvrait sur la cuisine, sorte de petit entrepôt, où étaient rangés la farine, le sucre, les légumineuses et le riz. Les souris l'avaient aussi découvert, cela ne faisait pas l'ombre d'un doute, mais il restait encore des montagnes de nourriture, sans oublier tous les ingrédients dont un grand chef a besoin pour régaler des centaines de convives.

Si ce dernier donnait la faveur à une cuisine internationale, élaborée, il tenait malgré tout à avoir en stock des quantités importantes de légumes secs : *koukia* (fèves), *revithia* (pois chiches), *fakes* (lentilles) et *fasolia* (haricots blancs).

Irini ouvrait de grands yeux ronds. Elle n'avait jamais imaginé autant de nourriture, et le soulagement que cette vision lui procurait était énorme après des semaines de rationnement pour économiser leurs maigres réserves.

Il y avait des montagnes de purée de tomates en boîtes, de conserves de légumes (pour les moments de l'année où ils n'étaient pas de saison), et des litres de lait condensé.

— Regarde, Maria ! Tu vois tout cet halloumi ? s'exclama Irini avec excitation.

Ils devraient peut-être se passer de viande, mais elle serait capable de satisfaire les estomacs affamés.

Pour nourrir un si grand nombre de clients, les commis devaient souvent sauter quelques étapes dans les recettes, ce qui expliquait les énormes cartons de tablettes de bouillon concentré et la pâte de sésame en quantité industrielle. À côté se trouvaient d'énormes pots de champignons au vinaigre et de câpres. Sans oublier les ingrédients de base : huile d'olive, sel, poivre, herbes séchées et toute une gamme d'épices. Chacun de leurs repas serait savoureux.

Levant la tête vers les étagères les plus hautes, Irini découvrit qu'elle aurait aussi de quoi préparer un ou deux desserts. Noix entières par cageots de dix kilos ou hachées, sans oublier les fruits secs : raisins de Smyrne ou de Corinthe, dattes et figues. Il y avait aussi quantité de fruits au sirop : cerises, coings, citrouilles, noix et pastèques. Et du miel à ne savoir qu'en faire.

Mehmet eut le plaisir de découvrir une réserve de tablettes de chocolat. Il n'en avait jamais croisé de telles. Si grandes qu'elles auraient semblé à leur place dans la main d'un colosse. Il eut droit à un carré fondant qu'il peina à terminer.

Irini avait le sourire vissé aux lèvres : elle était comme un enfant dans un magasin de bonbons et était impatiente de se mettre aux fourneaux.

— On pourrait rester ici jusqu'à la fin des temps, Markos. Est-ce que je pourrai essayer d'allumer un four, plus tard ?

Elle se rappelait encore les recettes de son enfance et des premières années de son mariage, à l'époque où la viande était un luxe et le poisson une composante exceptionnelle de leur alimentation. Elle connaissait mille façons d'accommoder les légumineuses, le riz et les épices pour composer des plats délicieux, quant aux friandises qu'elle pourrait confectionner avec de la farine, du sucre, des noix et de l'huile, elles étaient presque infinies.

Markos perçut l'enthousiasme maternel.

— On l'allumera dès qu'on aura fini la visite, *mamma*, suggéra-t-il. Ah, et papa m'a demandé où étaient stockées les bouteilles.

Irini fit les gros yeux à son fils.

— Nous ne savons pas pour combien de temps nous sommes ici, se justifia-t-il. Il ne peut pas s'en passer.

— Je sais, mais...

— J'ai l'impression que ça l'aide à oublier la douleur.

De la cuisine, il les conduisit à la salle de bal. Sa mère et sa sœur en avalèrent presque leur langue.

— Oh... le... mon Dieu, regarde ça... je n'ai jamais...

Elles étaient stupéfaites par les mosaïques, les meubles, les tentures, les peintures murales et un millier d'autres détails qui ornaient l'hôtel.

Quelques heures plus tard, ils s'assirent ensemble autour d'une table. Irini avait proposé qu'ils utilisent celle de la cuisine, qui servait d'habitude au personnel, et Markos avait tenu à ce qu'ils déjeunent, pour marquer le coup, dans la salle de bal. Sans la moindre aide, Irini avait concocté trois plats succulents ainsi qu'un assortiment de baklavas tièdes. Markos était descendu à la cave choisir un bon vin pour accompagner la cuisine de sa mère.

Il avait dressé la table d'honneur, avec des couverts en argent, des verres en cristal et des serviettes amidonnées. Des bougies brûlaient dans les candélabres au mur. Il fit asseoir sa mère sur le trône de Salamine, à la place occupée par Aphroditi, et son père à côté. Markos prit place près de sa mère, avec Maria et Panikos à sa droite. Les hommes Özkan étaient face à eux.

Une fois qu'ils furent tous installés, Markos porta un toast.

— *Stin ygia mas !* À notre santé !

Ils levèrent tous leur verre, hormis Halit. Il goûta la nourriture d'Irini du bout des lèvres. À son grand étonnement, elle était délicieuse et pas si étrange à son palais. À côté de lui, Hüseyin mangeait avec plaisir, tout comme Mehmet.

— C'est encore meilleur que ce que prépare maman, lança-t-il tout haut.

Son père le considéra avec sévérité, se réjouissant presque que son épouse soit restée dans leur chambre. Irini Georgiou n'avait jamais eu l'air aussi fière : tout le monde dévorait ses plats et en redemandait.

À l'étage, Emine avait le regard perdu par la fenêtre. Les images des membres de sa famille assassinés la hantaient. Une vision de sa si chère sœur ne cessait de s'imposer à son esprit. L'avaient-ils tuée en premier ou avait-elle été contrainte d'assister au meurtre de ses trois filles ? Avaient-elles été violées ? Enterrées vives ? Quelle avait été l'étendue de leurs souffrances ? Comme elle ne connaîtrait jamais la réponse à ces questions, son esprit ne trouverait peut-être jamais le repos. L'ignorance la tourmentait. Par moments, son chagrin la submergeait. Elle se demandait si son beau-frère et les deux garçons avaient survécu. Il valait sans doute mieux que non. Et qu'en était-il de ses trois autres sœurs et de leurs enfants ?

Ces pensées ne cessaient de la ramener à Ali. Si des femmes innocentes étaient massacrées, qu'en était-il des soldats ?

De petites quantités de chaque plat lui furent montées, mais les assiettes redescendirent intactes.

— Elle a juste besoin de temps, ne cessait de répéter Irini pour rassurer Halit. Elle a juste besoin de temps.

Les jours passèrent. Irini était occupée. Tant qu'Emine ne serait pas prête à l'aider, elle serait la seule à cuisiner. Si Maria lui donnait un coup de main quand elle le pouvait, elle se consacrait encore essentiellement à l'allaitement de son bébé.

Il y avait tant de farine dans la réserve qu'Irini entreprit même de faire du pain. Au matin, tous étaient accueillis, dès l'escalier, par des arômes merveilleux. Trois miches préparées pour la journée trônaient sur un plat dans la cuisine, dorées, brillantes et prêtes à la consommation.

Après qu'ils avaient dégusté les tranches tièdes, recouvertes d'une épaisse couche de miel ou de confiture, Irini préparait du café. Ils prenaient toujours le petit déjeuner autour de la table du personnel.

Les premiers jours, les hommes eurent amplement de quoi s'occuper. Dans une pièce attenante à la cuisine, réfrigérée, étaient entreposés les légumes frais. La dernière livraison avait eu lieu quelques heures avant l'évacuation, si bien que salades, légumes et fruits de toutes sortes étaient rangés dans des compartiments bien nets. Au cours des semaines qui avaient suivi, ils avaient tous pourri. La salle était envahie par les mouches et, à en juger par les grattements continus, les rats avaient aussi trouvé le chemin de ce festin. L'odeur était nauséabonde, mais moins répugnante que celle du frigo à viande, et tous les hommes entreprirent de nettoyer les lieux.

— Si nous ne faisons rien, les rats finiront par entrer dans la cuisine, souligna Markos. Et la puanteur ne disparaîtra pas toute seule.

En un jour, la pièce fut récurée de fond en comble. Les déchets furent réunis dans des sacs et, cette nuit-là, Markos et Hüseyin empruntèrent la sortie arrière pour aller les jeter derrière l'épicerie.

Irini insistait pour qu'ils ajoutent des produits frais à leur régime, et Hüseyin s'était donc vu chargé d'une mission quotidienne : aller ramasser des fruits et des légumes dans les jardins abandonnés. Étrangement, il continuait à être étreint par un sentiment de culpabilité chaque fois qu'il cueillait une orange ou des tomates mûres chez un inconnu.

À midi, il avait terminé sa récolte en général. Le reste de la journée, il se sentait inutile. Il n'avait rien à faire, et Markos lui avait interdit de sortir après la tombée de la nuit.

— C'est pourtant plus sûr, non ? rétorqua-t-il avec timidité.

— Non, c'est trop risqué, asséna celui-ci d'un ton sans appel. Les mouvements des soldats deviennent imprévisibles.

Hüseyin avait l'impression d'être rabroué. Il ferait ce qu'on lui dirait, ce qui ne l'empêchait pas de nourrir du ressentiment pour ce type qui lui donnait des ordres. Panikos, qui avait assisté à l'échange, imagina le moyen de distraire son beau-frère.

— Nous avons presque tout ce qu'il nous faut ici, lui dit-il, sauf que les radios dans les chambres sont encastrées. Si je te fournis les indications nécessaires, pourrais-tu aller dans mon magasin ? Tu y trouveras des transistors, et toutes les piles qu'il nous faut.

Hüseyin accepta de bon cœur. La boutique avait été dévalisée, cependant il réussit à mettre la main sur un poste de radio, ainsi que sur une poignée de piles. Ça leur permettrait de reprendre contact avec le monde extérieur. Cette nuit-là, ils se relayèrent pour écouter CyBC, puis Radio Bayrak. Peu importait de quel camp venaient les informations, elles étaient mauvaises. Le chaos, la confusion et la peur continuaient à régner partout sur l'île.

Peu après, Panikos lui délégua une autre tâche.

— Quand tu sortiras, tu veux bien essayer de me dégoter une bicyclette ?

Hüseyin ne le déçut pas. Deux ou trois jours plus tard, il lui en rapporta une. Il vit le visage de Panikos s'éclairer dès qu'il la poussa dans le hall de l'hôtel. Cet après-midi-là, ce dernier se mit au travail pour créer un générateur.

Au bout d'une semaine environ, Emine quitta enfin sa chambre. Irini fut heureuse de revoir son amie. Elle lui avait préparé à manger sans relâche, et lorsqu'elle avait constaté qu'elle se nourrissait à nouveau, Irini avait compris qu'il ne lui faudrait pas longtemps avant de chercher la compagnie des autres. Les deux femmes se mirent aussitôt aux fourneaux ensemble, et Maria leur suggéra une autre occupation.

Vasiliki avait grandi au cours des mois écoulés, et Maria se demandait si, dans les centaines de chambres désertes, il restait par hasard des vêtements pour enfants. Dans la panique du départ, les occupants de la 111 avaient abandonné une penderie pleine. Les robes d'été et les chemises hawaïennes ne leur étaient d'aucune utilité, mais Maria était convaincue que quelque part elle trouverait de quoi habiller son petit garçon et même sa fille. L'hôtel avait accueilli de nombreux enfants en bas âge après tout.

— Le pantalon de Mehmet est devenu trop court, approuva Emine. Nous pourrions commencer par le dernier étage.

La garde-robe de Frau Bruchmeyer devait être remplie de vêtements magnifiques et élégants, pourtant elles n'osèrent pas entrer dans la suite.

— Si quelqu'un revient un jour ici, ce sera la dame qui occupait cette chambre, expliqua Emine. Nous ne devons toucher à rien. De toute façon, aucune d'entre nous ne possède sa silhouette élancée...

Markos leur avait remis un passe-partout qui ouvrait toutes les chambres du quinzième étage. Maria posait le bébé sur le lit, où il gazouillait, pendant qu'elles exploraient le contenu des placards. Beaucoup de clients avaient fait de l'ordre avant leur départ, remettant les draps en place, repliant les serviettes de toilette. D'autres étaient partis précipitamment, n'emportant que leurs passeports. Ils avaient même abandonné leurs valises.

Le passage en revue des vêtements oubliés fournit aux trois femmes plusieurs heures de divertissement.

Il y avait des tas d'habits à essayer. La plupart des clients étaient riches, souvent raffinés. Irini et Emine trouvaient leurs nouvelles tenues très différentes de leur style habituel, plus classique, mais elles appréciaient de porter des vêtements propres. Elles récupérèrent aussi des pantalons pour les hommes. Panikos avait déjà découvert une énorme réserve de chemises immaculées et repassées dans la blanchisserie de l'hôtel.

Dans deux chambres communicantes, les femmes mirent la main sur le nécessaire pour les petits.

— Regardez ça !

Maria brandit des petites robes, des bonnets, de minuscules pantalons, des bodys bordés de dentelle et des gilets. Maria examina les étiquettes. Tout avait été fabriqué en France. La petite Irini fut aussitôt changée, et Maria la porta en l'air pour l'admirer. Sa fille agita les jambes comme en signe d'approbation.

Perchées au dernier étage du Sunrise, elles se sentaient libres. Les chances que leurs voix puissent porter à l'extérieur étaient minces. Si des soldats turcs s'étaient postés sur la plage, ils n'auraient jamais pu imaginer que trois femmes se trouvaient à plusieurs mètres au-dessus de leurs têtes. Trois femmes qui, pendant quelques heures, rirent comme si elles n'avaient pas un seul souci au monde et en oublièrent presque où elles étaient.

Alors que Maria s'admirait dans un miroir avec son chemisier à fleurs et la jupe assortie, Emine s'exclama :

— Tu es ravissante dans cette tenue !

À croire qu'elles étaient sorties faire du shopping dans l'un des magasins les plus chics de Famagouste.

— Merci !

— Et regarde ces boucles d'oreilles ! ajouta Irini. Essaie-les !

Celles-ci, en plastique, étaient d'une couleur parfaitement assortie au motif du tissu.

— Ce n'est qu'un emprunt, hein ? s'inquiéta Maria en s'aspergeant avec le flacon de parfum trouvé sur la coiffeuse.

— Il est sûr qu'on n'ira nulle part avec, plaisanta Emine. Je vais te dire ce qui te rendrait encore plus jolie...

— Quoi ?

— Qu'on s'occupe de tes cheveux...

Les bras chargés de vêtements, elles entreprirent la longue descente – elles n'avaient exploré qu'un seul étage de l'hôtel.

Emine s'occupa de laver et égaliser les cheveux de Maria. Puis elle lui posa des bigoudis. La jeune femme se posta près du four, dans la cuisine, pour que la mise en plis prenne, tout en discutant avec Irini et Emine qui préparaient le dîner.

Ce soir-là, les trois femmes portèrent leurs nouveaux vêtements, et les hommes enfilèrent des chemises propres. Mehmet et Vasiliki avaient pu se changer, eux aussi, même s'ils y accordaient moins d'importance que les adultes.

Ils dînèrent encore à la lueur des bougies, dans la salle de bal. Les flammes faisaient scintiller les minuscules carrés d'or de mosaïque et jouaient avec les facettes des verres en cristal, projetant des formes multicolores au plafond.

Irini avait préparé un plat spécial, à base d'anchois et de riz. Elle était tombée sur une réserve de viande de chèvre salée – qui servait aux fameuses nuits chypriotes. Celle-ci avait tenu plusieurs mois au fond d'un réfrigérateur. Elle en servit des tranches sur un grand plat en argent. Elles étaient même parvenues à confectionner une sorte de *pastitsio* – ou *fırın makarna* selon le terme d'Emine.

Les deux femmes ne manquèrent pas de remarquer que, pour la première fois, Halit et Vasilis discutaient ensemble. Elles échangèrent un regard de satisfaction. Elles avaient appelé ce jour de leurs vœux. Avec le temps, ils commençaient à oublier leurs différences.

Après le dîner, Markos leur fit part d'une idée qui le travaillait : ils devaient s'organiser pour monter la garde. Ce n'était pas parce qu'ils étaient cachés derrière un portail solide et une grille de fer que les soldats ne risquaient pas de venir récolter leur butin, surtout s'ils apprenaient que le Sunrise avait été l'hôtel le plus couru de Chypre. Les autres établissements étaient des cibles plus faciles, certes, il fallait néanmoins se tenir prêts.

Il avait identifié une certaine régularité dans les mouvements des militaires. Ils patrouillaient dans Kennedy Avenue en fin d'après-midi.

— Je suis d'avis qu'on se relaye, poursuivit-il. Le toit offre un bon point de vue sur les rues environnantes. Et ils n'arriveront jamais par la plage.

Le lendemain, Halit se porta volontaire pour se charger du premier tour de garde.

— Je ne vois pas pourquoi je n'aurais pas un tour, moi aussi, observa Vasilis.

Face aux objections de son fils, il se défendit :

— Je ne suis pas trop vieux.

L'ascension des quinze étages constituerait une épreuve, cependant Vasilis se montra inflexible.

— On n'a qu'à toujours monter ensemble, suggéra Halit.

Irini sourit en entendant les deux hommes : elle n'aurait jamais imaginé une chose pareille. Ils convinrent de se rendre sur le toit tous les jours avant le dîner. Markos leur fit promettre de se cacher pour fumer. Dès le crépuscule, le rougeoiement d'une cigarette risquait d'attirer l'attention.

À partir de ce moment-là, Hüseyin prit l'habitude d'aller les relever. Ce n'était que lorsqu'il prenait son poste qu'il avait l'impression de servir à quelque chose. Depuis son arrivée à l'hôtel, il rêvait d'action, pas de se battre non, mais de sortir de cet état d'inertie. Il voulait faire autre chose que rester assis à attendre – sans savoir quoi. L'absence d'activité lui pesait. Plus tôt dans la semaine, il s'était réveillé en sursaut, au beau milieu d'un rêve où il se présentait devant le comité de sélection de l'équipe nationale de volley-ball. Trop lourd pour sauter, il avait été recalé. Il commençait à craindre de devenir aussi gros que Panikos à force.

Une nuit où il ne trouvait pas le sommeil, il ouvrit sans bruit la porte-fenêtre et jeta un coup d'œil dehors. Novembre était arrivé et l'air nocturne était frais. Observant la plage éclairée par la lune, il s'imagina qu'il pouvait entendre les voix de ses amis. La moindre empreinte sur le sable avait été effacée par une brise constante. Les chaises longues étaient encore empilées au même endroit.

Il s'interrogea sur le sort des amis avec lesquels il jouait au volley et au water-polo. Les meilleurs souvenirs de sa vie étaient sur cette plage, avec Christos entre autres. Kyria Georgiou ne l'avait pas évoqué depuis un moment. Comme s'il était devenu un fantôme dans leurs vies.

Il savait qu'Ali se battait aussi quelque part. Peut-être s'étaient-ils même retrouvés face à face. Parfois Hüseyin se sentait lâche de ne pas avoir accompagné son frère. Il ne parvenait pas à trouver pour quelle raison il l'aurait fait toutefois. Pour tuer des Chypriotes grecs ? Venger ses cousins ? Les deux causes lui paraissaient vaines.

Nuit après nuit, à la lueur vacillante d'une bougie, Panikos écoutait la radio. Il était à jour à présent, au courant des dernières tentatives politiques pour résoudre le conflit qui ravageait l'île, ainsi que de la situation des réfugiés privés de toit. Tous écoutaient aussi la lecture des listes de disparus, mais n'entendaient jamais les noms qu'ils guettaient. La réserve de piles diminuait, ainsi que leur espoir de revoir Ali ou Christos.

25

À Nicosie, Savvas et Aphroditi faisaient de leur mieux pour survivre. Leur régime avait beau être plus limité que celui des Georgiou et des Özkan, Aphroditi se sentait beaucoup mieux maintenant. La dysenterie n'était plus qu'un mauvais souvenir, et au bout de quelques semaines elle remarqua que, pour la première fois depuis son adolescence, elle avait même pris un peu de poids.

Si elle avait eu le temps de préparer une valise avant de quitter Famagouste et d'apporter ses vêtements, elle n'aurait pas pu rentrer dedans ; elle bénissait l'invention de la taille élastique, dont étaient pourvus tous ceux de sa mère.

Comme Irini, la propriétaire de la fameuse pâtisserie pouvait créer une variété infinie de gâteaux savoureux – et caloriques – avec de la farine, du miel, de l'huile, des noix et diverses épices. Aphroditi savait qu'elle aurait dû cesser de s'y rendre, pourtant ses visites n'étaient plus seulement motivées par sa gourmandise.

Jour après jour, elle s'installait à une table près de la vitrine et guettait la femme à la bague. Il lui arrivait d'attendre en vain, mais certains après-midi elle la voyait entrer, toujours accompagnée du même groupe de femmes.

Elles se pavanaient, pomponnées, et ne paraissaient pas affectées par les événements des derniers mois. Aphroditi se surprenait à éprouver, parfois, la morsure de la jalousie devant leur amitié et leur indifférence apparente à tout ce qui se déroulait en dehors du *zacharoplasteion*. Elles n'avaient même pas remarqué sa présence, trop captivées par elles-mêmes, leur conversation hilarante et leur échange continuel de commérages. Si la femme pouvait venir seule, ne serait-ce qu'à une occasion, Aphroditi pourrait lui demander où elle avait fait l'acquisition de sa bague. Elle ne réussirait jamais à la séparer de sa bande : on aurait dit un rang de perles sans fermoir.

Elle s'interdisait de la fixer. Elle ne voulait pas attirer l'attention. Elle avait beau porter son aigue-marine au cou, elle avait conscience du manque d'élégance de sa propre tenue.

Un jour, la femme à la bague entra seule et s'assit. C'était l'occasion idéale, et Aphroditi s'apprêtait à la saisir lorsqu'elle remarqua quelque chose : elle arborait aussi les boucles d'oreilles assorties. Aphroditi sentit le sang refluer de son visage. Elle ne pourrait pas avaler un seul morceau de la pâtisserie qu'elle avait déjà commandée.

Au moment où elle reprenait ses esprits, elle entendit la cloche de la porte tinter. Les amies de la femme entrèrent en paradant. Elles étaient encore plus habillées que de coutume.

— *Xronia Polla*, Katarina ! s'écrièrent-elles en chœur. Tous nos vœux !

Elles s'assirent et on leur apporta aussitôt des cafés, ainsi qu'un énorme gâteau à la crème et sept assiettes.

— *Panagia mou !* hurla soudain l'une d'elles. Ton adorable mari a encore été généreux ! Regardez-moi ces boucles d'oreilles !

Tour à tour, elles inspectèrent la nouvelle pièce de sa collection. Les boucles d'oreilles étaient effectivement sublimes.

— Disons que Giorgos est d'avis qu'en ce moment il ne faut investir dans rien sinon les diamants. Ce n'est pas moi qui vais le convaincre du contraire, répliqua-t-elle avec une timidité feinte.

— Mon époux pense la même chose, renchérit celle avec le casque de cheveux, mais je n'en tire pas les mêmes bénéfices que toi !

— Tu devrais peut-être...

La fin de la phrase, chuchotée derrière une main, échappa à Aphroditi. Elles se laissèrent toutes gagner par l'hilarité avant de se remettre à manger du gâteau. Elle s'échappa, prise de nausée comme si elle en avait avalé vingt parts elle-même. Elle eut l'impression de pouvoir encore entendre leurs rires à une centaine de mètres de la pâtisserie.

Elle avait obtenu de nombreuses informations : elle connaissait le nom de l'homme qui avait acheté les bijoux et celui de son épouse. Elle n'aurait aucun mal à découvrir qui ils étaient. Nicosie était une petite ville, et ceux qui avaient autant de moyens étaient de moins en moins nombreux. Leur relation avec l'homme politique, dont elle avait reconnu l'épouse, lui permettrait sans doute de retrouver leur trace.

Toute la question n'était pas là, cependant. Revoir le bijou qu'elle avait laissé dans un coffre-fort ravivait son besoin impérieux de découvrir ce qui était arrivé à Markos. Sans doute quelque chose de terrible. S'il avait été à Nicosie, il se serait manifesté. Il savait où ils vivaient, Savvas et elle. Seulement il n'en avait rien fait. Markos était le seul à détenir les clés et les combinaisons des coffres. Peut-être avait-il été contraint de les ouvrir, ayant été fait prisonnier à Famagouste. Cette idée lui retournait le ventre. Elle devait se rendre là-bas. C'était le seul moyen d'avoir une réponse.

Si un tel voyage semblait impossible, il devait bien y avoir une solution. Elle ne voyait pas comment réclamer son aide à Savvas sans lui révéler la vérité. De toute façon, ils s'adressaient à peine la parole. Elle serait donc contrainte de vendre le seul bien en sa possession. À en juger par la cliente de la pâtisserie, il y avait forcément un marché noir. Les prêteurs sur gages étaient déjà actifs à Nicosie.

Quelques jours plus tard, Savvas annonça à Aphroditi qu'il allait partir pour une semaine. Même s'il ne doutait pas que les hôtels de Famagouste rouvriraient bientôt leurs portes, il tenait à explorer d'autres options et voulait visiter certaines villes de la côte sud. De nombreux propriétaires et promoteurs immobiliers avaient peur et étaient prêts à quitter l'île, si bien que les prix allaient chuter.

Il lui laissa un peu d'argent liquide pour sa subsistance et prit la voiture. Elle ne parvint pas à s'inquiéter pour lui.

Le lendemain soir, elle se posta nue devant le miroir. Elle avait amplement repris le poids perdu et détestait son ventre gonflé. Quelle ironie du sort ! Elle grossissait alors qu'elle mangeait moins que jamais. C'était peut-être tout ce pain. Son regard tomba alors sur sa poitrine. Ses seins s'étaient alourdis, et ses aréoles élargies. Elle se plaça de profil.

— Oh, mon Dieu ! murmura-t-elle à voix haute, à demi choquée, à demi ravie.

Elle s'observa sous toutes les coutures. Il y avait longtemps qu'elle n'avait pas étudié son reflet ainsi. Sa silhouette s'était profondément modifiée.

Munie d'un morceau de papier, elle s'assit sur le lit et, d'une main tremblante, se mit à compter. La conception devait remonter à début août. L'absence de règles, qu'elle avait attribuée à la maladie et à l'angoisse, datait de cette période. Décembre venait de commencer. L'identité du père ne faisait aucun doute. Malgré les circonstances, elle fut transportée par cette nouvelle. Plus que jamais il fallait qu'elle retrouve Markos.

Le lendemain matin, elle prit le temps d'aller boire un café avec leurs voisins du dessous, les Loizou. Pendant une heure, ils partagèrent leurs souvenirs de guerre. Ils étaient restés à Nicosie pendant toute la durée du conflit. Ils n'avaient nulle part où aller. Tous leurs enfants étaient partis en Angleterre quelques années plus tôt, mais ils n'avaient aucune envie de quitter leur belle île.

— On entendait des coups de feu tous les jours, raconta Kyrios Loizou. Et des incendies se déclenchaient un peu partout.

— Enfin, nous avons tenu bon, non ? Nous avons toujours un toit au-dessus de la tête, ajouta Kyria Loizou. Et il y a notre verger au nord. Je suis sûre que nous le récupérerons.

— Nous avons tout de même été contraints de mettre au clou quelques affaires, observa son mari.

— Oui, les prix ont tellement augmenté ! s'exclama-t-elle. Surtout le pain !

— C'est une honte, déplora Aphroditi, qui avait guetté cet instant. De quoi avez-vous dû vous séparer ?

— De tous nos cadres en argent, lui répondit Kyria Loizou.

Aphroditi remarqua alors une pile de photographies sur un guéridon.

— Et une icône, ajouta son époux. Nous en avons tiré un bon prix...

— Notre fils nous a promis de nous envoyer de l'argent, reprit Kyria Loizou avec gaieté. Nous irons les récupérer dès que nous l'aurons reçu.

Quelques minutes plus tard, Aphroditi quittait leur appartement. Elle serrait dans sa main l'adresse du prêteur sur gages. Saisie d'un sentiment de vulnérabilité, elle se hâta dans les rues. Le quartier où se trouvait la boutique avait toujours été miteux, et les bombardements n'avaient rien arrangé. Au moment de franchir le seuil, elle remarqua en vitrine une série d'icônes dans des cadres précieux et se demanda si l'un d'eux appartenait aux Loizou.

Avec sa blouse blanche, le prêteur sur gages lui évoqua un pharmacien. Et c'est d'ailleurs avec une application toute scientifique qu'il examina son collier, sa bague et son bracelet. Il s'était muni d'une loupe pour vérifier la pureté des pierres. Relevant la tête vers elle, il vit qu'elle portait les boucles d'oreilles assorties. Elle n'avait pas l'air du genre de femme à posséder ce genre de bijoux, ce qui n'empêchait pas l'homme d'être impressionné. Il ne put mentir.

— Ils sont beaux. D'une grande qualité.

— Je sais, répondit Aphroditi, et j'ai besoin de les vendre.

— Je vous en donne cent pour le lot, annonça-t-il en les déposant sur son comptoir avec soin. Les pierres n'ont pas de défaut, mais vous n'en tirerez pas davantage ailleurs.

Elle était d'humeur audacieuse.

— J'ai besoin de l'argent pour une raison particulière, et je ne sais pas combien il m'en coûtera. C'est ce qui me permettra de trancher.

Le prêteur sur gages retira ses lunettes.

— Eh bien, si vous me disiez de quoi il s'agit, je pourrais vous aider.

Il était encore tôt et le magasin était vide.

— Puis-je m'asseoir ? demanda Aphroditi, qui se sentait épuisée soudain.

Il approcha une chaise.

— Je vous écoute.

Pour la première fois de sa vie peut-être, elle avait l'impression de n'avoir rien à perdre.

— Je dois me rendre à Famagouste.

Il la dévisagea : elle devait avoir perdu la tête. Non seulement envisageait-elle d'accepter cent livres pour une parure qui en valait mille cinq cents, mais elle voulait aller dans l'un des endroits les plus dangereux de Chypre. Ignorait-elle que la ville avait été entourée de barbelés et qu'elle se trouvait aux mains des Turcs ?

— Et il me faut quelqu'un pour m'y conduire, ajouta-t-elle.

Il comprit qu'elle avait l'intention de faire le voyage seule. Elle était sans doute au désespoir.

— Eh bien..., dit-il avec une hésitation calculée, je suis peut-être en mesure de vous aider.

Son esprit avait déjà mis au point un plan. Cette femme avait sans doute les moyens de payer n'importe quel prix, et il se ferait quand même de l'argent sur son dos. Le désespoir et l'information étaient son fonds de commerce, et il gagnait sur les deux fronts.

Le prêteur sur gages avait plusieurs contacts qui pouvaient, moyennant une certaine somme, conduire des gens dans le nord de l'île. De nombreux Chypriotes grecs y avaient laissé des biens de valeur cachés, voire enterrés dans leurs jardins, au moment de fuir devant l'envahisseur – convaincus que leur absence serait de courte durée. Les semaines s'étaient transformées en mois, ils perdaient foi dans les négociations. Tout ce qu'ils voulaient dorénavant, c'était franchir la ligne Attila, pour une brève visite clandestine chez eux, afin de récupérer quelques affaires. Ce scénario s'était produit plusieurs fois et un certain nombre de réseaux fournissaient l'aide nécessaire. Tout était possible, tant qu'on mettait la main à la poche.

Pénétrer la ville désertée de Famagouste était une autre paire de manches. Si quelques soldats turcs étaient prêts à se laisser acheter, franchir des barbelés était résolument différent.

— Écoutez, conclut-il, revenez demain. Ce ne sera pas donné, mais il y aura un moyen. Je pourrai vous en dire plus à ce moment-là.

Aphroditi prit le temps de remettre ses bijoux et partit.

Cette nuit-là, elle resta éveillée plusieurs heures, à réfléchir. La découverte de sa grossesse l'excitait et la terrifiait tout à la fois. Les deux mains posées sur son ventre, elle s'étonnait d'avoir pu l'ignorer aussi longtemps. Elle devait impérativement savoir si Markos était toujours à Famagouste. La perspective de le revoir lui faisait un tel effet qu'elle se demanda si le bébé bougeait déjà.

Elle finit par sombrer dans un sommeil plein de rêves. Markos l'attendait sur la plage devant le Sunrise, et ils marchaient sur des kilomètres et des kilomètres, main dans la main, leurs pieds s'enfonçant dans le sable profond.

À son réveil, son oreiller était trempé de larmes. Un tel bonheur était-il hors de portée ? Aujourd'hui, elle retournerait voir le prêteur sur gages. C'était peut-être sa seule chance de connaître à nouveau la joie.

Dans les rues de Nicosie, la pluie transformait la poussière en boue. Il faisait froid et humide, association qui provoquait la toux des jeunes et l'arthrose des vieux.

Elle avait déniché un vieil imperméable dans les affaires de sa mère. Il était caramel et un foulard en soie était fourré dans sa poche : elle le mit sur sa tête pour garder ses cheveux secs et le noua sous le menton, ainsi que sa mère le faisait. S'apercevant dans le miroir, elle eut du mal à se reconnaître. Son ventre était bien caché sous les jupes froncées et robes informes de sa mère, mais elle savait qu'en s'habillant de sorte à dissimuler ses formes elle ressemblait à vieille dame.

Le prêteur sur gages parut heureux de la voir.

— J'ai trouvé quelqu'un pour vous emmener. Lundi.

Le retour de Savvas était prévu pour le mardi soir, et elle aurait préféré un départ plus rapide.

— Ça ne peut pas être plus tôt, je suppose ?

— Non, répondit-il avec sécheresse, comme s'il la jugeait ingrate. On ne se bat pas vraiment pour vous accompagner là-bas, vous savez.

Jamais on ne lui aurait parlé sur ce ton autrefois.

— À quelle heure dois-je venir ? s'enquit-elle.

— En fin d'après-midi. Mieux vaut faire ce genre de chose à la tombée de la nuit. Et j'imagine que vous souhaitez rentrer dans la foulée ?

Aphroditi n'y avait pas pensé.

— Oui, oui... Sans doute, oui.

— Nous allons devoir régler nos comptes maintenant, dit-il sans la regarder dans les yeux, trop occupé à fixer la main à laquelle elle portait son aigue-marine.

Elle la retira non sans mal : ses doigts avaient un peu gonflé au cours des semaines passées. Sans la bague, sa main gauche lui parut nue. Elle ôta ensuite les boucles d'oreilles et le bracelet.

L'homme ne disait rien. Il attendait la dernière partie du paiement. Aphroditi ouvrit son manteau et fit passer le pendentif par-dessus sa tête. Il se pencha vers elle pour le lui prendre des mains. C'était le prix à payer.

— Vais-je avoir..., commença-t-elle, hésitante.

— Un reçu ?

Elle hocha la tête. Elle n'avait aucune raison de lui faire confiance. Seul le désespoir l'avait conduite ici. Il sortit un petit bloc, griffonna quelques mots sur la première page avant de l'arracher et de la lui tendre. « En échange d'un sauf-conduit », lut-elle. À quoi s'attendait-elle ? Elle plia la feuille et la rangea dans sa poche, puis articula un merci inaudible.

La cloche de la porte sonna. Un couple d'un certain âge lui succéda. Aphroditi les connaissait de vue ; eux étaient trop angoissés, trop malheureux pour s'intéresser à elle.

Les trois jours suivants s'étirèrent, la mettant à l'épreuve. Elle ne savait pas comment s'occuper. Elle se levait tard, arpentait les rues l'après-midi, se perdant parfois, se heurtant souvent à des barricades de sacs de sable. L'odeur de l'abandon, rance, était partout. Peu importait où ces promenades la conduisaient, sa route croisait toujours une épicerie vendant des fruits ou du lait, et elle n'oubliait pas d'emporter son filet à provisions lors de ces sorties. Ces derniers temps, elle n'avait pas envie de manger grand-chose. Elle n'avait plus d'appétit pour les friandises et n'était pas retournée au *zacharoplasteion* depuis la Sainte-Katerina, ce fameux jour où elle avait aperçu ses boucles d'oreilles en diamants.

Elle avait pour habitude de rentrer en fin d'après-midi. Après avoir fermé les volets, elle s'affalait, exténuée, sur le fauteuil qui avait été le préféré de son père. Dans la pénombre, elle était presque trop fatiguée pour écouter la radio, qui donnait essentiellement des nouvelles des camps de réfugiés et de la stagnation des pourparlers entre les leaders des Chypriotes grecs et turcs. Elle n'avait pas le cœur à la politique.

Un soir, elle téléphona à sa mère, qui la pressa comme toujours de la rejoindre en Angleterre.

— Pourquoi ne viens-tu pas ? Je ne te comprends pas, Aphroditi. À quoi bon rester ?

— Savvas espère encore...

— Mais vous pourriez revenir plus tard... quand tout serait réglé ?

— C'est plus compliqué que cela, maman.

— Ça m'a l'air très simple au contraire, ma chérie.

Si seulement tu savais, songeait Aphroditi. Si seulement tu avais ne serait-ce que le début d'une idée...

— Enfin, si tu entends raison, poursuivit Artemis, tu sais qu'il y a de la place pour toi ici.

— Je te rappellerai la semaine prochaine. Au revoir, maman.

Leur conversation prenait systématiquement le même tour. Au moment de raccrocher, la mère et la fille étaient aussi insatisfaites l'une que l'autre.

Enfin le jour de son départ pour Famagouste arriva. Elle était si agitée qu'elle ne put rien avaler. Elle savait que le Sunrise avait pu être détruit, et les coffres vidés. Que Markos avait pu connaître un sort terrible.

Elle tua le temps en rangeant l'appartement, se souvenant que Savvas rentrait le lendemain. Puis elle étudia le contenu de la garde-robe maternelle, à la recherche d'une tenue dans laquelle elle paraîtrait moins mal fagotée. En milieu d'après-midi, elle avait jeté cinq ou six robes sur le lit. Ni les imprimés à fleurs ni les motifs géométriques ne la flattaient, et la plupart des couleurs unies lui donnaient mauvaise mine. Elle finit par opter pour une robe chemise. Le vert lui allait si bien à une époque... Aujourd'hui, rien ne paraissait pouvoir la mettre en valeur. La coupe ample cachait sa grossesse.

Alors qu'elle s'examinait dans le miroir, elle se rendit compte combien elle ressemblait à sa mère désormais. Si elle avait les yeux de son père, sa silhouette lui rappelait celle d'Artemis, de façon frappante. Elle avait encore les cheveux bruns, au moins. Ils avaient poussé de plusieurs centimètres au cours des derniers mois et étaient retenus en arrière par une barrette.

Aphroditi regarda sa montre. À l'exception de son alliance, c'était le seul objet de valeur encore en sa possession. Le temps avait filé. Elle laça des chaussures d'hiver plates, mit son imperméable et prit son sac à main. Elle y rangea ses clés, son porte-monnaie et le reçu du prêteur sur gages.

Au moment de sortir de l'appartement, elle s'arrêta sur le palier, se rappelant soudain quelque chose. La petite poche en velours avec la perle était bien au chaud dans un tiroir de sa table de nuit. Elle ne pouvait pas partir sans elle. Elle lui servirait peut-être de porte-bonheur. Car Aphroditi nourrissait l'espoir de ne pas avoir à revenir.

Elle rouvrit la porte, la récupéra et partit.

Aphroditi était consciente de prendre un énorme risque en se rendant dans cette partie de l'île, sous occupation turque, et elle connut un bref moment de doute. N'était-ce pas injuste pour le bébé qu'elle portait ? La certitude de partir en mission pour retrouver le père de son futur enfant fut la seule chose qui l'empêcha de renoncer.

26

Il était 16 heures et elle devait retrouver son accompagnateur à la tombée de la nuit. Elle était amplement en avance, ce qui ne l'empêchait pas de craindre d'être en retard. Quelque chose lui disait que le prêteur sur gages ne se montrerait pas compréhensif.

La peur et l'excitation se mêlaient en elle.

Les rues n'étaient pas éclairées, et elle devait veiller à ne pas trébucher sur un pavé descellé ou un bloc de pierre tombé d'une maison. Tout en cheminant d'un pas mal assuré, elle s'avisa que les chaussures qu'elle avait choisies lui donnaient l'impression d'avoir des bateaux aux pieds.

Rares étaient les passants. Un groupe de soldats grecs postés à un angle ne parurent pas la remarquer. Réunis en cercle, ils fumaient et riaient, entièrement absorbés par la blague que l'un d'eux racontait. Elle croisa une mère avec deux jeunes enfants. Ils avaient l'air pauvres, mais elle remarqua que la fillette portait une miche de pain. Ses arômes chatouillèrent les narines d'Aphroditi lorsqu'elle les croisa. Elle sentit soudain la faim, et il était trop tard pour y remédier.

Sa pâtisserie préférée n'était pas loin, mais ce n'était pas le moment d'y aller.

Elle atteignit enfin sa destination. Il n'y avait pas de lumière dans la boutique et quand elle constata que le panneau dans la vitrine avait été retourné pour indiquer : *Kleisto* – fermé –, elle dut ravaler des larmes.

Durant quelques minutes, elle fit mine d'examiner les articles dans la vitrine sombre. S'y entassaient pendules, montres, cadres en argent, icônes, radios et autres biens autrefois chéris par leurs propriétaires, qui ne formaient plus que ce gigantesque bric-à-brac.

Elle était seule dans la rue.

Elle imagina ses aigues-marines entreposées quelque part à l'intérieur de la boutique, à moins qu'elles n'aient déjà été vendues. L'heure n'était pas à la sentimentalité, cependant elle se demanda si elle s'était fait avoir. Tout ce dont elle disposait était un bout de papier.

Un instant plus tard, elle entendit une jeep. En se retournant, elle constata que le véhicule s'était arrêté presque à côté d'elle. La vitre était baissée et un homme l'apostropha d'un ton bourru.

— Papacosta ?

Elle acquiesça.

— Montez.

Plus personne ne lui ouvrait la porte ces derniers temps. Elle avait encore parfois du mal à s'y faire. Le conducteur avait laissé le moteur tourner, et à l'instant où elle fut assise sur le siège passager il repartit. Sans le moindre préambule, il l'informa du déroulement de leur voyage. Il avait l'air Grec plus que Chypriote.

— Voilà ce qui va se passer. Je vous conduis à un carrefour à une quinzaine de kilomètres de Nicosie. Quelqu'un vous récupère là-bas et se charge de la trentaine de kilomètres suivants. Ensuite, vous serez emmenée à pied...

— À pied ? Mais...

— Ce n'est pas loin. Et vous ne serez pas seule, s'impatienta-t-il. Enfin, avec un peu de chance, il y aura quelqu'un aux barbelés.

« Avec un peu de chance. » C'était si désinvolte... Que pouvait-elle dire néanmoins ? Quel choix avait-elle à présent ?

Elle serra son sac à main contre elle. La jeep avait déjà atteint les faubourgs de la ville et la route de gravier était pleine de cahots, pire que dans le souvenir d'Aphroditi. Elle tenta de voir si le paysage avait changé, néanmoins elle ne distinguait pas grand-chose dans l'obscurité. Ils étaient constamment secoués, et le conducteur faisait régulièrement des embardées pour éviter une fondrière. Il lui avait bien laissé entendre qu'il n'avait aucune envie de discuter avec elle. La plupart du temps, il observait la route par la vitre sur le côté plutôt que par le pare-brise, ce qui la terrifiait.

Ils ne croisèrent aucune voiture et, au bout de ce qui parut une éternité à Aphroditi, s'arrêtèrent. Il tira sur sa cigarette. Aphroditi se tourna vers lui pour obtenir des explications, remarquant pour la première fois qu'il n'avait pas l'air d'avoir plus de dix-huit ans. Sans un mot, il lui signifia d'un mouvement de la tête que quelqu'un attendait sur le bas-côté. Sa grossièreté était sans bornes.

Elle ouvrit sa portière, fit basculer ses jambes dans le vide et sauta à terre. L'autre véhicule avait ses phares éteints et son moteur était coupé. Il ne semblait y avoir personne à l'intérieur.

Elle se dirigea vers lui avec nervosité, le cœur battant à tout rompre. La jeep était déjà repartie. En approchant elle discerna une silhouette derrière le volant. L'homme dormait à poings fermés. Elle cogna à la vitre et il se réveilla en sursaut. Sans même un regard pour elle, il lui reprocha son retard. Ayant remis son sort entre les mains de ces gens, elle n'était pas en position de protester.

Ce chauffeur était encore plus mal luné que le précédent. Avare de mots, il marmonnait continuellement des injures dans sa barbe. C'était un Chypriote.

— Vous avez déjà emmené d'autres personnes à Famagouste ? s'enquit-elle avec anxiété.

— Non, cingla-t-il. Personne ne veut aller là-bas. C'est trop dangereux.

Cette partie du voyage lui parut encore plus longue. Les cigarettes du conducteur lui donnaient la nausée et elle fut infiniment soulagée de sentir enfin la voiture ralentir.

— Vous descendez là, dit-il en relevant le frein à main.

— Mais il n'y a personne ici !

— En tout cas, moi, je ne vais pas plus loin, asséna-t-il avec calme.

Aphroditi se demanda combien d'intermédiaires avaient été payés sur ses bijoux. À l'évidence, la sollicitude n'était pas comprise dans le tarif.

— Enfin, je ne vais pas rester plantée là au milieu de nulle part, dit-elle, déterminée à masquer son inquiétude.

— Je n'attendrai pas. Ce n'est pas ce qui a été convenu.

— Je croyais que quelqu'un était censé m'accompagner à pied.

— Vos petits arrangements ne me regardent pas, la rabroua-t-il. On m'a dit de vous conduire ici, et c'est ce que j'ai fait.

L'idée de rester seule dans cet endroit désert emplissait Aphroditi de terreur. Elle s'apprêtait à renoncer à son projet et à lui demander de la raccompagner à l'endroit où ils s'étaient retrouvés.

— Voici Famagouste, lui dit-il en pointant l'index. Vous pouvez marcher d'ici.

Par la vitre, elle aperçut les contours menaçants d'une ville. Elle ne s'était pas rendu compte qu'ils étaient aussi près. Elle était chez elle. Le lieu qu'elle avait tant aimé, plongé dans le noir.

Puis elle remarqua une silhouette qui approchait. Un homme. Il paraissait surgir de nulle part. Mince, de taille moyenne. L'espace d'une seconde, elle crut que c'était Markos. Il venait à sa rencontre ! Elle posa une main sur la poignée de la portière, prête à courir dans ses bras. Un instant plus tard, elle constata son erreur. Il ne ressemblait en rien à l'homme qu'elle aimait. Ils ne partageaient pas un seul trait commun.

— Ça doit être votre guide, observa le chauffeur.

Elle descendit de voiture et sans un mot claqua la portière.

Maintenant qu'il était tout près, Aphroditi se demanda comment elle avait pu imaginer qu'il s'agissait de Markos. Du même âge que lui, l'homme était plus trapu, et elle remarqua qu'il lui manquait plusieurs dents. Il avait une expression figée, la bouche étirée par un sourire crispé. Les trous noirs entre ses dents lui donnaient un air sinistre.

Elle se rendit aussitôt compte qu'il ne parlait pas grec et les quelques mots d'anglais qu'elle essaya n'eurent pas plus d'effet.

— Famagouchte ? demanda-t-il avec un chuintement étrange dû à l'absence de dents de devant.

Comme si elle pouvait vouloir aller ailleurs, songea-t-elle. Elle opina du chef.

Ils cheminèrent côte à côte. Malgré les ampoules que lui causaient ses chaussures, Aphroditi suivait la cadence avec détermination. La ville se dressait devant eux, de plus en plus grande, et elle commença à pouvoir distinguer les divers bâtiments, les immeubles bas et les maisons individuelles.

Le paysage alentour était plat. Ils dépassèrent quelques ruines et des fermes désertes, plongées dans le noir. Il était environ minuit, et la température avait chuté. Elle regretta de ne pas porter un manteau plus épais. Ils avaient beau marcher d'un bon pas, elle se mit à frissonner. La peur prenait possession d'elle.

Elle ne remarqua la présence des barbelés que lorsqu'elle fut à une centaine de mètres. Elle se tourna vers son guide pour voir sa réaction et constata qu'il ne marquait aucune surprise. Il sortit des cisailles de sa poche.

Le silence était lourd. Elle se souvint de ses derniers instants ici, quand tout le monde prenait la fuite : le bruit des moteurs, des klaxons, les hurlements, le rugissement de l'avion dans le ciel. À présent il n'y avait rien. Rien que le martèlement de son cœur.

À gestes vifs et efficaces, il coupa les barbelés et leur ménagea un passage, sans se soucier de rapprocher les fils après. Ils repasseraient sans doute par le même chemin au retour. Elle entendit alors des voix. Turques.

Son guide l'agrippa par le poignet. D'instinct, elle se libéra, désorientée et paniquée. Jusqu'à présent, il lui avait paru moins brusque dans ses manières que les deux conducteurs, et il lui fallut un moment pour comprendre qu'il ne cherchait pas à lui voler sa montre. Il se contentait de montrer l'objet puis de donner des coups dans le vide, comme pour lui dire quelque chose.

Il mimait un message, tapotant le cadran et dressant deux doigts. Elle comprit qu'elle devrait être de retour deux heures plus tard. Elle comprit aussi que les voix qu'elle avait entendues approchaient et que l'homme édenté la confiait à quelqu'un d'autre.

Deux soldats turcs apparurent soudain, flânant. Aphroditi découvrit alors que son guide s'était déjà volatilisé. Elle dut faire un effort surhumain pour rester debout. Elle avait l'impression que ses jambes risquaient de se dérober sous elle.

L'un des soldats, les bras croisés avec mépris, la détailla de la tête aux pieds sans un mot. Il était costaud et moustachu. L'autre, un peu plus grand et avenant, alluma une cigarette et tira longuement dessus avant de s'adresser à elle en grec. Elle voulut y voir un bon signe.

— Que venez-vous faire ici ?

C'était la seule question importante, pourtant elle ne s'était pas attendue à ce qu'on la lui pose. Elle ne pouvait pas répondre la vérité, mais elle devait dire quelque chose.

— Je veux voir notre hôtel.

— Notre hôtel..., répéta-t-il.

L'autre soldat s'esclaffa. Aphroditi se rendit compte qu'il comprenait le grec aussi, et il répéta les mêmes mots d'un ton moqueur. C'était l'ambiguïté de ce « nous » qui les réjouissait visiblement.

— Dans ce cas, allons à notre hôtel, madame...

Leur sarcasme dédaigneux constituait une menace en soi, et pourtant ce ne fut que lorsque l'un d'eux la prit par le bras, et l'entraîna, qu'elle sentit la terreur la gagner.

— Et si nous descendions vers la mer ?

Aphroditi hocha la tête. Elle devait retenir ses larmes à présent. Quoi qu'il advienne, il ne fallait pas qu'elle trahisse sa peur. Le second soldat se plaça de l'autre côté et ils avancèrent bras dessus bras dessous, comme les meilleurs amis du monde, alors qu'ils la dominaient tous deux et avaient une foulée bien plus longue que la sienne. Elle peinait à suivre le rythme, les pieds en sang.

— *Parakalo*, s'il vous plaît, implora-t-elle tout bas. Vous allez trop vite pour moi.

Les soldats se parlèrent en turc mais ne ralentirent pas pour autant. Ils firent mine de ne pas l'entendre.

Prise en étau entre eux deux, Aphroditi jetait des regards aux rues délabrées. De mauvaises herbes poussaient entre les pavés et les boutiques étaient à l'abandon. Elle n'avait pas assez de temps pour tout observer. Ce n'était pas sa ville. Elle ne reconnaissait pas cet endroit. Il avait perdu son âme.

À plusieurs reprises, ils croisèrent d'autres groupes de soldats et s'arrêtèrent quelques minutes. La panique d'Aphroditi était alimentée par sa méconnaissance de la langue turque. Si seulement elle avait été plus assidue et ne s'était pas contentée des bases, elle aurait été moins déboussolée.

À Nicosie son apparence était peut-être une source de honte et de gêne, toutefois ici elle se félicitait d'avoir, grâce à ses vêtements informes, tout de la femme sans âge et quelconque. La curiosité de la plupart des militaires qu'ils croisaient était piquée par cette Chypriote inélégante, avec son imperméable miteux et son foulard sur la tête, mais ça ne durait pas et ils l'ignoraient très vite.

Ils semblaient avoir tout le loisir de discuter, allumer des cigarettes et faire circuler une bouteille de whisky. Ils n'attendaient aucune action. À l'évidence, ils ne patrouillaient dans ces rues désertes que pour la forme, où ils ne croisaient que des rats et des souris. L'ivresse ne les empêcherait pas d'accomplir leurs très rares devoirs.

Ce qui inquiétait le plus Aphroditi, c'est qu'elle n'avait que deux heures dans la ville. Les minutes filaient, et il serait dangereux de le souligner. Quand le premier des hôtels apparut dans leur champ de vision, le plus grand des soldats lui demanda :

— Où est notre hôtel, alors ?

Le moustachu s'adressa à elle avec davantage d'agressivité.

— *Pou ?* répéta-t-il. Où ?

Une pensée fugitive lui traversa l'esprit : peut-être valait-il mieux ne pas les conduire au Sunrise, car ils risquaient de s'imaginer qu'elle avait encore plus d'argent. Elle écarta cette idée, toutefois. Elle n'avait pas fait tout ce chemin pour renoncer si près du but. Le mince espoir de revoir Markos, ou même de comprendre ce qu'il lui était arrivé, ne cessait de l'animer. Il lui donna le courage nécessaire pour ne pas tomber à genoux et implorer les soldats de la reconduire aux barbelés.

— Il s'appelle le Sunrise. Il est au bout de la plage.

Pendant quelques minutes, les soldats baragouinèrent entre eux. Elle perçut un changement d'humeur.

Même avec leur pas soutenu, Aphroditi savait qu'ils en avaient pour dix minutes de marche. La seule chose qui lui avait permis de continuer à bouger les pieds était la foi, pourtant à mesure qu'elle découvrait l'état de la ville, et qu'elle comprenait que personne ne pouvait encore y vivre, ses dernières forces commençaient à la déserter. Ils descendirent l'avenue Demokratias, puis la rue Ermou, où les vitrines autrefois éclatantes de ses boutiques préférées étaient en mille morceaux. Tout ou presque avait été détruit.

Quand ils atteignirent l'enfilade d'hôtels, elle constata que certains avaient des fenêtres cassées. Elle se demanda si c'était une conséquence des bombes ou des pillages.

À distance, elle distingua le Sunrise. Il était toujours debout, apparemment intact, et sinistre dans le noir. Elle était si près à présent, à une centaine de mètres environ. Elle s'étonna que l'espoir et l'excitation s'accompagnent d'un tel regain d'énergie.

Les soldats s'arrêtèrent devant une petite pension de famille en face des hôtels.

— C'est l'heure de notre pause, l'informa le plus grand, des amis à nous vont vous conduire où vous voulez aller...

C'était la quatrième fois qu'elle changeait de mains, cependant son expression de désarroi ne sembla guère les ébranler. Deux autres soldats approchèrent. Ils étaient plus âgés que les premiers. Leurs cheveux crépus étaient parsemés de gris. L'un d'eux portait un pardessus sur son uniforme.

À plusieurs mètres, elle sentit leur haleine alcoolisée. L'un d'eux lui souleva le menton. Elle sentit ses ongles pointus. Il fit une remarque en turc et les autres éclatèrent de rire.

Les deux premiers soldats devaient leur avoir expliqué où elle souhaitait se rendre, et leurs remplaçants prirent la direction du Sunrise. Elle leur emboîta le pas avec docilité. Elle supposa qu'ils ne parlaient pas un mot de grec.

Sur le toit de l'hôtel, Vasilis et Halit étaient de surveillance. Quelques jours plus tôt, ils avaient remarqué que des soldats s'étaient installés dans une pension de famille, juste à côté. Markos avait insisté pour qu'ils augmentent la durée des tours de garde.

Ils avaient le ventre plein de bonne nourriture, et Vasilis avait dégusté du vin de la cave de l'hôtel. Ils parlaient pour rester éveillés ; au cours des derniers mois, ils s'étaient presque tout dit de leurs existences passées. Ils n'en restaient pas moins vigilants, prenant leur mission très au sérieux. L'hôtel voisin avait beau leur cacher une partie de la rue, ils suivaient toujours de près les mouvements des militaires.

— À quelle fréquence les taillais-tu ? venait de s'enquérir Halit, tout en jouant avec son *tespih*.

Vasilis était en train d'arroser les plants de tomates qu'ils faisaient pousser sur le toit. Son verger restait son sujet de conversation préféré, et si Halit avait abandonné le sien lorsqu'il avait quitté Maratha, il rêvait de cultiver à nouveau des arbres un jour.

Vasilis répondit à la question de son compagnon :

— Eh bien, ça dépendait des précipitations...

— Regarde ! souffla Halit en l'interrompant. En bas !

Trois silhouettes arrivèrent de la gauche et s'arrêtèrent devant les grilles de l'hôtel.

— Tout est fermé, Halit, personne ne peut entrer.

— Je sais que cet endroit est une vraie forteresse, mais...

— Ne t'inquiète pas, mon ami. Papacosta a tout prévu.

Une seconde s'écoula.

— Passe-moi les jumelles, dit Halit. Quelque chose me chiffonne.

La note d'anxiété dans sa voix était perceptible.

Quelque temps auparavant, Hüseyin était rentré avec une paire de jumelles ramassée dans la rue.

Elle appartenait à l'armée et était assez puissante pour leur permettre de voir les visages, même dans le noir.

— Deux soldats, annonça Halit. Et une femme.

— Une femme ? Tu es sûr ?

— Regarde !

Vasilis constata qu'il y avait en effet une femme encadrée par les deux militaires. Ils semblaient l'ignorer. Il s'écarta du rebord du toit, de peur d'être vu. Halit conservait son calme. Immobile, il suivit leur progression.

Aphroditi se rendit compte qu'ils étaient presque au Sunrise. L'hôtel lui paraissait si étranger, les barreaux qui l'entouraient si hostiles. Elle n'avait jamais vu le portail fermé. Haut de près de deux mètres cinquante, il était impossible à escalader. L'entrée principale du bâtiment était aussi protégée par sa grille, et Aphroditi nota que celle-ci n'avait pas été forcée.

Toujours flanquée des soldats, elle observait les fenêtres d'un noir impénétrable. Ils discutaient au-dessus de sa tête. Si seulement elle avait pu comprendre ne serait-ce qu'un mot...

Dissimulé dans les ombres, Halit fit le point sur les trois silhouettes. Il avait du mal à distinguer leurs traits à cause des barreaux devant leurs visages.

Aphroditi songea que si elle réussissait à leur faire faire le tour de l'hôtel, ils trouveraient peut-être le moyen d'entrer par la façade côté mer. Ne parlant pas leur langue, il ne lui restait qu'à pointer le doigt. Tant qu'elle ne serait pas à l'intérieur, sa mission n'aurait servi à rien.

L'un des militaires se pencha vers elle et lui dit quelque chose. Son visage n'était qu'à quelques millimètres de celui d'Aphroditi ; le mélange suffocant d'haleine fétide et de sueur âcre lui souleva le cœur. Elle eut un mouvement de recul qui le mit hors de lui. L'empoignant par le bras, il l'éloigna brutalement de la grille. Sans prévenir, son indifférence apparente s'était transformée en agressivité. L'autre soldat criait également. Il cracha juste à ses pieds. Sans la lâcher, le premier soldat l'entraîna dans la ruelle qui longeait l'hôtel. C'était là qu'elle avait voulu aller, mais pas comme ça...

Halit vit le trio disparaître. Il avait entendu les hommes hurler. Leurs cris étaient montés jusqu'au toit.

— Je ne sais pas qui c'est, dit-il, j'aimerais pouvoir l'aider.

— C'est impossible, lui répondit Vasilis, ça nous mettrait tous en danger.

— Nous devons prévenir Markos et Hüseyin ! Ils doivent être avertis de la présence de soldats aussi près.

— Vas-y ! Je reste là. Donne-moi les jumelles !

À l'insu de tous, Markos était sorti cette nuit-là. Lorsqu'il arriva devant l'hôtel, par la rue principale, les militaires s'étaient déjà engouffrés dans la ruelle. Leurs éclats de voix l'avertirent de leur présence, et il comprit qu'il ne pouvait pas rentrer. Il se reprocha d'avoir laissé la sortie de secours entrouverte.

Il se réfugia dans la rue en face du Sunrise et s'accroupit sous un porche. De sa cachette, il apercevait la ruelle. Les deux soldats qui s'y trouvaient n'étaient pas seuls. Une troisième personne, plus petite, les accompagnait. Pas un enfant, sans doute une femme. Prise en tenailles, elle n'était plus libre de ses mouvements. Ses pieds raclaient le sol. Ils la traînaient de force.

Un hurlement retentit alors.

Vasilis l'entendit aussi, depuis le toit. Aphroditi s'époumonait de toutes ses forces. En grec. En anglais. Pour le cas où quelqu'un, n'importe qui, pourrait l'entendre.

Halit avait frappé aux portes de Markos et de Hüseyin. Il ne voulait pas réveiller les femmes et avait donc donné des coups discrets. Hüseyin avait aussitôt ouvert, mais ils n'obtinrent aucune réaction de Markos. Hüseyin laissa son père en plan, montant les marches quatre à quatre jusqu'au toit.

— Tu ne les verras pas d'ici, lui murmura Vasilis. Ils sont juste en dessous de nous.

Les hurlements de la femme continuaient à résonner. Ils ne tardèrent pas à être remplacés par de bruyants sanglots inarticulés qui parlaient d'eux-mêmes.

Cette voix... Markos sentit son ventre se serrer. Il connaissait cette voix. Quelque chose dans les intonations de la femme lui certifiait qu'il s'agissait d'Aphroditi, pourtant la personne qu'il avait aperçue brièvement, avant qu'elle ne soit attaquée par les militaires, ne ressemblait en rien à la femme dont il gardait le souvenir.

Les soldats n'avaient pas emmené Aphroditi très loin. La plaquant contre le mur en béton brut du Sunrise, ils la violèrent sauvagement. À bout de forces, elle cessa de crier. Elle n'avait plus le courage de se battre.

Hüseyin prit les jumelles des mains de Vasilis. Il ne pouvait pas voir la ruelle, mais un autre mouvement avait attiré son regard. Dans la rue en face de l'hôtel. Un pan de chemise blanche. Il fit le point.

Là, tapi sous un porche, un homme suivait la scène. Markos.

Une rage inconnue s'empara de Hüseyin. Toute rationalité le déserta. Il rendit les jumelles à Vasilis, puis s'élança vers l'escalier. Un Halit pantelant en atteignait tout juste le sommet quand il vit son fils le dépasser à toute allure, sans la moindre explication.

Aphroditi était affalée contre le mur du Sunrise. Les deux violeurs se retrouvaient face à un dilemme. Ils ne pouvaient pas la laisser là. Ils devaient la rendre à leur contact. Sans cela, ils l'auraient sans doute achevée sans hésiter. Les endroits où se débarrasser d'un corps ne manquaient pas. Pourtant s'ils la tuaient, trop de gens risquaient de poser des questions. Et ils ne voulaient pas prendre le risque de perdre la somme promise.

Alors qu'elle ne comprenait toujours pas un mot, Aphroditi devina qu'ils se disputaient à son sujet. Ils la relevèrent. Par miracle, son imperméable était resté boutonné, et sa ceinture nouée.

Au moment où il s'élançait dans la ruelle, par la sortie de secours, Hüseyin vit que les soldats traînaient ce qui évoquait une grande poupée de chiffe molle. Il arrivait trop tard. À cet instant, il reprit ses esprits. S'il trahissait sa présence maintenant, il mettrait en danger les vies de deux familles, peut-être pour rien. Son cœur battait à tout rompre, conscience et sens du devoir se livrant bataille en lui. Il se plaqua contre la façade. Il portait une chemise de nuit claire, ce qui le rendait facilement repérable.

Markos finirait par emprunter la ruelle pour rentrer dans l'hôtel. Que faisait-il dehors à cette heure ? Hüseyin réprima un frisson en imaginant ce qui serait arrivé si les soldats avaient poussé jusqu'au bout de l'étroit passage et découvert la porte entrouverte. Affronter Markos était la dernière chose qu'il souhaitait, il rebroussa donc chemin.

Markos s'était efforcé de rester caché, mais à l'idée que la femme qu'il avait vue était peut-être Aphroditi il ne put se retenir de s'avancer d'un pas.

Les soldats tiraient la femme derrière eux, ce qui leur demandait moins d'efforts qu'à l'aller. Ils regagnèrent en cadence leur pension de famille, sans se rendre compte qu'ils étaient observés par un homme.

Aphroditi elle-même était à peine consciente. Elle écartait à peine les paupières, enflées par les coups impitoyables de ses agresseurs, et se demanda si elle allait enfin connaître un moment de répit. Était-ce la vision du paradis que les artistes s'échinaient à peindre et les poètes à décrire ? Le viol était terminé... La lune brillait... Markos était là... Il passait ses doigts dans ses cheveux... Oui, c'était bien Markos. Elle voulut prononcer son nom, or aucun son ne franchit ses lèvres. Ayant satisfait sa curiosité, Markos se retira à nouveau dans les ombres.

Dans sa précipitation pour rentrer, Hüseyin avait buté sur un obstacle et manqué de s'étaler par terre. Se baissant pour dégager son pied, il sentit la bandoulière d'un sac. Il le ramassa et l'emporta avec lui à l'hôtel. Il fila directement sur le toit pour parler à son père et Vasilis.

— Ils sont partis, les informa-t-il.

— Je me demande qui elle était... Tu l'as vue ? s'enquit Vasilis.

— Pas très bien. Je ne sais même pas si elle a survécu.

— La pauvre, murmura Halit. Ces salopards... Une femme sans défense.

— Tu ne dois rien dire à ta mère, à Maria ou à Irini, souligna Vasilis avec emphase. Sous aucun prétexte.

— Bien sûr.

— Elles en mourraient de peur, ajouta Halit.

— Qu'est-ce que tu tiens à la main ? s'étonna Vasilis.

— Je l'ai ramassé dans la ruelle. Je suppose que c'est le sac à main de la femme.

— Il contient quelque chose ? lui demanda Halit. Il pourrait nous renseigner sur son identité.

Hüseyin ouvrit la fermeture éclair et vida son contenu. Un porte-monnaie, une clé et une petite pochette en velours. À l'intérieur du porte-monnaie se trouvaient quelques billets et une poignée de pièces. Il renversa la pochette au-dessus de sa paume et un objet y tomba. Les trois hommes se penchèrent pour voir de quoi il s'agissait.

— Vous avez déjà vu une perle aussi minuscule ? lança Halit.

Hüseyin la rangea avec soin. Rien dans le sac ne permettait d'identifier sa propriétaire.

— Bon, je vais aller me recoucher, annonça-t-il.

Il se détourna avant que les deux hommes puissent remarquer les larmes qui embuaient ses yeux. Le garçon ne pouvait s'empêcher de se répéter qu'il avait échoué en ne sauvant pas cette inconnue. Il était furieux contre lui-même, mais il en voulait encore plus à Markos Georgiou.

— *Allah belanı versin*, maugréa-t-il. Sois maudit, Markos Georgiou.

Hüseyin sombra dans un sommeil profond, peuplé de cauchemars et de bruit. Le sac d'Aphroditi était posé sur sa table de nuit.

Le lendemain matin, il descendit directement à la cuisine, où il fut accueilli par le parfum des miches chaudes. Mehmet, Vasiliki et Markos faisaient de l'escrime avec des cuillères en bois à long manche. Hüseyin s'assit en face de Markos et l'observa à la dérobée. Il ne réussit pas à avaler la tartine de confiture quotidienne, et les puissants effluves du café noir lui soulevèrent l'estomac.

À la minute où il apparaissait le matin, Markos devenait le centre de l'attention. Le boute-en-train de la bande. Ce n'était pas seulement dû à sa constante bonne humeur. Il avait toujours quelque chose à dire à chacun. Hüseyin se demanda s'il se paraît de ses charmes au réveil comme d'autres hommes enfilaient un pantalon et une chemise. Il se rendit compte que Markos Georgiou était un acteur accompli. La façon qu'il avait de s'intéresser à ceux qui l'entouraient relevait du calcul.

Ce matin-là, il avait jeté son dévolu sur les enfants, avec application. Le temps qu'il passait à jouer avec Mehmet était un moyen de gagner les faveurs d'Emine et aussi de Halit, sans doute. Ça fonctionnait. Hüseyin le lisait dans leurs yeux.

C'était le même homme qui, pas plus tard que la veille, avait assisté au viol d'une femme sans rien tenter pour la sauver.

27

Les soldats avaient traîné Aphroditi jusqu'à la pension de famille et l'avaient poussée dans une jeep. Les deux plus jeunes, qui l'avaient escortée plus tôt dans la soirée, réapparurent et la conduisirent aux barbelés. La douleur physique s'empara progressivement d'elle. C'était la seule chose qui lui disait qu'elle était en vie. Il n'y avait plus ni hallucinations ni délire pour mettre la souffrance à distance. Le moindre soubresaut de la voiture, le moindre cahot de la route envoyaient des décharges abominables dans chacun de ses membres et muscles.

Elle ne remarqua rien pendant le trajet du retour. Tous sentiments de danger, d'inquiétude et d'impatience s'étaient envolés. Elle ne se souciait plus de savoir où elle allait ni d'où elle venait. Peu importait qu'elle soit morte ou vivante. Cette neutralité émotionnelle lui interdisait tout désespoir. Peut-être serait-ce le moyen pour elle de survivre dorénavant : ne plus rien éprouver.

À plusieurs reprises lors de son calvaire, elle avait pensé au bébé, cependant l'engourdissement de ses émotions l'empêchait à présent de le faire. Peut-être était-ce une autre conséquence de cette mort consciente dont elle faisait l'expérience.

Elle fut escortée, au retour, par les mêmes hommes qu'à l'aller. Pour la dernière étape du voyage, le Grec bourru fuma cigarette sur cigarette. Il remarqua néanmoins qu'elle n'était pas bien et lui tendit une bouteille d'eau. Ce geste fut, pour Aphroditi, d'une bonté presque intolérable. Elle l'accepta néanmoins et but.

— Vous avez trouvé ce que vous cherchiez ? lui demanda-t-il.

Terrassée par la honte, elle ne put répondre. Elle sentait qu'elle avait les yeux et les lèvres enflés, et son imperméable était noir de saleté, mais peut-être ne pouvait-il pas le voir dans la nuit. À cet instant, seulement, elle se rendit compte qu'elle avait perdu ses chaussures et son sac.

Il lui aurait été impossible de marcher depuis la boutique du prêteur sur gages jusque chez elle, elle demanda donc au chauffeur de la déposer plus près de son immeuble. Comme il se rendait en centre-ville, il ne put refuser.

Il la laissa au bout de la rue de ses parents. Elle réussit à descendre et gagna l'entrée de l'immeuble en boitillant. Sans son sac à main, elle n'avait ni porte-monnaie, ni clé, ni perle.

Un doux son lui parvint du balcon au-dessus de sa tête. Le chant du canari, joyeux, mélodieux, insouciant. Il était 6 heures du matin et l'oiseau donnait un concert privé en l'honneur de cette nouvelle aube. Il savait que Kyria Loizou ne tarderait pas à venir le nourrir. Dès qu'elle aperçut Aphroditi sur le trottoir, comme changée en statue de sel, elle se précipita à sa rencontre.

— J'ai perdu ma clé, susurra-t-elle faiblement.

— Ne vous inquiétez pas, la rassura Kyria Loizou en dissimulant son effroi devant l'état de la jeune femme. Vos parents ont toujours veillé à m'en laisser un double. Et ils avaient le mien aussi. Je suis sûre de pouvoir mettre la main dessus.

Elle prit Aphroditi par le bras. Elle dénicha la clé dans une vieille boîte et conduisit sa voisine chez elle.

— Retirons ces vêtements sales, lui dit-elle. Et je pense qu'il faudrait nettoyer ce visage, aussi.

Aphroditi s'assit et, avec une grande douceur, Kyria Loizou l'aida à se déshabiller. Elle n'était même pas capable de déboutonner toute seule son imperméable. Elle avait plusieurs doigts fracturés. Elle se laissa faire telle une enfant. Sous le manteau sale, la gentille voisine découvrit une robe déchirée et tachée de sang.

— Ma pauvre chérie, répétait-elle sans arrêt, mon pauvre petit chat.

Ce ne fut que lorsque Aphroditi fut en sous-vêtements que Kyria Loizou prit la véritable ampleur de ses blessures. Les hématomes sur ses épaules et son dos commençaient à virer du rouge au violet, et elle pouvait à peine ouvrir les yeux tant ses paupières étaient bouffies. Elle fut soudain saisie de violents tremblements incontrôlables. Quand Kyria Loizou la fit lever pour l'emmener à la douche, elle constata que le lit où elle l'avait assise était trempé de sang.

— Ma pauvre chérie, je crois que nous allons devoir appeler un médecin.

Aphroditi secoua la tête.

— Non, dit-elle faiblement.

Elle avait senti le flot de sang tiède mais ne voulait pas avoir à répondre aux questions. Elle voulait juste avoir chaud, dormir et, peut-être, ne jamais se réveiller. Oh oui, un sommeil éternel. Voilà qui lui irait à merveille.

— Bon, allons prendre une douche alors.

Kyria Loizou trouva des serviettes propres et conduisit Aphroditi par la main. Elle était horrifiée par son état et ne s'autorisa pas à imaginer ce qui avait pu se produire. Tout ce qu'elle savait, c'est qu'Aphroditi avait besoin d'une douche chaude. Elle voulait parer à ses besoins physiques avant de l'interroger. Munie d'une éponge et de savon, elle l'aida à se laver avec beaucoup de délicatesse.

Le plus inquiétant était que la jeune femme parlait à peine. Elle donnait l'impression de ne rien ressentir. Elle ne protesta pas, ne poussa pas le moindre cri lorsque Kyria Loizou désinfecta ses plaies et lui pansa les doigts. C'était comme si elle n'était pas vraiment là, comme si ses pensées la retenaient ailleurs, comme si la petite flamme dans son regard avait été soufflée.

Après l'avoir essuyée, Kyria Loizou l'aida à mettre une chemise de nuit et la coucha. Elle avait allumé le radiateur dans sa chambre. Pendant un temps, elle resta au chevet d'Aphroditi, qui paraissait absente, visiblement sous le choc.

— Vous êtes sûre pour le médecin ?

Aphroditi hocha la tête sans même la soulever de l'oreiller. Plus rien ne pouvait être fait pour sauver le bébé. Kyria Loizou lui avait préparé une infusion avec du miel et des herbes dénichées dans le placard de la cuisine. Aphroditi n'y avait pas touché.

— Quand rentre Kyrios Papacosta ? s'enquit-elle.

— Aujourd'hui, murmura Aphroditi.

Lorsqu'elle fut certaine que la jeune femme était endormie, Kyria Loizou descendit rapidement chez elle, le temps de faire à manger.

Ce fut l'odeur de la soupe qui tira Aphroditi de son sommeil, ainsi que le bruit de voix. L'une d'elles appartenait à Savvas. Elle referma les yeux, ne voulant pas répondre aux questions de son époux. Elle entendit Kyria Loizou l'informer qu'Aphroditi semblait avoir été victime d'un petit accident et qu'elle se remettrait vite. Savvas traversa la pièce de son pas lourd pour s'approcher du lit, puis battit en retraite. Il claqua ensuite la porte de l'appartement. Peu après, Kyria Loizou fut de retour.

— Tout va bien ? murmura-t-elle.

Elle souleva les couvertures et nota que les draps devaient être changés à nouveau.

— Il y en a des propres dans le meuble de la salle de bains, lui souffla Aphroditi.

Avec une grande efficacité, Kyria Loizou refit le lit sans qu'Aphroditi ait à se lever.

— J'ai été infirmière autrefois, lui expliqua-t-elle.

Après avoir bien bordé les draps, elle lui remit un thermomètre.

— Je veux que vous preniez votre température. Si elle a monté, nous devrons appeler un médecin. Sinon...

— Merci pour votre gentillesse.

— Ce n'est rien, ma chérie. Si vous avez besoin de parler, je suis là pour vous écouter. Dans le cas contraire, je comprends très bien. Ce qui est arrivé est arrivé, rien n'y changera rien.

Elle plia les draps imbibés de sang.

— Je vais les emporter chez moi pour les laver, annonça-t-elle avant de regarder le thermomètre. C'est bon, conclut-elle en rabattant la couverture sur elle.

Après s'être affairée quelques minutes dans la chambre, elle ajouta, d'un ton neutre :

— J'ai fait une fausse couche, moi aussi, et je sais qu'il est important de continuer à se nourrir. Je vais vous monter quelque chose.

Pendant que Kyria Loizou bordait Aphroditi, Emine changeait les draps du Sunrise. Elle avait pris l'habitude de le faire une fois par semaine. Elle avait calculé qu'avec les sept jeux prévus pour chacun des cinq cents lits, ils auraient du linge propre pendant plus de quinze ans. Ensuite, elle devrait s'attaquer à la lessive. Quinze ans. Ça lui paraissait si loin...

Alors qu'elle rangeait la chambre de Hüseyin et de Mehmet, elle remarqua un sac à main sur un fauteuil. Elle pensa d'abord qu'un client avait dû l'oublier, puis s'étonna de ne pas l'avoir repéré avant. Plus étrange encore, ce sac lui disait quelque chose. Aphroditi Papacosta possédait le même – elle venait souvent avec au salon de coiffure.

Elle l'ouvrit et trouva un petit porte-monnaie brodé d'oiseaux. Le même que celui dans lequel Aphroditi avait pioché, plus de cent fois, une pièce pour Emine.

Elle se mit à frémir : c'était si déstabilisant de voir un objet aussi familier ailleurs que dans les mains de son propriétaire...

Elle laissa le sac à sa place. Plus tard dans la journée, elle demanda à Hüseyin où il l'avait trouvé.

— Dans la rue.

— Mais où exactement ?

Il rougit. Les questions de sa mère le mettaient mal à l'aise. Croyait-elle qu'il l'avait volé ?

— Près de l'hôtel, dit-il.

— Et quand exactement ? Quand l'as-tu trouvé ?

— C'est important ?

— Oui. C'est très important.

— Écoute, maman, je ne voulais pas t'en parler...

— Quoi, mon chéri ? De quoi ne voulais-tu pas me parler ?

— Il appartient à une femme... Qui a été attaquée dans la ruelle près de l'hôtel.

— Quand ? Comment le sais-tu ?

— C'est arrivé la nuit dernière... Je suis descendu pour essayer de les arrêter, il était déjà trop tard. Ils l'emmenaient avec eux.

— Oh, mon Dieu ! s'exclama Emine avec effroi. Oh, mon Dieu...

— J'étais prêt à les tuer, je te jure. Mais c'est long de descendre du toit...

— Tu n'as rien à te reprocher, Hüseyin. Si tu t'en étais mêlé, nous aurions tous été en danger.

Voyant que sa mère pleurait, il passa un bras autour de ses épaules.

— Pauvre Aphroditi, sanglota-t-elle. La pauvre, la pauvre...

— Tu sais qui c'était ?

— Aphroditi Papacosta... Dieu sait pourquoi elle était revenue... Peut-être pour récupérer quelque chose. J'espère seulement qu'elle est ressortie de Famagouste en vie.

Cette révélation écœura Hüseyin. C'était déjà grave que Markos ait assisté à cette agression en restant les bras croisés. Savoir que la victime était la femme de son patron rendait son attitude encore plus choquante aux yeux de Hüseyin. Il alla chercher le sac et le tendit à sa mère.

— Tu peux le garder ?

Emine le prit avec autant de précaution que s'il était en porcelaine.

À présent qu'il connaissait l'identité de la victime, Hüseyin était encore plus déterminé à découvrir ce qui poussait Markos à s'absenter. Les nuits suivantes, il redoubla de vigilance.

Il était certain qu'une occasion se présenterait. Alors qu'il se déshabillait, un soir, il aperçut un mouvement sur la plage. Il pouvait simplement s'agir du reflet de la lune sur les vagues. Désobéissant aux directives de Markos, Hüseyin s'aventura sur le balcon, refermant sans bruit la porte coulissante derrière lui. Il ne voulait pas réveiller Mehmet.

Il y avait un homme au pied de l'hôtel. Impossible de douter de son identité : le clair de lune faisait ressortir sa fameuse chemise blanche. N'étaient-ils pas censés rester à l'intérieur après la tombée de la nuit ? Markos avait bien insisté sur ce point. La curiosité de Hüseyin fut davantage piquée lorsqu'il vit Markos s'éloigner en longeant la mer puis disparaître. Quand ils montaient la garde sur le toit, ils ne surveillaient que le côté rue : Markos savait qu'il passerait inaperçu en empruntant ce chemin.

Peut-être était-il juste sorti prendre l'air. Hüseyin décida de ne rien dire. Le lendemain soir, pourtant, il se posta sur le balcon et fit à nouveau le guet. Au bout de plusieurs heures, il baissa les bras. Il n'avait vu personne. La troisième nuit, la silhouette de Markos se détacha une nouvelle fois des ombres.

Hüseyin savait qu'il devait agir vite, et discrètement. Il rentra dans la chambre, constata que Mehmet dormait et sortit dans le couloir. Poussé par un mélange d'irritation et de curiosité, il dévala les marches deux par deux. Il devait rejoindre la plage avant que Markos ne se soit évanoui.

Sa bonne forme physique lui permit d'atteindre la sortie de secours en moins d'une minute. De là, il rejoignit le sable sans difficulté. Markos avait laissé des empreintes, et il prit soin de mettre ses pieds exactement aux mêmes endroits que lui.

La piste finit par le conduire hors de la plage, à une ruelle entre deux hôtels. Au moment de s'y engager, Hüseyin aperçut Markos en ombre chinoise, à son extrémité. Le jeune homme devait redoubler de prudence maintenant. Les pavés n'étoufferaient pas le son de ses pas. Sans un bruit, il fila Markos dans les rues de Famagouste. Celui-ci effectuait plein de détours, avançant avec détermination et s'arrêtant à certains angles pour vérifier qu'il ne risquait pas de croiser un soldat turc.

Ils finirent par atteindre les faubourgs de la ville. Hüseyin n'avait pas été aussi près des barbelés depuis le jour où il les avait découverts. Il se cacha dans un jardin. De là, il pourrait observer Markos à sa guise.

Ce dernier prenait de grands risques en traversant une zone aussi dégagée. Si des militaires surgissaient, il serait arrêté. Hüseyin suivit ses mouvements avec agitation et incrédulité.

Markos jeta des coups d'œil furtifs alentour en atteignant la clôture. En quelques secondes, il écarta une section des barbelés, comme s'il y avait une ouverture, et passa de l'autre côté. Il veilla à remettre les fils en place pour camoufler ses traces. Hüseyin l'aperçut encore quelques instants, mais l'autre pressa le pas et ne tarda pas à être englouti par la nuit.

Le jeune homme n'avait aucune intention de le suivre. Pas ce soir en tout cas. Le chemin détourné emprunté par Markos l'avait conduit dans des rues où il ne s'était pas rendu depuis longtemps.

Il resta vigilant sur le trajet du retour, même s'il était distrait par ce qu'il voyait. Dans les principales artères, les boutiques avaient toutes subi un pillage systématique. Les mannequins dénudés, tels des cadavres froids, composaient des tableaux obscènes dans les vitrines. D'autres magasins avaient été vidés de leur contenu avec davantage d'ordre. Le centre-ville paraissait encore plus désert qu'auparavant. Une brise légère s'était levée, et quelques feuilles bruissaient dans les gouttières. La noirceur de cette nuit hivernale et la désolation de la ville lui glacèrent le sang.

Une bête noire, à longue queue, détala devant lui. Hüseyin réprima un frisson. Il détestait les rats. Il ne doutait pas que leur nombre dépassait amplement celui des humains désormais.

Il se pressa de rentrer au Sunrise, laissant la sortie de secours légèrement entrouverte, ainsi qu'il l'avait trouvée, puis courut à sa chambre.

Il se coucha mais ne réussit pas à s'endormir. Que pouvait bien fabriquer Markos ? Hüseyin était aussi choqué que déconcerté.

Il resta sur ses gardes les nuits suivantes. Dès qu'il repérait Markos sur la plage, il se précipitait au rez-de-chaussée pour le prendre en filature. Les premières fois, Markos franchit à nouveau les barbelés et disparut de l'autre côté.

Le jour, Hüseyin n'avait pas manqué de noter que Markos descendait parfois au Clair de lune. Il remontait souvent avec une bouteille de whisky pour Vasilis, ou un cigare pour Halit, ce qui n'empêcha pas le garçon de s'interroger sur ses activités en sous-sol. Les portes restaient toujours fermées à double tour.

Il arrivait que Markos sorte au vu et au su de tous, en plein jour, pour aller au ravitaillement – le bébé avait besoin de couches, entre autres. Lors de l'une de ses excursions, Markos mit la main sur un autre journal, le *Phileleftheros* cette fois. On y relatait les atrocités commises contre les Chypriotes grecs. Au cours des derniers jours, les deux familles avaient discuté d'un éventuel départ, et la découverte des violences qui continuaient à faire rage à l'extérieur de leur demeure luxueuse étouffa le projet dans l'œuf. Une nouvelle vague de panique s'empara d'eux tous.

S'ils ne gardaient pas l'œil sur le calendrier, la radio pouvait leur rappeler la date. Ils célébraient les fêtes religieuses pour briser la monotonie du quotidien. Kurban Bayramı, la fête du sacrifice, avait lieu début décembre cette année-là. En temps normal, les Özkan auraient tué un agneau.

— Nous aurions aussi acheté de nouveaux vêtements aux enfants, expliqua Emine à Irini. Enfin, au moins, ici, on n'en manque pas !

— D'agneau, si, en revanche, regretta Hüseyin, pensant aux délicieuses tranches de viande juteuse qu'ils auraient dévorées.

Peu après, Irini entreprit de préparer les traditionnels biscuits de Noël, les *melomakarona*, imbibés de miel, fourrés de dattes et de noix.

— Ils sont fameux, approuva Emine en mangeant son troisième. J'adore votre Noël !

Pour entretenir l'esprit de fête, Markos monta un tourne-disque de la boîte de nuit et l'installa dans un petit salon à côté de la salle de bal. Panikos trouva le moyen de le brancher à son générateur.

Markos dénicha des disques de musique traditionnelle, grecque et turque. Vasilis et Halit se joignirent à lui sur la piste, ils encouragèrent Mehmet et Vasiliki à apprendre les pas.

Maria préférait les tubes plus récents, Markos redescendit donc chercher d'autres disques : Abba, les Isley Brothers et Stevie Wonder, entre autres. Irini se laissa entraîner, et avec un peu d'insistance, Emine finit par céder à son tour. Halit ne la retint pas, même si elle perçut sa désapprobation.

— *Leventi mou*, dit Irini à son fils. Viens danser avec nous.

— Attends !

Il changea de disque pour mettre la chanson préférée de sa mère. Hüseyin les regarda danser. « Heaven, I'm in heaven », susurrait Frank Sinatra. *Au paradis, je suis au paradis...*

Irini abandonna sa tête sur l'épaule de Markos ; il la serra contre lui, se balançant en rythme sur les trompettes enjouées. Il chantait parfaitement à l'unisson. Elle avait les paupières closes, et elle souriait. Dans les bras d'un fils, elle oubliait l'inquiétude qu'elle nourrissait pour l'autre.

Markos sentit qu'Emine les observait et l'invita pour le morceau suivant. La musique les ensorcelait, tous. Et Markos aussi, apparemment.

Ils en oubliaient presque où ils se trouvaient et les circonstances qui les avaient réunis. Et Markos occupait le centre de cette grande fête. Il était plus élégant que jamais. Ses chaussures brillaient, son costume Pierre Cardin (emprunté à un riche client qui l'avait oublié dans sa penderie) était immaculé, sa chevelure lustrée et égalisée par les soins d'Emine.

Hüseyin le scrutait en permanence désormais. Il avait entendu dire que Frank Sinatra était un gangster, mais ce n'était pas pour cette raison qu'il refusait de danser.

28

Quand tout le monde se sentit gagné par une bonne fatigue, les deux aînés montèrent sur le toit et les autres se retirèrent dans leurs chambres.

Hüseyin sortit sur le balcon et patienta. Savoir que Markos allait et venait à sa guise lui donnait plus que jamais le sentiment d'être en cage. Ils avaient beau s'être construit une nouvelle existence, en réalité ils étaient coupés du monde extérieur et de tout ce qu'il offrait. Quelle que soit la raison des virées de Markos, il agissait pour son propre compte, Hüseyin en avait la conviction.

Quelques jours plus tard, il le prit en chasse de nuit et vit que quelqu'un l'attendait de l'autre côté de la clôture. Markos lui remit un paquet. L'homme l'ouvrit. Le clair de lune se réfléchit sur un objet en métal. En échange, Markos reçut une enveloppe. Apparemment satisfait par son contenu, il la rangea dans la poche de sa veste et repartit en sens inverse.

Comprenant que Markos ne franchirait pas les barbelés, Hüseyin dut se dépêcher pour arriver avant lui à l'hôtel. Il ne reprit son souffle qu'une fois dans le hall du Sunrise. Il l'avait échappé belle. Quelques secondes plus tard, il entendit la porte de secours se refermer. Markos avait dû forcer l'allure lui aussi. Hüseyin n'avait pas le temps de monter, il se cacha donc derrière l'un des immenses piliers.

Markos traversa le hall en direction de la boîte de nuit. Quelques secondes plus tard il disparaissait dans l'escalier. S'il veillait toujours à fermer derrière lui la journée, ce soir-là il laissa la clé dans la serrure, à l'extérieur. Il était persuadé d'être seul.

Hüseyin, qui n'avait pas retrouvé son rythme cardiaque normal, sentit son pouls s'accélérer encore alors qu'il se précipitait vers la porte et la poussait. Il descendit à pas de loup les marches recouvertes de moquette et pénétra dans le monde souterrain de Markos.

Sur la gauche se trouvait une porte qui conduisait à la boîte de nuit. Hüseyin l'entrouvrit de quelques centimètres et vit qu'il faisait noir derrière. Au bout du couloir à droite, le faisceau d'une lampe de poche attira son attention. Il ne put résister à la tentation malgré le danger. Il avait laissé ses chaussures derrière le pilier dans le hall et se dirigea sans bruit vers la lumière dansante. Les deux portes de la chambre forte étaient ouvertes et, à travers l'embrasure, il aperçut Markos.

Il s'attendait à une partie de ce qu'il découvrit. Le reste l'estomaqua.

Sur la table devant Markos étaient entassés plusieurs pistolets. Hüseyin se doutait déjà qu'il trempait dans un trafic de ce genre. Les Chypriotes, grecs et turcs, devaient être prêts à payer presque n'importe quel prix pour pouvoir protéger leur famille. Ces instruments en métal valaient sans doute leur poids en or. Où Markos les avait-il trouvés ? Il en souleva un et fit courir ses doigts sur son canon. Puis il les enveloppa, chacun, dans un tissu, et les rangea dans le coffre. À l'intérieur, Hüseyin discerna des piles d'enveloppes en papier kraft qui contenaient probablement l'argent que Markos avait déjà gagné.

Il se remit au travail. Hüseyin ne parvenait pas à distinguer ses traits, faiblement éclairés par une petite lampe à pétrole qui projetait des ombres dessus et le déformait. L'expression d'avidité démoniaque ne faisait aucun doute en revanche, et sous cet éclairage Hüseyin la percevait plus clairement que jamais.

Le plateau de la table était à présent recouvert de monceaux de petites boîtes et de pochettes en velours. Markos sortit les bijoux les uns après les autres, les disposa devant lui et se concentra pour opérer des calculs tout en prenant des notes sur un bloc. La quantité d'or et de pierres précieuses était impressionnante. Un magot ahurissant.

Il vit Markos sélectionner trois ou quatre pièces et les fourrer sans soin dans la poche de sa veste, avant de remballer les autres et de les remettre au coffre.

Hüseyin repartit en sens inverse et remonta dans le hall. Les pièces du puzzle étaient en place. Enfin il comprenait pourquoi Markos quittait aussi souvent la ville. Argent, armes et or, tout était très logique.

Au moment de refermer les coffres, Markos redressa soudain la tête, persuadé d'avoir entendu un bruit. Il n'y avait personne, pourtant. Il récupéra son bloc-notes et considéra avec satisfaction les chiffres qu'il y avait inscrits.

Dès juillet, il avait découvert que les paquets qu'il gardait pour son frère étaient devenus des objets de convoitise. Après l'invasion, les pistolets n'étaient pas les seuls à avoir pris de la valeur, il y avait l'or aussi. En plus des bijoux d'Aphroditi, qui représentaient à eux seuls des centaines de milliers de livres, il avait proposé de veiller sur les colliers, bracelets et bagues de plusieurs bijouteries. Il avait laissé entendre qu'entre les nombreuses portes blindées et les diverses combinaisons, la chambre forte du Sunrise était l'endroit le plus sûr de tout Chypre. Se sentant en confiance, les gens lui avaient remis leurs biens. Certains avaient donné à Markos leurs pièces les plus précieuses dès le 20 juillet, lorsque les premières troupes turques avaient débarqué au nord.

Depuis, le cours des biens immobiliers, de la terre, des actions et des obligations avait considérablement chu, et Markos était l'un des rares Chypriotes à être doté d'une véritable fortune. Son seul problème, à présent, était de trouver assez de place pour stocker tout l'argent liquide et les bijoux en sa possession.

Au cours des semaines suivantes, Hüseyin pista Markos dès que possible. Il se rendit compte que celui-ci avait établi avec une précision quasi mathématique la position des troupes et les heures où la relève avait lieu. À en juger par son trajet compliqué jusqu'aux barbelés, et par la décontraction qu'il démontrait à d'autres occasions, il savait où les Turcs étaient stationnés, où se situaient leurs postes d'observation et quelles étaient les meilleures heures pour quitter le Sunrise. Il constata que Markos prenait même en compte le cycle lunaire. Les jours qui précédaient et suivaient la pleine lune, il redoublait de prudence.

À chaque sortie, il évitait les militaires avec une discrétion féline. Malgré tout, Hüseyin savait que la conduite de Markos constituait un danger pour tous les occupants du Sunrise. Il ignorait où il s'était procuré les armes, mais il était surtout dégoûté de le voir revendre des bijoux, qui ne pouvaient pas lui appartenir, à des intermédiaires en dehors de la ville.

Une nuit que Markos franchissait la clôture de Famagouste, Hüseyin décida de le suivre de l'autre côté. Il y avait quelques bâtiments et juste assez d'arbres pour fournir des cachettes à un jeune homme mince comme lui. Tant que Markos ne jetait pas de regards par-dessus son épaule au mauvais moment, Hüseyin serait en sécurité.

Ils parcoururent cinq ou six kilomètres jusqu'à un carrefour où se trouvaient plusieurs véhicules à l'abandon. Hüseyin supposa qu'ils étaient là depuis l'exode massif des habitants de la ville. Le bruit rauque et suffocant d'un vieux moteur ramené à la vie retentit, et une des voitures se mit en branle. Parmi tous ces tas de ferraille, il en avait déniché un qui roulait encore.

Alors qu'il s'éloignait sur la route, Hüseyin se demanda ce qui arrivait lorsque ce serpent croisait des Turcs. Il sentait d'instinct que Markos devait très bien s'en sortir. Il parlait couramment turc, ainsi qu'il s'empressait toujours d'en faire la démonstration devant les Özkan. Ça l'aidait sans doute. Sans oublier les tombereaux d'argent liquide et d'or avec lesquels il pouvait les soudoyer.

Hüseyin regagna avec prudence les barbelés, sa curiosité plus qu'assouvie. Il se mit à questionner tout ce qui s'était déroulé au cours des derniers mois. Il soupçonnait maintenant Markos d'utiliser les Özkan pour protéger sa propre famille. À quel point avaient-ils tous été manipulés ?

Hüseyin était conscient, toutefois, de devoir garder ces informations pour lui. Même si Markos les retenait tous pour son propre bénéfice, ce serait difficile à prouver.

Le lendemain, un brouillard épais monta de la mer. L'atmosphère était pesante et l'humeur mauvaise au Sunrise. Quand Hüseyin vit Markos aussi souriant et charmant que de coutume, malgré la morosité dans laquelle tout le monde était plongé, il ne put se résoudre à lui rendre son sourire. Il refusait de partager sa bonne humeur de façade.

Sept mois s'étaient écoulés depuis qu'ils vivaient, seuls, dans la ville, et près de six depuis leur installation au Sunrise. La plupart continuaient d'apprécier les immenses réserves de la cuisine ; pour Emine et Irini, les chambres luxueuses avec leurs draps fins et leurs salles de bains bien aménagées demeuraient un plaisir quotidien.

Peu à peu, les deux hommes avaient appris à baisser la garde l'un avec l'autre. Ils fumaient, buvaient parfois et discutaient même politique, faisant coulisser les perles de leurs chapelets presque à l'unisson.

Panikos s'occupait à accomplir des tâches pratiques, et Maria donnait un coup de main à la cuisine, même si sa fille, qui continuait à grandir, l'accaparait beaucoup.

Les petits garçons étaient devenus inséparables, ils s'amusaient ensemble toute la journée, se poursuivant dans les escaliers, jouant à la balle dans les couloirs et construisant des cabanes avec des coussins et des chaises. Ils avaient appris à ne pas pousser de cris. Mehmet et Vasiliki jouissaient d'une plus grande liberté au sein du Sunrise qu'ils ne l'auraient fait à l'extérieur.

Le printemps était là, le changement de saison s'accompagna d'une pluie fine. La plage, qui leur était interdite de toute façon, n'avait plus grande allure.

29

Pendant plusieurs semaines, Aphroditi resta alitée. Savvas se félicitait que Kyria Loizou remplisse la fonction d'infirmière, il la laissait aller et venir à sa guise entre les deux appartements. Il s'était installé dans la chambre d'amis.

Kyria Loizou passa presque toutes ses journées au chevet d'Aphroditi, à changer ses pansements et ses draps, à lui tenir la main. Il était évident que la jeune femme ne tenait pas à parler de ce qui était arrivé, et sa voisine n'avait eu aucun mal à en déduire qu'elle espérait cacher les détails de ces événements à son mari.

Savvas avait accepté sans broncher la version selon laquelle sa femme avait glissé et fait une chute dans les escaliers. Cela expliquait les fractures aux mains et le visage contusionné. Il se montrait empressé mais ne posait pas de questions. Son optimisme était revenu depuis que le pays avait retrouvé un semblant de calme, et il s'intéressait aux occasions commerciales offertes par cette nouvelle Chypre.

Lors de son voyage à Limassol, il avait noué des contacts et il était déjà en pourparlers pour l'acquisition d'un nouvel hôtel.

— Je sais que c'est du long terme, dit-il, pourtant nous devons réfléchir à l'avenir. Nous ne pourrons peut-être pas retourner au Sunrise avant un moment.

Assis sur une chaise au pied du lit, il continua à monologuer plusieurs minutes, sans se soucier de la réaction d'Aphroditi.

— Je n'ai aucune idée de ce qui est arrivé à Markos Georgiou. Il n'est jamais venu m'apporter les clés.

Aphroditi tourna la tête pour cacher sa réaction.

— Tes bleus ont presque disparu, ajouta-t-il d'un ton joyeux. Je crois que nous devrions faire poser des bandes antidérapantes sur les marches. On en trouve de très efficaces maintenant. Tous les hôtels en utilisent. Je vais demander un devis.

Cet après-midi-là, Kyria Loizou trouva Aphroditi en larmes. C'était la première fois qu'elle pleurait. Le nom de Markos Georgiou avait suffi à raviver l'image qu'elle avait vue cette nuit terrible, à Famagouste. Elle eut un éclair de lucidité subit. Elle sut avec une certitude aveuglante qu'elle n'avait pas été victime d'une hallucination.

Sa voisine lui prit la main et lut dans ses yeux une tristesse familière. Elle était aussi profonde que le matin où la jeune femme était rentrée couverte de blessures.

Jusqu'alors, Aphroditi ne s'était pas ouverte, même si son comportement en avait appris long à Kyria Loizou. Ce jour-là, elle était prête à parler.

— Avez-vous déjà commis une erreur si terrible... qu'il est impossible d'y remédier ? demanda-t-elle en sanglotant.

Kyria Loizou lui pressa la main.

— Tout le monde fait des erreurs de temps à autre, répondit-elle avec bienveillance.

— Pas de cette ampleur, insista Aphroditi.

Pendant un moment, elle sembla parler toute seule, entre deux gémissements.

— Il était là, soupira-t-elle. Il a tout vu. Il a assisté à la scène.

— Je suis certaine d'une chose, c'est que vous n'êtes responsable en rien de ce qui vous est arrivé, la rassura son aînée.

Elle resta au côté d'Aphroditi plusieurs heures, alors que les larmes continuaient à couler. L'oreiller était trempé. Kyria Loizou comprit que, quelle que fût la faute de la jeune femme, elle l'avait payée très cher.

À partir de ce jour-là, Aphroditi parut se remettre plus vite. En quelques semaines, elle put quitter sa chambre et descendre les escaliers lentement, en tenant la rampe. Kyria Loizou lui prit le bras de l'autre côté, et elles sortirent au soleil, ensemble.

À la seconde où le parfum de la ville frappa les narines d'Aphroditi, elle sut qu'elle devait partir. L'odeur de cette île ne changerait plus jamais pour elle. Un mélange de poussière, de déjections de rats, de décomposition, de sang et d'amertume. Partout.

— C'est le fruit de votre imagination, lui assura sa voisine. Cela va s'estomper avec le temps. Je ne sens rien, moi.

— Ces relents sont trop puissants pour que je puisse les supporter, rétorqua Aphroditi, les yeux embués de larmes.

Ce soir-là, elle annonça à Savvas son désir d'aller s'installer chez sa mère. Lorsqu'elle téléphona à Artemis Markides, celle-ci eut une réaction des plus prévisibles.

— Je savais que tu finirais par entendre raison, déclara-t-elle. J'enverrai quelqu'un t'attendre à l'aéroport.

Ce serait simple, puisqu'elle n'avait presque rien à emporter. Quand elle apprit la nouvelle, sa si bonne voisine insista pour l'emmener faire quelques boutiques et trouver de nouveaux vêtements, même si ceux-ci ne seraient pas forcément très adaptés à l'Angleterre.

— Vous ne pouvez pas débarquer dans une robe de votre mère, voyons. Et ça ne vous dispensera pas d'acheter une tenue plus chaude sur place.

Quelques jours après, Aphroditi prenait l'avion à Larnaca.

Il n'y avait pas un nuage dans le ciel et, alors qu'ils prenaient de l'altitude, elle eut une vue plongeante sur l'île à ses pieds. Avec ses kilomètres d'espaces déserts, ses plages isolées et paisibles où les tortues venaient pondre leurs œufs, il semblait impossible de croire qu'un tel bain de sang avait eu lieu. Elle aperçut quelques cicatrices dans le paysage, mais les champs de citronniers, les montagnes et les villages semés un peu partout donnaient l'illusion, à cette distance, d'être intacts. L'avion n'eut pas à survoler Famagouste pour qu'elle imagine ses rues fantomatiques, pleines d'échos, et ses bâtiments privés de vie.

Elle baissa le cache devant le hublot, elle ne voulait pas voir l'île disparaître sous elle. L'engourdissement qui s'était emparé d'elle depuis sa dernière visite au Sunrise avait reflué. Avec le retour des sensations était venue la douleur.

30

Hüseyin s'étonna tout particulièrement de la désinvolture croissante avec laquelle Markos arpentait la ville. Il se comportait en homme qui ne craignait pas d'être pris, qui pensait que chacun avait un prix, que chacun pouvait être acheté.

Depuis plusieurs semaines maintenant, Hüseyin suivait Markos à la trace. Ça virait à l'obsession, et pour autant il ne trouvait pas le courage de l'affronter.

Une nuit, au bout d'une quinzaine de minutes de filature, il se rendit compte qu'un soldat turc, seul, était apparu entre Markos et lui. Le militaire était à une trentaine de mètres derrière le Chypriote. Le pouls de Hüseyin se précipita. La jeune recrue n'avait pas remarqué sa présence.

Durant quelques minutes, ils poursuivirent leur chemin. Soudain, Markos s'arrêta et se pencha. Il semblait relacer sa chaussure. Le soldat tira son arme. À moins d'être passablement éméché, il n'aurait aucun mal à abattre Markos, qui ne se doutait de rien.

Hüseyin fut surpris de constater qu'il éprouvait du plaisir à l'idée que Markos pourrait tomber sous une balle turque. Puis il s'avisa qu'il risquait de ne pas être tué mais fait prisonnier. Saurait-il garder le secret du Sunrise ? Il était parfaitement capable de trahison, bien sûr.

Tandis que ces pensées se bousculaient dans sa tête, Hüseyin scrutait les environs immédiats. Les seules armes à sa disposition étaient des morceaux de métal, des éclats de verre et autres débris des bâtiments en ruine. Il repéra soudain un morceau de béton. Sans hésitation, il le ramassa et le lança. Même s'il manquait son but, le projectile distrairait le soldat et attirerait l'attention de sa proie.

Bien que n'ayant pas touché un ballon de volley depuis longtemps, Hüseyin n'avait perdu ni en adresse ni en puissance. Il pouvait viser avec une précision redoutable. Le bloc prit de la vitesse avant d'atteindre sa cible. Le soldat ne comprit rien. Le coup à la tête le terrassa instantanément. Markos entendit un bruit sourd, fit volte-face et découvrit le soldat à terre. Hüseyin était à quelques mètres derrière. Après avoir échangé un regard, les deux hommes s'élancèrent d'un même mouvement vers le corps sans vie.

— Nous devons le cacher, dit Markos.

Les questions ou les explications n'étaient pas de mise. Hüseyin avait à peine le temps de s'appesantir sur le fait qu'il avait tué un homme.

— Vite ! S'ils trouvent le cadavre, ils partiront à la recherche du coupable.

— Il faut l'emmener le plus loin possible du Sunrise, ajouta Hüseyin. Il y a une grande épicerie dans cette rue. Avec des tas de sacs vides au fond.

C'était l'un des magasins qu'il avait vidés méthodiquement avant leur installation dans l'hôtel. En silence, les deux hommes traînèrent le corps dans sa direction. Celui-ci était lourd, et même à deux il leur en coûta quantité d'efforts. Hüseyin se demanda s'il pouvait s'agir de l'un des agresseurs d'Aphroditi. Cette pensée ne traversa même pas l'esprit de Markos.

La porte de l'épicerie était ouverte et ils emportèrent le corps jusqu'au fond, dans un recoin sombre, puis le recouvrirent d'un empilement de sacs. Seule l'odeur de la décomposition trahirait sa présence, mais le temps qu'elle attire quiconque, la chair aurait disparu et il ne resterait que les os.

Markos regarda sa montre. L'incident l'avait mis en retard, et il savait que l'homme avec lequel il avait rendez-vous était en train de s'impatienter. Il se sentait pris au piège par la présence de Hüseyin et devait néanmoins détaler au plus vite.

— Pourquoi me suivais-tu ? lança-t-il l'air de rien, alors qu'ils finissaient de dissimuler le cadavre.

Markos avait profité du trajet jusqu'à la boutique pour réfléchir au meilleur moyen de rallier Hüseyin à sa cause. Il était possible, bien sûr, que le garçon ne l'ait jamais suivi avant ce soir.

— Je voulais savoir pourquoi tu quittais l'hôtel alors que tu avais donné la consigne inverse à tout le monde, se risqua-t-il à répondre.

Ils ne s'étaient pas encore remis d'avoir porté une charge si lourde et haletaient tous deux. Ils se trouvaient encore dans le coin le plus sombre de la boutique.

— Je voulais vendre quelque chose, expliqua Markos en se penchant vers Hüseyin pour lui toucher le bras.

Il voulait lui donner l'impression qu'il se confiait à lui, voire qu'il éprouvait un peu de remords.

— C'était risqué, je sais, ajouta-t-il.

S'il n'avait pas observé Markos Georgiou dans la chambre forte cette nuit-là et vu de ses propres yeux la convoitise sur son visage, Hüseyin aurait gobé son histoire. Au cours des semaines passées, cependant, un tout autre aspect de son compagnon s'était dévoilé, et le jeune homme avait conscience du gouffre immense qui séparait la réalité des apparences.

Hüseyin était le seul à l'avoir percé à jour. Le manque d'expérience ne lui permettait pas d'anticiper la réaction qu'il allait provoquer. La vérité revêtait une importance cruciale pour lui.

— Ce n'est pas la première fois, asséna-t-il. Je t'ai déjà vu avant aujourd'hui.

Markos ne répondit pas aussitôt. Face à tant de franchise et de candeur, il ne trouvait pas ses mots. D'autant qu'il était persuadé d'avoir été si discret, à chaque sortie, qu'il n'en revenait pas d'avoir été démasqué. Il était même furieux. Son sang ne fit qu'un tour. Qui était ce gamin pour oser le suivre ? Un Chypriote turc de surcroît, et qui se permettait de le juger ? La colère était un sentiment inhabituel pour Markos, et dans l'arrière-boutique de cette épicerie isolée, il n'hésita pas à glisser la main dans sa poche.

Si Hüseyin ne pouvait pas voir le visage de Markos dans la pénombre, le souvenir de la grimace diabolique qu'il avait aperçue dans le sous-sol du Sunrise lui revint en mémoire. Une autre image succéda aussitôt à celle-ci, celle de Markos tenant un petit pistolet. Il ne doutait pas une seconde qu'il l'avait sur lui à cet instant.

Au moment où ils cachaient le corps, Hüseyin avait noté la présence d'un couteau, qui rouillait sur un comptoir voisin. Il servait à ouvrir les sacs. Les réflexes du garçon furent d'une grande vivacité. Au moment où Markos sortait l'arme de sa veste, Hüseyin s'empara du couteau. Pour la seconde fois de la journée, il fallait agir avant de réfléchir. Il savait que Markos n'aurait pas une minute d'hésitation. Le jeune Chypriote découvrait que tuer était parfois une question de protection.

La rapidité du geste de Hüseyin prit Markos au dépourvu. Il eut à peine le temps de placer son doigt sur la gâchette que, déjà, le couteau se plantait dans son torse.

Hüseyin avait aidé son père à tuer une chèvre, un jour. Il reconnut le silence déconcertant au moment où la lame s'enfonçait dans la chair. Le bruit qui résonna lorsqu'il la retira, et le flot de sang consécutif, fut plus impressionnant que le coup initial.

Jusqu'à cette nuit, Hüseyin n'avait pas mesuré la facilité écœurante avec laquelle on pouvait arracher une vie à un homme. Il se détourna, empli de regrets et de dégoût pour lui-même, prit appui sur le comptoir. Ses mains tremblaient si violemment qu'il lâcha le couteau. Il eut le sentiment que le tintement de la lame sur le sol de pierre pouvait être entendu à des kilomètres de là.

Le couteau avait transpercé le cœur de Markos. Il avait basculé en arrière et baignait dans son sang.

L'espace d'un instant, l'esprit de Hüseyin, désorienté, le ramena dix ans en arrière et il revit la chemise rougie de son cousin Mehmet.

Ne parvenant pas à croire à la réalité de son acte, il traîna le corps vers les sacs vides. Il devrait nettoyer la trace au sol. Markos ne pesait rien en comparaison du soldat turc, il paraissait presque immatériel. Hüseyin le cacha à côté du militaire, mais veilla à ce que les deux cadavres ne se touchent pas. Il récupéra le pistolet.

À l'autre bout de la ville, l'homme qui attendait Markos finit par perdre patience. Avec une rage croissante, il se résolut à l'idée qu'il n'y aurait pas de livraison ce jour-là. Son contact l'avait laissé tomber, alors qu'il avait été payé en avance, comme toujours. L'homme n'avait jamais posé aucune question, conscient de faire la meilleure affaire, lui qui achetait de magnifiques bijoux pour moins de la moitié de leur valeur. Celui qui lui avait été promis cette fois était le plus précieux, le plus cher de tous ceux dont il s'était porté acquéreur, et il se sentait berné. Il reviendrait chaque soir jusqu'à ce que Markos honore sa part du marché. Il connaissait le responsable du Clair de lune depuis longtemps, et il ne le laisserait pas s'en tirer aussi facilement.

Hüseyin se pressa de rentrer au Sunrise sur des jambes mal assurées. Arrivant juste avant le lever du jour, il espérait regagner sa chambre sans être vu. Malheureusement, la porte de la chambre 105 était, contre toute logique, ouverte. Emine aperçut son fils planté dans le couloir, livide, les vêtements tachés de sang.

— Hüseyin ! *Aman Allahım !* Mon Dieu ! Que t'est-il arrivé ?

Elle réveilla aussitôt Halit et l'envoya vérifier que Mehmet dormait encore.

— Récupère une chemise propre dans les affaires de Hüseyin, et un pantalon.

Il était bien trop tôt pour que Halit pense à protester, il s'acquitta donc de sa mission sans la moindre question. Lorsqu'il revint, les yeux encore lourds de sommeil, Hüseyin était dans leur salle de bains.

Ce ne fut qu'en voyant l'expression horrifiée de sa mère que le garçon se rendit compte qu'il était couvert du sang de Markos, de la tête aux pieds. Dès qu'il eut lavé ses mains et ses bras, il cessa de trembler. Les vêtements qu'il portait avaient été roulés en boule et jetés dans un coin.

— Maintenant dis-nous ce qui s'est passé, lui demanda doucement sa mère, une fois qu'il eut enfilé des vêtements propres.

Hüseyin raconta tout à ses parents. Aucun d'eux ne l'interrompit. Il expliqua qu'il filait Markos depuis un moment, qu'il l'avait vu quitter la ville et manipuler des armes ainsi que des bijoux dans la chambre forte. Au début, Emine fut incrédule. Elle avait été ensorcelée par le charme de Markos.

— Tu crois qu'il revendait les bijoux de Kyria Papacosta ? s'enquit Halit.

— Ça y ressemble bien, observa Emine.

Hüseyin relata alors les événements de la nuit passée, et le meurtre du soldat qui suivait Markos.

— Ce n'est pas lui que je voulais sauver, précisa-t-il, mais les Georgiou... et nous.

Assis sur le lit de ses parents comme un enfant venu chercher du réconfort après un cauchemar, Hüseyin fondit en larmes. Emine le prit par l'épaule et attendit.

Ce premier assassinat avait laissé au jeune homme une impression de distance. Il n'avait établi aucun contact physique avec le militaire. On éprouvait peut-être la même chose en tuant avec une arme à feu. Avec Markos, ça avait été différent. Il avait eu la sensation de lui arracher la vie. Il avait beau haïr sa victime, il avait beau n'avoir agi que pour sauver sa propre peau, l'horreur d'avoir tué Markos le submergeait.

— *Canım benim*, lui murmura Emine. Mon chéri, tu devais le faire. Tu n'avais pas le choix.

Halit arpentait la chambre.

— Tu aurais dû le faire avant ! s'emporta-t-il. Il le méritait ! *Pezevenk !* Cet enfoiré !

— Halit ! Chut ! Personne ne doit nous entendre, le mit en garde Emine.

Ils restèrent assis en silence un moment. Peu à peu, Hüseyin recouvra son calme. Il était devenu un adulte, pourtant à cet instant il évoquait davantage un enfant.

— Tu veux savoir le pire à son sujet, maman ?

— On n'a pas assez de doigts pour compter tous ses mauvais côtés, observa Halit.

— Le fait qu'il était prêt à te tuer ? s'enquit Emine.

— Non, affirma Hüseyin. Le pire, c'est qu'il n'a pas aidé Kyria Papacosta.

— Que veux-tu dire ?

— Cette nuit-là, il était là. Il a tout vu, j'en suis convaincu.

Hüseyin décrivit la scène. Pendant une minute, ses deux parents furent à court de mots. Halit ne put pas retenir sa rage longtemps, toutefois.

— Quel homme se comporterait ainsi ? rugit-il.

— Halit ! Je t'en prie... Les autres dorment.

— Le problème qui se pose à nous, reprit-il plus calmement, c'est de savoir comment annoncer la nouvelle aux Georgiou. Ils doivent apprendre la mort de Markos.

Emine se mit à gémir.

— Pauvre Irini... Elle l'aime plus que n'importe qui au monde.

— On doit leur montrer son véritable visage, insista Halit.

— La vérité risque de la tuer, protesta Emine. Et je ne suis pas certaine qu'elle accepterait de la croire. Ça ne sert à rien.

Ensemble, ils convinrent d'un plan. Le principal objectif de Halit était de protéger son fils. Emine partageait ce sentiment tout en voulant préserver les Georgiou, et les ménager au maximum.

À la fin de la journée, les Georgiou commencèrent à se ronger les sangs. Surtout Irini, qui construisait son existence autour de Markos. Quand il s'absentait, c'était comme si le soleil se cachait derrière un gros nuage ou si les oiseaux s'arrêtaient de chanter par une matinée de printemps.

Hüseyin ne quitta pas sa chambre et Emine se chargea de l'excuser auprès des autres. Elle prétendit qu'il était malade. Et c'était bien l'impression qu'il avait. Aux yeux d'Allah, il avait commis un terrible crime.

Ce soir-là, ainsi qu'il l'avait convenu avec ses parents, il descendit dans la cuisine et apprit que Markos avait disparu. Irini était en larmes. Vasilis, prostré. Hüseyin savait que son esprit serait à jamais hanté par l'expression du doux visage ridé d'Irini. On y lisait une angoisse profonde, mais aussi de la gratitude, parce que Hüseyin s'était proposé pour partir à sa recherche.

Aux petites heures du matin, évoluant dans les rues sans crainte, priant presque pour être pris, il retourna à l'épicerie. Il constata que les corps se trouvaient exactement à l'endroit où il les avait laissés, sous les sacs. Markos lui avait toujours évoqué un magicien, et une petite part de lui s'était presque attendue à ce qu'il se soit volatilisé. Comme il tirait son cadavre, le plus léger des deux, un trousseau de clés tomba d'une poche.

Il s'immobilisa un instant puis, se détestant de faire une chose pareille, décida de fouiller Markos. Il ne trouva rien d'autre dans la veste. La poche de son pantalon contenait une pochette en velours, identique à celle dans le sac à main de Kyria Papacosta. Le nom d'un bijoutier de Famagouste était imprimé sur un côté. Hüseyin la rangea dans sa poche gauche – la droite était déjà occupée par les clés. Il sentit soudain le regard vitreux de Markos sur lui et ne put s'empêcher de le soutenir. Sa beauté restait inchangée, et c'en était troublant. Hüseyin le dévisagea une dernière fois avant de lui recouvrir la tête avec un sac. Parcouru d'une vague d'adrénaline qui décuplait ses forces, il transporta le corps dans une autre épicerie vide, plus près du Sunrise.

Ayant « retrouvé » Markos, il rentra. Ses parents l'attendaient.

— Je l'ai vu, dit-il tout bas. J'emmènerai Panikos dès qu'il sera prêt.

Emine proposa qu'ils se chargent, Halit et elle, d'annoncer la nouvelle aux Georgiou. Le couple était assis à l'immense table de cuisine et se tenait par la main. Emine n'eut pas à prononcer un seul mot. Irini interpréta l'expression de son visage. Les paroles étaient superflues. La vieille femme s'effondra, la tête sur la table, et sanglota. Vasilis la tint de toutes ses forces.

Hüseyin n'avait jamais oublié le raz-de-marée émotionnel dont il avait été témoin avec la mort de son cousin et, plus récemment, avec celle de sa tante et de ses cousines, à Maratha. Toutes ces disparitions prématurées étaient subites, inattendues et brutales. De tels meurtres suscitaient un chagrin d'une violence équivalente. Hüseyin se retira dans sa chambre pour se cacher sous ses draps. Il ne supportait pas d'entendre les gémissements d'Irini.

Quelques heures plus tard, il fut décidé que Panikos accompagnerait Hüseyin pour l'aider à rapporter le corps. Dès que la nuit fut tombée, les deux hommes partirent. Arrivés sur place, Hüseyin se rendit compte que Panikos n'était pas en mesure de l'aider véritablement et il se retrouva à porter l'essentiel du poids de Markos. Le quart d'heure qui suivit lui parut le plus long de toute sa vie. Panikos l'aida à remonter la ruelle qui longeait l'hôtel puis à traîner le cadavre à travers l'issue de secours.

Ils allongèrent Markos sur un canapé capitonné du hall, et Emine aida Maria à lui mettre des vêtements propres. Une chemise blanche immaculée et un costume sombre. Ainsi qu'il s'habillait toujours à l'époque où il dirigeait la boîte de nuit. Quand elles eurent terminé de le préparer, il semblait aussi soigné, calme et beau que lorsqu'il était vivant. Pour parachever le tout, Maria coiffa la chevelure soyeuse de son frère.

En voyant le corps, Irini céda à un chagrin encore plus profond, sans limites. Emine savait que la vérité au sujet de son fils n'aurait rien changé à sa tristesse.

— L'amour est aveugle, susurra-t-elle à Hüseyin.

Celui-ci savait, d'expérience, que la dévotion maternelle pouvait être ardente et inconditionnelle, ce qui ne l'avait pas empêché de remarquer que les sentiments portés par Irini à son fils frôlaient l'adulation.

Maria avait préparé une longue table dans la salle de bal. Elle l'avait recouverte de draps blancs et avait réuni des brassées de fleurs artificielles dans les innombrables vases qui décoraient les couloirs sombres de l'hôtel. Les icônes qu'Irini et sa fille avaient apportées trônaient sur un guéridon voisin, éclairées par la douce flamme d'une lampe à pétrole.

Voilà où Markos gisait, entouré de sa famille, qui priait et le regardait. Malgré l'absence de prêtre, ils observaient tous les rituels possibles.

Le silence n'était troublé que par les pleurs subits d'Irini et de Maria. L'échine courbée, Vasilis était assis à côté de Panikos. Se tenant à une distance respectueuse, Emine et Halit veillèrent aussi le corps toute la nuit.

La question de l'enterrement souleva des problèmes pratiques. Il n'y avait que peu d'endroits où creuser dans l'enceinte de l'hôtel.

— On pourrait le mettre sous les parterres de roses, suggéra Emine.

Ceux-ci bordaient la terrasse. Le choix était limité de toute façon, avec les pluies du début de printemps, la terre était suffisamment meuble.

De bonne heure, le lendemain, Markos fut enterré. Panikos avait mis la main sur des outils et s'était chargé de creuser la tombe, suant sang et eau. À 5 heures, le cortège sortit discrètement. Même Mehmet et Vasiliki avaient été réveillés et conduits en bas. Les yeux voilés de sommeil, ils ne comprenaient pas ce qui se passait.

Enveloppé dans un drap en guise de linceul, Markos fut mis en terre par son père et son beau-père. Tout le monde, à l'exception de Hüseyin qui restait en retrait, jeta une rose dans la tombe avant qu'elle ne soit comblée.

— *Kyrie eleison, Kyrie eleison*, psalmodia sa famille. Seigneur, prends pitié, prends pitié.

Hüseyin gardait la tête baissée et regardait ses larmes rebondir sur ses chaussures. En dépit de ce que Markos avait pu tenter contre lui, c'était ce dernier qui avait perdu la vie. Il n'éprouvait ni sentiment de justice, ni joie. Observant l'expression de ceux qui entouraient la tombe, il se rendit compte que chacun enterrait un homme différent. Chacun avait son Markos Georgiou.

Ensuite, ils mangèrent le plat traditionnel des funérailles, le *koliva*. Maria l'avait préparé, remplaçant le blé par du riz. La plupart des autres ingrédients se trouvaient en abondance dans la cuisine : sésame, amandes, cannelle, sucre et raisins secs.

Aucun jour de l'existence d'Irini n'avait été aussi sombre. Elle avait épuisé toutes ses larmes. Cet après-midi-là, Vasilis et elle s'étendirent dans leur chambre noire et silencieuse.

Les Özkan allèrent se doucher et se changer après l'enterrement, ainsi que l'exigeait la tradition chez les Chypriotes turques.

— Nous ne voulons pas attirer le mauvais œil, souligna Emine.

— C'est un peu tard pour se préoccuper de ça, tu ne crois pas ? s'enquit Halit.

Alors que l'eau tombait en cascade sur ses épaules, Hüseyin sut qu'il ne pourrait jamais se débarrasser du sang qu'il continuait à voir sur ses mains ou du remords qu'il éprouvait. Chaque fois qu'il posait les yeux sur les parents de Markos Georgiou, celui-ci s'intensifiait.

Quelques jours plus tard, Irini demanda à Panikos s'il y avait encore des églises où elle pouvait se rendre.

— Oui, mais je ne sais pas dans quel état elles se trouvent.

— Irini, tu ne peux pas quitter l'hôtel, objecta Vasilis avec douceur et fermeté. Il y a des soldats turcs dehors. Des soldats qui ont tué ton fils.

— Enfin...

Au long des nombreux mois qu'ils avaient passés au Sunrise, elle avait à peine pensé à Dieu. Elle avait exposé leur icône d'Agios Neophytos dans leur chambre, or elle n'avait jamais eu l'impression qu'il veillait sur eux. À chaque journée qui passait, sans nouvelles de Christos, elle avait eu le sentiment que ses prières restaient sans réponse et sa foi avait, peu à peu, diminué. La femme qui, autrefois, se signait plusieurs fois par heure, n'avait presque plus aucune conviction religieuse.

Ils avaient appris, à la radio, les efforts que Makarios continuait à déployer pour ramener la paix sur l'île, cependant elle avait perdu foi en lui aussi. Peut-être que, dans l'enceinte d'une église, elle retrouverait Dieu, son réconfort, et que ses prières monteraient jusqu'à Lui. Son absence avait laissé un vide dans sa vie, et elle brûlait de recouvrer la foi.

Hüseyin était au fait du sort de la plupart des églises, et il hésita à s'en ouvrir à Irini. Les icônes et les trésors avaient été dérobés depuis longtemps, et nombre d'entre elles avaient été victimes d'un vandalisme gratuit.

— Je ne crois pas qu'elles soient encore ce qu'elles ont pu être, laissa entendre Panikos. Et de surcroît, vous ne pouvez pas sortir, c'est trop dangereux.

Hüseyin surprit une conversation entre Irini et sa mère.

— Je peux me faire à l'idée de ne pas aller à l'église, mais ces vêtements... ils sont si inadaptés...

Les clients de l'hôtel avaient abandonné toutes sortes d'habits, pourtant aucun ne convenait à un deuil. Irini refusait de porter des blouses à fleurs colorées, et Emine n'avait rien à lui prêter.

— Je sais où trouver quelque chose, intervint Hüseyin. J'y vais.

Il savait quels magasins avaient été vidés et lesquels avaient été épargnés. Plusieurs petites boutiques, spécialisées dans la mode féminine, n'avaient aucune valeur aux yeux des militaires, même pour y piocher de quoi envoyer à leurs épouses, au pays. On y vendait des tuniques, des chemises et des robes pour les femmes d'un certain âge. Au fond de l'un de ces commerces, Hüseyin mit la main sur les vêtements nécessaires à toute femme qui voulait mener, pour une période donnée, l'existence d'une ombre. Des portants ployaient sous le poids d'habits noirs, et il en rapporta plus qu'Irini ne pourrait en porter.

La famille Georgiou organisa une cérémonie sur la tombe de Markos, au bout de trois, puis de neuf jours. Irini n'évoqua plus la possibilité de se rendre dans une église. Elle était consciente qu'Emine avait souffert autant qu'elle. Leurs deux vies avaient été assaillies par des vagues successives de chagrin et de catastrophes de plus en plus effroyables. Au jour le jour, elles continuaient à s'occuper, rangeant, nettoyant et confectionnant les repas, ce qui ne leur laissait, heureusement, que peu de temps pour réfléchir. Parfois, lorsqu'elles s'étaient acquittées de leurs tâches quotidiennes, elles s'asseyaient ensemble et pleuraient sur leurs malheurs et leurs fils disparus, qui ne quittaient pas leurs pensées. À d'autres occasions, elles se remontaient le moral en lisant dans le marc de café. Ces pratiques aidaient Irini, qui avait perdu la foi, à traverser cette période.

L'atmosphère au sein du Sunrise se modifia avec la mort de Markos. Même les petits garçons parurent abattus durant quelques semaines. Les tours de magie d'oncle Markos leur manquaient, ainsi que ses taquineries et son rire, qui l'accompagnait partout.

Les repas étaient plus sommaires, et il n'y avait plus jamais de musique. Le tourne-disque prenait la poussière dans un coin de la salle de bal.

Irini continuait à cuisiner. Dès le lendemain de l'enterrement elle avait cherché l'oubli dans la préparation de *loukoumades* et de *daktila*. Tant que ses doigts étaient occupés à pétrir du pain ou découper des biscuits, son esprit se focalisait, pour quelques minutes, sur autre chose que la mort de Markos.

La tristesse de Vasilis était paisible. Il passait l'essentiel de ses journées sur le toit, à s'occuper de ses herbes et de ses tomates, qui poussaient bien au soleil, ou à monter la garde. Halit lui tenait compagnie. Vasilis perdait son regard au large des heures durant, fumant cigarette sur cigarette, sans oublier de cacher leur rougeoiement. Il gardait aussi plusieurs bouteilles là-haut.

Hüseyin se renferma pendant quelques jours. Il n'avalait rien. Sa mère lui apportait souvent un plateau dans sa chambre.

— Kyria Georgiou s'inquiète pour toi, lui dit-elle un soir, en lui caressant la joue.

Il était allongé sur son lit et des larmes commencèrent à rouler sur son visage.

— Mon pauvre garçon, murmura Emine. Tu n'avais pas le choix...

Seul le temps allégerait la culpabilité d'avoir causé une telle tristesse à une femme si bonne, qui venait de lui préparer son plat préféré dans le but de lui rendre l'appétit. Il ne tarda pas à comprendre, toutefois, que les adultes avaient besoin de lui, pour leur remonter moral. L'absence de trois fils imposait à Hüseyin d'être plus fort que jamais.

Un soir que le hall était désert, il chercha à ouvrir la porte de la boîte de nuit. Il descendit à pas de loup et se rendit dans la chambre forte. Il déverrouilla les deux portes. Les clés restantes correspondaient aux différents coffres, et leur mécanisme s'actionna avec un cliquetis satisfaisant. Pourtant, ils ne s'ouvrirent pas. Hüseyin ne tarda pas à comprendre pourquoi : ils étaient aussi protégés par un code. Il soupçonnait Markos de les avoir emportés dans la tombe.

De retour dans sa chambre, il rangea les clés dans un tiroir. La pochette en velours vert s'était nichée dans un coin de celui-ci et il la sortit pour voir ce qu'elle contenait. Quelque chose luisait à l'intérieur. Il fit glisser dans sa paume un rang de pierres bleues éblouissantes, d'un azur transparent évoquant la mer derrière sa fenêtre. Même dans la pénombre, elles semblaient étinceler. Toutes de même taille, elles étaient serties dans une monture en or, et complétée par un fermoir plus gros que le reste.

Il rangea le collier tout au fond du tiroir, même s'il n'avait pas la conscience tranquille. Ce bijou ne lui appartenait pas davantage qu'il avait appartenu à Markos.

La famille Georgiou aurait-elle dû en hériter ? Ou fallait-il le rendre à son propriétaire précédent ? Pour l'heure, il le garderait avec les clés. Celles-ci ne lui étaient d'aucune utilité sans les codes. Les pierres précieuses, elles, devaient avoir conservé leur valeur.

31

Juillet était arrivé. Les journées étaient chaudes et les nuits courtes.

Depuis leur poste sur le toit, Vasilis et Halit remarquèrent que la fréquence des patrouilles augmentait. Hüseyin le constata aussi de son côté et se demanda s'il pouvait y avoir un lien avec le soldat disparu.

Il était de plus en plus difficile, pour chacun d'entre eux, de rester dans l'hôtel avec la touffeur. Même Panikos, qui avait toujours eu trop honte de sa bedaine pour nager, rêvait d'aller s'ébattre dans les vagues avec ses enfants. Pour Hüseyin, le doux clapotis des vagues qui allaient et venaient représentait une tentation plus forte qu'un chant de sirène. Une nuit, il s'échappa par l'issue de secours et s'aventura sur le sable. Il savait qu'il ne devait pas faire un bruit, et son corps fendit l'eau en silence. De toute sa vie il n'avait jamais été seul dans la mer. Cet espace infini était partagé par tous. Une nuit dense s'étendait devant lui, illuminée ici ou là par de brefs éclairs phosphorescents. Il resta sous l'eau, évoluant sans troubler, ou presque, la surface.

Il nagea loin, puis fit la planche pour admirer les étoiles. La sensation de liberté était presque enivrante. Son père et Vasilis surveillaient la rue, mais même s'ils avaient regardé derrière eux, ils ne l'auraient pas aperçu.

Au bout d'un moment, il reprit la direction du rivage. Devant lui se dressait l'enfilade de gigantesques blocs de béton ceignant la côte. À l'extrémité de la plage, il discernait les immenses grues qui veillaient encore sur le chantier de Savvas Papacosta. Il évoquait un cimetière. L'eau lui parut froide, soudain. Il réprima un frisson.

Il se tourna vers le Sunrise et ses fenêtres noires. Leur hôtel paraissait aussi sinistre et vide que les autres. Personne n'aurait pu imaginer que dix personnes y vivaient. Il repéra alors les phares d'une jeep. Elle remontait Hippocrates en direction du nord. Une autre arrivait du sud. Elles s'arrêtèrent toutes deux, hors de vue, et il en déduisit qu'elles avaient dû se garer devant l'hôtel.

Il se demanda si Vasilis et son père les avaient remarquées. Il nagea le plus vite possible et courut sur le sable sans un bruit. Il se faufila par l'issue de secours et récupéra la serviette qu'il avait cachée derrière le comptoir de la réception.

Il monta en courant les quinze étages jusqu'au toit et trouva les deux hommes cloués sur place. Hüseyin signala sa présence discrètement, mais ils ne se retournèrent pas, tenant à garder un œil sur la scène en cours. Les barreaux de la grille étaient assez solides pour les protéger d'une attaque physique, pas des cris.

— Tu entends ce qu'ils disent ? s'enquit Vasilis.

— Ils sont trop loin, répondit Halit. Je sais juste qu'ils ne se sont jamais autant intéressés à cet endroit avant.

— J'ai peur, avoua Vasilis.

— Moi aussi, admit Halit. Ça ne sent pas bon.

— Je peux avoir les jumelles ? demanda Hüseyin.

Il prit quelques instants pour les régler, puis fit le point sur les hommes à la grille. L'un d'eux n'avait pas d'uniforme. Beaucoup plus petit que les soldats, il était chauve et portait une barbe bien taillée. Hüseyin l'avait déjà vu. C'était lui que Markos retrouvait aux barbelés.

Depuis la nuit où il avait attendu Markos en vain, le Chypriote turc qui servait d'intermédiaire pour les pistolets et les bijoux était retourné, chaque soir, à l'endroit où leurs rendez-vous avaient toujours eu lieu.

S'il s'en voulait de s'être laissé berné, il était encore plus remonté contre Markos Georgiou. Il n'aurait pas dû lui accorder sa confiance. Ce n'était qu'un Grec après tout. Au bout de plusieurs semaines, il se rendit à l'évidence : Georgiou ne reviendrait pas. On faisait pression sur lui, à Nicosie, pour récupérer l'argent ou les fameux diamants bleus promis. Il n'avait d'autre solution qu'entrer dans la ville.

Il savait que Markos Georgiou avait travaillé au Sunrise, puisqu'ils avaient commencé à faire affaire ensemble avant la guerre. Voilà donc où il se rendrait. Il écarta les barbelés, s'introduisit dans Famagouste et referma derrière lui.

Il n'était venu que rarement et ne connaissait pas bien le plan de la ville, si bien qu'il lui fallut une heure pour repérer la rue principale. De là, il devrait être capable de rejoindre le front de mer.

Des rats détalaient dans les ombres. Ils semblaient avoir pris le contrôle des lieux. Il en vit trois courir de front, d'un air décidé, absolument indifférents à sa présence. Du museau au bout de la queue, ils mesuraient près d'un mètre, chacun.

Il restait près des bâtiments. Alors qu'il s'engageait dans une rue pleine de boutiques, il dérangea un serpent. Il avait failli lui marcher dessus. Depuis qu'une vipère était montée dans son lit, quand il était enfant, il en avait la phobie. Au moment où le serpent détala, laissant une trace dans la poussière, il ne put retenir un cri de terreur.

Ne se sentant plus en sécurité près des bâtiments, il se rapprocha du rebord du trottoir, ce qui le rendit visible. Lorsqu'une jeep surgit d'une rue adjacente, les deux soldats à son bord le repérèrent aussitôt. Il se figea sur place, pétrifié par leurs phares, ne cherchant même pas à prendre la fuite alors que le véhicule pilait dans un crissement de pneus. Les militaires descendirent d'un bond, en agitant leurs armes et en le couvrant d'insultes. Une certaine folie émanait de leur attitude, née de tous ces mois à garder une ville où rongeurs et reptiles étaient les seuls êtres vivants. Enfin, il allait y avoir de l'action, et leur excitation était palpable.

Le Chypriote leva lentement les mains. Le soldat qui conduisait lui donna des coups de crosse dans le torse.

— Toi ! rugit-il. Que fais-tu ici ?

— *Que fais-tu ici ?* répéta le second d'une voix plus aiguë.

Tous deux le suspectaient d'avoir un lien avec la disparition de leur camarade.

— Réponds-nous ! brailla le premier. Ré-ponds-nous !

Il lui crachait presque au visage.

— Il est grec ! s'esclaffa le second. Il ne comprend pas !

Il lui tournait autour, prêt à faire usage de violence au moindre prétexte.

— Si, je comprends, leur dit-il en turc.

Sa voix tremblait tellement qu'il n'était pas certain qu'eux le comprendraient. Un soldat fit un pas vers lui. Ce n'était pas parce que cet homme parlait turc qu'il était leur ami.

— Tiens-le, aboya-t-il à son adjoint.

Le Chypriote ne leur opposa aucune résistance. Ça aurait été vain vu la taille et la force des soldats. En quelques secondes ils obtinrent des aveux détaillés. L'homme n'avait rien à perdre et tout à gagner. Ils pourraient même l'aider à trouver Markos Georgiou s'il leur promettait une part du magot. Il supposait que les diamants se trouvaient toujours au Sunrise. Avec un peu de chance, ils découvriraient d'autres biens de valeur. Aucun d'eux ne put résister à une telle perspective.

Quand Hüseyin vit les soldats et leur prisonnier, il ne lui fallut pas plus d'une seconde pour déduire ce qui était arrivé. Le Sunrise avait beau sembler vide de l'extérieur, l'intermédiaire de Markos devait savoir d'où provenaient les objets de contrebande.

Il comprit qu'ils étaient tous en danger. Ils allaient devoir partir.

Le seul obstacle qui se dressait entre les deux familles et les soldats turcs était l'épaisse grille en métal. Il y avait tellement d'endroits plus faciles à piller qu'ils ne s'étaient pas donné la peine de s'y attaquer. Ils n'hésiteraient sans doute pas, maintenant qu'ils savaient que le jeu en valait la chandelle.

Tous trois regardèrent les soldats s'éloigner dans leurs jeeps. Le prisonnier était reparti avec eux. Lorsqu'ils ne purent plus entendre les moteurs, ils se consultèrent.

— Nous devons partir ce soir, décréta Hüseyin, nous ne pouvons pas attendre.

Au cours des derniers mois, il avait acquis une sagesse impressionnante pour son jeune âge. Même Vasilis s'en remettait à lui, heureux de s'appuyer sur le jugement de quelqu'un d'autre – tout comme par le passé il s'était volontiers laissé guider par Markos. Halit, de son côté, débattit. Il n'acceptait pas que son propre fils lui dicte sa conduite.

— Mais nous avons été en sécurité si longtemps, ici.

— Je crois que c'est terminé. Et même s'ils font preuve d'indulgence avec nous, on ne sait pas comment ils traiteront les Georgiou.

— Ta mère refusera de partir, cingla-t-il dans l'espoir d'infléchir son fils.

— Si Irini se range à notre avis, affirma-t-il, maman suivra.

Face à une telle évidence, Halit fut à court d'arguments.

Ils descendirent réveiller leurs familles respectives. Il n'était pas encore 5 heures et tous dormaient.

Vasiliki et la petite Irini étaient blottis l'un contre l'autre, innocence incarnée. Leurs cils battaient en rythme sur leurs joues, comme s'ils partageaient le même rêve. Maria souleva Irini dans ses bras, et Panikos, Vasiliki. Aucun des deux ne se réveilla.

Mehmet dormait souvent avec sa mère, chassé de son lit par des cauchemars. Il croyait que des bombes explosaient sur la plage, provoquant des orages de sable et embrasant tout alentour. Depuis le jour où la paix avait volé en éclats, des milliers de Chypriotes étaient hantés par le même genre de rêves récurrents. Les images des bombardiers dans le ciel et les menaces de destruction continuaient à troubler adultes et enfants. Emine avait un sommeil léger et il en fallait peu pour la réveiller. Elle prit le *nazar* au mur. Au moment de quitter la chambre, elle avisa le sac à main d'Aphroditi sur un fauteuil. Elle récupéra la poche en velours et le porte-monnaie, abandonnant la clé. De son côté, Irini emporta son *mati,* une photo de Christos et son icône. Hüseyin ne se chargea que du collier.

Cinq minutes plus tard, tous étaient réunis.

— Où allons-nous ? demanda Irini.

Personne n'y avait véritablement réfléchi.

— À la maison ? suggéra Halit.

Ces mots étaient étranges, vides de sens. Tous échangèrent des regards. « La maison » n'avait plus la même signification qu'autrefois, cependant c'était une bonne destination pour l'heure.

— J'ai toujours espéré que nous quitterions cet endroit un jour... mais pas comme ça, se lamenta Irini, les larmes aux yeux. C'est si soudain...

Vasilis savait que son épouse penserait à la dépouille de son fils. Comment pourrait-elle lui donner une sépulture digne de ce nom ? Prier sur sa tombe ? Accepterait-elle de s'éloigner de lui sans savoir si elle pourrait revenir ?

Vasilis lui souffla ce qu'elle avait besoin d'entendre :

— Je suis sûr qu'on trouvera le moyen de venir le chercher.

Irini fut la seule à pleurer quand ils quittèrent le Sunrise. Tous les autres étaient trop inquiets pour les prochaines heures de leur existence. Ils s'échappèrent par l'issue de secours et filèrent vers la plage. Les deux familles partirent chacune d'un côté dans l'espoir que cela leur permettrait d'être plus discrets.

Le soleil commençait son ascension dans le ciel, et la lueur de l'aube leur permit de prendre la mesure du délabrement des rues qu'ils n'avaient pas arpentées depuis des mois. Seuls Hüseyin et Panikos connaissaient par cœur ce spectacle. Les autres en furent horrifiés.

Avec les pluies du printemps, des herbes folles avaient poussé entre les pavés et dans les fissures du bitume. Les chaussées étaient jonchées de débris et d'objets sans valeur, délaissés par les pilleurs. La peinture s'était écaillée, les enseignes étaient tombées, des balcons métalliques avaient été arrachés et des portes défoncées. Voir leur ville auparavant si belle et florissante dans cet état leur fendait le cœur.

Les familles se déplacèrent le plus rapidement possible. Elles avaient établi leurs différents trajets à l'avance et abordèrent leur rue chacune de leur côté.

Dans leur quartier, les arbres étaient en fleurs, et des bougainvilliers avaient pris possession de nombreuses habitations, déployant leurs immenses bractées colorées. Ils offraient une vue étonnamment réjouissante, qui adoucit l'impression générale de décrépitude.

Les Özkan rejoignirent la rue Elpida les premiers. Leur maison était dans l'état où ils l'avaient quittée, le jour où les soldats turcs s'y étaient introduits.

Halit enjamba ce qui restait de la porte d'entrée.

À l'intérieur, un épais voile de poussière recouvrait tout. Emine resta pétrifiée sur le seuil, une main sur la bouche. Les souvenirs qui la réconfortaient, durant leur séjour au Sunrise, ne correspondaient en rien à ce qu'elle découvrait. La casserole de pilaf, abandonnée sur la cuisinière, était passée par tous les stades de décomposition et putréfaction. Des paquets de riz et de farine, les souris n'avaient laissé que quelques lambeaux d'emballages. Les placards étaient noirs de déjections. Les rats avaient creusé dans le rembourrage des meubles et détruit les rideaux pour prélever de quoi fabriquer leurs nids.

Confiant Mehmet aux soins de Hüseyin, au rez-de-chaussée, Emine et Halit montèrent au premier. Ça n'était pas mieux. Des relents âcres les assaillirent, les matelas et draps étaient déchirés. L'absence de porte avait été prise comme une invitation par tous les rongeurs du coin.

— Il faut nous y mettre, déclara Halit quand ils furent redescendus. Il y a du pain sur la planche. Nettoyons d'abord, puis nous verrons si nous pouvons réparer la porte.

Hüseyin observait sa mère. Elle secouait la tête de gauche à droite.

— On ne peut pas rester ici, Halit. Ils ont saccagé notre maison.

— Mais ça reste chez nous.

— On pourrait s'installer ailleurs, suggéra Hüseyin. Ce ne serait pas notre premier déménagement.

Le jeune homme répugnait, en général, à contredire son père, cependant les dégâts étaient bien plus étendus qu'il ne semblait vouloir l'accepter. Leur sanctuaire avait été violé, et ils ne parviendraient jamais à rendre aux lieux leur caractère sacré.

Les Georgiou mirent un peu plus de temps que les Özkan. Maria portait le bébé, et Panikos avait hissé Vasiliki sur ses épaules. Vasilis s'aidait de sa canne pour avancer, et Irini redoutait en permanence que son cliquetis n'alerte les Turcs. Ils finirent par rejoindre la rue Elpida. Leur bâtiment n'avait pas changé, seules les plantes étaient à présent soit mortes soit retournées à l'état sauvage.

Ils franchirent tous les six le petit portail. La rouille avait pris ses aises et il aurait besoin d'être huilé. Vasiliki était excité d'être de retour dans le jardin de ses grands-parents. Son petit tricycle était toujours rangé dans un coin, et il se jeta dessus avec des glapissements de joie.

— Vasiliki ! l'appela sa mère. Viens ici tout de suite. Chut !

La famille tout entière était immobile. Aucun ne souhaitait entrer. Ils redoutaient moins ce qu'ils allaient trouver, que ce qu'ils ne trouveraient pas. L'absence de Markos et de Christos pesait très lourd sur eux.

À en juger par l'aspect extérieur de la maison, les soldats turcs ne s'étaient pas donné la peine d'entrer. Les portes et les volets étaient intacts. Irini jeta un coup d'œil au crochet au-dessus d'elle. Mimikos. Pour elle, il n'y aurait jamais d'autre chant d'oiseau.

Ce retour se révéla encore plus douloureux qu'elle ne l'avait anticipé. Le *kipos* lui rappelait vivement la disparition de son fils aîné. C'était là que, ensemble, ils s'attablaient chaque matin, là qu'il sirotait le café qu'elle lui avait préparé, là qu'il la serrait contre lui, là qu'il chantait pour elle d'une voix plus mélodieuse que n'importe quel canari.

Tandis que Vasiliki et Panikos récupéraient les clés dans leur cachette, elle se laissa choir sur une chaise. Elle vit son mari entrer chez eux, Maria et Panikos conduire les enfants à l'étage.

Maria ne tarda pas à redescendre, un sourire forcé aux lèvres.

— Rien n'a bougé depuis notre départ. C'est un peu humide et poussiéreux, mais personne n'est venu ici. Nous nous sentirons à nouveau chez nous en un rien de temps.

Vasilis ressortit à son tour. À son habitude, il affichait un masque impassible.

— Tout est dans le même état, annonça-t-il sans détour. Juste un peu plus sale.

Irini avait toujours entretenu son intérieur avec un soin méticuleux, il n'était donc pas étonnant que la moindre trace de poussière saute aux yeux. Elle ne se relevait pas.

— Tu n'entres pas, *mamma* ? s'étonna Maria en l'enlaçant par les épaules.

Irini Georgiou secoua la tête en silence. Elle ne pouvait se résoudre à quitter son siège. Cet endroit n'était plus leur maison. Le bâtiment qu'ils avaient érigé pour leurs familles, en prévision de l'avenir, lui faisait l'effet d'une caisse en bois cassée, incapable de contenir le moindre fruit.

Le sort de Christos demeurait un mystère. Elle savait en revanche avec une certitude absolue que l'appartement de Markos ne serait plus jamais occupé. Le rêve parental, celui de voir les étages habités par des belles-filles qu'ils se seraient efforcés d'aimer, et leur nombreuse progéniture, ne se réaliserait pas. Certaines existences étaient condamnées à ne pas connaître d'avenir. Avant qu'Irini ait pu parler, Emine apparut, suivie de Halit et de Mehmet.

— Vous n'imaginez pas le capharnaüm chez nous ! Vous devriez voir le boulot des souris ! Elles ont été pires que les soldats.

Elle s'assit à côté d'Irini et posa la main sur le bras de son amie.

— Nous ne pouvons pas rester, poursuivit-elle. Tout a été saccagé, et ça empeste.

Irini leva les yeux vers elle. Vasilis rejoignit alors son épouse dans le *kipos*. Il ne s'expliquait pas pourquoi elle ne l'avait pas suivi à l'intérieur. Elle aurait déjà dû avoir sa blouse d'intérieur sur le dos pour attaquer le ménage. Il vit qu'elle était toujours assise, entourée du couple de Chypriotes turcs. Mehmet avait filé au premier afin de rejoindre Vasiliki.

— Irini ?

— Emine et Halit ont besoin d'un toit. Hüseyin et Mehmet aussi. Peux-tu sortir les clés des appartements de Christos et Markos ?

Vasilis s'exécuta sans broncher et remit les clés à leurs voisins.

— Un millier de mercis, *ahbap*, mon ami, lui dit Vasilis. Qu'Allah te bénisse.

Irini rentra chez elle pour se mettre à l'œuvre. Elle ne pourrait pas fermer l'œil dans une maison sale. Ils parlaient et agissaient avec une grande discrétion, pourtant même s'ils s'étaient exprimés à voix haute ou avaient claqué une porte, personne ne les aurait entendus. Il n'y avait pas de soldats dans le coin. La plupart d'entre eux avaient pris leurs quartiers au Sunrise.

Dès que ses parents et son frère étaient partis chez les Georgiou, Hüseyin s'était mis en quête de nourriture.

— Tous les magasins ne peuvent pas être vides, avait argué son père. Et si tu dégotes du tabac...

Hüseyin repéra plusieurs endroits en route. Sa priorité n'était pas la nourriture. Il s'était rendu compte qu'il avait oublié quelque chose d'essentiel au Sunrise : le pistolet de Markos. Il l'avait laissé sous son matelas, et il pourrait lui servir. Ils n'avaient rien d'autre pour se protéger. Hüseyin profiterait d'être là-bas pour faire quelques provisions.

Avant même d'apercevoir l'hôtel, il sentit que quelque chose d'inhabituel était en train de se produire. À l'exception du passage occasionnel d'une jeep, les rues avaient été parfaitement silencieuses tant qu'ils avaient logé au Sunrise. Aujourd'hui, ça n'était plus le cas.

Le bruit des engins de chantier avait été commun jusqu'au début de la guerre, avec la construction permanente de nouveaux hôtels et immeubles à Famagouste. Ce jour-là, Hüseyin entendit un concert similaire. Au détour d'une rue, il comprit qu'il s'agissait moins de construction que de destruction.

Devant le Sunrise, trois bulldozers se tenaient prêts à entrer en action, leurs moteurs rugissant. Sur le côté, quatre hommes actionnaient autant de marteaux-piqueurs. Le son était assourdissant, même à distance.

Les marteaux-piqueurs servaient à ébranler les montants de la grille, et leurs utilisateurs découvraient que Savvas Papacosta n'avait pas lésiné sur la solidité. Ils durent creuser près de deux mètres sous terre. De temps en temps, ces hommes s'écartaient pour permettre aux bulldozers de déblayer le chantier.

Un groupe d'au moins douze soldats se tenait à l'écart du tapage. Lorsque le portail s'effondra, entraînant dans sa chute une portion de la clôture, l'un des bulldozers entra dans la cour de l'hôtel. Les militaires l'applaudirent et poussèrent des cris de joie tout en suivant le monstre. Hüseyin le regarda arracher la grille qui protégeait l'entrée de l'hôtel et briser la porte en verre derrière. Un sentiment d'anarchie émanait de cette armée, de leur enthousiasme sauvage devant une destruction aussi brutale. Plusieurs d'entre eux tirèrent en l'air.

Hüseyin supposa que leur objectif était la chambre forte. Il ne doutait pas que le Chypriote turc, qui accompagnait les soldats, leur ait refilé le tuyau. Il était moins sûr que l'homme touche une partie du pactole...

Hüseyin observa la scène quelques minutes avant de battre en retraite. La suite ne l'intéressait pas. Il savait les coffres inviolables. Il n'avait aucune chance de récupérer le pistolet désormais, sa priorité était donc devenue de trouver à manger.

Il se réfugia dans une petite rue, ayant l'impression d'avoir été témoin d'assez de violences pour l'heure. La rage des soldats avait beau être dirigée contre l'acier et le verre, leur attitude répugnante l'avait empli d'effroi.

La première épicerie qu'il croisa avait été vidée de fond en comble. Il ne dénicha rien à part quelques savonnettes et du sel. Il ratissa le moindre rayonnage. Tout au fond du dernier, il tomba sur deux boîtes d'anchois. Elles avaient dû passer inaperçues. Il les fourra dans sa poche. Dans le magasin suivant, il découvrit quelques boîtes de pois chiches et un petit sac où les ranger. Il remarqua que tous les produits secs – riz, haricots, farine et sucre – avaient déjà été liquidés. Ils avaient été remplacés par des tas de crottes de souris et de rats. Le Sunrise avait bel et bien été un havre.

Il poursuivit ses recherches, visitant trois ou quatre autres boutiques. Dans chacune il trouva les mêmes monticules de déjections, les mêmes morceaux de papier et de carton qui avaient autrefois servi d'emballages aux biscuits et au sucre. Au bout de deux heures, il n'avait récolté que trois boîtes de concentré de tomates et deux de lait condensé. Épuisé et désabusé, il regagna la rue Elpida.

Au moment de franchir le seuil de chez lui, le silence lui apprit qu'il était seul. Il se boucha le nez. La puanteur était atroce. Son petit sac de provisions sur l'épaule, il traversa pour aller chez les Georgiou.

— Tes parents sont en haut, lui apprit Vasilis.

Au moment où Hüseyin posait son butin sur la table du jardin, Irini apparut.

— Qu'as-tu trouvé ? s'enquit-elle, consciente que tous devaient mourir de faim.

— Quelques conserves seulement. Tout le reste a disparu.

— Je suis sûre que je vais pouvoir mijoter un bon petit plat avec. Tu peux me les apporter à l'intérieur ?

Une par une, Irini sortit les boîtes du sac et lut les étiquettes. Certaines avaient rouillé, ce qui n'avait pas dû dénaturer leur contenu.

— Tu as vu nos herbes ? s'exclama-t-elle.

Il secoua la tête poliment.

— Regarde comme elles ont poussé ! dit-elle, se forçant à rester positive. Tu as vu ce basilic ? Et cet origan ?

Elle récupéra deux énormes bouquets d'herbes dans l'évier et les lui fit sentir. Le mélange des odeurs fraîches et sucrées le grisa. Il y enfouit son visage pour cacher l'émotion qui le gagnait face à Irini qui s'affairait courageusement dans la cuisine et lui expliquait qu'elle allait pouvoir tirer des merveilles de ces maigres ingrédients.

La cuisine avait toujours été son refuge. Pourtant, une fois qu'elle aurait préparé le repas, qu'il aurait été servi et englouti, que les couverts auraient été rangés, son chagrin l'attendrait, tel un manteau suspendu à la porte.

Il lui rendit les herbes, espérant qu'elle n'avait pas remarqué ses yeux brillants.

— Avec ça, ça et ça, dit-elle en désignant trois boîtes, je vais pouvoir préparer un ragoût de haricots. Et il reste du miel, alors nous aurons même un dessert ce soir. Bien joué, mon grand.

Hüseyin se détourna. Elle lui parlait avec autant de tendresse que s'il avait été son propre fils, et il ne le supportait pas.

— Tu peux prévenir ta mère que ce sera prêt dans une heure ? lui lança-t-elle.

Il gravit les marches deux par deux. Au premier, il faillit tomber dans les bras de sa mère.

— *Canım*, tout va bien ?

— Juste essoufflé, maman.

Elle le serra contre elle. Il en profita pour essuyer une larme sur sa manche.

— J'ai trouvé à manger. J'ai tout donné à Irini, elle nous prépare un repas.

— Je devrais aller l'aider.

— Je suis sûr que ça lui ferait plaisir, répondit Hüseyin pour dire quelque chose.

— Oh, ajouta sa mère comme si ça lui revenait brusquement, c'est l'appartement de leur fils Christos. Si tu n'as pas envie de partager une chambre avec Mehmet, tu peux toujours monter au-dessus...

— Chez... Markos ?

Emine se rendit aussitôt compte de sa bévue.

— Je dormirai sur le canapé, reprit Hüseyin.

Lorsqu'ils se réunirent autour de la table d'Irini et de Vasilis pour manger, il y avait à peine assez de place, et des chaises supplémentaires durent être descendues. Vasiliki s'assit sur les genoux de son père et la petite Irini sur ceux de sa mère. Mehmet était juché sur un tabouret.

Hüseyin se proposa pour monter la garde dans le jardin. Ils ne devaient surtout pas relâcher leur attention. Irini lui apporta une assiette.

— Tu peux encore les sentir ? lui demanda-t-elle.

Il se pencha vers la nourriture. Le parfum des fines herbes lui explosa au visage.

— Oui. Merci, Irini.

En cinq minutes, il avait englouti son repas. À l'intérieur, Vasilis leur servit, à Panikos et lui, un verre de *zivania*.

— *Stin ygia mas !* dirent-ils en trinquant.

Vasilis était heureux d'être chez lui. La puissance de cette eau-de-vie maison lui manquait. Les grands whiskies et les cognacs français du Clair de lune ne lui arrivaient pas à la cheville. Tous mangèrent avec appétit.

Ils s'étaient accoutumés à la splendeur du Sunrise, à la porcelaine, au cristal et à l'argenterie, cependant ce cadre leur était plus naturel : la lumière tamisée, filtrant à travers les interstices des volets, la nappe en dentelle, les assiettes légèrement ébréchées et les coups de coude autour de la table trop étroite.

L'icône avait retrouvé sa place sur son étagère et le *mati* veillait sur eux depuis le mur. Les photographies n'avaient jamais quitté leur emplacement, et Irini avait même trouvé le temps de les épousseter, évitant délibérément les regards de ses fils. Ils fixaient l'objectif. Markos : décédé. Christos : disparu.

À la fin de la matinée, le lendemain, Hüseyin avait découvert la vérité sur leur situation alimentaire. Il était tombé du lit et avait écumé toutes les rues du quartier, passant chaque épicerie au peigne fin. Dans la plupart, il n'eut pas à forcer l'entrée. Les portes étaient déjà entrouvertes. Il se souvenait de celles qui avaient été une source inépuisable avant leur installation au Sunrise, mais tous les produits secs avaient été dévorés, et la plupart des boîtes emportées, sans doute par les soldats.

À son retour, il trouva sa mère et Irini attablées dans la cuisine.

— Où étais-tu, chéri ? s'enquit Emine. Nous nous faisions un sang d'encre !

— Nous avons cru qu'il t'était arrivé quelque chose, ajouta Irini avec sollicitude.

— Je cherchais à manger. J'ai pensé que vous vous en douteriez.

— Tu es parti si longtemps..., insista Emine.

— Je suis désolé de vous avoir inquiétées...

Il hésita. La réalité était qu'il n'avait presque rien trouvé de la matinée. De désespoir, il s'était introduit chez les gens pour voir s'il leur restait des provisions.

Ainsi qu'il en avait déjà fait l'observation quelques mois plus tôt, certaines maisons étaient restées dans l'état où les avaient laissées leurs propriétaires. Le temps semblait suspendu dans ces endroits, comme si ceux qui les avaient occupés risquaient, d'un instant à l'autre, de revenir et de reprendre le cours de leur existence.

Dans les habitations pillées, l'atmosphère était tout autre. Elle lui rappelait ce qu'il avait ressenti chez lui. Les chaises n'étaient pas repoussées sous les tables, et les assiettes n'attendaient pas, avec patience, une louche de soupe ou une portion de *kleftiko*. Les meubles avaient été réduits à des bouts de bois, la vaisselle était en mille morceaux. Les portes des placards étaient grandes ouvertes, et les biens précieux avaient été emportés. La rumeur ayant prétendu que les gens avaient caché leur argent et leurs bijoux dans des matelas ou sous des lattes du parquet, les soldats turcs n'avaient pas hésité à tout arracher parfois. Si la plupart des maisons appartenaient à des Chypriotes grecs, les dégâts n'avaient pas été moindres chez les Chypriotes turcs.

Dès que Hüseyin posait le pied chez des inconnus, indépendamment de l'état des lieux, il se mettait en quête de nourriture. La récolte était maigre. En une matinée entière, il n'avait récupéré que quatre conserves rouillées qui suffiraient à peine à constituer un repas nourrissant pour eux tous.

Les deux femmes posaient sur lui un regard plein d'espoir. Il se sentait presque gêné. Depuis la mort de Markos, il se rendait bien compte que les adultes comptaient sur lui.

— Voilà tout ce que j'ai pu dénicher, annonça-t-il en posant les boîtes sur la table, devant elles.

Irini et Emine se levèrent sans un mot. Elles ne parvinrent pas à cacher leur déception.

— Il n'y a plus rien pour ainsi dire, reprit Hüseyin.

— Va chercher ton père et Vasilis.

Les deux hommes fumaient une cigarette sur le toit. Ils avaient trouvé du tabac éventé dans une boîte, chez Christos. Hüseyin eut quelques instants pour les observer avant qu'ils ne remarquent sa présence. Ils discutaient avec complicité, leurs têtes se touchaient presque. Tant de choses avaient changé. Ils entendirent ses pas.

— Hüseyin ! s'exclama Halit avec un sourire.

— Vous voulez bien descendre ?

— Dès que nous aurons terminé nos cigarettes. Ta mère a besoin de moi ?

Hüseyin haussa les épaules.

Quelques minutes plus tard, ils étaient réunis tous les cinq chez les Georgiou.

— Hüseyin a quelque chose à nous dire.

— Je crois que nous devons partir.

— Pourquoi ? s'étonna Vasilis.

— Nous ignorons ce qui nous attend hors d'ici..., ajouta Halit.

— Il n'y a plus de nourriture, *baba*. Le moment est venu.

Il leur livrait la vérité sans détour. Tous échangèrent des regards. La faim, qui devait commencer à se manifester, donnait raison à Hüseyin.

— Nous ferions mieux de prévenir Maria et Panikos, décida Vasilis.

— Mais on ne peut pas quitter la ville comme ça, si ? lança Irini. C'est trop dangereux.

Pour avoir vu les soldats agir, Hüseyin savait qu'elle avait raison.

— Si nous partons, ajouta Halit, nous n'aurons plus rien. Plus rien du tout.

— Et Ali ne pourra pas nous retrouver... pas plus que Christos, souligna Emine.

— Nous avons nos terres, suggéra Vasilis. Et nos arbres.

— Mais aucun toit, murmura Irini, presque trop bas pour être audible.

Panikos venait de les rejoindre. Il avait laissé Maria à l'étage avec les trois enfants et avait suivi leur échange.

— Si Hüseyin pense que nous devons partir, il faut l'écouter, décréta-t-il. Les enfants se plaignent constamment de la faim. Si la nourriture vient déjà à manquer...

— Nous devons d'abord assurer les circonstances de notre voyage, insista Vasilis. On ne peut pas partir de la sorte.

— Et qui va nous garantir une chose pareille ? rétorqua Panikos.

Une fois de plus, Hüseyin constata qu'il était le point de mire.

— Laissez-moi jusqu'à demain. Et soyez prêts à partir quand je reviendrai.

Il n'y avait pas grand-chose à préparer. L'icône, les photos et le *mati* seraient remis dans le sac. Aucune autre possession ne leur semblait assez importante.

Hüseyin fila chez Christos. Le collier était caché sous un des coussins du canapé où il avait dormi. Il le sortit de sa pochette et l'examina à la lumière. Il avait beau ne rien connaître aux pierres précieuses, il était ébloui par leur beauté.

— Hüseyin !

Faisant volte-face, il découvrit que sa mère l'avait suivi. Elle avait le regard brillant.

— Hüseyin... Où as-tu trouvé ce collier ?

— Markos... Il était dans sa poche lorsque je l'ai tué.

— Montre-moi.

Il l'avait rarement vue dans un tel état de colère. Il lui confia le bijou. Elle l'étudia quelques secondes, puis s'arrêta sur le fermoir.

— Une seule femme à Chypre possède ce genre de chose, conclut-elle.

Elle avait aussitôt reconnu le collier d'Aphroditi. Hüseyin craignait qu'elle ne le lui rende pas.

— Ces saphirs sont tout ce qui nous reste, maman, l'implora-t-il. Je dois les vendre pour garantir notre sécurité.

Elle l'observa attentivement, avant de baisser les yeux sur les pierres dans sa paume. Comme son fils, elle savait qu'il s'agissait de leur seule chance de s'en sortir. Ils trouveraient le moyen, un jour, de rembourser Aphroditi.

— Sache, dit-elle, qu'il ne s'agit pas de saphirs mais de diamants bleus. C'est le collier qu'Aphroditi a reçu pour son mariage, de la part de son père.

— Alors si je réussis à le vendre, nous aurons de quoi acheter notre sécurité ?

— Je l'espère. Je crois qu'ils sont très rares.

Emine ne voulait pas connaître les détails du plan de Hüseyin.

— Tu peux me couper les cheveux, maman ? Le plus court possible.

Elle ne posa aucune question. Ils mirent la main sur une paire de ciseaux dans la salle de bains de Christos et elle coiffa son fils du mieux qu'elle put avec cet instrument aux lames émoussées.

Irini était dans le *kipos* quand il sortit. Les plantes avaient tellement poussé qu'elle s'y sentait en sécurité, au chaud, le soleil passant à travers la voûte de jeunes feuilles estivales. Elle pensa que Hüseyin partait en expédition pour trouver à manger et se signa plusieurs fois, récitant une petite prière pour lui. Ses vieilles habitudes commençaient à revenir.

32

Hüseyin avait un objectif prioritaire : trouver un uniforme militaire. En civil, il avait beaucoup moins de chances d'atteindre sa destination sans encombre.

Il connaissait un endroit où en dénicher un. Il se souvenait parfaitement de l'emplacement du magasin où il avait tué Markos. Comment l'oublier ? Il ne lui fallut que dix minutes pour l'atteindre. Son cœur menaçait d'exploser. S'il n'agissait pas vite, s'il s'arrêtait pour réfléchir, il échouerait, sans le moindre doute.

À l'intérieur, il retira sa chemise et l'attacha autour de sa tête, bien serrée, pour protéger son nez et sa bouche. Dès l'entrée il lui sembla identifier l'odeur de la chair putréfiée. Il gagna l'arrière-boutique d'un pas décidé et dégagea les piles de sacs. Le corps du soldat n'avait pas été découvert par les rongeurs et se décomposait tranquillement.

Hüseyin déboutonna sans tarder la chemise et la braguette du pantalon, s'efforçant de ne pas regarder le visage. Les bottes ne lui opposèrent aucune résistance, puis il récupéra le pantalon. La chemise fut plus difficile à retirer. Il dut faire basculer le cadavre sur le flanc et retirer une manche après l'autre. Il laissa le soldat pourrissant en sous-vêtements et le recouvrit à nouveau des sacs.

Emportant les vêtements dans l'épicerie, il les secoua vivement pour s'assurer qu'aucun ver ne s'était caché dans un pli. Il dut retenir un haut-le-cœur en échangeant son propre pantalon contre celui du mort. Il n'oublia pas de récupérer les diamants dans la poche. Enfin, il mit la chemise, les brodequins et dissimula ses affaires derrière le comptoir.

La tenue était légèrement trop grande, mais en roulant la ceinture du pantalon sur elle-même, il réussit à le faire tenir. Les bottes auraient pu lui appartenir. Il croisa son reflet dans la vitrine crasseuse : ça pourrait aller. Dans son souvenir, le soldat ne portait pas de couvre-chef. Peut-être l'avait-il perdu en tombant...

Hüseyin se dirigea vers les barbelés, à l'endroit où Markos passait pour quitter Famagouste, et ne rencontra pas un seul soldat. Juste avant la tombée de la nuit, il se faufila de l'autre côté. L'essentiel des militaires semblaient se cantonner à leurs postes au centre de Famagouste. Cette route ne les intéressait sans doute pas.

Il traversa un maquis, veillant à rester près des arbres dès qu'il le pouvait, et marcha jusqu'à atteindre une grande route. Dix minutes plus tard, il entendit le bruit d'un camion. Un véhicule de l'armée, avec des soldats à l'arrière. Il ralentit et le hayon fut baissé pour permettre à Hüseyin de monter.

Les hommes se serrèrent afin de lui ménager une place sur l'un des bancs et continuèrent leur chanson à boire. Quand ils arrivèrent au refrain, une bouteille d'eau-de-vie se mit à circuler. Chacun avala une grande gorgée. Hüseyin fit mine de chanter et de boire avec eux. Personne ne lui prêta attention. La plupart avaient aussi la tête nue.

Il avait du mal à discerner grand-chose dans la nuit, mais il remarqua des dizaines de voitures abandonnées sur le bas-côté, certaines ayant basculé dans les fossés. Il se demanda si elles étaient tombées en panne d'essence.

Ils doublèrent deux véhicules des Nations unies en route et s'arrêtèrent à une ou deux autres reprises pour prendre des soldats. Enfin, aux petites heures du jour, ils atteignirent Nicosie. Ils furent déposés dans une caserne des faubourgs. La majeure partie des hommes s'y engouffra, cependant quelques autres partirent en flânant vers le centre-ville. Hüseyin leur emboîta le pas. Ils n'avaient pas l'air de se connaître très bien entre eux, et il se mêla au groupe sans difficulté, parvenant à cacher l'accent chypriote qui aurait pu le trahir. Il comprit à leur échange qu'ils étaient en quête d'une maison close. Il chemina avec eux un moment, puis se laissa distancer, feignant d'être attiré par les vitrines.

Il ne connaissait pas les rues de Nicosie. Il était venu une ou deux fois, enfant, avant que la ligne verte ne coupe la ville, mais il n'en avait que peu de souvenirs. Malgré la nuit, il avait pu voir combien l'île avait été dévastée. S'il s'inquiétait pour ses parents et son frère, il serait encore plus délicat de mettre les Georgiou en sécurité.

Hüseyin erra dans les rues, s'échinant à éviter les bandes de militaires qui pullulaient en ville. L'épuisement finit par avoir raison de lui et, se blottissant contre la porte d'une boutique, dans un recoin sombre, il s'endormit. Ce ne fut que lorsque le commerçant releva les rideaux de fer, à 8 h 55 le lendemain matin, qu'il s'en rendit compte : il avait passé la nuit devant une horlogerie. L'homme grisonnant ne fut qu'à peine surpris de le voir ; il y avait tellement de soldats en ville qu'il ne pouvait s'étonner d'en trouver un sur le pas de sa porte.

Dès que les rideaux de fer furent relevés, Hüseyin découvrit des centaines de montres alignées en rangs bien réguliers. Elles semblaient presque identiques. Cadran blanc cassé et fines aiguilles dorées. N'ayant jamais possédé de montre, il se demanda comment les gens faisaient pour choisir leur modèle parmi tous ceux présentés.

L'horloger faisait de bonnes affaires. La plupart des soldats voulaient lui acheter un de ses modèles, qui n'étaient pas commercialisés en Turquie, et il se figura que le jeune homme était ce genre de client.

— Entrez, lui dit-il, j'en ai plein d'autres à l'intérieur.

Au moment où Hüseyin franchissait le seuil de la boutique, une centaine de pendules se mirent à sonner, chacune égrenant une note différente. Durant quelques instants, il leur fut impossible de parler. Cet orchestre à percussion jouait un concert matinal, composé de notes uniques, répétées. Une fois l'heure annoncée, le tic-tac des aiguilles reprit le dessus, insistant, affairé et inlassable.

— Je ne les entends plus vraiment, observa l'horloger, devinant les pensées du jeune homme. Il paraît que je deviendrais fou si c'était le cas.

En bon vendeur, il savait qu'il fallait laisser les clients regarder et essayer, regarder et essayer.

— Si vous voulez en voir une de plus près, dites-le-moi. Je peux vous offrir un café ?

Hüseyin hocha la tête. Il avait la sensation que chaque seconde le rapprochait de la question qu'il brûlait de poser. L'horloger sortit de sa boutique et fit signe à un garçon qui traînait devant le café d'en face. Une poignée de minutes plus tard, le gamin les rejoignait avec un petit plateau suspendu à une chaîne et deux tasses. L'horloger savait que le café aidait ses clients à se concentrer.

— D'où venez-vous ? lui demanda-t-il en sirotant le liquide noir.

— De pas très loin, répondit Hüseyin, évasif, sur la côte.

L'homme penserait à la région de Mersin, le port turc où la plupart des soldats s'étaient embarqués pour rejoindre Chypre. Il avait entrepris de remonter ses pendules, certaines à la main, d'autres avec une clé. Cette tâche requérait patience infinie et dextérité, deux qualités qu'il semblait posséder.

— Parfois, j'ai l'impression d'être le maître du temps !

Hüseyin n'était pas dupe : l'horloger avait dû répéter cette réplique. Ça ne l'empêcha pas de sourire.

— Vous réparez les montres, aussi ? demanda-t-il pour faire la conversation.

— Bien sûr. Je dois justement m'en occuper d'une aujourd'hui. Son propriétaire passera la récupérer en fin de journée.

— Je suppose qu'on vient souvent vous voir avec une montre cassée.

— Oui, enfin les gens aiment aussi s'en offrir de nouvelles. Particulièrement les soldats.

Hüseyin s'approcha d'une vitrine remplie de montres pour dames et les étudia.

— Celles-ci tiennent autant du bijou que de l'horlogerie, souligna l'homme en gloussant.

Les bracelets étaient en or ou en platine, et plusieurs avaient des pierres précieuses incrustées sur le cadran.

— Les femmes qui les possèdent, ajouta-t-il, ont rarement besoin de les regarder. Elles sont toujours accompagnées d'un homme qui peut leur donner l'heure.

— Ces montres doivent être très chères.

— Elles le sont. Je ne crois pas en avoir vendu plus de quatre en dix ans. Depuis que les ennuis ont commencé. Mon chiffre d'affaires a baissé à cette époque. Beaucoup de mes clients réguliers, des Chypriotes turques, sont partis. Et les Grecs ne viennent pas ici.

Hüseyin savait qu'il allait devoir prendre un risque. Jusqu'à présent, l'homme lui avait paru bienveillant.

— Écoutez, dit-il en abandonnant son accent, je ne suis pas turc mais chypriote. Je n'ai pas les moyens de vous acheter une montre.

L'horloger s'interrompit pour écouter le jeune homme. Il avait déjà entendu l'histoire que celui-ci s'apprêtait à lui confier.

— Ma famille n'a plus rien. À part ça.

Il sortit le collier de sa poche. Le commerçant ouvrit des yeux ronds comme des soucoupes. Il ne connaissait que le prix des minuscules pierres présentes sur certaines de ses montres. Celles dans la main du jeune homme entraient dans une tout autre catégorie. Il n'en avait pas vu d'aussi grosses depuis longtemps.

— Je peux ?

Hüseyin lui confia le collier, que l'horloger examina à la lumière.

— Je n'ai jamais posé les yeux sur d'aussi beaux saphirs, conclut-il en les lui rendant.

— Ce sont des diamants bleus, affirma Hüseyin d'un ton autoritaire.

— Des diamants bleus !

L'homme posa un nouveau regard admiratif sur eux avant de reprendre :

— Et je suppose que vous voulez les vendre ?

Hüseyin hocha la tête.

— Le plus vite possible, précisa-t-il. J'ai besoin d'argent.

— Je n'en doute pas. Comme tout le monde de nos jours.

— C'est pour aider des gens.

L'horloger fut déconcerté par cet aveu. Une expression de désespoir et de vulnérabilité se peignit sur les traits du jeune homme. Ceux à qui il voulait porter secours lui étaient sans doute très chers.

— Je vais voir ce que je peux faire. Je pense pouvoir vendre ce collier. Ensuite, il faudra m'expliquer qui vous voulez aider, et comment...

— Merci.

— Je vais appeler un de mes amis et l'interroger. Je ferme à l'heure du déjeuner. Si je parviens à un accord avec lui, nous irons le voir à ce moment-là. Pour l'heure, si vous ne comptez rien m'acheter, il faut me laisser travailler. Revenez à midi. Pile.

— Je ne serai pas en retard, promit Hüseyin.

Il déambula dans la ville, tuant le temps en attendant son rendez-vous. Il s'arrêta deux fois pour prendre un café. Ça lui faisait tout drôle d'utiliser de l'argent à nouveau, de donner un billet et d'attendre la monnaie. Il fut ensuite appâté par le parfum de l'agneau et acheta un chiche-kebab à un vendeur ambulant, qu'il dévora. Il y avait des mois qu'il n'avait pas mangé de viande.

Quand il atteignit la boutique, des centaines d'aiguilles sur les pendules et les montres s'apprêtaient à atteindre, ensemble, leur point culminant. Au moment où Hüseyin franchissait la porte, elles se mirent à sonner l'heure.

L'horloger était prêt.

— Je vous ai trouvé quelqu'un. Vous n'en tirerez peut-être pas le prix espéré, mais c'est le mieux que nous puissions faire aujourd'hui.

Le fait que Hüseyin ait besoin de cet argent pour aider des gens l'avait touché. Il lui rappelait son propre fils, qui portait aussi l'uniforme, dans une autre partie de l'île. C'était une raison suffisante pour lui donner un coup de main.

Pendant qu'ils traversaient la ville, Hüseyin lui expliqua pourquoi il avait besoin de cet argent.

— Je ne peux rien pour toi, lui dit l'horloger, qui s'était mis à le tutoyer. On en parlera à mon ami, il aura une solution.

Il conduisit Hüseyin dans une ruelle où se trouvait un *kafenion* miteux. Au fond de la salle, presque invisible à travers l'épais rideau de fumée, un homme blême et bien en chair était assis, seul. La plupart des autres clients étaient en bandes, jouant aux cartes, parlant fort, criant même. Une télévision fixée au mur hurlait, à côté d'un passe-plat à travers lequel le café était servi.

L'horloger fondit sur l'homme esseulé, faisant signe à Hüseyin de le suivre. Ils prirent place en face de lui. L'homme avait une soixantaine d'années et une épaisse moustache tirant sur le gris. Il ne regarda pas l'horloger dans les yeux quand il s'adressa à lui. Il fixait le vide droit devant lui, réagissant à peine à ce qu'on lui disait. Hüseyin en vint à se demander s'il était aveugle pour montrer si peu d'intérêt à ce qui se passait. Ce ne fut que lorsque l'horloger dit à Hüseyin de lui montrer les diamants que son expression se modifia.

— Passez-les-moi discrètement, sans que personne ne les voie.

Hüseyin les lui tendit sous la table. Il entendit le léger cliquetis des pierres pendant que l'homme les tâtait et continua à douter de sa capacité à voir.

— Vous pouvez en tirer vingt mille, déclara-t-il.

— Vingt mille ? répéta Hüseyin, incrédule.

La somme lui paraissait énorme.

— Il parle en livres turques, lui souffla l'horloger. Ça représente environ cinq cents livres chypriotes.

Hüseyin répéta le montant. Était-ce suffisant ? Il n'en avait pas la moindre idée.

— C'est tout ce que je peux vous offrir, asséna l'homme, le regard toujours dans le vague.

— Il a besoin d'autre chose, intervint l'horloger. Dis-lui Hüseyin.

— Il y a deux familles chypriotes, une grecque, une turque. Six adultes, deux enfants et un bébé. Ils veulent quitter Famagouste.

— Mais Famagouste est vide depuis longtemps, on n'y trouve que des soldats turcs, affirma le moustachu du ton assuré de celui qui n'est pas habitué à être contredit.

Hüseyin ne répondit rien. Il sentait bien que cet homme, si glacial, n'était pas de ceux avec qui l'on veut se disputer.

— Comment... ?

Hüseyin interrompit l'horloger d'un mouvement de tête. Il ne voulait pas fournir d'explications. Il lui semblait plus raisonnable de ne pas baisser la garde.

— Je veux les faire sortir sans risque. Aujourd'hui, murmura-t-il. Et les conduire à Nicosie peut-être.

— Qui sont-ils exactement ?

L'horloger devenait subitement trop curieux, il posait trop de questions. Aux yeux de Hüseyin, leur départ était urgent, et plus il perdait de temps dans ce café, plus la perspective d'une issue s'éloignait. Le moustachu se pencha en avant, s'adressant directement à Hüseyin pour la première fois.

— Il y aurait des mines, lui dit-il en découvrant des dents noires. Le tarif n'est pas donné. Il vous en coûtera exactement le prix de ces pierres.

Hüseyin avait espéré qu'il leur resterait un peu d'argent. Comment survivraient-ils hors de Famagouste, sinon ? Il se résolut à prendre les problèmes les uns après les autres.

L'homme gardait les poings serrés sur les diamants, sous la table. De toute évidence, il exigeait le paiement à l'avance. Il glissa, à l'oreille de l'horloger, quelques mots inaudibles. Ce dernier signifia à Hüseyin que le moment de partir était venu. D'un signe de tête discret, le moustachu convoqua un de ses sbires, qui faisait le guet à la porte. Il s'approcha de la table et reconduisit les deux visiteurs dans la rue.

La transaction était nimbée de mystère. Hüseyin savait seulement qu'il était heureux de quitter cet homme difficile et agressif, dont tous semblaient avoir peur.

Dehors, l'horloger lui expliqua ce qui allait se passer.

— Quelqu'un va t'emmener à Famagouste. Il vous attendra dix minutes, puis vous reconduira à Nicosie.

Peu après, Hüseyin reprenait la route de Famagouste et mesurait l'ampleur des dégâts causés par les bombardements. Le chauffeur était un soldat turc de haut rang, qui dépassait le mètre quatre-vingts et qui ne desserra pas les dents du trajet.

Ils franchirent plusieurs postes de contrôle en route, chaque fois au terme d'une discussion houleuse. Rouler dans les rues silencieuses de Famagouste avait un caractère irréel. Hüseyin demanda à être déposé à une centaine de mètres de chez les Georgiou. Il ne faisait confiance à personne et craignait de dévoiler à ce militaire l'endroit précis où se cachaient les familles. Il sauta de la jeep à l'angle de la rue Elpida.

— Tu as dix minutes, aboya le conducteur.

Il courut jusqu'à l'appartement d'Irini et Vasilis. Tous y étaient réunis et guettaient son retour. Tiraillé entre l'excitation et l'inquiétude, il leur exposa ce qui avait été convenu.

— Une fois à Nicosie, Vasilis et Irini pourront traverser la ligne verte avec Maria, Panikos et les enfants. Ensuite, tout le monde sera libre...

Il laissa la fin de sa phrase en suspens. Libre. Quel était le sens de ce mot à présent ?

Hüseyin sentait les regards des adultes braqués sur lui. Il n'avait rien d'autre à ajouter, et ils avaient pourtant encore besoin de lui. S'il avait trouvé un plan pour les prochaines heures, il ne savait pas de quoi l'avenir serait fait. Lorsque les tanks avaient débarqué à Famagouste, ils avaient imaginé que tout redeviendrait comme avant. Ils avaient appris, depuis, qu'on ne pouvait s'appuyer sur aucune certitude.

— Vous connaissez des gens à Nicosie ? demanda Emine.

Irini secoua la tête. Son amie se souvenait que les Papacosta y avaient un appartement mais se retint de l'évoquer. Ça n'aurait pas été convenable après tout ce qui s'était produit.

— Je suis sûre qu'ils nous aideront à trouver un endroit où vivre, reprit-elle d'un ton gai.

Ce que ce « ils » recouvrait, elle ne le savait pas très bien elle-même.

L'un des derniers journaux que Markos avait rapportés au Sunrise montrait une photo d'un immense camp de réfugiés. Pour Irini et Emine, un tel endroit était pire que l'enfer : pas de cuisine, pas d'intimité, une fournaise en été et, l'hiver, une humidité intolérable. Peut-être n'auraient-ils pas d'autre choix.

Ils étaient tous prêts à partir et sortirent l'un après l'autre de la maison. Vasilis était le dernier. Il ferma, puis confia la clé à Irini. Ils emboîtèrent le pas à Hüseyin en silence, véritable défilé d'écoliers sages.

En tournant au coin de la rue, ils tombèrent sur le camion de l'armée. Vasilis eut du mal à se hisser sur la plate-forme, et Hüseyin lui fit la courte échelle. Assis sur des bancs en bois, face à face, ils cahotèrent le long des rues défoncées qui les conduisirent hors de la ville, objets de la curiosité des soldats qu'ils croisaient. Lorsqu'ils atteignirent le poste de contrôle à la sortie de Famagouste, la discussion entre le conducteur et les soldats de garde s'éternisa. Tous les passagers gardèrent le silence, même les enfants. Certains papiers furent échangés, ainsi qu'une enveloppe. Les Georgiou et les Özkan n'osaient pas jeter des regards trop insistants, espérant se rendre invisibles.

Le grondement du moteur empêchait les conversations, si bien que même Mehmet et Vasiliki ne firent pas un bruit pendant le voyage, observant le paysage qui tressautait devant eux. Si les orangers, dans les champs des faubourgs de la ville, ployaient sous les fruits, le reste de la nature semblait nu et brûlé. Aucune semence n'avait été plantée. Ils longèrent au pas des maisons, des fermes et des églises en ruine. Il était étrange de ne pas voir les fermiers travailler dans les champs, et l'absence d'animaux sautait aux yeux : ni chèvres, ni moutons, ni ânes.

La périphérie de Nicosie provoqua leur surprise, tout comme elle avait suscité celle d'Aphroditi tous ces mois auparavant. Aucun d'entre eux n'était familier de cet endroit, mais pour une capitale elle paraissait triste et abandonnée. Le camion vrombit à travers les rues étroites de la banlieue nord en direction du centre.

S'ils ne payaient pas de mine, les citadins vaquaient à leurs activités quotidiennes : hommes âgés assis dans les cafés, femmes admirant les vitrines des boutiques et enfants rentrant chez eux après l'école en traînant leurs chaussures éraflées.

Ils finirent par s'arrêter. Devant eux se dressait la barricade qui coupait la ville en deux. Ils avaient atteint la ligne verte. Durant quelques instants, ils restèrent assis sans bouger, puis ils entendirent le raclement des loquets et le hayon fut baissé. Ils furent déchargés comme du bétail.

Hüseyin sauta le premier, et Maria lui confia la petite Irini. Il ne l'avait encore jamais prise dans ses bras, elle avait une odeur merveilleuse. Elle lui attrapa le nez et tira dessus.

Panikos descendit, non sans mal, en deuxième et aida les autres : ses beaux-parents, Emine et Halit. Enfin, Maria confia Vasiliki à son mari. Mehmet tint à sauter de lui-même. Hüseyin n'avait pas lâché la petite fille. Il ne voulait pas se séparer d'elle. Maria, qui s'était approchée, tendit les mains pour le soulager de son fardeau. Elle le faisait à contrecœur, ayant remarqué combien sa fille était heureuse dans les bras du jeune homme.

Le soldat s'impatientait. Il n'allait pas rester planté là toute la journée à attendre ces gens, et il devait remplir sa mission jusqu'au bout pour toucher sa part, autrement dit veiller à ce que ces Chypriotes grecs traversent la ligne verte sans ennui.

— Allez ! leur ordonna-t-il en indiquant la clôture.

Les deux familles se dévisageaient en silence. S'ils redoutaient la colère du militaire, ils avaient encore plus peur des adieux. Leur départ avait été si précipité qu'ils n'avaient pas eu le temps d'anticiper la séparation.

Il devait y avoir un dernier instant, si court qu'il passerait en un éclair, et leur instinct leur dicta comment l'occuper. Vasilis et Halit avaient leurs talismans sur eux. Vasilis avait enveloppé le *mati* des Georgiou dans une serviette pour le protéger. Lorsqu'il le tendit à Halit, l'objet ainsi emballé évoquait un cadeau. Sans hésiter, ce dernier offrit son *nazar* en échange. La transaction paraissait des plus naturelles. Les deux porte-bonheur étaient en verre bleu vif. La seule différence tenait à ce qu'Emine avait utilisé un cordon rouge pour le suspendre, et Irini un ruban bleu.

Les deux femmes échangèrent la plus brève des étreintes.

— Nous n'oublierons jamais que nous te devons la vie de notre bébé, dit Panikos.

Hüseyin secoua la tête, sa langue ne lui répondant plus. Les deux petits garçons se poursuivaient autour du cercle d'adultes. Maria portait sa fille. Le soldat répéta son ordre, plus fort.

— Allez ! Tout de suite !

Si les Georgiou ne comprenaient pas un mot de turc, le geste qui accompagnait ces paroles n'avait pas la moindre ambiguïté. Le moment était venu. C'en était fini de leur vie commune. Tous partageaient ce sentiment d'arrachement.

Le putsch qui avait tout déclenché s'était produit un an plus tôt. Il ne pouvait y avoir ni larmes ni mots supplémentaires.

Quelques passantes remarquèrent la dame âgée en noir et les deux femmes plus jeunes. L'une d'elles portait une robe Chanel. Les enfants avaient des vêtements luxueux également. Il était étonnant de voir des gens aussi élégants dans la rue en des temps pareils.

Pour un observateur extérieur, cette bande formait un tout homogène, toutefois seule une partie dut suivre l'injonction du soldat. Soudain le groupe se scinda en deux : Irini, Vasilis, Maria, Panikos et leurs enfants s'éloignèrent ensemble. Emine, Halit, Hüseyin et Mehmet restèrent où ils se trouvaient.

Les Georgiou aperçurent des soldats des Nations unies – ils les reconnurent à leurs bérets bleus – de l'autre côté de la limite. Ils n'entendirent pas la discussion qui suivit, mais l'absence de papiers d'identité ne sembla pas poser de gros problèmes. Ils furent rapidement autorisés à passer.

Les Özkan suivirent leurs amis du regard jusqu'à ce qu'ils disparaissent. Les Georgiou ne jetèrent pas un seul coup d'œil en arrière.

Dans les années qui suivirent...

Au moment de franchir la ligne verte, les Georgiou entraient, avec les Özkan, dans les statistiques.

Plus de deux cent mille Chypriotes grecs perdirent leur toit dans le nord de Chypre, et quarante mille Chypriotes turcs furent déplacés dans le sud. Tous étaient des réfugiés.

Aucune des deux familles ne pouvait se sentir chez elle à Nicosie. Famagouste était le seul endroit qui mériterait jamais le nom de « maison ». La capitale n'était que le point de départ de leur existence d'exilés.

Les Özkan et les Georgiou finirent par se voir attribuer des logements qui se retrouvaient libres de toute occupation à l'issue du conflit, les premiers à Kérynia et les seconds à Limassol. Ces deux villes se situaient respectivement sur les côtes nord et sud de Chypre, aussi éloignées l'une de l'autre qu'il était possible.

Même s'ils avaient découvert où ils avaient atterri, les uns et les autres, ils n'auraient pas pu franchir la frontière pour se voir, et la communication entre les deux parties de l'île était quasi impossible.

Au début, le nouvel appartement des Georgiou fut moins chargé que le précédent, tout simplement parce qu'ils avaient abandonné l'essentiel des biens accumulés au fil des années. L'icône, qui avait veillé sur eux au cours de si nombreuses épreuves, continuait à le faire. Ainsi qu'un porte-bonheur contre le mauvais œil, suspendu à un cordon rouge.

Irini n'eut aucun mal à reproduire en partie la décoration de leur maison de Famagouste. Avec Maria et Panikos ils achetèrent le même ensemble de chaises en plastique standardisées pour le jardin, et Irini fabriqua une nappe en dentelle identique à celle qui recouvrait toujours leur table, rue Elpida. Elle avait emballé tous les biens qu'ils avaient trouvés à leur arrivée – albums photos et quelques pièces de vaisselle en porcelaine – et les avait rangés dans un coin, pour le cas où leurs propriétaires, des Chypriotes turcs, reviendraient.

Progressivement, elle recréa un *kipos* qui ressemblait à celui qu'elle avait tant chéri à Famagouste. Entre le soleil et les pluies printanières, les plantes poussèrent facilement. Bientôt du jasmin encadrerait la porte et les géraniums déborderaient de leurs pots, comme auparavant. Elle cultivait des poivrons, des tomates et des fines herbes. Il leur faudrait deux ans pour récolter les raisins de leur propre vigne.

Vasilis était presque soulagé de ne plus avoir de terres à travailler. Il avait de plus en plus de mal à marcher et ne pouvait plus se pencher pour bêcher ou semer. Nombre d'anciens habitants de Famagouste avaient été relogés à Limassol, et il ne tarda pas à retrouver de vieux amis. Ils renouèrent avec leurs anciennes habitudes, se réunissant pour évoquer le passé et rêver du futur. Seul le *kafenion* qui servait de cadre à ces échanges n'était plus le même.

Chaque jour, Irini allait allumer trois cierges à l'église : pour Markos, Christos et Ali. Avec le temps, sa foi était revenue, malgré l'absence prolongée de son cadet.

Vasilis était déterminé à se montrer réaliste. Ils ne sauraient peut-être jamais ce qui était arrivé à Christos. On avait découvert qu'une partie de ceux tués lors de la brève guerre civile consécutive au coup d'État contre Makarios figuraient au nombre des disparus, enterrés par des Chypriotes grecs dans des endroits non identifiés.

— Il pourrait très bien être parmi ceux-là.

— J'ai un pressentiment, répondait Irini. Tant que je continuerai à rêver de lui, je ne baisserai pas les bras.

L'espoir, c'était tout ce qu'il lui restait. *Elpida.* Les occupations et rituels quotidiens permettaient à Irini de tenir, notamment aider Maria et Panikos avec les enfants. Ils étaient une grande source de distraction et de bonheur.

Les Georgiou vivaient avec un couperet au-dessus de leurs têtes : la maison qu'ils occupaient n'étant pas la leur, ses véritables propriétaires ne risquaient-ils pas de venir la réclamer ? Un jour, ils crurent cet instant arrivé.

On sonna à la porte. Ils n'attendaient personne. Traînant les pieds, Vasilis alla voir qui c'était. Autrefois, à Famagouste, ils laissaient toujours ouvert. C'était différent ici.

Au moment d'ouvrir, il se demanda s'il avait besoin de lunettes en plus d'une canne. Devant lui se tenait un jeune homme. Hâve et crasseux.

Vasilis sentit ses jambes flageoler. Il put à peine prononcer le prénom de son fils. Les deux hommes se tombèrent dans les bras, et Christos se rendit compte qu'il soutenait son père. Celui-ci avait tellement vieilli depuis la dernière fois...

Entendant son mari l'appeler d'une voix faible, Irini se précipita hors de la chambre.

— *Yioka mou, yioka mou, yioka mou*..., répétait-elle sans pouvoir s'arrêter alors que les larmes coulaient.

Après sa libération d'un camp de prisonniers turc, où il avait passé plusieurs mois, Christos avait été d'abord dans l'impossibilité de retrouver la trace de ses parents. En découvrant que sa maison se trouvait désormais derrière des barbelés, il avait été désorienté.

Il semblait affaibli, aussi bien moralement que physiquement, et la nouvelle de la mort de son frère acheva de le briser. Il se retira dans l'obscurité de la chambre d'amis et, durant plus d'un an, il ne s'aventura pas au-delà du *kipos* de sa mère. Au moment où il commençait à reprendre goût à la vie, la famille connut un nouveau coup dur. Vasilis succomba à une attaque. Irini consola Christos.

— Nous étions avec lui, au moins, *yioka mou*. Et il le savait.

Avec l'aide de sa fille et de son beau-fils, elle réussit à rester forte pour son cadet. Elle portait du noir depuis que Hüseyin lui en avait trouvé à Famagouste et elle ne le quitterait jamais.

Depuis un petit moment, Panikos réfléchissait à l'offre d'un de ses cousins, installé au Royaume-Uni à la fin des années soixante. Il possédait une chaîne de magasins d'électroménager en plein essor, et il aurait aimé s'adjoindre le savoir-faire de Panikos – qui prendrait la tête de trois ou quatre d'entre eux.

Ce dernier eut du mal à aborder le sujet avec son beau-frère. Christos avait beau avoir facilement décroché un poste de mécanicien dans un garage, il restait sombre. Quand Panikos trouva enfin le courage de mentionner cette proposition, il eut la surprise de découvrir que Christos était prêt pour un nouveau départ, lui aussi.

— Que puis-je faire ici ? lui lança le jeune homme désabusé. À part ressasser toutes les catastrophes qui se sont succédé ?

Il faut dire qu'il portait le poids d'une grande culpabilité : son ami Haralambos était toujours porté disparu. Christos avait assez de recul pour critiquer l'organisation qu'il avait ralliée afin de soutenir le coup d'État contre Makarios.

— Nous n'avons réussi qu'à créer une brèche pour l'invasion turque. Regardez ce qui s'est passé ensuite...

Même Irini se montra ouverte à l'idée de quitter sa si chère île.

— Puisque Panikos et toi voulez partir, dit-elle à Maria, et que Christos partage votre enthousiasme, alors moi aussi. Je pourrai revenir de temps à autre entretenir la tombe de votre père. Il ne m'en voudra pas de ne pas lui rendre visite tous les jours...

Avec l'aide d'une kyrielle d'amis et de proches ayant sauté le pas avant eux, ils s'installèrent dans le nord de Londres.

À Kérynia, les Özkan s'efforçaient aussi de tourner la page. Cependant, c'était presque impossible sans nouvelles d'Ali. Plus que jamais ils déploraient le vol des photographies de famille. Le souvenir du jeune homme commençait à s'estomper dans leurs mémoires. Le reconnaîtraient-ils encore ?

Emine prit un travail dans un salon de coiffure dès qu'elle le put. Il était hors de question qu'elle reste assise à la maison toute la journée, à ne faire qu'attendre. Tant que ses mains étaient occupées à laver et couper des cheveux, elle pensait à autre chose qu'à son fils disparu.

Des touristes se remirent à visiter le nord de l'île au bout de quelques années, et Hüseyin enchaîna les mi-temps, le plus souvent dans des cuisines de restaurants, avec son père. L'existence ne lui réservait plus autant de défis que lorsqu'ils vivaient au Sunrise, et il finit par s'ennuyer.

Toute son attention était focalisée sur le volley désormais. Il fut sélectionné par l'équipe chypriote turque, ainsi qu'il en nourrissait l'ambition depuis l'enfance. Durant une année, il fut comblé, réalisant enfin un vieux rêve. La satisfaction ne dura pas. Le nord de Chypre n'était pas reconnu par la communauté internationale, si bien que cette partie de l'île était frappée d'un certain nombre d'interdictions, notamment dans le domaine des sports d'équipe.

— Ça ne rime à rien, fulmina-t-il devant ses parents. Si on ne peut pas participer aux grands tournois, à quoi bon, hein ?

Vivre dans les confins de cette zone restreinte, sur une petite île, ne tarda pas non plus à lui peser. Un jeune homme comme Hüseyin avait l'impression de sentir, en étendant les bras, un mur de chaque côté. Il voulait les pousser jusqu'à ce qu'ils s'écroulent.

Le jour où Mehmet, de retour de l'école, posa une certaine question à Emine, elle songea que le moment était venu d'envisager un départ.

— Tu te souviens de nos amis de l'hôtel ? Je suis censé les haïr maintenant ?

Voilà ce qu'il lui demanda. Emine l'assura du contraire. Elle avait cependant touché du doigt une réalité : son plus jeune fils était en train d'oublier la période où ils avaient des Chypriotes grecs pour voisins. Alors que, dans le nord, de plus en plus de monuments à la victoire étaient érigés, que les noms des places et des rues changeaient, qu'un nombre croissant de Turcs du continent venaient s'y établir, apportant leur propre culture et leurs propres habitudes, Emine fit pression sur sa famille pour partir. Elle avait cessé d'aimer sa terre natale et, en abordant le sujet avec Halit, elle constata que lui aussi. Une seule chose les avait retenus tout ce temps : Ali.

— Il reste porté disparu, que nous soyons ici ou ailleurs, dit Halit. S'il revient, nous l'apprendrons.

Ils connaissaient de nombreux Chypriotes turcs ayant quitté l'île pour Londres. La vie n'y était apparemment pas facile, mais pour ceux à qui le travail ne faisait pas peur, les opportunités étaient innombrables.

Quelques mois plus tard, avec en poche les noms et adresses d'amis ayant tenté leur chance avant eux, ils achetèrent des allers simples et partirent. Ils n'eurent aucun mal à dire adieu à une maison qui n'était pas vraiment la leur. Quitter leur île fut, en revanche, un véritable crève-cœur.

À Londres, Hüseyin trouva facilement un poste dans la restauration. Il ne tarda pas à gravir les échelons et, bientôt, il fut à la tête d'un restaurant. Si le water-polo n'était plus qu'un souvenir, le sport continuait à occuper une grande place dans sa vie et il se ménageait toujours du temps, le dimanche, pour jouer au volley. Le reste de la semaine, il travaillait dix heures par jour. Pour se récompenser, il s'offrit une Ford Capri d'occasion. Mehmet adorait quand son grand frère le déposait à l'école.

Depuis leur installation à Londres, Hüseyin était décidé à s'acquitter d'une mission. Dès qu'il le put, il prit sa matinée et se rendit à Hatton Garden pour passer les magasins au peigne fin. Il ne mit la main sur rien qui ressemblait au collier de diamants, tel qu'il s'en souvenait. Il essaya donc Bond Street. Il en découvrit un identique dans une vitrine, mais son prix n'était pas indiqué. Un portier en livrée gardait la porte.

Dès que Hüseyin fut à l'intérieur, un homme en costume lui demanda poliment s'il pouvait l'aider. S'efforçant de ne pas paraître intimidé – il possédait après tout une voiture tape-à-l'œil garée au coin de la rue, qu'il regrettait soudain de ne pas avoir laissée juste devant la bijouterie –, Hüseyin répondit qu'il était intéressé par le collier en vitrine.

— Ce sont des diamants de première qualité, expliqua le vendeur d'un ton cérémonieux en déroulant avec soin l'enfilade de pierres bleues sur un plateau en velours pourpre, sachant pertinemment que ce client n'en ferait pas l'acquisition. Il coûte dans les trente mille livres, ajouta-t-il, presque comme si ça lui revenait après coup.

Les diamants étaient à peu près de la même couleur et de la même taille que ceux gravés dans la mémoire de Hüseyin. Au moins savait-il maintenant.

Chypre était un sujet de grande nostalgie pour eux tous. Les souvenirs de leurs existences merveilleuses restaient vivaces. L'air, le parfum des fleurs, l'arôme des oranges. Aucune de ces choses ne pourrait plus jamais être aussi douce.

À Hackney, près des endroits où les Georgiou et les Özkan s'étaient établis, se trouvait une association culturelle chypriote où Turcs et Grecs pouvaient se retrouver.

Maria en avait eu vent et, dans l'idée de faire plaisir à sa mère, elle l'y conduisit un après-midi. Irini pénétra dans la grande salle glaciale, remplie de tables et de chaises. Elle reconnut quelques visages et se figea, brièvement submergée par le concert exubérant des deux langues mêlées.

Dans un coin de la pièce, Emine et Halit buvaient du café. Quelque chose attira soudain l'attention d'Emine.

— Halit ! Ces deux femmes là-bas... Celles qui viennent d'entrer...

— Lesquelles ?

La vision de Halit avait un peu baissé. Emine s'était déjà levée et se faufilait entre les tables, manquant de trébucher dans sa précipitation pour atteindre l'entrée de la salle. Des larmes lui mouillaient les joues.

Derrière Irini, Maria agrippa le bras de sa mère en retenant un cri. Elle la fit doucement pivoter vers sa vieille amie. Emine et Irini ne parurent pas vouloir briser leur étreinte. Elles finirent par s'asseoir ensemble et échanger les récits de leurs vies depuis leur séparation. Il y eut des moments d'infinie tristesse. Irini dut leur apprendre la mort de Vasilis. Halit baissa aussitôt la tête pour cacher son émotion. Le cliquetis incessant de son chapelet s'était interrompu. Devenu un homme de peu de mots, il était réduit au silence parfait, soudain.

— Je suis désolée pour toi. Il doit tellement te manquer, murmura Emine, les yeux luisants de larmes.

Irini abandonna sa tête contre le bras de Halit et quelques secondes s'écoulèrent. Il n'y avait rien à dire. Une question finit par lui échapper.

— Et Ali... ?

Emine eut du mal à répondre, surtout après avoir appris le retour de Christos.

— Nous sommes toujours sans nouvelles.

Ils découvrirent qu'ils étaient à nouveau voisins, séparés par un kilomètre à peine. À compter de ce jour, les deux familles se réunirent chaque semaine, dans une maison ou l'autre, autour d'un bon plat, *gemista* ou *dolma*, qui ne différaient que par le nom.

Au fil des ans, Hüseyin souscrit un prêt pour acquérir un restaurant, puis un second. Tous deux prospéraient, et ses économies se développaient.

Le moment venu, il n'eut aucun mal à localiser Aphroditi. Emine se souvenait que les parents de la jeune femme s'étaient installés dans le coin de Southgate, et il retrouva sa trace.

Pendant les premiers mois de son installation en Angleterre, Aphroditi s'était employée à reprendre des forces. Le climat frais lui avait permis de regagner un peu d'énergie, toutefois elle restait de constitution fragile. Elle passait toutes ses journées à la maison, à l'instar de sa mère, et elles essayaient de ne pas se marcher dessus. Elles sortaient rarement et c'était la femme de ménage qui s'occupait des courses.

Même après la mort de la mère d'Aphroditi, à la fin des années soixante-dix, Savvas était resté à Chypre. Il n'avait jamais eu aussi peu de raisons de partir et son épouse ne lui manquait presque pas. Il restait optimiste, continuait à croire au potentiel de l'île. Il était parti de rien et était déterminé à recommencer. Il conservait des vestiges de son petit empire hôtelier à Famagouste : le Sunrise, la carcasse difforme du nouveau Paradise Beach et, bien sûr, le bâtiment racheté pour une bouchée de pain à son ancien rival.

Comme quarante mille autres personnes, il guettait la résurrection de sa ville, parfois appelée désormais « la belle au bois dormant de Chypre ». Il avait la certitude qu'un jour elle se réveillerait.

En attendant, il avait d'autres projets sur le feu. Les banques finiraient par suspendre leur politique généreuse de prêts, mais tant que ça continuerait il emprunterait de l'argent pour de nouvelles acquisitions. Savvas était le genre d'homme qui faisait travailler les banquiers.

Lors de l'une de ses rares visites au Royaume-Uni, il apprit à Aphroditi qu'il avait entrepris la construction d'un hôtel à Limassol. Celui-ci serait le joyau de la station balnéaire avec ses sept cents chambres. Elle sut aussitôt qu'elle ne le verrait jamais. Elle n'en avait aucune envie. Savvas le comprit à sa réaction. Il était évident qu'ils ne partageraient plus de vie commune. Leur divorce fut compliqué, cependant les avocats d'Aphroditi, Matthews et Tenby, parvinrent à négocier un accord la dégageant des dettes pharaoniques accumulées par Savvas.

Toutes ces années après, elle évoquait encore une de ces caryatides détruites, dont les fragments gisaient sur le sol de la salle de bal du Sunrise.

Un jour, Aphroditi reçut une lettre d'Emine. Elle y répondit poliment, l'invitant à venir prendre le thé. (« C'est devenu une vraie Anglaise ! » s'exclama la Turque en découvrant l'invitation.) La mère et le fils s'y rendraient ensemble, la semaine suivante.

Aphroditi ne leur ouvrit pas la porte elle-même. Une aide-soignante les introduisit dans le petit salon, où Aphroditi se trouvait seule, une canne appuyée contre son fauteuil. Elle ne se leva pas pour les accueillir, et Emine remarqua aussitôt sa maigreur maladive. Ses cheveux, entièrement blancs, étaient si clairsemés qu'on apercevait son crâne au travers. Il y avait quatorze ans qu'Emine n'avait pas vu Aphroditi, et celle-ci avait vieilli de trente ans. Ce fut un véritable choc.

Emine observa le moindre détail de la maison que celle-ci avait héritée de sa mère. Elle était encore plus grande qu'elle ne se l'était imaginée, et très confortable, même si elle commençait à se défraîchir. Des tasses et soucoupes en porcelaine étaient posées à côté d'une théière sur une petite table en acajou brillante.

Emine comprit que leur hôtesse vivait seule mais ne posa aucune question. Cela lui semblait grossier. Aphroditi prit des nouvelles de la famille Özkan. Elle se rappelait très bien Hüseyin. Elle voulut savoir quand ils avaient quitté Chypre et où ils vivaient à présent. Emine était-elle toujours en contact avec Savina Skouros du salon de coiffure ?

Les échanges se faisaient en anglais. Emine adorait parler et ne lui épargna aucun détail. Elle se montra un peu plus hésitante au moment d'évoquer leur séjour au Sunrise.

— Nous nous y sommes installés avec Irini et Vasilis Georgiou, nos voisins. C'était une idée de leur fils.

Hüseyin, qui n'avait pas quitté Aphroditi des yeux, la vit pâlir. Il aurait donné n'importe quoi pour que sa mère se taise. Le directeur de la boîte de nuit était la dernière personne à laquelle il voulait penser. De surcroît, la mention du Sunrise risquait de bouleverser Aphroditi : cet hôtel était davantage que le symbole de ce qu'elle avait perdu.

Malgré elle, Aphroditi prononça son nom.

— Markos Georgiou.

— Il a malheureusement été tué, dit Emine.

— Oui, Savvas en a été informé, rétorqua Aphroditi avec une certaine sécheresse.

Emine et Hüseyin notèrent le changement de ton, et il y eut un silence gêné.

— Il n'était pas celui qu'il prétendait être, poursuivit-elle.

Puis elle ajouta :

— J'ai été si bête.

Les mots, murmurés, étaient presque inaudibles. La mère et le fils échangèrent un regard discret, faisant mine de n'avoir rien entendu. Emine prit une petite gorgée de son thé. Le lait gâchait tout, songea-t-elle en reposant la tasse. Elle se tourna vers Hüseyin, le pressant en silence d'expliquer à leur hôtesse le motif de leur présence. Il se pencha vers elle et prit la parole pour la première fois.

— En réalité, nous sommes ici pour une raison très précise, Kyria Papacosta, débuta-t-il maladroitement. Pour vous remettre ceci.

Il tendit à Aphroditi un écrin en velours pourpre. Elle considéra Hüseyin, déconcertée, et ouvrit la boîte. Durant quelques instants, elle se contenta de fixer son contenu.

— Où l'avez-vous trouvé ? souffla-t-elle.

— Ce n'est pas l'original, malheureusement, expliqua Hüseyin. Nous avons été forcés de vendre le vôtre pour sortir de Famagouste.

Un silence tendu s'installa.

— Sans votre collier, nous ne serions pas ici aujourd'hui, reprit-il.

Depuis des années, Hüseyin économisait, mettant chaque mois de l'argent sur un compte séparé et enchaînant les heures supplémentaires à cet effet. Enfin, il remboursait la dette de leur liberté.

Aphroditi étudia l'expression sérieuse de son interlocuteur et comprit qu'il ne pouvait pas mesurer la portée de son geste. Il venait de dissiper ses derniers doutes et de lui prouver que Markos l'avait trahie jusqu'au bout. Elle ne toucha pas le collier.

— Je suis désolée mais je n'en veux pas, affirma-t-elle avec force avant de refermer le couvercle. Je n'en veux pas et je ne peux pas accepter un tel cadeau. Emine, je t'en prie, demande-lui de le reprendre.

Aphroditi déposa le collier sur la table devant eux.

— Je suis très touchée par ton geste, Hüseyin, simplement je ne veux aucun souvenir de cette époque. Il me rappellerait seulement les choses horribles qui se sont produites pendant cette période terrible. Tu dois le revendre et dépenser l'argent comme bon te semble.

— Enfin...

— Tu ne me dois rien.

Hüseyin récupéra l'écrin d'un geste gauche et le rangea dans sa poche. L'atmosphère s'était modifiée. Aphroditi s'était retranchée, Emine sentait combien celle-ci était troublée : malgré sa faiblesse physique, sa résolution était inébranlable. La Turque imagina soudain un moyen d'alléger la tension.

— J'ai failli oublier ! Nous avons aussi des affaires qui vous appartenaient.

Elle sortit de son sac à main le petit porte-monnaie brodé et la pochette en velours. Aphroditi les regarda sans marquer la moindre réaction. L'aide-soignante choisit ce moment pour venir leur proposer de refaire du thé.

— Non merci, répondit Aphroditi.

Hüseyin se leva. Le message était limpide : ils devaient prendre congé. Sa mère l'imita et déposa les deux petits objets sur le plateau. Aphroditi resta assise.

Alors qu'ils s'engageaient sur la route, Hüseyin songea qu'ils avaient abusé de l'hospitalité d'Aphroditi. Tous deux avaient été estomaqués par sa réaction quand il lui avait offert le collier gagné à la sueur de son front. Et les mots qu'elle avait chuchotés au sujet de Markos les hanteraient pendant plusieurs semaines.

Aphroditi éprouvait le besoin de rester seule et dit à son auxiliaire de partir plus tôt.

Elle se traîna jusqu'à la cuisine. Le plateau séchait sur l'égouttoir. Elle récupéra la petite pochette en velours, la retourna au-dessus de sa paume fripée et étudia la minuscule perle irrégulière pour la dernière fois. Puis elle ouvrit le robinet, la laissa rouler dans l'évier. La perle tourna quelques instants autour de la bonde avant de disparaître. En quelques secondes, elle fut loin de la maison de Southgate, parcourant plusieurs kilomètres dans le système d'évacuation souterraine et atterrissant à la station d'épuration. Elle poursuivit son voyage et, au terme d'un long périple, la minuscule perle regagna la mer.

Les nouvelles circulaient entre Chypre et Londres, malgré la distance. Après toutes ces années, Savina, la vieille amie d'Emine, lui écrivait toujours régulièrement. Elle la tenait entre autres informée des progrès de l'équipe de légistes qui se consacrait à l'identification des ossements retrouvés dans les fosses communes. Emine continuait à espérer découvrir ce qui était arrivé à Ali. Tout était préférable à l'incertitude.

Un jour, une coupure de presse tomba de l'enveloppe. L'article ne portait pas sur les disparus, mais sur l'essor et le déclin d'une chaîne d'hôtels. Dès qu'elle entama sa lecture, Emine se rendit compte que son propriétaire n'était autre que Savvas Papacosta. Une succession d'emprunts plus qu'ambitieux et un changement de contexte financier l'avaient conduit à la faillite. Il fallut plusieurs minutes à Emine pour venir à bout de l'article – elle lisait rarement en grec désormais, et Savina lui écrivait d'ailleurs en anglais. Elle tourna la page du journal et tomba nez à nez avec une immense photo, prise le soir de l'inauguration du Sunrise. Savvas Papacosta et son épouse se tenaient devant une composition florale épelant le nom de l'hôtel.

Elle plaqua une main sur sa bouche. Revoir Aphroditi si belle et élégante était un vrai choc. La robe pailletée avait fait sensation, et Emine se souvenait, comme si c'était hier, du chignon qu'elle avait exécuté pour l'occasion. Elle poursuivit sa lecture à voix haute bien que discrète. Il y avait une légende sous l'image. Elle disait tout simplement : « Savvas Papacosta et son ancienne épouse, Aphroditi, morte l'an dernier. »

Emine resta un long moment à fixer les yeux noirs qui lui retournaient son regard.

Depuis leur arrivée à Londres, les Georgiou s'étaient tenus informés des négociations et des impasses auxquelles elles aboutissaient, des changements subis par l'île, des requêtes permanentes, des deux côtés, pour retrouver des proches disparus, de la proclamation de la République turque de Chypre du Nord et de l'ouverture de la frontière en 2003.

Ils savaient que les tentatives de compromis avaient échoué et que le sud avait connu un crash économique. Tous ces échecs et déceptions se logeaient dans leur esprit, pourtant l'espoir restait vivant.

En 2014, les discussions reprirent. Le vendredi saint, une messe fut célébrée dans une église de l'ancienne cité fortifiée de Famagouste, et le vice-président des États-Unis vint en visite. Aucun homme politique américain de cette importance ne s'était rendu sur l'île en plus de cinquante ans.

À la surprise de tous ceux qui l'avaient connue à Chypre, Irini s'était faite à sa vie londonienne. Christos, son épouse anglaise et leur fille vivaient avec elle, tandis que Maria et Panikos s'étaient installés dans la rue d'à côté. Leurs propres enfants étaient mariés à présent.

La proximité de ses enfants, petits-enfants et arrière-petits-enfants donnait à Irini une bonne raison de vivre. La plupart des jours elle continuait à mijoter un dîner pour eux tous, et sa seule concession à l'âge était une sieste l'après-midi, ainsi qu'elle l'aurait fait par grande chaleur à Chypre.

Pendant ce temps-là, des barbelés, des grillages en plastique et des postes de contrôle continuaient à encercler Famagouste. Le vent balayait ses rues désertes, et l'air marin les ravageait lentement. Toute la ville se décomposait. Plusieurs fois par semaine, Irini continuait à se réveiller en se croyant là-bas.

Elle approchait du siècle de vie à présent. Ses rêves, de plus en plus saisissants, se mêlaient parfois à la réalité. D'autres choses s'étaient estompées avec l'âge : le marron foncé de ses yeux, la couleur de ses cheveux et sa force physique. Sa vue et son ouïe n'étaient plus ce qu'elles avaient été.

Un jour, elle découvrit une lumière brumeuse en soulevant les paupières. Ce pouvait être l'aube ou le crépuscule, elle ne parvenait pas à trancher, tant la lueur qui filtrait à travers les voilages était indistincte. Une silhouette nimbée d'ombres se tenait sur le pas de la chambre. Il devait s'agir de sa petite-fille, pourtant elle portait une robe démodée avec un tablier semé de roses, exactement comme Irini lorsqu'elle était enfant.

— Viens voir ! lui cria la silhouette. Viens voir !

La fillette disparut et Irini quitta son lit pour sortir dans le couloir. Elle fut attirée par une pièce à son extrémité, où vacillait une lumière bleutée.

Sur un écran de télévision, elle découvrit alors Famagouste, avec ses fenêtres cassées et ses tours de béton fissurées. Se soutenant au chambranle de la porte, elle riva ses yeux sur les images.

Cela ressemblait à une invasion militaire, sauf qu'il ne s'agissait pas de tanks mais de bulldozers. Des dizaines d'entre eux fondaient sur les postes de sécurité de Famagouste.

Après toutes ces années, le moment tant attendu était enfin arrivé. La reconstruction allait pouvoir commencer. La maison était plongée dans le silence et la fillette s'était envolée. Irini jeta un coup d'œil par-dessus son épaule. Elle remarqua alors qu'une foule s'assemblait dans son dos.

— Mon rêve ! murmura-t-elle alors que ses genoux se dérobaient sous elle. C'est mon rêve !

REMERCIEMENTS

Un immense merci aux personnes suivantes, pour m'avoir apporté perspicacité, inspiration, amour, amitié et hospitalité :

Efthymia Alphas
Antonis Antoniou
Michael Colocassides
Theodoros Frangos
Alexis Galanos
Maria Hadjivasili
Mary Hamson
Ian Hislop
William Hislop
Costas Kleanthous
Yiangos Kleopas
Stavros Lambrakis
David Miller
Chrysta Ntziani
Costas Papadopoulos
Nicolas Papageorgiou
Alexandros Papalambos
Flora Rees
Hüseyin Silman
Vasso Sotiriou
Thomas Vigiatzis
Çiğdem Worthington

Victoria Hislop
dans Le Livre de Poche

Le Fil des souvenirs n° 33446

1917, Thessalonique. Le jour de la naissance de Dimitris, un terrible incendie détruit la ville. Sa famille doit déménager dans les quartiers populaires. C'est là aussi que viennent s'installer des réfugiés turcs quelques années après. Parmi eux, Katerina. Le destin réunit les deux enfants, l'un héritier d'un empire textile, l'autre couturière prodige. Ensemble, ils seront les témoins d'une Grèce tourmentée, de l'occupation allemande aux révolutions civiles et à la dictature, qui défigureront leur cité autrefois multiethnique et fraternelle. Presque un siècle plus tard, de quels secrets sont-ils les gardiens ? Comment les transmettre avant qu'il ne soit trop tard ? Le temps est venu de dérouler le fil de leurs souvenirs…

L'Île des oubliés n° 32918

L'été s'achève à Plaka, un village sur la côte nord de la Crète. Alexis, une jeune Anglaise diplômée d'archéologie, a choisi de s'y rendre parce que c'est là que sa mère est née et a vécu jusqu'à ses dix-huit ans. Une terrible découverte attend Alexis qui ignore tout de l'histoire de sa famille : de 1903 à 1957, Spinalonga, l'île qui fait face à Plaka et ressemble tant à un animal alangui allongé sur le dos, était une colonie de lépreux… et son arrière-grand-mère y aurait péri. Quels mystères effrayants recèle cette île que surplombent les ruines d'une forteresse vénitienne ? Pourquoi Sophia, la mère d'Alexis, a-t-elle si violemment rompu avec son passé ? La jeune femme est bien décidée à lever le voile sur la déchirante destinée de ses aïeules et sur leurs sombres secrets…

Une dernière danse n° 33727

Quand elle arrive à Grenade pour y prendre des cours de danse, Sonia, jeune Londonienne, ne sait rien du passé de la ville. Une conversation avec le patron du café El Barril la plonge dans la tragique destinée de la famille Ramírez : dans les années 1930 vivaient dans ces lieux trois frères aux idéaux opposés, veillant jalousement sur leur jeune sœur, Mercedes, passionnée de flamenco. Tandis que celle-ci tombe amoureuse du guitariste gitan qui l'accompagne, l'Espagne sombre dans la guerre civile. Quel camp chacun va-t-il choisir ? Quels secrets et trahisons vont déchirer la fratrie à jamais ? Happée par ce récit de feu et de sang, Sonia est loin d'imaginer que sa propre existence en sera bouleversée.

Du même auteur
aux éditions Les Escales :

L'Île des oubliés, 2012.

Le Fil des souvenirs, 2013.

Une dernière danse, 2014.

Composition réalisée par INOVCOM

Achevé d'imprimer en mars 2016, en France sur Presse Offset par
Maury Imprimeur – 45330 Malesherbes
N° d'imprimeur : 207876
Dépôt légal 1re publication : mai 2016
LIBRAIRIE GÉNÉRALE FRANÇAISE – 31, rue de Fleurus – 75278 Paris Cedex 06

63/4454/5